OSTATNI
LOT

JULIE CLARK

OSTATNI LOT

przełożył
Paweł Wolak

MUZA

Warszawskie Wydawnictwo Literackie

Tytuł oryginału: ***The Last Flight***
Redakcja: *Maria Śleszyńska*
Redaktor prowadzący: *Aleksandra Janecka*
Redakcja techniczna: *Sylwia Rogowska-Kusz*
Korekta: *Katarzyna Szajowska*

Cover design © 2020 by Sourcebooks
Cover design by The Book Designers
Cover image © Sabin Shrestha/EyeEm/Getty Images

ISBN 978-83-287-1211-9

Warszawskie Wydawnictwo Literackie
MUZA SA
Wydanie I
Warszawa 2020

Wszystkim kobietom, które odważyły się opowiedzieć swoją historię, zarówno w czasie transmitowanych na żywo przesłuchań przed senacką komisją, jak i w zaciszu pozbawionego okien biura działu HR. Słyszymy was i wierzymy waszym słowom.

„Mów mi o twojej rozpaczy, ja opowiem moją. A tymczasem dalej trwa świat".

Mary Oliver, *Dzikie gęsi*
(tłum. Czesław Miłosz)

PROLOG

Przed terminalem czwartym kłębi się tłum ludzi, po-wietrze pachnie mokrą wełną i paliwem lotniczym. Czekam przed automatycznymi drzwiami ze szkła i za każdym razem, kiedy się otwierają, uderza mnie podmuch polarnego wiatru. Wyobrażam sobie, że to ciepła portorykańska bryza, pachnąca hibiskusem i solą morską, a wokół mnie ludzie mówią po hiszpań-sku z miękkim akcentem. Mam wrażenie, że zanu-rzam się w wannie pełnej ciepłej wody i zapominam o tym, kim kiedyś byłam.

Startujące samoloty wydają z siebie złowrogi po-mruk, a płynący z głośników bełkotliwy głos co chwi-lę recytuje komunikat o przylotach i odlotach. Nagle za plecami słyszę nieprzyjemny, ostry głos jakiejś starszej kobiety mówiącej po włosku. Nie odwracam się jednak, tylko cały czas lustruję wzrokiem zatłoczony chodnik przed budynkiem terminalu. Wypatruję osoby, od której zależy moja przyszłość. Liczę, że za chwilę się pojawi.

Wiem o niej tylko trzy rzeczy: jak się nazywa, jak wygląda i że właśnie dzisiaj rano będzie na lotnisku. Mam nad nią przewagę: ona nie wie o mnie nic. A co jeśli jej nie zauważyłam? Staram się zapanować nad strachem i odgonić złe myśli, zdaję sobie jednak sprawę, że jeżeli ta kobieta mi się wymknie, to stracę jedyną szansę na rozpoczęcie nowego życia.

Codziennie znika wielu ludzi. Może na przykład ten mężczyzna stojący w kolejce do Starbucksa właśnie kupuje ostatnią kawę i za chwilę wsiądzie do samochodu, żeby odjechać w siną dal i zostawić rodzinę, która nigdy nie pozna prawdy? Albo kobieta siedząca w ostatnim rzędzie autokaru firmy Greyhound: wygląda przez okno, a wiatr mierzwi jej włosy i wywiewa z głowy historię, której ciężar trudno dłużej nieść na barkach. Niewykluczone, że często stoimy tuż obok kogoś, kto właśnie ucieka od przeszłości, i w ogóle nie zdajemy sobie z tego sprawy.

Niewielu z nas zastanawia się jednak nad tym, jak trudno tak po prostu zapaść się pod ziemię. Potrzeba wyjątkowej wrażliwości na szczegóły, która pozwoli zatrzeć nawet najmniejszy ślad. Zawsze coś zostanie: kawałeczek nitki, ziarnko prawdy, jakiś błąd. Wystarczy mały pech, żeby wszystko się posypało. Nieoczekiwany telefon, kiedy zbieramy się do wyjścia. Niegroźna stłuczka trzy przecznice od wjazdu na autostradę. Odwołany lot.

Zmiana planów w ostatniej chwili.

Przez zaparowaną szybę widzę, jak przy krawężniku zatrzymuje się czarna limuzyna. Jeszcze zanim otworzą się drzwi, wiem, że z samochodu wysiądzie kobieta, na którą czekam. Nie odwraca się, żeby pożegnać się z innymi pasażerami, tylko nerwowym krokiem podbiega do szklanych drzwi i przechodzi tak blisko mnie, że czuję na swoim ramieniu przyjemnie miękki dotyk jej różowego swetra z kaszmiru. Idzie zgarbiona, jakby spodziewała się kolejnego ciosu, następnego ataku. Doskonale zdaje sobie sprawę, że dywan wart pięćdziesiąt tysięcy dolarów może zrobić z jej twarzy krwawy strzęp. Kiedy mnie mija, robię głęboki wdech i czuję, jak moje napięcie znika. Przyjechała. Jest tutaj. Mogę zaczynać.

Zarzucam torbę na ramię i ruszam przed siebie. Staję w kolejce do kontroli bezpieczeństwa tuż przed kobietą w kaszmirowym swetrze. Wiem, że uciekinierzy zawsze boją się tego, co mają za plecami, i nie zwracają uwagi na to, co przed nimi. Uważnie nasłuchuję i czekam na swoją szansę.

Ona jeszcze nie zdaje sobie sprawy, że już niedługo dołączy do grona zaginionych, a ja rozpłynę się w powietrzu i nie pozostanie po mnie żaden ślad.

CLAIRE

— Danielle — mówię, wchodząc do sąsiadującego z salonem małego gabinetu. — Powiedz panu Cookowi, że idę na siłownię.

Danielle podnosi głowę znad komputera i zatrzymuje wzrok na mojej szyi. U jej nasady mam sporego siniaka, którego starałam się zamaskować makijażem. Odruchowo poprawiam apaszkę, chociaż wiem, że Danielle nic nie powie. Nigdy nic nie mówi.

— O czwartej powinnyśmy być w Centrum Literatury. Znowu się spóźnisz. — Danielle trzyma pieczę nad moim kalendarzem, starając się chronić mnie przed wpadkami. Uznałam, że to właśnie ona najlepiej wywiąże się z tej roli. Wiem, że nie powinnam się spóźniać ani tym bardziej odwoływać spotkań, które mój mąż Rory uważa za istotne. „Jeśli mam ubiegać się o fotel senatora, nie mogę sobie pozwolić na błędy, Claire".

– Dziękuję, że mi przypominasz, ale ja również mam dostęp do swojego kalendarza. Proszę, wgraj notatki z poprzedniego spotkania i przygotuj się do wyjścia. Zobaczymy się na miejscu. – Kiedy opuszczam pokój, słyszę, jak bierze do ręki telefon. Nagle czuję, że uginają się pode mną kolana. Wiem, że w kluczowym momencie nie mogę sobie na to pozwolić.

Ludzie zawsze pytają mnie, jak to jest wżenić się w rodzinę Cooków, potężną dynastię polityczną, która wpływami ustępuje jedynie Kennedym. Zwykle unikam odpowiedzi i mówię coś o fundacji. Zamiast plotkami wolę zajmować się pracą. Rozwodzę się o naszym programie walki z analfabetyzmem, inicjatywach mających na celu ułatwienie dostępu do wody w krajach Trzeciego Świata, badaniach nad nowotworami i projekcie mentoringowym dla młodzieży z biednych dzielnic.

Nie mogę powiedzieć nic o tym, że ciągle walczę o choćby odrobinę prywatności. Nawet w naszym domu wciąż przebywają jacyś obcy ludzie: głównie asystenci, kucharze i personel sprzątający. Muszę walczyć o każdą minutę wolnego czasu i każdy centymetr kwadratowy powierzchni dla siebie. Ludzie zatrudnieni przez Rory'ego są wszędzie i nic nie ujdzie ich uwadze. Charakteryzuje ich bezgraniczne poświęcenie dla rodziny Cooków. Nawet po dziesięciu latach małżeństwa czuję się jak intruz, którego trzeba bacznie obserwować.

Nauczyłam się zachowywać tak, żeby nie wzbudzać żadnych podejrzeń.

Siłownia jest jednym z niewielu miejsc, do których Danielle nie zagląda, żeby mnie zadręczać listami i harmonogramami. Właśnie tam spotykam się z Petrą, jedyną przyjaciółką, która została mi z czasów, kiedy nie znałam jeszcze Rory'ego, i jedyną, z którą nie zabronił mi się spotykać.

Tylko dlatego, że nic nie wie o jej istnieniu.

———•———

Kiedy zjawiam się w siłowni, Petra już na mnie czeka. Przebieram się i zaczynam wchodzić po schodach do pomieszczenia, w którym stoją urządzenia do ćwiczeń. Petra stoi na półpiętrze, sięga po czysty ręcznik ze stosu. Nasze spojrzenia na chwilę się spotykają, ale kiedy zatrzymuję się przy szafce, odwraca wzrok.

– Denerwujesz się? – szepcze.

– Jestem przerażona – odpowiadam i wchodzę do sali.

Przez godzinę ćwiczę na bieżni, nie odrywając wzroku od zegara. Kiedy kończę, mięśnie bolą mnie od wysiłku. Równo o wpół do trzeciej, owinięta tylko ręcznikiem, otwieram drzwi do sauny. W środku unoszą się kłęby pary, a na najwyższej ławce siedzi Petra. Jej twarz jest czerwona od gorąca.

– Pamiętasz panią Morris? – pyta mnie, kiedy zajmuję miejsce obok niej.

Szeroko się uśmiecham, czując wdzięczność za to, że przypomniała mi dawne, prostsze czasy. Pani Morris była naszą nauczycielką w ostatniej klasie ogólniaka. Niewiele brakowało, a właśnie przez nią Petra nie skończyłaby szkoły.

– Uczyłaś się ze mną w każde popołudnie, przez cały miesiąc – kontynuuje. – Nikt inny nie chciał się zadawać ani ze mną, ani z Nikiem. Przez to, kim był nasz ojciec. Dzięki twojej pomocy wszystko zaliczyłam.

Odwracam się i patrzę jej prosto w oczy.

– Mówisz to w taki sposób, jakbyście razem z Nikiem byli jakimiś wyrzutkami, a przecież mieliście przyjaciół.

Petra kręci głową.

– Żaden przyjaciel z kogoś, kto jest dla ciebie miły tylko dlatego, że twój ojciec to rosyjska wersja Ala Capone.

Chodziłyśmy razem do elitarnej szkoły w Pensylwanii, gdzie dzieciaki ze starych, zamożnych od pokoleń rodzin patrzyły na Petrę i jej brata jak na dziwolągi. Sprawdzały, jak bardzo mogą się do nich zbliżyć, ale same nie dopuszczały ich zbyt blisko siebie.

Razem tworzyliśmy trio autsajderów. Petra i Nico pilnowali, żeby nikt nie robił sobie żartów z mojego zniszczonego mundurka albo ze zdezelowanej hondy, którą mama przyjeżdżała po mnie do szkoły. Kiedy samochód zatrzymywał się przy krawężniku, rozlegał się dziwny klekot, a przy ruszaniu z rury wydechowej leciał czarny dym. Zawsze towarzyszyli mi podczas posiłków i siłą zaciągali mnie na szkolne imprezy, na które nigdy nie poszłabym z własnej woli. Byli buforem oddzielającym mnie od dzieciaków, które z nieskrywaną złośliwością określały mnie mianem dochodzącej stypendystki, zbyt biednej i zbyt nisko urodzonej, żeby zostać jedną z nich. Petra i Nico byli moimi przyjaciółmi w czasach, kiedy nie miałam nikogo.

To było szczęśliwe zrządzenie losu. Dwa lata temu weszłam do siłowni i zobaczyłam Petrę. Miałam wrażenie, że natknęłam się na ducha z przeszłości. Jednak ja nie byłam już tą samą osobą, którą Petra zapamiętała ze szkoły. Zbyt wiele się zmieniło. Zbyt długo musiałabym jej tłumaczyć, co stało się z moim życiem i z czego zrezygnowałam. Starałam się więc na nią nie patrzeć, podczas gdy ona świdrowała mnie spojrzeniem, chcąc, żebym podniosła wzrok. Żebym ją zauważyła.

Po treningu od razu poszłam do szatni. Zamierzałam się schować w saunie i poczekać, aż Petra sobie pójdzie. Jednak kiedy otworzyłam drzwi, ona już tam była. Jak gdyby to wszystko zostało starannie zaplanowane.

– Claire Taylor – powiedziała.

Kiedy usłyszałam swoje stare nazwisko, mimowolnie się uśmiechnęłam. Zalała mnie fala wspomnień. W tonie głosu Petry i w intonacji wciąż dawało się wychwycić leciutki rosyjski akcent; w końcu w tym języku mówiła kiedyś w domu. W mgnieniu oka poczułam się prawdziwą Claire, a nie kimś odgrywającym rolę żony Rory'ego, osoby, która od wielu lat skrywa swoje tajemnice pod grubą skorupą.

Zaczęłyśmy niespiesznie od niezobowiązującej rozmowy o niczym, jednak szybko przeszłyśmy do spraw osobistych i opowiedziałyśmy sobie o wszystkim, co wydarzyło się przez te lata. Petra nie wyszła za mąż, żyła z dnia na dzień, mając wsparcie brata, który stał teraz na czele rodzinnej firmy.

– A ty? – zapytała, wskazując na moją lewą rękę. – Jesteś mężatką?

Spojrzałam na nią przez unoszące się między nami opary, zdziwiona, że nic nie wie.

– Tak, poślubiłam Rory'ego Cooka.

– Imponujące.

Odwróciłam wzrok w oczekiwaniu na pytanie, które zwykle zadawali mi ludzie: co tak naprawdę stało się z Maggie Moretti? To nazwisko już zawsze będzie kojarzone z moim mężem. Nazwisko, które dawno temu, z dnia na dzień, przestało być anonimowe i okryło się złą sławą tylko dlatego, że dziewczyna, która je nosiła, pokochała Rory'ego.

Petra odchyliła się na ławce i powiedziała:

– Widziałam w telewizji CNN wywiad, którego twój mąż udzielił Kate Lane. Jego zaangażowanie w fundację robi niesamowite wrażenie.

– Rory to człowiek pełen pasji. – To była niewątpliwie prawda, szczególnie jeśli komuś chciałoby się pogrzebać głębiej.

– A co słychać u twojej mamy i siostry? Violet skończyła już pewnie college?

Bałam się tego pytania. Nawet po tylu latach ta strata była dla mnie bardzo bolesna.

– Zginęły w wypadku samochodowym czternaście lat temu. To było niedługo po jedenastych urodzinach mojej siostry. – Nie zagłębiałam się w szczegóły: deszczowy piątkowy wieczór, pijany kierowca, który nie zatrzymał się przed znakiem stopu, śmierć na miejscu.

– Och, Claire – szepnęła Petra. Powstrzymała się od wypowiadania banałów i nie zmuszała mnie do wałkowania wszystkiego na nowo. Siedziała obok w ciszy, wiedząc, że żadne słowa nie są w stanie ukoić mojego żalu.

———•———

Po treningu na siłowni codziennie spotykałyśmy się w saunie. To był nasz rytuał. Petra rozumiała, że ze względu na to, czym zajmowała się jej rodzina, nie mogłyśmy widywać się w miejscach publicznych. Nawet zanim poinformowałam ją o swoich planach, zachowywałyśmy ostrożność i bardzo rzadko kontaktowałyśmy się przez telefon lub e-mail. W saunie udało nam się odbudować naszą przyjaźń i ponownie obdarzyć zaufaniem opartym na sojuszu, dzięki któremu przetrwałyśmy szkołę średnią.

Petra bardzo szybko odkryła moją tajemnicę.

– Wiesz, że powinnaś go zostawić? – zapytała pewnego popołudnia, kilka miesięcy po naszym pierwszym spotkaniu. Patrzyła na siniak na moim lewym ramieniu, ślad po kłótni z Rorym, do której doszło dwa dni wcześniej. Starałam się ukryć dowody i zasłoniłam ręcznikiem nie tylko klatkę piersiową, ale też szyję i ramiona. Mimo tych wysiłków Petra od razu zorientowała się, że Rory znowu wpadł we wściekłość. – Nie pierwszy raz widzę na twojej skórze coś podobnego.

Zakryłam siniaka ręcznikiem; nie chciałam, żeby się nade mną użalała.

– Już próbowałam. Jakieś pięć lat temu. – Wtedy wydawało mi się, że dam radę. Przygotowałam się do walki, zdając sobie sprawę, że będzie ciężko i że słono za to zapłacę. Chciałam jednak wykorzystać fakt znęcania się nade mną jako kartę przetargową.

„Daj mi, czego żądam, a nikt nie dowie się, jakim jesteś człowiekiem".

Niestety wyszło zupełnie inaczej.

– Okazało się, że kobieta, której zaufałam i która próbowała mi pomóc, jest żoną starego kumpla Rory'ego. W czasach studenckich należeli do jednego bractwa. Ukrywałam się u nich w domu, ale kiedy pojawił się Rory, jej mąż otworzył mu drzwi. Spojrzeli na siebie porozumiewawczo i wymienili uścisk dłoni. Rory powiedział im, że zmagam się z depresją i chodzę do psychiatry, a teraz będzie mnie musiał umieścić w zakładzie zamkniętym, przynajmniej na pewien czas.

– Naprawdę miał taki zamiar?

– Chciał mi dać do zrozumienia, że jest do tego zdolny, a moja sytuacja może się pogorszyć. – Nie opowiedziałam Petrze wszystkiego, na przykład tego, jak po powrocie do domu pchnął mnie tak mocno, że wpadłam na marmurowy blat i złamałam sobie dwa żebra. „Chciałaś zniszczyć wszystko, co razem zbudowaliśmy, i zaprzepaścić dziedzictwo mojej matki. Dlaczego? Bo się kłócimy? Wszystkie małżeństwa się kłócą, Claire. – Zatoczył ręką koło, wskazując sprzęt z najwyższej półki i luksusowe wykończenie naszej kuchni. – Rozejrzyj się. Czego mogłabyś chcieć więcej? Nikomu nie będzie cię żal. Nikt ci nawet nie uwierzy".

Miał rację. Ludzie chcieli, by Rory był tym, za kogo go uważają. Chcieli w nim widzieć charyzmatycznego syna postępowej i kochanej przez wszystkich pani senator. Nie mogłam powiedzieć prawdy o tym człowieku, ponieważ niezależnie od tego, jak głośno bym ją wykrzyczała, moje słowa zostałyby przytłoczone ciężarem miłości, którą ludzie żywili do jedynego dziecka Marjorie Cook.

– Ludzie nigdy nie ujrzą tego, co ja widzę – oznajmiłam.

– Naprawdę w to wierzysz?

– Uważasz, że gdyby Carolyn Bessette oskarżyła Johna F. Kennedy'ego juniora o przemoc, to cały kraj stanąłby po jej stronie?

Oczy Petry się rozszerzyły.

– No co ty? Przecież żyjemy w czasach #MeToo. Podejrzewam, że ludzie od razu rzuciliby się na taki temat. Fox i CNN stworzyłyby nawet specjalne programy, w których dziennikarze zajmowaliby się tylko i wyłącznie tą sprawą.

Wybuchłam pustym śmiechem.

– W idealnym świecie obarczyłabym Rory'ego odpowiedzialnością za wszystko, co mi zrobił, nie mam w sobie jednak wystarczająco dużo siły, żeby iść z nim na wojnę, która trwałaby całymi latami i wpłynęła na każdy aspekt mojego życia. Boję się, że nawet jeśli wygram, i tak nie będę miała z tego żadnej satysfakcji. Nie mam zamiaru się w tym babrać. Chcę się po prostu od niego uwolnić.

Publiczne oskarżenie mojego męża byłoby jak skok w przepaść w nadziei, że uratuje mnie wspaniałomyślność i życzliwość innych. Żyję jednak zbyt długo wśród ludzi, którzy z radością patrzyli, jak spadam, ponieważ chcieli zachować dobre relacje z Rorym. Na tym świecie pieniądze i władza oznaczają nietykalność.

Odetchnęłam głęboko i poczułam, jak para wodna wypełnia najgłębsze zakamarki moich płuc.

– Gdybym chciała go zostawić, musiałabym to zrobić tak, żeby nigdy mnie nie znalazł. Przecież wiesz, co się stało z Maggie Moretti.

Unoszące się w powietrzu opary sprawiały, że kontury twarzy Petry były rozmyte. Nie miałam jednak wątpliwości, że w tym momencie spojrzała na mnie zaintrygowana.

– Uważasz, że on miał z tym coś wspólnego?

– Sama nie wiem, co o tym myśleć – odpowiedziałam.

———•———

Przez następny rok pracowałyśmy nad misternym planem, którego każdy element musiał być idealnie zsynchronizowany, niczym choreografia widowiska baletowego. Nie było miejsca na najmniejszy błąd. Teraz do jego realizacji zostało zaledwie kilka godzin.

Znowu jesteśmy w saunie, a wokół nas unoszą się kłęby pary wodnej. Niewiele widać i Petra jest tylko cieniem siedzącym obok mnie na ławce z drewna cedrowego.

– Wysłałaś paczkę? – pytam.

– Tak, dostarczy ją kurier FedExu. Jest zaadresowana do ciebie i ma naklejkę „Do rąk własnych". Powinna dotrzeć do hotelu jutro z samego rana.

Nie mogłam trzymać najważniejszych rzeczy u siebie w domu, ponieważ istniało ryzyko, że znajdzie je ktoś niepowołany, na przykład pokojówka albo, co chyba jeszcze gorsze, Danielle. Musiałam zaufać Petrze. To ona przechowywała podebrane Rory'emu czterdzieści tysięcy dolarów oraz nowe dokumenty, które załatwił mi Nico.

– Rząd wprowadził dodatkowe zabezpieczenia, które coraz bardziej utrudniają nam pracę – powiedział pewnego popołudnia brat Petry, kiedy pojechałam się z nim spotkać. Siedzieliśmy przy stole w jego wielkim domu na Long Island. Wyrósł na przystojnego faceta, miał żonę i trójkę dzieci. Dorobił się też kilku ochroniarzy: dwóch strzegło ogrodzonego podjazdu, a dwóch kolejnych stało przy drzwiach wejściowych. Doszłam do wniosku, że Rory i Nico aż tak bardzo się od siebie nie różnią. Obaj zostali wybrani na przywódców swoich klanów, mieli wprowadzić je w dwudziesty pierwszy wiek i dostosować do nowych zasad i regulacji. Obaj mieli też nadzieję, że osiągną więcej niż poprzednie pokolenie albo że przynajmniej wszystkiego nie roztrwonią.

Nico przesunął w moją stronę grubą kopertę. W środku znalazłam nowiutkie prawo jazdy ze stanu Michigan oraz paszport z moją fotografią, wystawiony na niejaką Amandę Burns. Przejrzałam pozostałe dokumenty: kartę ubezpieczenia społecznego, odpis aktu urodzenia i kartę kredytową.

– Te papiery dają ci wolność – powiedział Nico, biorąc do ręki prawo jazdy i przekrzywiając je lekko w stronę światła, żeby zobaczyć hologram. – Możesz głosować, płacić podatki i wypełniać urzędowe formularze. To naprawdę pierwszorzędna robota naszego najlepszego specjalisty. Jest tylko jeden koleś na świecie, który potrafi przygotować pełen zestaw dokumentów tak wysokiej jakości. Mieszka w Miami. – Nico podał mi kartę podpiętą pod konto w Citibanku otwarte niedawno na moje nowe nazwisko. – Petra załatwiła wszystko w zeszłym tygodniu. Wyciągi będą przychodziły na jej adres. Kiedy twoja sytuacja się ustabilizuje, będziesz mogła to zmienić albo po prostu wyrzucić kartę do kosza i otworzyć nowy rachunek. Tylko bądź ostrożna. Chyba nie chcesz, żeby ktoś ukradł twoją tożsamość.

Zaczął się śmiać z własnego żartu i przez chwilę znowu patrzyłam na chłopca, którym był dawno temu. Siadał wtedy obok mnie i Petry, żebyś zjeść drugie śniadanie. Jednocześnie pałaszował kanapkę i odrabiał pracę domową z matematyki. Już wtedy czuł na swoich barkach ciężar oczekiwań dotyczących tego, kim powinien zostać w przyszłości.

– Dzięki, Nico. – Podałam mu kopertę z dziesięcioma tysiącami dolarów. To była drobna część tego, co udało mi się przechwycić i zaoszczędzić w ciągu ostatnich sześciu miesięcy. Czasami brałam sto dolców, czasami dwieście i tę gotówkę codziennie wkładałam do szafki Petry na siłowni. Jej zadaniem było przechowanie moich zaskórniaków aż do chwili, kiedy będę gotowa.

Nico zrobił poważną minę.

– Musisz wiedzieć, że jeśli coś pójdzie nie tak, nie będę mógł ci pomóc. Petra też będzie miała związane ręce. Twój mąż dysponuje ogromnymi zasobami i stoi za nim wielu potężnych ludzi. Z łatwością mógłby uprzykrzyć życie zarówno mnie, jak i Petrze.

– Rozumiem – zapewniłam. – Zrobiłeś więcej, niż potrzeba. Jestem ci bardzo wdzięczna.

– Mówię serio. Wystarczy jedna nitka, która łączy twoje nowe życie ze starym, i wszystko szlag trafi.

– Spojrzał mi prosto w oczy. – Nie masz możliwości powrotu. Nie wolno ci zawrócić. Nigdy. W żaden sposób.

———•———

– Rory zaplanował wylot na dziesiątą. Pamiętałaś o liście? Nie chcę go pisać na hotelowym papierze dziesięć minut przed wyjściem.

Moja przyjaciółka kiwa głową.

– Jest gotowy. Włożyłam go do zaadresowanej i opieczętowanej koperty. W każdej chwili można go wysłać z Detroit. Co napisałaś?

Przypominam sobie, ile czasu spędziłam na planowaniu, jak powinien wyglądać mój pożegnalny list. Mnóstwo wstępnych wersji wylądowało w koszu, bo musiałam mieć pewność, że raz na zawsze zamknę za sobą drzwi i Rory nie będzie próbował mnie szukać.

– Poinformowałam go, że odchodzę i tym razem mnie nie znajdzie. Ma powiadomić opinię publiczną o naszej separacji i wyjaśnić, że panują między nami przyjazne stosunki. Obiecałam, że sama nie wydam żadnego oświadczenia ani nie będę udzielać wywiadów na ten temat.

– Wiesz, że za tydzień miał zamiar ogłosić swój start w wyborach?

Znacząco się uśmiecham.

– Uważasz, że powinnam zaczekać?

Kiedy zaoszczędziłam dość pieniędzy, aby rozpocząć nowe życie, zaczęłam szukać odpowiedniego momentu na ucieczkę. Przestudiowałam swój elektroniczny kalendarz, żeby znaleźć jakąś podróż służbową, w którą pojadę sama, najlepiej do miasta leżącego przy granicy kanadyjskiej lub meksykańskiej. Wybrałam Detroit. Miałam tam odwiedzić szkołę społeczną Obywatele Świata, realizującą ideały równościowe i finansowaną przez Fundację Rodziny Cooków. Na popołudnie zaplanowane było zwiedzanie szkoły, a na wieczór kolacja z darczyńcami.

Odchylam się na ławce i gapię na unoszące się pod sufitem kłęby pary wodnej. Dochodzę do wniosku, że dobrze sobie powtórzyć na głos resztę planu.

– Lądujemy około południa. Impreza w szkole zaczyna się o drugiej, więc najpierw jedziemy do hotelu, żebym mogła odebrać paczkę i schować ją w jakimś bezpiecznym miejscu.

– Dzwoniłam do wypożyczalni samochodów. Potwierdziłam, że pani Amanda Burns zgłosi się dziś o północy po odbiór auta typu compact. Będziesz mogła pojechać tam taksówką?

– Niedaleko miejsca, gdzie nocuję, jest Hilton. Tam złapię jakąś taryfę.

– Boję się, że ktoś może cię zobaczyć z walizką w środku nocy. A co jeśli zacznie cię śledzić albo skontaktuje się z Rorym?

– Nie biorę walizki. Kupiłam plecak, w którym zmieści się gotówka i trochę ubrań. Mam zamiar zostawić torebkę i portfel, nie mówiąc o całej reszcie.

Petra kiwa głową z aprobatą.

– Jeśli będziesz potrzebowała noclegu, to zarezerwowałam hotel w Toronto. Będą na ciebie czekać.

Przymykam powieki i czuję, że od wysokiej temperatury zaczyna kręcić mi się w głowie. A może to z powodu stresu wywołanego koniecznością pamiętania o tak wielu szczegółach? Wiem, że nie mogę sobie pozwolić na najmniejszy błąd.

Mijają kolejne minuty. Zbliża się chwila, w której będę musiała zrobić pierwszy krok w stronę tego, co nieodwołalne. Jakaś część mnie chciałaby zapomnieć o całym planie. Mogę przecież polecieć do Detroit, odwiedzić szkołę i wrócić do domu. Nic się nie zmieni i nadal będę chodziła do sauny razem z Petrą. Wiem jednak, że to moja jedyna szansa na ucieczkę. Kiedy Rory ogłosi swój start w wyborach, zamkną się dla mnie wszystkie drogi prowadzące na wolność.

— Czas się zbierać — mówi Petra cichym głosem, a ja otwieram oczy.

— Nie wiem, jak mam ci dziękować.

— Kiedyś byłaś moją jedyną przyjaciółką, więc to raczej ja powinnam być ci wdzięczna. Zasługujesz na szczęście. — Poprawia owinięty wokół ciała ręcznik i szeroko się do mnie uśmiecha.

Nie mogę uwierzyć, że to nasze ostatnie spotkanie. Nasza ostatnia rozmowa. Ta sauna była naszym cichym azylem, w którym szeptem układałyśmy plan mojej ucieczki. Kto będzie siedział tutaj jutro obok Petry? A pojutrze?

Poczułam, że nie ma już odwrotu i naprawdę stąd zniknę. To będzie ostateczny koniec tej części mojego życia. Czy to, co ma nastąpić, będzie tego warte? Czy mój los się poprawi? Już niedługo Claire Cook przestanie istnieć, lśniąca fasada, pod którą się chowała, popęka, a potem się rozpadnie. Nie wiem, co znajduje się pod spodem.

Za trzydzieści trzy godziny już mnie tu nie będzie.

CLAIRE

Dzień przed katastrofą

Spotykam Danielle przed biurem Centrum Literatury. Jestem spóźniona jakieś piętnaście minut.

– Ani słowa – ostrzegam ją, chociaż wiem, że najprawdopodobniej wysłała już Rory'emu przynajmniej trzy SMS-y.

W milczeniu wchodzi za mną do budynku i po chwili stajemy w przestronnym holu głównym, w którym odbywają się warsztaty pisarskie i spotkania autorskie. O tej godzinie panuje tu spory ruch. Mijają nas studenci i wykładowcy, nikt nie zwraca na nas uwagi. Gdybym towarzyszyła Rory'emu, wyglądałoby to zupełnie inaczej: przez salę przeszłaby fala podekscytowanego szeptu, który zacząłby się obok nas, a następnie przemieścił w najdalsze zakątki pomieszczenia. Bez Rory'ego jestem tylko zwykłą twarzą, na której nikt nie zawiesza wzroku. Żadnych znaków szczególnych. Wkrótce przyniesie mi to jednak wiele korzyści.

Wchodzę po schodach na pierwsze piętro, gdzie mieści się część biurowa, a potem kieruję się do małej sali konferencyjnej, w której wszyscy już na mnie czekają.

– Miło panią widzieć – mówi dyrektorka, przyjaźnie się do mnie uśmiechając.

– Dzień dobry, Anito. Zaczynamy? – Zajmuję swoje miejsce, a Danielle siada bezpośrednio za mną. Na początek odbywa się dyskusja o dorocznej imprezie charytatywnej, która ma się odbyć za osiem miesięcy. Nie jestem w stanie wykrzesać z siebie entuzjazmu w związku z czymś, co wydarzy się długo po moim zniknięciu. Z radością zaczynam sobie wyobrażać kolejne spotkanie w Centrum Literatury, na którym mnie już nie będzie. Na pewno będą plotkować o tym, że zostawiłam Rory'ego. Przecież nigdy nawet nie zasugerowałam, że coś jest między nami nie tak. Zawsze tylko się uśmiechałam, aż tu nagle zapadłam się pod ziemię. Dokąd ona pojechała? Nie można tak po prostu odejść i zniknąć bez śladu. Dlaczego nikomu nie udało się jej odnaleźć? Kto pierwszy wspomni o Maggie Moretti? Czy zostanie wypowiedziane na głos pytanie, nad którym wszyscy będą się zastanawiali:

Czy ona na pewno go zostawiła, czy może coś jej się stało?

———•———

Rory opowiedział mi o Maggie Moretti na naszej trzeciej randce.

– Wszyscy pytają mnie, co się stało. – Odchylił się na krześle i założył nogę na nogę. – To była od początku do końca wielka tragedia i wydaje mi się, że nigdy sobie z tym nie poradziłem. – Podniósł kieliszek, zakręcił nim i wypił łyk wina. – Cały czas się kłóciliśmy i Maggie pomyślała, że byłoby dobrze, gdybyśmy wyjechali gdzieś na weekend. Chciała, żebyśmy odzyskali spokój i szczerze ze sobą porozmawiali z dala od zgiełku wielkiego miasta. Niestety, wyjazd niczego nie zmienił. Dalej skakaliśmy sobie do oczu, tylko że w nowym miejscu. – Zaczął mówić ciszej, a ja skupiłam się na jego opowieści i w ogóle nie przeszkadzały mi restauracyjne hałasy. Głos Rory'ego był pełen emocji i nawet nie przeszło mi przez myśl, że może kłamać. – W końcu nie wytrzymałem, wsiadłem do samochodu i wróciłem na Manhattan. Kilka godzin później sąsiedzi zadzwonili pod numer alarmowy i zgłosili, że w domu wybuchł pożar. Maggie znaleziono na podłodze u podnóża schodów. Dowiedziałem się o wypadku dopiero następnego dnia rano, kiedy zadzwoniła do mnie policja. Wtedy gazety o tym nie napisały, ale koroner znalazł w jej płucach dym, co oznaczało, że kiedy zaczęło się palić, jeszcze żyła. Nigdy sobie nie wybaczę, że wróciłem do Nowego Jorku wcześniej. Mogłem ją uratować.

– Dlaczego wielu ludzi myśli, że miałeś coś wspólnego z jej śmiercią?

Wzruszył ramionami.

– Bo to o wiele ciekawsza wersja tej historii. Nie żywię jednak urazy do mediów, chociaż ojciec nigdy nie wybaczył „New York Timesowi". Na szczęście mama nie dożyła publikacji tych szkalujących mnie artykułów. Podejrzewam, że mogłyby się negatywnie odbić na sondażach poparcia – oświadczył z nieskrywaną goryczą, ale szybko zmienił ton głosu. – Najgorsze, że te plotki zszargały dobre imię Maggie. To przeze mnie ludzie pamiętają o niej z zupełnie innego powodu, niż powinni. Dla świata liczy się jej tragiczna śmierć, a nie to, kim była za życia. – Pogrążony w żalu wyjrzał przez okno, za którym widać było nowojorską ulicę. Mżyło, a w kroplach deszczu światła latarni wyglądały jak migoczące w mroku klejnoty. Po chwili Rory opanował emocje i opróżnił kieliszek. – Nie mam pretensji do policjantów za to, że wykonywali swoją pracę. Robili, co do nich należało. Miałem szczęście, że w końcu zwyciężyła sprawiedliwość, bo nie zawsze tak się dzieje. Jednakże całe to doświadczenie głęboko mną wstrząsnęło.

Podszedł do nas kelner, który najwyraźniej czekał na właściwy moment, i położył na stoliku rachunek. Na twarzy Rory'ego pojawił się ciepły, rozbrajający uśmiech, który sprawił, że serce pękło mi na pół. Marzyłam o tym, żeby obdarzył mnie takim samym uczuciem, jakim kiedyś darzył Maggie Moretti.

———•———

– Pani Cook, czy w przyszłym roku również poprowadzi pani naszą cichą aukcję? – pyta Anita Reynolds, spoglądając na mnie z przeciwległego krańca długiego stołu.

– Oczywiście – odpowiadam. – Spotkajmy się w piątek, żeby zdecydować, do kogo należy się zwrócić z prośbą o datki. W tym tygodniu lecę jeszcze do Detroit, ale zdążę wrócić. Proponuję umówić się o drugiej po południu.

Anita kiwa głową, a ja wpisuję datę do elektronicznego kalendarza. Wiem, że już za chwilę informacja o moim spotkaniu pojawi się na iPadzie Danielle i na domowym komputerze Rory'ego. Muszę pamiętać o takich szczegółach jak ustalanie terminów, zamawianie kwiatów i tym podobne. Przyszłość powinna być starannie zaplanowana, chociaż wiem, że mnie już tutaj nie będzie. Robię to jednak we własnym interesie: łatwiej zatrę ślady i utwierdzę wizerunek oddanej małżonki, która bez reszty poświęca się Fundacji Rodziny Cooków.

Zostało trzydzieści jeden godzin.

———•———

Po powrocie do domu idę na górę, żeby się przebrać. Odkrywam, że kiedy byłam na siłowni, Danielle przepakowała moją torbę. Wyjęła z niej wszystkie modne ciuchy, które tak lubię nosić. Zastąpiła je konserwatywnymi kostiumami. Dołożyła też ośmiocentymetrowe szpilki, które kazał mi zakładać Rory.

Zamykam drzwi na klucz i wchodzę do garderoby. Wkładam rękę do wysokiej cholewki zimowego buta, w której schowałam zwinięty w rulon mały plecak. Kupiłam go w zeszłym tygodniu w sklepie sportowym. Rzecz jasna, zapłaciłam gotówką. Rozprostowuję go i wsuwam pod zapinaną na suwak podszewkę torby podróżnej. Następnie wyjmuję z różnych skrytek ubrania, które zamierzam zabrać ze sobą, i pakuję je do walizki. Obcisła puchówka, kilka bluzek z długim rękawem oraz baseballówka z logo NYU, którą kupiłam parę dni temu, żeby móc ukryć twarz przed kamerami hotelowego monitoringu. Do tego moja ulubiona para jeansów. Powinno wystarczyć na kilka pierwszych dni. Wkładam wszystko pod eleganckie stroje spakowane przez Danielle. Nie mogę wziąć zbyt wiele, ponieważ wyraźne braki w szufladach mogłyby wzbudzić podejrzenia. Zamykam torbę na suwak i stawiam ją obok drzwi, a potem siadam na łóżku, żeby nacieszyć się chwilą samotności.

Nadal nie mogę uwierzyć, że się tu znalazłam. W jaki sposób trafiłam w miejsce, które znajduje się tak daleko od mojego domu? Dlaczego zaprzepaściłam marzenia i zostałam kimś zupełnie innym, niż planowałam? Skończyłam przecież z wyróżnieniem Vassar College i mam dyplom historyka sztuki. Zanim wyszłam za mąż, dostałam świetną pracę w domu aukcyjnym Christie's.

Jednak wbrew pozorom to były dla mnie trudne i samotne czasy. Od śmierci mamy i siostry popadłam w otępienie i z trudem utrzymywałam się na powierzchni. Miłość do Rory'ego była dla mnie czymś w rodzaju przebudzenia. Doskonale rozumiał moją stratę, ponieważ sam nosił w sercu nieukojony żal. Zdawał sobie sprawę, że wspomnienia mogą nagle złapać cię za gardło i pozbawić tchu. Wtedy nie jesteś w stanie wykrztusić z siebie nawet jednego słowa i możesz tylko czekać, aż ból ustąpi i znowu będziesz się mógł poruszyć.

———•———

Na korytarzu słyszę jakichś ludzi. Coś szepczą, ale nie mogę zrozumieć poszczególnych słów. Zamieram w bezruchu i czekam, aż wedrą się do środka. Mój mąż na pewno wygłosi kolejny wykład na temat zamykania się na klucz. „Przecież w takiej sytuacji oni nie mogą wykonywać swoich obowiązków, Claire". Na parterze trzaskają drzwi wejściowe i rozlega się tubalny głos Rory'ego. Wygładzam włosy i liczę do dziesięciu, starając się zapanować nad nerwami. Została mi jeszcze jedna noc i muszę dobrze odegrać swoją rolę.

– Claire! – krzyczy w korytarzu mój mąż. – Jesteś w domu?

Biorę głęboki wdech i otwieram drzwi.

– Tak – wołam.

Dwadzieścia osiem godzin.

———•———

– Jak w tym semestrze radzi sobie Joshua? – pyta Rory podczas kolacji naszą kucharkę, gdy ta nalewa nam wino.

Norma się uśmiecha i stawia butelkę na stole obok mojego męża.

– Bardzo dobrze, chociaż nie widuję go tak często, jak bym sobie życzyła.

Rory wypija łyk i z aprobatą kiwa głową.

– Obawiam się, że taka jest kolei rzeczy. Powiedz mu, że trzymam za niego kciuki. Mam nadzieję, że w tym roku również dostanie stypendium rektora.

– Oczywiście, proszę pana. Bardzo dziękuję. Jesteśmy panu tacy wdzięczni.

Rory macha ręką.

– Naprawdę nie ma za co. Cieszę się, że mogę wam pomóc.

Wiele lat temu postanowił, że będzie finansował studia wszystkim dzieciom i wnukom ludzi, którzy pracowali jako jego personel domowy. W rezultacie byli wobec niego bezwzględnie lojalni. Podczas naszych awantur zawsze grzecznie odwracali wzrok, a kiedy płakałam w łazience, udawali, że nic się nie dzieje.

– Claire, spróbuj wina. Jest fantastyczne.

Nauczona doświadczeniem wiem, że nie wolno mi się z nim nie zgodzić. Kiedyś, na samym początku naszego małżeństwa, powiedziałam: „Smakuje jak sfermentowane winogrona".

Rory zachował obojętny wyraz twarzy, jak gdyby w ogóle mnie nie usłyszał. Jednak po chwili podniósł mój kieliszek, wyprostował rękę i upuścił go na podłogę. Szkło roztrzaskało się o twardy parkiet, a wino zalało leżący pod stołem drogi dywan. Norma musiała usłyszeć hałas, ponieważ niemal od razu wybiegła z kuchni.

– Claire jest taka niezdarna – powiedział Rory, ściskając moją rękę. – Ale między innymi dlatego tak bardzo ją kocham.

Norma uklękła na podłodze i zaczęła sprzątać bałagan. W pewnym momencie spojrzała na mnie pytającym wzrokiem. Była wyraźnie zdezorientowana, ponieważ trudno było zrozumieć, w jaki sposób kieliszek wylądował na parkiecie, prawie metr od stołu. Nie byłam w stanie wykrztusić z siebie ani słowa, a Rory ze spokojem zabrał się za jedzenie kolacji.

Norma zaniosła do kuchni wilgotne ręczniki, a potem wróciła z nowym kieliszkiem i nalała mi wina. Kiedy zniknęła, mój mąż odłożył widelec i oświadczył:

– Butelka tego trunku kosztuje czterysta dolarów. Musisz się bardziej starać.

Teraz Rory wbija we mnie wzrok, czekając, aż skosztuję drogiego alkoholu. Jego zdaniem ma wyraźny posmak dębiny i subtelną nutkę wanilii, lecz ja nic takiego nie wyczuwam.

– Doskonałe – mówię.

Od jutra, kiedy już ucieknę, będę piła wyłącznie piwo.

———•———

Po skończonym posiłku idziemy do gabinetu Rory'ego, żeby powtórzyć główne punkty przemówienia, które mam wygłosić jutro podczas uroczystej kolacji. Siadamy naprzeciwko siebie przy biurku, kładę na kolanach laptopa i otwieram dokument Google'a, do którego mój mąż również ma dostęp. Google to jego ulubiona platforma. Załatwia przez nią prawie wszystko, ponieważ w dowolnym momencie może mieć wgląd w to, czym zajmują się jego rodzina i pracownicy. Często zdarza się, że nad czymś pracuję i nagle na ekranie pojawia się jego ikonka. Wtedy wiem, że jestem obserwowana.

W ten sam sposób Rory kontaktuje się ze swoim asystentem Bruce'em. Korzystają z dzielonego dokumentu, po którym nie zostaje później żaden ślad. Piszą do siebie rzeczy, których nie powiedzieliby na głos ani nie umieściliby w zwykłym e-mailu lub SMS-ie. W ciągu ostatnich lat dotarły do mnie jedynie strzępy ich rozmów: „Zostawiłem dla ciebie wiadomość w naszym dokumencie". Albo: „Sprawdź dokument. Dodałem coś nowego, co na pewno będziesz chciał przeczytać". Moje zaginięcie też będą tak omawiali. Pojawią się hipotezy na temat miejsca, do którego pojechałam, i być może powstanie plan, jak mnie wytropić. Ten dokument jest jak prywatny pokój, do którego wstęp mają tylko Rory i Bruce. Mogą tam swobodnie rozmawiać o rzeczach, o których nikt inny nie powinien wiedzieć.

Skupiam uwagę na mężu i zadaję kilka pytań na temat ludzi, do których będę przemawiać. Chcę pokazać, że zależy mi na sukcesie tego wydarzenia. Bruce siedzi skulony w swoim kącie i robi notatki na laptopie, na bieżąco dodając komentarze do mojego przemówienia. Na swoim komputerze widzę mały kursor oznaczony jego imieniem. Pisane przez niego słowa pojawiają się na ekranie jak za dotknięciem czarodziejskiej różdżki. Zaczynam się zastanawiać, ile on wie na temat tego, jak traktuje mnie Rory. Jest strażnikiem wszystkich sekretów mojego męża. Trudno sobie wyobrazić, żeby nie miał pojęcia akurat o tej sprawie.

Kiedy kończymy pracę, Rory zwraca się bezpośrednio do mnie:

– Na pewno pojawią się pytania o przyszłotygodniową konferencję prasową. W ogóle na nie nie odpowiadaj. Po prostu się uśmiechaj i wróć do tematu fundacji.

Mam już dość trwających całe wieki przygotowań do ogłoszenia startu w wyborach. Co kilka dni wyciekają jakieś plotki, a w mediach aż huczy od spekulacji na temat tego, że Rory ma zamiar kontynuować dzieło swojej matki.

Marjorie Cook słynęła z niezwykłych umiejętności negocjacyjnych. Potrafiła przekonać do swoich umiarkowanych poglądów nawet najbardziej konserwatywnych senatorów, którzy zwykle stawali okoniem. Mówiło się nawet, że mogłaby startować w wyborach prezydenckich, a było to przed czasami Hillary Clinton, a nawet Geraldine Ferraro. Niestety, zmarła na raka okrężnicy, kiedy Rory był na pierwszym roku studiów. Zostawiła po sobie pustkę, którą syn wypełnił mieszanką urazy i braku poczucia bezpieczeństwa. Często nie był w stanie nad sobą panować, zwłaszcza wtedy, gdy ktoś, rozmawiając o jego przyszłej karierze politycznej, ośmielał się stawiać mu za wzór przedwcześnie zmarłą panią senator.

– Nic nie wiem o tej konferencji – mówię, kątem oka obserwując, jak Bruce zbiera swoje zabawki: chowa długopisy do szuflady, zamyka laptopa, a potem pakuje torbę, którą zabierze ze sobą do domu.

Po jego wyjściu mój mąż zakłada nogę na nogę i pyta:

– Jak ci minął dzień?

– Dobrze. – Czuję, że drży mi lewa stopa, ale to jedyna oznaka zdenerwowania. Niestety Rory to zauważa i unosi brwi. Wciskam nogę w dywan, starając się nie wykonywać żadnych niepotrzebnych ruchów.

– Byłaś w Centrum Literatury, prawda? – Ma poluzowany krawat, układa palce w piramidkę. Próbuję spojrzeć z dystansu na tego człowieka, którego kiedyś bardzo kochałam. Kurze łapki wokół oczu dowodzą, że lubił się śmiać i że w przeszłości byliśmy razem szczęśliwi. Jednak te same zmarszczki pogłębiały się także z powodu wybuchów wściekłości. Ślepa przemoc zamazała wszystkie dobre cechy, które kiedyś w nim widziałam.

– Tak. Za osiem miesięcy odbędzie się organizowana przez nich doroczna impreza charytatywna. Danielle przepisze notatki i na pewno już jutro będziesz miał do nich dostęp. Zgodziłam się po raz kolejny poprowadzić dla nich cichą aukcję.

– Coś jeszcze? – pyta neutralnym tonem, lecz w ułożeniu jego ramion widzę coś niepokojącego. Dzięki wytrenowanemu przez te wszystkie lata instynktowi jestem w stanie odczytać nawet najdrobniejsze sygnały, które nakazują zachować szczególną ostrożność.

– Nic więcej nie przychodzi mi do głowy.

– Rozumiem – mówi i robi głęboki wdech, jakby miał zamiar rozpocząć medytację. – Mogłabyś zamknąć drzwi?

Wstaję zza biurka i czuję, jak nogi się pode mną uginają. Zbieram się jednak w sobie i powoli wykonuję jego polecenie. Boję się, że jakimś cudem dowiedział się o moich planach. Nie spieszę się, ostrożnie stawiam kroki. Wiem, że jeszcze za wcześnie, żeby wpadać w panikę. Kiedy znowu siadam na krześle, na mojej twarzy nie widać już strachu, tylko zwykłą ciekawość. Rory milczy, więc odzywam się pierwsza:

– Wszystko w porządku?

Wbija we mnie lodowate spojrzenie.

– Myślisz, że jestem idiotą?

Nie potrafię wykrztusić z siebie słowa ani nawet mrugnąć. Przegrałam, zanim w ogóle cokolwiek się zaczęło. Mam w głowie gonitwę myśli. Muszę się uspokoić, znaleźć jakiś punkt oparcia i przekonująco wszystko wyjaśnić: pochowane ubrania, zachomikowane pieniądze i tajemne spotkania z Petrą. Mam ochotę wybiec na korytarz i rzucić się do ucieczki, lecz jakoś się powstrzymuję. Nie mogę tak łatwo odpuścić. Patrzę w ciemne okno, w którym widać odbicie gabinetu, i z wysiłkiem zadaję kolejne pytanie:

– O czym ty mówisz?

– Słyszałem, że dzisiaj znowu się spóźniłaś. Mógłbym wiedzieć dlaczego?

Wypuszczam powoli powietrze, czuję, jak ulatuje ze mnie napięcie.

– Byłam na siłowni.

– Siłownia znajduje się mniej niż kilometr od Centrum Literatury. – Rory zdejmuje okulary i odchyla się na fotelu. Jego twarz nie jest już oświetlona przez lampkę i znika w ciemnościach. – O czym mi nie mówisz?

– O niczym – oświadczam ciepłym głosem. Zmuszam się do bycia miłą, żeby rozwiać jego obawy. – Postanowiłam zostać na zajęciach ze spinninigu, które zaczynają się o wpół do trzeciej.

– Z kim?

– Co masz na myśli? Chcesz wiedzieć, jak nazywa się instruktorka?

– Nie udawaj głupszej, niż jesteś – odpowiada rozeźlonym tonem. – Ciągle albo wybierasz się na siłownię, albo właśnie z niej wracasz. Tak jest codziennie. Masz romans z trenerem? To byłoby takie banalne.

– Nie mam trenera – wyjaśniam, starając się zapanować nad nerwami, choć czuję coraz większą suchość w ustach. – Podnoszę ciężary, ćwiczę na bieżni albo chodzę na zajęcia ze spinningu. Dzisiaj czułam się obolała, więc poszłam do sauny i niestety straciłam poczucie czasu. To wszystko. – Staram się zachować obojętny wyraz twarzy, jednak zdradzają mnie ręce. Trzymam się kurczowo poręczy krzesła, jakby przygotowując się na cios. Rory to widzi i zmuszam się do rozluźnienia uścisku. W pewnym momencie mój mąż wstaje, obchodzi biurko i siada na krześle obok mnie.

– Czeka nas naprawdę dużo ciężkiej pracy, Claire – mówi, wypijając kolejny łyk whisky. – Od przyszłego tygodnia wszystkie spojrzenia będą skierowane na nas. Nie może wybuchnąć żaden skandal.

Powinnam się mocno skupić, żeby moja odpowiedź zabrzmiała przekonująco.

– Nie musisz się niczego obawiać.

Rory pochyla się do przodu i delikatnie całuje mnie w usta, a potem szepcze:

– Cieszę się, że to słyszę.

———•———

Kiedy wreszcie koło jedenastej kładzie się do łóżka, udaję, że już zasnęłam. Wsłuchuję się w jego oddech i czekam, aż się wyrówna i uspokoi. O pierwszej w nocy ostrożnie wysuwam się spod kołdry, gotowa na załatwienie ostatniej sprawy przed ucieczką. Zanim zniknę w ciemnym korytarzu, odłączam od ładowarki leżący na nocnym stoliku telefon Rory'ego i zabieram go ze sobą. Nie chcę, żeby nagle zaczął dzwonić albo wibrować.

Miejska rezydencja rodziny Cooków pachnie pieniędzmi zarobionymi przez poprzednie pokolenia:

wszędzie ciemne drewno i dywany z grubego pluszu. Nocne łazikowanie to dla mnie żadna nowość. Tylko o takiej porze ten dom wydaje mi się mój i mogę chodzić od pokoju do pokoju przez nikogo nieobserwowana. To moja ostatnia przechadzka i czuję z tego powodu smutek. Nie jest mi jednak żal tego miejsca, które było dla mnie czymś w rodzaju luksusowego więzienia, a raczej samej siebie.

To skomplikowane uczucie, ponieważ nie chodzi tylko o to, że straciłam imię i tożsamość, lecz także o to, że moje życie już nigdy nie będzie wyglądało tak, jak kiedyś sobie wyobrażałam. Śmierć naszych marzeń zasługuje na żałobę. W tym momencie dociera to do mnie w pełni.

Przechodzę przez salon, którego wielkie okna wychodzą na Piątą Aleję, a potem spoglądam na drzwi prowadzące do biura Danielle i zastanawiam się, co sobie pomyśli, gdy dowie się o moim zaginięciu. Czy zostanie obwiniona za to, że nie wystarczająco dobrze mnie pilnowała? A może będzie miała wyrzuty sumienia, że nie udzieliła mi pomocy, kiedy miała taką możliwość?

Idę wąskim korytarzem, który prowadzi do mojego gabinetu, niewielkiego pomieszczenia z ciężkim mahoniowym biurkiem. Na podłodze leży turecki dywan, który prawdopodobnie jest wart więcej niż dom mojej matki w Pensylwanii. Cieszę się, że w moim nowym lokum meble nie będą kosztowały setek tysięcy dolarów. Marzę o kolorowych ścianach i roślinach, które będzie trzeba podlewać. Chciałabym mieć niepasujące do siebie talerze i kieliszki, których nie trzeba zamawiać z wielotygodniowym wyprzedzeniem, jeśli przypadkiem się potłuką.

Spoglądam przez ramię. Boję się, że ktoś mnie tu przyłapie w środku nocy, przejrzy na wylot i pozna moje zamiary. Zamieniam się w słuch, ale cisza aż dzwoni mi w uszach. Czyżby dwa piętra wyżej ktoś chodził? Nie, tylko mi się wydawało. Nikogo nie ma i słyszę tylko, jak wali mi serce.

Otwieram górną szufladę biurka i wyjmuję małego pendrive'a, z którego korzystałam, zanim Rory nakazał wszystkim używać dokumentów Google'a. Zerkam na wiszące na ścianie zdjęcie mojej mamy i siostry. Zostało zrobione przed tym, jak poszłam do college'u. Wtedy nie znałam jeszcze Rory'ego, a moje życie wyglądało zupełnie inaczej.

„Jedziemy na piknik – ogłosiła moja mama pewnego sobotniego popołudnia. Stała w drzwiach prowadzących do kuchni, a ja i Violet siedziałyśmy na sofie i gapiłyśmy się w telewizor. Żadna z nas nie miała ochoty ruszać się z domu. Byłyśmy w trakcie maratonu serialowego i wolałyśmy oglądać kolejne odcinki *Strefy mroku*. Mama nie dawała jednak za wygraną. – Do wyjazdu Claire nie zostało nam zbyt wiele wspólnych weekendów – powiedziała. Violet obrzuciła mnie gniewnym spojrzeniem. Nie podobało jej się, że wybrałam Vassar, a nie jedną z miejscowych szkół. – Chciałabym spędzić dzień na świeżym powietrzu ze swoimi córkami".

Trzy lata później nie miałam już rodziny.

Godzinę przed wypadkiem rozmawiałam z mamą przez telefon. To była jedynie krótka pogawędka, ale wciąż pamiętam jej głos. Mówiła, że ma mało czasu i że właśnie jadą z Violet na pizzę. Obiecała, że się odezwie, kiedy wrócą do domu. Przez te wszystkie lata zastanawiałam się, czy gdybyśmy porozmawiały dłużej, to moja mama i siostra nadal by żyły. A może wystarczyłoby, żebym w ogóle nie zadzwoniła? Wtedy przejechałyby wcześniej przez skrzyżowanie i nie spotkałyby pijanego kierowcy.

W snach wciąż słyszę rytmiczny szum wycieraczek, wybuchy radosnego śmiechu i moją mamę śpiewającą piosenkę, która właśnie leciała w radiu. A potem krzyk Violet, nagły pisk opon, brzęk tłuczonego szkła, zgrzyt metalu i syk pary wodnej.

Na końcu jest tylko cisza.

———•———

Przyglądam się siostrze: na zdjęciu szeroko się uśmiecha, a moja mama jest tylko rozmazaną postacią w tle. Chciałabym zdjąć fotografię ze ściany, schować ją do walizki między warstwy ubrań i zabrać ze sobą jak talizman. Wiem, że to niemożliwe. Myśl, że muszę zostawić tę cenną pamiątkę, osłabia moją motywację do działania.

Muszę wziąć się w garść. Odrywam wzrok od uśmiechniętej twarzy Violet. Na tym zdjęciu już zawsze będzie dzieckiem, przed którym zostało zaledwie kilka lat życia. Po chwili wchodzę do przestronnego gabinetu Rory'ego. Uwagę przyciągają wyłożone boazerią ściany, eleganckie półki z książkami i ogromne biurko, na którym stoi wyłączony komputer. Mijam ciężki mebel i podchodzę do regału stojącego bezpośrednio za nim. Wyjmuję wolumin w czerwonej okładce, odkładam go na bok i wsuwam dłoń głęboko w szczelinę, szukając palcami małego guzika. Kiedy go naciskam, słychać cichy trzask, a znajdująca się pod półkami boazeria lekko się uchyla, ujawniając tajną skrytkę.

Nie tylko Danielle pamięta o tym, żeby mieć oczy szeroko otwarte i robić notatki.

Otwieram schowek i wyjmuję z niego laptopa Rory'ego. Mój mąż z zasady nie przechowuje dokumentów: żadnych rachunków, zaświadczeń ani nawet fotografii. „Papiery łatwo gdzieś zgubić i stracić nad nimi kontrolę" – wyjaśnił mi kiedyś. Wszystko trzyma na tym komputerze. Nie do końca wiem, o jakie sekrety może chodzić, ale ta wiedza nie jest mi wcale potrzebna. To na pewno coś ważnego, inaczej by tego nie chował. Niewykluczone, że laptop zawiera dane dotyczące nieudokumentowanych przepływów finansowych na kontach fundacji albo szczegóły tego, w jaki sposób mój mąż nielegalnie wyprowadza pieniądze do rajów podatkowych. Jeżeli uda mi się skopiować zawartość twardego dysku, będę miała w ręku mocną kartę przetargową na wypadek, gdyby Rory wpadł na mój trop.

Niezależnie od szantażu, do którego posunęłam się w liście, nie mam wątpliwości, że mój mąż zada sobie wiele trudu, by mnie odszukać. Omawiałam nawet z Petrą możliwość upozorowania własnej śmierci. Najlepszy byłby tragiczny wypadek, po którym nie dałoby się odnaleźć ciała. Jednak Nico przestrzegł nas przed takim pomysłem.

– Na pewno trąbiłyby o tym wszystkie media i jeszcze trudniej byłoby ci się ukryć. Lepiej, żebyś po prostu odeszła. Na początku brukowce rzucą się na temat, ale sprawa szybko przycichnie.

Tak jak się spodziewałam, laptop jest chroniony hasłem. Rory korzysta ze wszystkich moich urządzeń, lecz ja nie mogę ruszać jego zabawek. Wiem jednak, że nie lubi zawracać sobie głowy głupotami takimi jak na przykład kody dostępu. To robota Bruce'a, który zapisuje wszystko w notesiku, a notesik chowa w biurku.

Od wielu tygodni uważnie go obserwowałam, zwracając szczególną uwagę na momenty, kiedy Rory prosił go o jakieś hasło. Bruce wyciągał wtedy zielony kajecik, gorączkowo wertował kartki i podawał potrzebne informacje swojemu pryncypałowi. Chciałam się dowiedzieć, gdzie Bruce ma swoją kryjówkę, więc kręciłam się koło gabinetu Rory'ego, udając, że poprawiam stojący w korytarzu bukiet kwiatów, lub przystawałam w drzwiach, żeby poszukać czegoś w torebce.

Teraz dobrze wiem, gdzie szukać. Podchodzę do biurka i przesuwam dłoń pod krawędzią blatu. Moje palce natrafiają na małą dźwignię, która otwiera szufladę z notesikiem. Szybko przerzucam kartki wypełnione numerami kont i hasłami do różnych serwisów typu Netflix, HBO czy Amazon. Doskonale zdaję sobie sprawę, że liczy się każda minuta, a może nawet sekunda.

Wreszcie prawie na samym końcu znajduję to, co jest mi potrzebne. MacBook. Wklepuję do komputera serię cyfr i liter. Udało się! U góry ekranu zegar pokazuje, że jest wpół do drugiej w nocy. Podłączam pendrive'a i zaczynam ściągać pliki. Jest ich wiele tysięcy i na pewno trochę to potrwa. Znowu zerkam na drzwi i staram się spojrzeć na siebie z zewnątrz: zakradłam się do gabinetu Rory'ego w samej piżamie i kopiuję zawartość jego laptopa. Zastanawiam się, co by zrobił, gdyby mnie przyłapał. Stanąłby w progu, spojrzał na mnie z wściekłością, zrobił cztery kroki do przodu, wywlókł na korytarz i na siłę zaciągnął do naszej sypialni.

Głośno przełykam ślinę.

Gdzieś na górze znowu coś skrzypi. Albo czyjeś kroki, albo trzeszcząca deska w podłodze. Serce znowu wali mi jak szalone, a na czole pojawia się cienka warstwa potu. Ukradkiem wychodzę z gabinetu, wstrzymuję oddech i zaczynam nasłuchiwać. Staram się wytężyć zmysły, lecz jednocześnie ogarnia mnie panika. Cisza. Nic się nie dzieje. Po kilku minutach wracam do komputera i wbijam wzrok w ekran, modląc się, żeby czas biegł szybciej.

W pewnym momencie moją uwagę znowu przyciąga notesik Bruce'a. Jest wypełniony hasłami, które dają dostęp do wszystkich zakamarków życia Rory'ego: jego kalendarza, skrzynki pocztowej i słynnego Dokumentu. Gdybym miała do niego wgląd, mogłabym śledzić ich poczynania. Wiedziałabym, co mówią o moim zniknięciu i gdzie mnie szukają. Zawsze wyprzedzałabym ich o krok.

Zerkam w stronę pustego korytarza i zaczynam kartkować notes. Po chwili znajduję hasło do e-maila mojego męża, nerwowym ruchem sięgam po leżący na biurku bloczek Post-it i zapisuję hasło. W tym samym czasie komputer kończy kopiować pliki. Wiszący na parterze zegar wybija drugą. Wyciągam pendrive'a z gniazdka, chowam laptopa do skrytki, a potem odkładam na miejsce notes i książkę w czerwonej okładce. Rozglądam się po pokoju, żeby sprawdzić, czy nie zostawiłam żadnych śladów.

Potem wracam do swojego biura. Została mi już tylko jedna rzecz do zrobienia.

Siadam w swoim fotelu. Skórzane obicie przyjemnie chłodzi moją skórę. Otwieram laptopa. Na ekranie wciąż widnieje tekst przemówienia, które mam wygłosić w Detroit. Zamykam plik i wiem, że dokładnie w tym samym momencie ikona z moim imieniem znika z innych wersji tego dokumentu. Wylogowuję się też z poczty. Wracam na stronę główną Gmaila i przez dłuższą chwilę siedzę w ciszy. W tle słychać tylko ciche tykanie zegara. Robię głęboki wdech i powoli wypuszczam powietrze, żeby zapanować nad nerwami. Usiłuję przewidzieć każdą okoliczność i każdą rzecz, która może pójść nie tak. Jeszcze raz sprawdzam, która godzina. Mam nadzieję, że o drugiej w nocy wszyscy smacznie śpią: Bruce, Danielle i, rzecz jasna, Rory. Miliony razy żałowałam, że nie mieszkam w mniejszym domu. Wolałabym, żeby ściany były cieńsze, a miękkie dywany nie tłumiły tak skutecznie odgłosu kroków. Chciałabym słyszeć chrapanie swojego męża, ale niestety śpi teraz dwa piętra nade mną i nie mam pojęcia, czy grozi mi z jego strony jakieś niebezpieczeństwo. Muszę skończyć to, co zaczęłam.

Wpisuję w okienko adres jego poczty, a potem zerkam na karteczkę Post-it i ostrożnie wstukuję hasło. Naciskam „Dalej". Niemal natychmiast wibruje leżący na biurku telefon Rory'ego, a na ekranie wyświetla się powiadomienie: „Na twoje konto zalogowano się z nowego urządzenia". Przesuwam palcem w lewo, żeby skasować komunikat, a potem skupiam uwagę na komputerze. Mam przed oczami skrzynkę pocztową Rory'ego. Na samej górze długiej listy nieprzeczytanych wiadomości znajduje się to samo ostrzeżenie, które zostało wysłane na komórkę. Usuwam je, a następnie opróżniam kosz, żeby nie zostawić po sobie żadnych śladów.

Przeglądam zawartość różnych folderów. Moją uwagę przykuwa plik zatytułowany „Notatki robocze". To musi być ten słynny Dokument. Otwieram go, wstrzymując oddech i zastanawiając się, na co natrafię, ale w środku nic nie ma. Muszę poczekać do jutra, ale już wyobrażam sobie, że ukrywając się gdzieś w Kanadzie, będę w ciszy obserwować, jak Rory i Bruce starają się wyjaśnić moje zniknięcie i zrozumieć, co się tak naprawdę wydarzyło. Najważniejsze, że będę wtajemniczona we wszystko, co sobie powiedzą. Żadna z ich prywatnych rozmów nie będzie dla mnie sekretem.

Na górze dokumentu widzę napis: „Ostatnie poprawki wprowadził Bruce Corcoran pięć godzin temu". Klikam w to, ciekawa, co się stanie. Po prawej stronie ekranu wyświetla się długa lista: „15:53 Rory Cook dodał komentarz", „15:55 Bruce Corcoran dodał komentarz". Żadnych szczegółów. Przesuwam wzrok niżej i na samym dole widzę niezaznaczone okienko „Pokaż zmiany". Nie mam jednak czasu na studiowanie tej korespondencji. Udało mi się zalogować i to na razie wystarczy.

Przechodzę do ustawień swojego komputera i zmieniam hasło. Chcę mieć pewność, że tylko ja będę miała do niego dostęp.

Potem wyłączam urządzenie i wspinam się po schodach na górę. Po kilku chwilach jestem już w sypialni. Rory śpi spokojnie w naszym łóżku. Podłączam jego telefon z powrotem do ładowarki i chowam się w łazience razem z pendrive'em i karteczką Post-it, na której zapisałam hasło. Wyciągam z kosmetyczki plastikowe etui, otwieram je, wyrzucam do kosza tanią szczoteczkę do zębów i wkładam na jej miejsce pendrive'a zawiniętego w kartkę z kodem, a potem chowam wszystko między tubkami i balsamami. Zasuwam kosmetyczkę i patrzę w lustro. Jestem otoczona luksusem, za który zapłaciłam pieniędzmi Rory'ego. Marmurowe blaty, wanna z hydromasażem i prysznic wielkości sporego samochodu. To miejsce bardzo różni się od małej łazienki, z której korzystałam w rodzinnym domu. Rano kłóciłam się z Violet o to, która z nas może wejść pierwsza, aż wreszcie mama postanowiła wymontować z drzwi zamek.

– Nie mamy czasu na prywatność – oznajmiła.

Marzyłam o dniu, kiedy będę mogła się zamknąć i spędzić na porannej toalecie tyle czasu, ile będę chciała. Teraz oddałabym wszystko za powrót do starych czasów, kiedy mieszkałyśmy w trójkę i codziennie musiałyśmy w ścisku szczotkować zęby, nakładać makijaż i suszyć włosy.

Za domem Rory'ego na pewno nie będę tęsknić.

Wyłączam światło, wracam do sypialni i po raz ostatni kładę się do łóżka obok swojego męża.

Zostały dwadzieścia dwie godziny.

CLAIRE

Musiałam zasnąć, ponieważ nagle budzi mnie dźwięk alarmu. Mrugam, żeby się ocknąć, a potem rozglądam się po pokoju. Słońce już wstało, a obok mnie nie ma Rory'ego. Patrzę na zegar: jest wpół do ósmej.

Siadam na łóżku, próbuję uspokoić nerwy i wykrzesać z siebie energię do działania. Po kilku minutach idę do łazienki. Uruchamiam prysznic i patrzę, jak para wodna osiada na lustrze. Sprawdzam, czy mój pendrive nadal leży schowany w kosmetyczce. Na szczęście wszystko jest na miejscu.

Wchodzę do kabiny i kieruję strumień gorącej wody na plecy. Czuję narastającą ekscytację. Po roku planowania, kiedy żyłam w ciągłym strachu, bojąc się, że nawet najmniejszy błąd może doprowadzić do katastrofy, wreszcie dotarłam do wielkiego finału. Jestem spakowana i mam wszystko, czego potrzebuję. Rory zniknął: poszedł na jakieś spotkanie albo siedzi w swoim gabinecie. Nie ma to teraz większego znaczenia. Wystarczy, że się ubiorę i po raz ostatni wyjdę z tego domu.

Szybko się myję, a potem wkładam swój ulubiony szlafrok. Myślami jestem już zupełnie gdzie indziej: spokojny lot do Detroit, wizyta w szkole, a na koniec bankiet. Potem będę musiała jeszcze poczekać, aż wszyscy zasną, jednak kiedy odhaczę te wszystkie punkty, będę wolna.

Wychodzę z łazienki w radosnym nastroju, jednak na widok krzątającej się po pokoju Constance staję jak wryta. Dziewczyna pracująca dla nas jako pokojówka postawiła walizkę na łóżku, rozsunęła zamek błyskawiczny i właśnie wyciąga z niej grube zimowe ubrania, które zapakowałam na wierzchu.

Zasłaniam szyję połą szlafroka i pytam:

– Co ty wyrabiasz? – Wbijam w nią wzrok, uważnie śledząc ruchy jej rąk, którymi wyjmuje z walizki kolejne rzeczy. Przygotowuję się na moment, kiedy znajdzie ukryty pod podszewką mały plecak. Zdaję sobie sprawę, że niebieskie jeansy nie nadają się na służbowy wyjazd do Detroit. W torbie są też puchowa kurtka i koszulki z długim rękawem, których nikt wcześniej nie widział.

Constance wyciąga jednak tylko ciepłe ubrania, zanosi je z powrotem do szafy i wraca z lżejszymi rzeczami: kilkoma letnimi sukienkami i parą lnianych spodni. Mój jasnoróżowy sweterek z kaszmiru leży teraz na łóżku i wydaje się zbyt cienki, żeby zakładać go w ten zimny poranek w drugiej połowie lutego. W pewnym momencie dziewczyna ogląda się przez ramię i posyła mi przyjazny uśmiech.

– Pan Corcoran chciałby z panią porozmawiać – mówi.

Bruce musiał czekać na korytarzu, ponieważ kiedy pokojówka wypowiada jego nazwisko, wchodzi do sypialni i zatrzymuje się w progu, lekko skonsternowany faktem, że właśnie wyszłam spod prysznica.

– Nagła zmiana planów – oświadcza. – Pan Cook osobiście złoży wizytę w szkole w Detroit, a pani ma polecieć do Portoryko. Działa tam organizacja charytatywna zajmująca się niesieniem pomocy ofiarom huraganów. Uznaliśmy, że nasza fundacja powinna ją wspomóc.

Czuję się tak, jakby niebo zwaliło mi się na głowę, a ogromna siła grawitacyjna wciągała mnie do środka ziemi.

– Co takiego?

– Pan Cook jedzie do Detroit – powtarza Bruce. – Wyjechał razem z Danielle dziś wcześnie rano. Nie chciał pani budzić.

Constance zapina moją torbę na suwak, mija Bruce'a i znika w korytarzu.

– Wylatuje pani z lotniska JFK o jedenastej.

– Z JFK? – szepczę, z trudem nadążając za nadmiarem nowych informacji.

– Pan Cook wziął prywatny odrzutowiec, więc trzeba było zarezerwować dla pani bilet na samolot linii Vista Air. Nad Karaibami ma się rozpętać huragan. Okazało się, że to ostatni możliwy lot. Mieliśmy dużo szczęścia, że udało się zdobyć dla pani miejsce.

– Patrzy na zegarek. – Poczekam na korytarzu, aż się pani ubierze. Musimy być na lotnisku najpóźniej o dziewiątej.

Zamyka drzwi, a ja opadam na łóżko. Mam kompletny mętlik w głowie. Położyłam się spać na raptem kilka godzin i w tym czasie wszystkie moje plany szlag trafił. To, co udało mi się zgromadzić – czterdzieści tysięcy dolarów w gotówce, fałszywe dokumenty od Nico i list pożegnalny – czeka w Detroit. Paczka trafi w ręce Rory'ego i mój mąż o wszystkim się dowie.

———•———

Jakimś cudem udaje mi się ubrać i już wkrótce siedzę na tylnej kanapie wynajętej limuzyny, która zmierza na lotnisko. Bruce przedstawia mi plan podróży. W tonie jego głosu słyszę odrobinę mniej szacunku, niż kiedy jesteśmy w towarzystwie Rory'ego. Nie zwracam jednak szczególnej uwagi na jego paplaninę, ponieważ staram się znaleźć jakieś rozwiązanie, które mogłoby odmienić tę beznadzieją sytuację.

Nagle wibruje mój telefon. Dostaję wiadomość od męża:

Przepraszam za zmianę planów w ostatniej chwili. Jesteśmy jakieś pięć minut drogi od hotelu. Zadzwoń do mnie, jak będziesz na miejscu. Ciesz się ciepłą pogodą, bo tutaj są niecałe dwa stopnie powyżej zera.

Jeszcze nic nie wie. Może wciąż mam czas, żeby wszystko odkręcić? Ściskam kurczowo telefon i modlę się, żeby samochód jechał szybciej. Na lotnisku będę mogła zastanowić się, co dalej.

– Zatrzyma się pani w San Juan w hotelu Caribe – wyjaśnia Bruce, czytając notatki z ekranu smartfona. – Zarezerwowaliśmy pokój na dwie doby, ale niewykluczone, że zostanie pani dzień dłużej, więc Danielle odwołała piątkowe spotkanie.

Patrzy na mnie, więc kiwam głową, ale nic nie mówię, ponieważ boję się, że zadrży mi głos. Nie mogę się doczekać chwili, kiedy będę mogła zadzwonić do Petry i jakoś zażegnać katastrofę. Muszę jednak poczekać, aż dojedziemy na lotnisko, gdzie jedynymi osobami, które mogłyby usłyszeć moją rozmowę, będą nieznajomi.

———•———

Limuzyna zatrzymuje się przy krawężniku, a Bruce daje mi ostatnie instrukcje:

– Vista Air, lot numer czterysta siedemdziesiąt siedem. Kartę pokładową ma pani w telefonie. Na miejscu ktoś będzie na panią czekał. Gdyby miała pani jakieś pytania, proszę zadzwonić do Danielle.

Przechodzę przez automatyczne drzwi prowadzące do ogromnej hali odlotów. Cały czas jestem świadoma, że za moimi plecami znajduje się limuzyna jadąca powoli wzdłuż krawężnika. Po prostu idź przed siebie, powtarzam w myślach. Zachowuj się normalnie. Staję w wijącej się kolejce do kontroli bezpieczeństwa. Odblokowuję telefon i przeglądam pocztę, żeby znaleźć plan wyjazdu do Detroit, który dostałam kilka dni temu od Danielle. Otwieram plik i wybieram numer do hotelu.

– Exelsior – odzywa się kobieta pod drugiej stronie linii.

– Dzień dobry – mówię, starając się zachować spokojny ton głosu. – Dziś wieczorem miałam zatrzymać się u państwa, ale niestety niemal w ostatniej chwili musiałam zmienić plany. Rano miałam dostać paczkę i byłabym wdzięczna, gdyby ją pani przekierowała na inny adres.

– Oczywiście – odpowiada recepcjonistka. – Jak się pani nazywa?

Czuję, że ucisk w mojej piersi ustępuje, i robię głęboki wdech. Może jeszcze się uda. Odeślą paczkę do San Juan, a ja będę mogła uciec.

– Claire Cook.

– Aha, pani Cook! Dostaliśmy już przesyłkę i niecałe dziesięć minut temu przekazaliśmy ją pani mężowi – oznajmia radosnym głosem kobieta, najwyraźniej wciąż podekscytowana spotkaniem z tak ważną osobą.

Ściskam kurczowo telefon, przed moimi oczami pojawiają się mroczki i z trudem utrzymuję równowagę. Wyobrażam sobie, jak zaaferowany Rory wpada do hotelowego pokoju i zaczyna gorączkowo przeglądać e-maile, sprawdzać, kto do niego dzwonił, i weryfikować tekst swojego przemówienia. W pewnym momencie przypomni sobie o paczce FedEx-u. Nie będzie miało znaczenia, że jest zaadresowana do mnie. Widzę, jak ją otwiera i zagląda do środka. Jego uwagę przyciągają ciasno poukładane pliki banknotów. Po chwili wyciąga zwykłą kopertę, do której schowałam nowe prawo jazdy, paszport, karty kredytowe i inne sfałszowane dokumenty. Uważnie przygląda się nazwisku – Amanda

Burns – a potem patrzy na moje zdjęcie. Wreszcie natrafia na list – już ostemplowany i zaadresowany na jego nowojorski adres – w którym znajdują się wszystkie wyjaśnienia.

– Pani Cook? – Głos recepcjonistki wyrywa mnie z zamyślenia. – W czym mogę jeszcze pani pomóc?

– Już w niczym – mówię bardzo cicho, niemal szeptem. – Dziękuję. – Rozłączam się i zaczynam pospiesznie rozważać pozostałe możliwe wyjścia z tej sytuacji. Mogłabym polecieć gdzie indziej, po prostu podejść do okienka i kupić bilet do Miami albo Nashville. W ten sposób jednak zostawiłabym po sobie elektroniczny ślad. Cała zachomikowana gotówka, która miała służyć do zatarcia tropów, jest teraz w Detroit razem z Rorym.

Przeglądam listę kontaktów i zatrzymuję się na salonie stylizacji paznokci U Niny. Pod tym hasłem znajduje się numer do Petry.

Odbiera po trzecim sygnale.

– To ja, Claire. – Nagle zdaję sobie sprawę, że wokół mnie jest pełno ludzi. Ściszam głos i wyjaśniam, co się stało: – Rory zmienił plany. Wysyła mnie do Portoryko. Najgorsze, że... – ledwie jestem w stanie wykrztusić z siebie poszczególne słowa – ...sam poleciał do Detroit.

Wkładam wszystkie siły w to, żeby opanować napad histerii, i ledwo mi się udaje.

– O mój Boże – szepcze Petra.

– Zadzwoniłam do hotelu. Okazało się, że już przekazali paczkę Rory'emu. – Głośno przełykam ślinę. – Co mam teraz robić?

Kolejka przesuwa się powoli do przodu. Petra milknie, żeby zebrać myśli. W słuchawce zalega cisza.

– Wyjdź przed terminal i złap taksówkę. Możesz u mnie zostać, dopóki nie wymyślimy czegoś lepszego.

Od stanowiska kontroli bezpieczeństwa dzieli mnie zaledwie kilka osób. Z każdą minutą zmniejszają się moje możliwości. Jak tylko Rory dowie się, co planowałam, zablokuje dostęp do wszystkich kont i zrobi, co w jego mocy, żebym jak najszybciej znalazła się w domu. Wracam myślami do czasu, kiedy podjęłam pierwszą próbę ucieczki. Wyobrażam sobie, że Rory wykłada właśnie na stół świadczące przeciwko mnie dowody. Doskonale wiem, co się za chwilę stanie. Niewykluczone, że mój mąż postąpi zgodnie z instrukcjami: wyda oficjalne oświadczenie o naszym rozstaniu i poprosi media o uszanowanie mojej prywatności. W ten sposób wykorzysta sytuację przeciwko mnie. Bardzo możliwe, że zupełnie nieświadomie przyczynię się do sfingowania własnego samobójstwa.

– Jestem za blisko – mówię Petrze. – Ktoś mnie zobaczy.

– Mieszkam w pieprzonej Dakocie. Nikt tu nie przyjeżdża bez mojego zaproszenia.

– Tak jak przynajmniej trzech znajomych mojego męża – przypominam jej. – Jestem pewna, że rozbierze moje życie na czynniki pierwsze i wszystko skrupulatnie przeanalizuje. Z łatwością uzyska dostęp do wyciągów bankowych i billingów, które doprowadzą go do ciebie. I do Nica. Oraz do mnie, jeśli będę się ukrywać w twoim domu. – Zerkam w stronę umundurowanych agentów TSA, którzy kierują ludzi w lewo albo w prawo, do poszczególnych stanowisk kontrolnych. Przede mną zostały tylko trzy osoby. – Myślę, że w Portoryko mam większe szanse, żeby zniknąć. Po przejściu huraganu ciągle panuje tam chaos, brakuje prądu i nie wszystko działa, jak należy. Miejscowi będą chętnie przyjmować gotówkę, nie zadając zbyt wielu pytań. – Nie wspominam o tym, że nie mam przy sobie prawie żadnych pieniędzy. Trudno mi będzie przeżyć bez czyjejś pomocy. Co więcej, z wyspy trudno wydostać się niepostrzeżenie. Liczba lotnisk i portów jest bardzo ograniczona. Wcześniej obiecywałam, że nie będę już o nic prosić, ale zostałam przyparta do muru. – Czy Nico ma tam jakieś kontakty?

Petra wzdycha i zaczyna się zastanawiać.

– Chyba tak – odpowiada po dłuższej chwili. – Niewiele wiem na ten temat. Nico trzyma mnie z daleka od facetów, z którymi prowadzi interesy. To nie są mili ludzie, Claire. Nawet jeśli nawiążesz z nimi kontakt, mój brat będzie potrzebował czasu, żeby cię stamtąd zabrać. Naprawdę tego chcesz?

Wyobrażam sobie przyjeżdżającą po mnie czarną limuzynę i przechodzi mnie lodowaty dreszcz. Odbiera mnie mężczyzna, z którego twarzy nie da się nic wyczytać, a potem ląduję w zimnym pokoju pełnym kobiet, skrępowanych i skutych łańcuchami. Na betonowej podłodze walają się poplamione, zapleśniałe materace. Nagle przypominam sobie wściekłość malującą się na twarzy Rory'ego i to, co ze mną zrobi, kiedy wreszcie mnie dorwie. Próba ucieczki będzie dla niego szczytem zniewagi i upokorzenia. Wiem, że zapłacę za nią wysoką cenę.

– Zadzwoń do Nica – mówię.

– Gdzie się zatrzymasz?

Podaję jej szczegóły i słyszę, jak Petra szuka w szufladzie długopisu.

– Okay. Na miejscu ktoś się z tobą skontaktuje. Bądź gotowa na błyskawiczną ewakuację.

Ogarnia mnie strach, ponieważ nie mam pewności, czy Nico będzie w stanie mi pomóc. I czy rzeczywiście tego chcę.

Petra daje mi kolejne wskazówki.

– Znajdź jakiś bankomat i wypłać tyle pieniędzy, ile się da. Tak na wszelki wypadek.

Jestem już na przodzie kolejki i ludzie czekają, aż skończę rozmawiać i wyłożę swoje rzeczy na taśmociąg.

– Muszę się rozłączyć – mówię.

– Spróbuj zachować zimną krew. Odezwę się do ciebie, jak tylko będę mogła.

Kończę rozmowę i ogarniają mnie wątpliwości, czy dobrze postąpiłam. Znalazłam się w ogromnym niebezpieczeństwie, a moje życie właśnie zamieniło się w koszmar.

EVA

W głosie kobiety słychać było desperację. „To ja, Claire". Kiedy mówiła te słowa, z trudem powstrzymywała się od płaczu. Eva obserwowała ją zafascynowana. Dobrze znała histeryczne zachowanie kogoś, komu grozi niebezpieczeństwo. Ta kobieta przed kimś uciekała. Tak jak Eva.

Dyskretnie rozejrzała się wokół siebie, żeby zlustrować tłoczących się w długiej kolejce pasażerów. Rodzina z kilkoma wielkimi walizkami, które z pewnością nie kwalifikowały się jako bagaż podręczny. Stojąca za nią para kłócąca się szeptem o to, że za późno przyjechali na lotnisko. Chciała wiedzieć, czy oprócz niej ktoś jeszcze obserwował ludzi czekających na kontrolę bezpieczeństwa i mógł zapamiętać zdenerwowaną kobietę, która rozmawiała przez telefon.

Claire. Jej imię. Jedna sylaba, która odbijała się echem w głowie Evy. Przysunęła się bliżej, udając, że jest pochłonięta swoim telefonem. Kupiła go dwadzieścia cztery godziny temu na innym lotnisku. Zaczęła się przyglądać stojącej przed nią kobiecie: ciemne, sięgające ramion włosy, droga torebka Birkin, modne adidasy, dopasowane spodnie i dobrze leżący na jej drobnej figurze jasnoróżowy sweterek z kaszmiru.

– Myślę, że w Portoryko mam większe szanse, żeby zniknąć – powiedziała nieznajoma. Eva przysunęła się jeszcze bliżej, żeby nic jej nie umknęło. – Po przejściu huraganu ciągle panuje tam chaos, brakuje prądu i nie wszystko działa, jak należy. Miejscowi będą chętnie przyjmować gotówkę, nie zadając zbyt wielu pytań.

Eva poczuła, jak jej puls przyspiesza. „Brakuje prądu": właśnie tego potrzebowała. Portoryko rozwiąże jej problemy, a Claire pomoże jej się tam dostać.

Kiedy znalazły się na przodzie kolejki, agent TSA skierował Evę na lewą stronę, a Claire poszła na prawo, do dość odległego stanowiska kontrolnego. Eva chciała iść za nią, lecz funkcjonariusz zagrodził jej drogę. Cały czas obserwowała kobietę w różowym sweterku: ta szybko przeszła przez bramkę, zabrała swoje rzeczy po drugiej stronie skanera i zniknęła w tłumie.

Eva miała ochotę się przepchnąć, ale wiedziała, że to zły pomysł. Była sfrustrowana, ponieważ przez cały ranek czekała na Claire, i nie chciała jej teraz zgubić. Utknęła za jakimś starszym facetem, który miał problem z przejściem przez bramkę. Każda jego próba kończyła się zapaleniem czerwonego światełka. Napięcie

Evy rosło, a ona marzyła tylko o tym, żeby znaleźć się po drugiej stronie.

Wreszcie mężczyzna wyjął z kieszeni garść monet, starannie je przeliczył, położył na tacce i przeszedł przez bramkę.

Eva wsadziła do jednego plastikowego pojemnika płaszcz i buty, a do drugiego sportową torbę. Postawiła wszystko na taśmociągu, odetchnęła głęboko i ruszyła przed siebie. Po przejściu kontroli szybko spakowała swoje rzeczy, złapała telefon oraz bagaż i zaczęła się rozglądać za różowym sweterkiem. Niestety Claire jakby zapadła się pod ziemię.

Eva miała wrażenie, że znowu dostała kopniaka od losu. Jeśli kupi kolejny bilet albo wypożyczy samochód, zostawi po sobie ślad, a ludzie, którzy jej szukają, szybko się zorientują, dokąd uciekła.

Lustrowała wzrokiem tłum, zwalniała kroku przed każdą restauracją i zaglądała do sklepików z gazetami. W oddali zobaczyła monitory i postanowiła sprawdzić, z której bramki odlatuje samolot do San Juan. Na pewno znajdzie tam Claire: przecież ta kobieta nie mogła po prostu zniknąć.

Kiedy mijała bar, zauważyła jednak różowy sweterek, wyraźnie kontrastujący ze znajdującym się z tyłu szarym oknem. Claire siedziała sama przy kontuarze i sączyła drinka, bacznie przyglądając się innym pasażerom. Była czujna niczym zwierzę gotowe do ucieczki przed drapieżnikiem.

Eva udała, że nie zwraca na nią uwagi, i poszła dalej. Claire nie otworzy się przecież przed nieznajomą kobietą, która spyta, czy można jej jakoś pomóc. Trzeba było subtelniejszej strategii. Eva przez dłuższą chwilę snuła się po księgarni, wybrała jakiś magazyn i zaczęła go kartkować, czekając na właściwy moment.

W pewnej chwili Claire podniosła do ust szklankę z drinkiem.

Eva odłożyła czasopismo, wyszła ze sklepu i stanęła przed ogromnymi oknami wychodzącymi na płytę lotniska. Nagle obróciła się na pięcie i ruszyła w stronę baru. Kiedy była wystarczająco blisko, przytknęła telefon do ucha i zaczęła udawać, że prowadzi ożywioną rozmowę. Starała się mówić przestraszonym, a nawet spanikowanym głosem. Usiadła przy kontuarze i postawiła torbę tuż przy stołku Claire.

– Dlaczego chcą się ze mną spotkać? – zapytała, pochylając się do przodu. Claire zesztywniała i widać było, że jest wyraźnie poirytowana. – Zrobiłam tylko to, o co mnie poprosił – ciągnęła Eva. – Kiedy dowiedzieliśmy się, że jest śmiertelnie chory, wszystko razem szczegółowo omówiliśmy. – Zasłoniła twarz ręką i wróciła pamięcią do ostatnich sześciu miesięcy. Przypomniała sobie, jak wielkie ryzyko podjęła i jak dużo straciła. Potrzebowała tych emocji, żeby wymyślona historia zabrzmiała autentycznie. – Był moim mężem i bardzo go kochałam – powiedziała, sięgając po serwetkę i przyciskając ją do oczu. Tylko udawała płacz, ale tak przekonująco, że Claire się nie zorientowała. – Strasznie cierpiał i na moim miejscu każdy postąpiłby tak samo. – Zrobiła przerwę, jak gdyby słuchając swojego rozmówcy, a potem dodała jeszcze: – Powiedz im, że nie mamy o czym dyskutować. – Nerwowym gestem odsunęła aparat od ucha i dźgnęła palcem w ekran, kończąc połączenie, a potem głośno odetchnęła.

Po chwili przyciągnęła wzrokiem kogoś z obsługi.

– Poproszę wódkę z tonikiem – powiedziała i mruknęła pod nosem, bardziej do siebie niż do Claire: – Wiedziałam, że to się na mnie zemści. Nie sądziłam jednak, że tak szybko.

Wypiła łyk drinka, którego postawił przed nią barman. Claire znowu zesztywniała i trochę się odsunęła. Jej reakcja zniechęciłaby do rozmowy większość ludzi, lecz Eva nie dawała za wygraną. Przymknęła oczy i starała się zachowywać jeszcze bardziej histerycznie. Miała nierówny, chrapliwy oddech i znowu sięgnęła po chusteczkę, niby przypadkiem trącając łokciem Claire. Ta nie miała wyjścia i podała jej stojak z serwetkami.

– Dziękuję – powiedziała Eva. – Przepraszam, że się rozkleiłam i zawracam pani głowę. Na pewno chciałaby pani mieć odrobinę spokoju, tylko że... – zawiesiła głos, jakby zbierając się na odwagę. – Niedawno umarł mój mąż. Miał raka.

Claire się zawahała. Nie spojrzała na nieznajomą, ale po chwili szepnęła:

– Przykro mi.

– Byliśmy razem osiemnaście lat. Poznaliśmy się jeszcze w szkole średniej. – Wydmuchała nos i spojrzała na szklankę z drinkiem. – Miał na imię David. – Wypiła spory łyk wódki z tonikiem, pozwalając, żeby do ust wpadła jej kostka lodu. Przycisnęła ją do wewnętrznej strony policzka w nadziei, że dzięki temu trochę się uspokoi i będzie mogła opowiedzieć zmyśloną historię w należytym tempie. Jeśli będzie mówić za szybko, jej słowa zabrzmią pusto i fałszywie. Kłamstwa należy starannie dozować, jedno po drugim, tak żeby brzmiały wiarygodnie. – Nowotwór kompletnie go wyniszczył. Towarzyszył temu straszliwy ból. Nie byłam w stanie na to dłużej patrzeć. – Zrobiła przerwę, żeby Claire mogła wyobrazić sobie umierającego w cierpieniach mężczyznę. – Pewnego dnia powiedziałam pielęgniarce, że zastąpię ją na nocnej zmianie i że może iść do domu. Nie byłam wystarczająco sprytna, ale ciężko zachować trzeźwość umysłu, kiedy umiera człowiek, z którym spędziło się całe życie. – Zawiesiła głos i spojrzała pustym wzrokiem w głąb terminalu. – Niestety, teraz chcą się ze mną spotkać. Pojawiły się jakieś wątpliwości i mogę mieć kłopoty.

Eva potrzebowała przekonującego powodu, dlaczego ona również musi zniknąć. Nie mogła przecież powiedzieć prawdy.

Zauważyła, że język ciała Claire trochę się zmienił. Kobieta w różowym sweterku przysunęła się nieznacznie w jej stronę, nie więcej niż trzy centymetry, ale to wystarczyło.

– Kto chce się z panią spotkać? – zapytała.

Eva wzruszyła ramionami.

– Koroner i policja. – Wskazała na telefon. – Właśnie zadzwonił do mnie onkolog mojego męża. Powiedział, że w przyszłym tygodniu mają się zacząć przesłuchania. – Wyjrzała przez okno na płytę lotniska. – Nie wyjdzie z tego nic dobrego.

– Jest pani z Nowego Jorku?

Eva oderwała spojrzenie od szyby i pokręciła głową.

– Z Kalifornii. – Cisza. Oddech. – David umarł trzy tygodnie temu, jednak kiedy każdego dnia budzę się rano, przeżywam wszystko od nowa. Myślałam, że wycieczka do Nowego Jorku mi pomoże. Zmiana otoczenia i tak dalej.

– I pomogła?

– I tak, i nie. – Eva spojrzała na Claire, kwaśno się uśmiechając. – Czy to możliwe?

– Owszem.

– Straciłam wszystko, co było dla mnie ważne. Mąż odszedł z tego świata. Wcześniej zrezygnowałam z pracy, żeby się nim opiekować. Mieliśmy tylko siebie, żadne z nas nie miało rodziny. – Zrobiła głęboki wdech i powiedziała pierwszą rzecz, która była prawdą: – Jestem na świecie sama i nie chcę wracać do domu. Mój samolot odlatuje za godzinę i nie mam najmniejszej ochoty do niego wsiadać.

Zaczęła grzebać w torebce, wyciągnęła z niej kartę pokładową do Oakland i położyła ją na kontuarze. Rekwizyt. Przynęta. Cicha sugestia.

– Może polecę gdzie indziej? Mam przecież trochę oszczędności. Kupię bilet do jakiegoś miejsca, w którym jeszcze nigdy nie byłam, i zacznę wszystko od nowa. – Wyprostowała się, jakby podjęta właśnie decyzja sprawiła, że z jej pleców zniknął ogromny ciężar. – Dokąd powinnam się udać?

– Niezależnie od tego, gdzie się pani schowa, nie będą potrzebowali dużo czasu, żeby panią odnaleźć – powiedziała Claire słabym głosem.

Eva uznała, że należy chwilę odczekać, a potem zapytała:

– Czy uważa pani, że można zniknąć bez śladu?

Claire nie odpowiedziała. Siedziały w ciszy, obserwując pasażerów idących do swoich bramek lub do strefy odbioru bagażu. Spieszący się ludzie, którzy starali się omijać nawzajem z daleka i nie patrzeć sobie w oczy, zbyt zaabsorbowani celem swojej podróży, żeby zauważyć dwie kobiety siedzące przy barze.

W oddali rozległ się płacz dziecka. Zawodzenie zaczęło się przybliżać i w tłumie pojawiła się sfrustrowana matka ze szlochającą córką. W pewnym momencie kobieta zatrzymała się i oświadczyła:

– Nie pozwolę, żebyś po raz setny oglądała *Nie wierzcie bliźniaczkom*, skoro jeszcze nie przeczytałaś lektury na lekcje pani Hutchins.

Eva obserwowała kątem oka, jak Claire odprowadza wzrokiem matkę z córką, a potem stwierdziła:

– Dobrze wiedzieć, że młode pokolenie wciąż docenia talent aktorski Lindsay Lohan. – Wypiła łyk drinka. – Jak się nazywała ta druga komedia, w której wystąpiła mniej więcej w tym samym czasie? Na jeden dzień matka i córka zamieniają się ciałami. Nie mogę sobie przypomnieć tytułu.

– *Zakręcony piątek*. Moja siostra uwielbiała ten film – podpowiedziała Claire, wbijając wzrok w szklankę.

Eva policzyła w myślach do dziesięciu. Cieszyła się, że udało jej się skierować rozmowę na właściwe tory.

– A z kim chciałaby się pani zamienić? – zapytała. – Jest ktoś taki?

Claire powoli odwróciła głowę i spojrzała Evie prosto w oczy, ale nie odpowiedziała na pytanie.

– Historia z *Zakręconego piątku* byłaby dla mnie świetnym rozwiązaniem – kontynuowała Eva rozmarzonym głosem. – Znalazłabym się w obcym ciele i miałabym zupełnie inne życie. To ciągle byłabym ja, ale nikt by o tym nie wiedział.

Claire podniosła szklankę. Eva zauważyła, że jej dłoń lekko się trzęsie.

– Mam lecieć do Portoryko.

Eva poczuła, że alkohol zaczął wreszcie działać. Zrobiło jej się przyjemnie ciepło, a ściśnięty od czterdziestu ośmiu godzin żołądek trochę się rozluźnił.

– Świetna pora roku na podróż w tym kierunku.

Claire pokręciła głową.

– Zrobiłabym wszystko, żeby nie wsiąść do tego samolotu.

Eva pozwoliła, żeby te słowa odpowiednio wybrzmiały. Liczyła też na to, że Claire podzieli się z nią jakimiś szczegółami. Plan był ryzykowny i musiała mieć pewność, że nowo poznana kobieta jest równie zdesperowana jak ona. Zakręciła drinkiem, żeby wymieszać topniejący lód, wódkę i tonik. Zgniecione kawałki limonki osiadły na brzegach szklanki.

– Mam wrażenie, że obie potrzebujemy *Zakręconego piątku*.

Eva wiedziała dwie rzeczy. Po pierwsze, nie chciała być dłużej kimś, kto kłamie i oszukuje. Postanowiła, że robi to ostatni raz. Po drugie, kobieta, z którą rozmawiała, musiała być przekonana, że to jej własna decyzja.

Claire wzięła do ręki leżącą na kontuarze kartę pokładową i zaczęła się jej uważnie przyglądać.

– Jak jest w Oakland? – zapytała.

Eva wzruszyła ramionami.

– Nic szczególnego. Ja mieszkam w Berkeley. Pełno tam wariatów. Jeśli wsiądziesz na monocykl i zaczniesz jechać Telegraph Avenue, jednocześnie grając na trąbce, to nikt nie zwróci na ciebie uwagi. Tak już tam jest. Łatwo wtopić się w tłum, ponieważ każdy jest dziwniejszy od ciebie.

W tym momencie podszedł do nich barman i zapytał:

– Mają panie ochotę na coś jeszcze?

Claire po raz pierwszy się uśmiechnęła i oznajmiła:

– Nie, dziękujemy. – Po chwili zwróciła się do Evy:

– Chodź za mną.

———•———

Wyszły z baru i maszerowały przez terminal zdecydowanym krokiem, ramię w ramię, tak, że inni pasażerowie musieli schodzić im z drogi. Bez słowa stanęły w kolejce do damskiej ubikacji. Kilka kabin się zwolniło, ale Claire przepuściła zmęczone kobiety czekające za nimi. Wreszcie otworzyły się drzwi do toalety dla niepełnosprawnych. Claire wepchnęła do środka Evę i zamknęła zasuwkę.

– Wcześniej zapytałaś mnie, czy można zniknąć bez śladu – odezwała się niskim głosem. – Wydaje mi się, że tak.

Wokół nich słychać było odgłosy trzaskających drzwi, szum spuszczanej wody i ogłoszenia o kolejnych odlotach. Claire sięgnęła do torebki i wyciągnęła z niej telefon. Stuknęła w ekran i pokazała Evie swój elektroniczny bilet.

– Jeśli się zamienimy, to system pokaże, że obie wsiadłyśmy do naszych samolotów – wyjaśniła. – Jednak ja nie dolecę do Portoryko, a ty do Oakland. Nie zostanie po nas żaden ślad.

Eva zrobiła powątpiewającą minę. Nie mogła się przecież zgodzić zbyt szybko.

– Zwariowałaś? Dlaczego chcesz to zrobić właśnie dla mnie?

– Ja też mam w tym swój interes – odpowiedziała Claire. – Nie mogę wrócić do domu, ale nie jestem naiwna i nie wierzę, że uda mi się zniknąć w Portoryko.

Eva spojrzała na nią z wyraźnym niepokojem.

– Co chcesz przez to powiedzieć?

– Nie bój się.

Eva pokręciła głową.

– Jeśli się na to zgodzę, powinnaś mi przynajmniej wyjaśnić, w co się pakuję.

Claire spojrzała na zamknięte drzwi i oświadczyła:

– Chciałam zostawić męża, ale miałam pecha i o wszystkim się dowiedział. Muszę zniknąć, zanim...

– Zanim co? Czy wiąże się z tym jakieś niebezpieczeństwo?

– Tylko dla mnie.

Eva przyjrzała się biletowi na ekranie telefonu, a potem przez chwilę udawała, że się zastanawia.

– Jak mamy się zamienić? Przecież nawet nie jesteśmy do siebie podobne.

– To bez znaczenia. Przeszłyśmy już kontrolę bezpieczeństwa. Dostaniesz ode mnie telefon, a ty dasz mi swoją kartę pokładową. Nikt nie będzie zadawał pytań. – Claire wbiła w Evę błagalne spojrzenie. – Proszę – wyszeptała. – To moja jedyna szansa.

Eva wiedziała, jak to jest mieć coś na wyciągnięcie ręki, a potem to stracić. Wpada się wtedy w desperację i w zaślepieniu nie zważa na konsekwencje własnych działań.

———•———

Plan był prosty. Szybko wymieniły się biletami. Claire włożyła na głowę czapkę z napisem NYU i schowała pod nią włosy, a potem zdjęła sweter i podała go Evie.

– Mój mąż zbada wszystkie tropy. Każda minuta zostanie starannie przeanalizowana. Na pewno będzie miał dostęp do nagrań z lotniskowego monitoringu. Musimy wymienić się nie tylko kartami pokładowymi.

Eva zdjęła kurtkę i przez chwilę się wahała, lecz w końcu dała ją Claire. To był jeden z jej ulubionych ciuchów: ciemnozielona wiatrówka z kapturem, z mnóstwem suwaków i wewnętrznych kieszonek. Przez wiele lat dobrze jej służyła.

Claire włożyła ją, nie przestając mówić:

– Kiedy wylądujesz, użyj mojej karty i wypłać pieniądze z bankomatu albo kup bilet do jakiegoś innego miejsca. Sama zdecyduj. Chodzi o zostawienie fałszywych śladów i zmylenie mojego męża. – Włożyła laptopa do leżącej przy jej nodze sportowej torby. To był bagaż podręczny Evy. Po chwili otworzyła kosmetyczkę, wyciągnęła z niej plastikowe etui ze szczoteczką i schowała je do kieszeni kurtki. Eva pomyślała, że to dziwne. Przecież higiena jamy ustnej nie była teraz priorytetem. Claire wyjęła z portfela pieniądze, wetknęła je do kieszeni, a potem schowała portfel z powrotem do torebki i wręczyła ją Evie. – Tylko się pospiesz. Zrób to, zanim mój mąż zablokuje dostęp do konta – dodała. – Mój PIN to trzydzieści siedem dziesięć.

Eva nie potrzebowała więcej gotówki, ale wymieniła się z Claire torebkami. Nawet nie zajrzała do swojej, szczęśliwa, że może się jej wreszcie pozbyć. Własne pieniądze miała schowane pod ubraniem, w małej saszetce. To była tylko niewielka część, reszta czekała na nią w zupełnie innym miejscu daleko stąd.

Kiedy zakładała na siebie różowy sweter z kaszmiru, poczuła, że mimo wszystko może jej się udać. Miała nadzieję, że Claire zachowa zimną krew. Za dziewięćdziesiąt minut będzie siedziała na pokładzie samolotu do Portoryko. Po wylądowaniu jakoś sobie poradzi: w końcu zna setki sposobów, żeby zapaść się pod ziemię. Zmieni wygląd i jak najszybciej ucieknie z wyspy. Wynajmie łódź albo mały samolot. Ma wystarczająco dużo gotówki, by sobie na to pozwolić.

Nie przejmowała się tym, co stanie się z Claire.

Przypomniała sobie rozmowę, którą odbyła tydzień temu z Dexem, niezobowiązującą pogawędkę podczas meczu koszykówki. „Jedyny sposób na zdobycie fałszywego dowodu osobistego to znalezienie kogoś, kto ci da swój". Eva prawie wybuchła śmiechem. W toalecie dla niepełnosprawnych na lotnisku JFK słowa Dexa zabrzmiały proroczo.

Claire bawiła się suwakiem kurtki, a Eva zaczęła się zastanawiać, kto będzie czekał na tę kobietę w Oakland. Być może jej ubranie będzie wyglądało znajomo i na chwilę przyciągnie wzrok, ale na tym skończą się wszelkie podobieństwa.

– Mam nadzieję, że się nie pogniewasz, ale chciałabym go zatrzymać – powiedziała Eva, przyciskając telefon do piersi. – Mam na nim wszystkie zdjęcia i kilka wiadomości głosowych od męża... – Claire nie powinna odkryć, że tak naprawdę w pamięci nie ma żadnych kontaktów ani fotografii. Jedynym śladem, że aparat był w ogóle używany, było jedno zapisane połączenie wychodzące. – Musisz jednak dezaktywować hasło w swoim smartfonie, żebym miała dostęp do elektronicznego biletu. Chyba że też nie chcesz się z nim rozstawać.

– I pozwolić, żeby mój mąż mnie łatwo namierzył? Nie, dziękuję. – Claire kliknęła w ustawienia i wyłączyła kod dostępu. – Najpierw muszę jednak przepisać jeden numer.

Eva patrzyła, jak Claire wyjmuje z torebki długopis i notuje coś na odwrotnej stronie starego paragonu.

Właśnie w tym momencie z głośników popłynął komunikat dotyczący lotu do Oakland. Pasażerowie mogli już wchodzić na pokład. Kobiety spojrzały na siebie z mieszanką strachu i ekscytacji.

– To chyba wszystko – oświadczyła Claire.

Eva wyobraziła sobie, jak jej nowa znajoma wsiada do samolotu i leci do Kalifornii, a potem wychodzi z terminalu i idzie w pełnym słońcu, nie mając pojęcia, co może się jej przytrafić. Eva starała się stłumić wyrzuty sumienia. Claire sprawiała wrażenie kogoś, kto nie da sobie w kaszę dmuchać. Na pewno znajdzie jakieś wyjście z sytuacji.

– Dziękuję, że pomogłaś mi zacząć od nowa – powiedziała.

Claire mocno ją przytuliła i wyszeptała:

– Uratowałaś mnie i nigdy ci tego nie zapomnę.

A potem wyszła z kabiny i wmieszała się w tłum zaaferowanych pasażerów. Kamery monitoringu zarejestrowały kobietę w zielonej kurtce i zasłaniającą oczy baseballówką z logo NYU, która zmierzała właśnie ku nowemu życiu.

Eva znowu zamknęła drzwi na zasuwkę i oparła się plecami o chłodną ścianę wyłożoną glazurą. Chciała się wyciszyć i pozwolić, żeby wreszcie opadł poziom buzującej w jej żyłach adrenaliny. Nie mogła jeszcze cieszyć się wolnością, ale wiedziała, że jest już bardzo blisko.

———•———

Czekała tak długo, jak było to możliwe, wyobrażając sobie, że Claire leci na zachód, w stronę wolności, ścigając się ze słońcem.

W pewnym momencie z głośnika popłynął komunikat:

– Zapraszamy na pokład pasażerów lotu czterysta siedemdziesiąt siedem do San Juan.

Wyszła z łazienki. Kiedy mijała długą kolejkę czekających kobiet, kątem oka zauważyła swoje odbicie w lustrze. Była zdziwiona, że wygląda tak spokojnie, chociaż w środku miała ochotę tańczyć. Podwinęła rękawy różowego sweterka, który dostała od Claire, szybko umyła ręce, zawiesiła na ramieniu swoją nową torebkę i weszła do hali odlotów.

Stanęła niedaleko bramki, ale trzymała się na dystans, z przyzwyczajenia uważnie obserwując tłum i zastanawiając się, czy kiedyś przestanie odruchowo oceniać każde miejsce pod kątem potencjalnych zagrożeń. Wszyscy wokół niej byli jednak zajęci swoimi sprawami i nie mogli się doczekać chwili, kiedy uciekną z zimnego Nowego Jorku do jakiegoś cieplejszego miejsca.

Zaaferowana pracownica obsługi przysunęła do ust mikrofon i przeczytała komunikat:

– Szanowni państwo, na nasz dzisiejszy lot zostały jeszcze wolne miejsca, więc zapraszam do stanowiska odprawy pasażerów z biletami typu stand-by.

Turyści w wakacyjnych strojach ruszyli do przodu, żeby zająć miejsce w kolejce. Chcieli jak najszybciej wejść na pokład samolotu, a ponieważ do obsługi została skierowana tylko jedna osoba, zapanował chaos i wszystko trwało strasznie długo. Eva stanęła obok hałaśliwej sześcioosobowej rodziny. Nagle w jej torebce zawibrował telefon. To musiała być wiadomość do Claire. Zaintrygowana wyciągnęła aparat i spojrzała na ekran.

Co ty, kurwa, zrobiłaś?

Nie zaszokowały jej słowa, lecz raczej jad, którym ociekały, tak dobrze jej znany. Potem telefon zaczął dzwonić. Stało się to tak niespodziewanie, że aż podskoczyła z wrażenia i prawie wypuściła aparat z ręki. Przekierowała połączenie na pocztę głosową, ale dzwoniący nie dawał za wygraną. Zerknęła na kolejkę ludzi czekających na wejście, modląc się, żeby posuwała się szybciej. Chciałaby już usiąść na swoim miejscu i wznieść się w powietrze.

– Co się stało? Dlaczego nie przesuwamy się do przodu? – zapytała stojąca za nią kobieta.

– Słyszałam, że jest jakiś problem z drzwiami do samolotu.

– Super.

Kiedy Eva znalazła się przy bramce, podała telefon dziewczynie z obsługi, która zeskanowała bilet, nie zwracając najmniejszej uwagi na dane osobowe. Urządzenie nie było już potrzebne, więc Eva od razu je wyłączyła i schowała z powrotem do torebki Claire. Kolejka zaczęła się powoli przesuwać, ale już po kilku chwilach Eva utknęła przy wejściu do rękawa w tłumie zniecierpliwionych pasażerów. Ktoś niechcący szturchnął ją walizką, wytrącając jej z ręki torebkę, która upadła na ziemię. Zawartość rozsypała się po podłodze w różnych kierunkach.

Kiedy pochyliła się, żeby wszystko pozbierać, zerknęła w stronę hali odlotów. Zdała sobie sprawę, że mogłaby z łatwością się stąd wyślizgnąć: turyści stali w ścisku i zasłaniali widok dziewczynie z personelu naziemnego. Nie było kompletu pasażerów i bardzo możliwe, że nikt nie zauważy pustego miejsca. Powinna już siedzieć w samolocie, a Claire najprawdopodobniej była w drodze do Oakland.

Miała ułamek sekundy na podjęcie decyzji. Wiedziała, co powinna zrobić. Wystarczyło odsunąć się na bok, oprzeć o ścianę i udawać, że rozmawia przez telefon. Jeszcze jedna kobieta w podróży zajęta własnym życiem. Mogłaby uciec z lotniska, pojechać na Brooklyn, wejść do pierwszego lepszego zakładu fryzjerskiego i przefarbować sobie włosy na brąz. Potem skorzystałaby z dokumentów Claire, żeby kupić za gotówkę bilet na inny samolot. Przecież to nic dziwnego, że dwie kobiety o tym samym nazwisku lecą tego samego dnia w różnych kierunkach. Kiedy dotrze na miejsce i przepadnie bez śladu, dane osobowe stracą jakiekolwiek znaczenie.

Tak samo jak ona.

CLAIRE

Dopiero po godzinie lotu moje serce przestaje walić jak szalone i mogę odetchnąć głęboko pierwszy raz od wielu lat. Patrzę na zegarek. Samolot, na którego pokładzie powinnam być, jest teraz gdzieś nad Atlantykiem, tysiące kilometrów stąd. Wyobrażam sobie, jak ląduje w Portoryko i kołuje w stronę terminalu, a potem wysiadają z niego turyści. Eva jest niewidzialna i nie zwraca na siebie niczyjej uwagi. Rory na pewno już wie, co znajdowało się w paczce FedEx-u, i rozpoczął poszukiwania. Na jego celowniku jest Claire Cook albo Amanda Burns. Nie ma jednak pojęcia, kim jest Eva James. Tak łatwo było wyprowadzić go w pole. Może nawet zbyt łatwo.

Przypominam sobie pewien wieczór, kiedy miałam trzynaście lat i siedziałam na ganku razem z mamą. Od kilku tygodni znęcała się nade mną grupa koleżanek, które lubili wszyscy oprócz mnie. Wszędzie za mną łaziły, szeptały nieprzyjemne komentarze i czekały w korytarzu lub w łazience, aż będę sama, żeby mi dogryzać. Mama chciała interweniować, ale ja nie mogłam jej na to pozwolić. Bałam się, że wtedy będzie jeszcze gorzej.

– Chciałabym po prostu zniknąć – wyszeptałam. Razem patrzyłyśmy, jak trzyletnia Violet biega po podwórku, a wieczorna bryza delikatnie porusza krzewami róż.

– Jeśli będziesz wystarczająco uważna, Claire, zawsze dostrzeżesz jakieś rozwiązanie. Musisz jednak znaleźć w sobie odwagę, żeby je zobaczyć – powiedziała mama, biorąc do ręki moją dłoń i mocno ją ściskając.

Wtedy jej słowa wprawiły mnie w konsternację, ale teraz rozumiem, że chciała dać mi radę, z której będę mogła skorzystać w przyszłości. Jeszcze niedawno tkwiłam w pułapce i mogłam wybierać między wściekłością Rory'ego a nieobliczalnymi ludźmi, których wyśle mi na pomoc Nico. I właśnie wtedy pojawiła się Eva.

Zaczynam o niej myśleć. Podejrzewam, że ona również wiele straciła. Mam nadzieję, że niezależnie od tego, dokąd trafi, odnajdzie wewnętrzny spokój. Wyobrażam sobie, jak dociera do jakiejś wioski na końcu świata i wprowadza się do domku nad oceanem. Jej opadające na ramiona blond włosy ładnie kontrastują z opaloną skórą. Eva jest bezpieczna i zaczyna wszystko od nowa. Mam nadzieję, że już wkrótce ja również będę miała taką możliwość.

To niesamowity zbieg okoliczności, że na siebie wpadłyśmy.

Czuję, że ogarnia mnie radość, której nie jestem w stanie opanować. Nagle wybucham śmiechem. Siedzący obok mnie mężczyzna jest wyraźnie zaskoczony.

– Przepraszam – mówię i odwracam się do okna, żeby obserwować, jak podmiejskie osiedla ustępują miejsca rozległym połaciom ziemi uprawnej. Z każdą sekundą rośnie odległość dzieląca mnie od Rory'ego.

––––•––––

Sześć godzin później koła samolotu uderzają w nawierzchnię pasa startowego na lotnisku w Oakland. Wcześniej przelatywaliśmy nad San Francisco i pilot pokazywał nam słynne budowle takie jak Bay Bridge i wieżowiec Transamerica Pyramid. Byłam jednak tak podekscytowana, że prawie nie zwracałam na to uwagi. Teraz czekam na swoją kolej, żeby wyjść z samolotu. Napiera na mnie tłum ludzi, więc zaciskam powieki i myślę o grze, w którą grałam kiedyś z Violet. Nazywałyśmy ją „Co byś wolała?". Potrafiłyśmy przez wiele godzin wymyślać zabawne, choć kompletnie nieprawdopodobne scenariusze, na przykład czy lepiej zjeść dziesięć karaluchów, czy codziennie przez cały rok raczyć się na obiad wątróbką. Uśmiecham się do siebie, zastanawiając się, jaką diabelską alternatywę wymyśliłybyśmy teraz. Czy lepiej być żoną bogatego, ale przemocowego faceta, czy zacząć nowe życie bez pieniędzy i bez starej tożsamości? Decyzja wydawała się łatwa.

Wreszcie drzwi się otwierają i pasażerowie zaczynają opuszczać pokład samolotu. Zakładam baseballówkę i nasuwam ją na oczy. Lepiej zachować ostrożność, przynajmniej do czasu, aż opuszczę lotnisko i znajdę się poza zasięgiem kamer monitoringu. Pierwsza rzecz, jaką muszę zrobić, to zadzwonić do Petry i poinformować ją, że jestem w Oakland. Potem znajdę jakiś tani motel, w którym nie będą zadawać niepotrzebnych pytań. Mam w portfelu tylko czterysta dolarów, więc muszę być sprytna.

Po wyjściu z samolotu wymijam pasażerów i ruszam na poszukiwanie automatu telefonicznego. Kiedy oddalam się od bramek, dociera do mnie, że w terminalu panuje dziwna atmosfera. Przed telewizorami w barach i restauracjach stoją grupki ludzi i w ciszy patrzą w ekrany.

Coś musiało się stać.

Podchodzę do niewielkiego tłumu zebranego przed Chili's i staram się zorientować w sytuacji. Ludzie oglądają jakiś kanał informacyjny, ale dźwięk jest wyłączony. Na ekranie widzę kobietę, która opowiada o czymś z ponurą miną. Z podpisu dowiaduję się, że to Hillary Stanton, rzeczniczka prasowa Narodowej Rady Bezpieczeństwa Transportu. Czytam przesuwający się na dole tekst:

> Nie wiemy jeszcze, jaka była przyczyna wypadku. Jest zbyt wcześnie, żeby spekulować na ten temat.

Po chwili na ekranie pojawia się spikerka i widzę wiadomość dnia, która była do tej pory zasłonięta ramką z napisami.

Katastrofa lotu 477

Nie mogę uwierzyć własnym oczom. Mam nadzieję, że coś źle zrozumiałam, więc czytam jeszcze raz.

Przecież właśnie tym samolotem miałam lecieć do Portoryko.

Przysuwam się bliżej. Na dole ekranu pojawia się transkrypcja:

Władze nie chcą na razie spekulować na temat możliwych przyczyn katastrofy, nie ukrywają jednak, że szanse na odnalezienie ocalałych są nikłe. Samolot z 96 pasażerami na pokładzie zmierzał do Portoryko.

Spikerka znika i zaczyna się krótka relacja na żywo. Widzę bezmiar oceanu i unoszące się na powierzchni wody szczątki jakiejś maszyny.

Czuję, że tracę grunt pod nogami, i osuwam się na stojącego obok mnie mężczyznę. Przytrzymuje mój łokieć i pomaga mi zachować równowagę.

– Dobrze się pani czuje? – pyta.

Bez słowa odtrącam jego rękę i przepycham się przez tłum. Nie jestem w stanie pogodzić obrazów, które zobaczyłam właśnie w telewizji, z wciąż świeżym wspomnieniem Evy. Nadal słyszę jej głos, widzę, jak zamyka na zasuwkę drzwi łazienki i szeroko się do mnie uśmiecha.

Pochylam głowę i zdecydowanym krokiem ruszam przez terminal, nagle świadoma ogromnej liczby telewizorów przekazujących na żywo relację z katastrofy. Przełykam gromadzącą się w gardle żółć. Wreszcie naprzeciwko toalet znajduję automat telefoniczny.

Drżącą ręką wyciągam paragon, na którym zapisałam numer Petry, i wystukuję go na klawiaturze. Nagrany głos instruuje mnie, że muszę zapłacić dolara i dwadzieścia pięć centów. Przeszukuję portfel Evy, aż znajduję w nim pięć ćwierćdolarówek. Po kolei wrzucam je do szczeliny. Czuję, że serce bije mi jak szalone.

Niestety zamiast uzyskać połączenie słyszę trzy sygnały i komunikat: „Przepraszamy, ale ten numer jest nieaktywny".

Tak bardzo się spieszyłam, że musiałam się pomylić. Możliwe, że dwa razy wystukałam tę samą cyfrę. Robię głęboki wdech i staram się zapanować nad drżeniem dłoni. Wyjmuję monety z automatu i próbuję jeszcze raz, tym razem wolniej.

Niestety znowu to samo: numer jest nieaktywny.

Odkładam słuchawkę i czuję, jakbym odkleiła się od rzeczywistości i znalazła poza swoim ciałem. Niespiesznym krokiem podchodzę do pustych krzeseł, ciężko siadam i gapię się na halę odlotów. Ludzie chodzą tam i z powrotem, ciągnąc za sobą walizki, holując dzieci i gadając do telefonów.

Musiałam się pomylić przy przepisywaniu. Przypominam sobie moment w łazience, kiedy gorączkowo notowałam numer do Petry. Buzująca w żyłach adrenalina mogła źle wpłynąć na moją koncentrację.

Teraz jestem odcięta od świata.

Moją uwagę znowu przyciągają telewizory. Pojawiają się na nich jakieś nowe informacje.

Nazwiska pasażerów nie zostały podane do wiadomości publicznej, ale Narodowa Rada

Bezpieczeństwa Transportu właśnie ogłosiła, że dziś wieczorem zorganizuje konferencję prasową.

Zdaję sobie sprawę, że jestem narażona na ogromne niebezpieczeństwo. Takie katastrofy poruszają cały naród i na długo pozostają w świadomości zbiorowej. Najpierw ludzie spekulują, co poszło nie tak, i napawają się makabrycznymi szczegółami. Potem uwaga skupia się na ofiarach: ich życiu i zawiedzionych nadziejach. Media pokazują zdjęcia, na których tragicznie zmarli są radośni i szeroko się uśmiechają, nieświadomi tego, co ich czeka. Ze względu na to, kim jest Rory, moja historia zostanie odpowiednio nagłośniona. Przestanę być anonimowa, i to już bardzo niedługo. Mój wizerunek stanie się własnością publiczną i każdy będzie w stanie mnie rozpoznać. Zostanę tak sławna jak Maggie Moretti, a Rory będzie musiał odważnie stawić czoło kolejnej tragedii. Już za kilka godzin znajdę się w trudnej sytuacji: bez pieniędzy, tożsamości i miejsca, w którym mogłabym się ukryć.

Zerkam na torebkę Evy. Po chwili wyjmuję z niej pęk kluczy, który chowam do kieszeni, oraz portfel. Zaglądam do środka i zapamiętuję adres wydrukowany na prawie jazdy: 543 Le Roy. Nie waham się dłużej. Wychodzę z lotniska na ciepłe kalifornijskie słońce i łapię taksówkę.

Pędzimy autostradą, a po wschodniej stronie zatoki, między stojącymi wzdłuż drogi przemysłowymi budynkami, rysują się sylwetki drapaczy chmur w centrum San Francisco. Nie zwracam jednak na nie szczególnej uwagi. Moje myśli są znowu w toalecie na lotnisku JFK. To były ostatnie chwile Evy: gorączkowo starała się znaleźć dla siebie drugą szansę, ale nie zdawała sobie sprawy, że nic z tego nie wyjdzie. Opieram głowę o okno taksówki i staram się skupić na tym, jak zimne szkło chłodzi moją skórę. Jeszcze trochę. Mogę się rozkleić dopiero, kiedy będę sama, za zamkniętymi drzwiami.

Po jakimś czasie wjeżdżamy na ulice pełne kolorowo ubranych, radosnych studentów. Zastanawiam się, co może teraz robić Rory. Najprawdopodobniej odwołał wizytę w Detroit i jest w drodze do Nowego Jorku. Niedługo wpłaci czterdzieści tysięcy dolarów z powrotem na swoje konto, a wszystkie dokumenty schowa w tajnej szufladzie.

Kiedy mijamy uniwersytet, wyglądam przez okno i patrzę, jak młodzież przechodzi przez ulicę, nie zwracając uwagi na światła. Tak beztroscy mogą być tylko studenci. Okrążamy kampus od wschodu, a potem jedziemy na północ i wjeżdżamy na wzgórza, na których leży spokojna dzielnica mieszkaniowa. Wzdłuż krętych ulic rosną wysokie sekwoje. Mijamy rzędy domów jednorodzinnych, bliźniaków i większych apartamentowców. Zastanawiam się, co mnie czeka. Będę intruzem, który nieproszony wejdzie do mieszkania Evy. Dzieliła je z mężem i wszystko wygląda pewnie tak samo jak w chwili, kiedy wyjeżdżała. Będę patrzeć na ich wspólne zdjęcia, korzystać z ich łazienki i spać w ich łóżku. Przechodzi mnie dreszcz i uznaję, że nie należy wybiegać myślami tak daleko w przyszłość.

Taksówkarz wysadza mnie przed białym piętrowym bliźniakiem. Na obu końcach długiej werandy znajdują się identyczne drzwi wejściowe. Prawa strona jest osłonięta przed wścibskimi spojrzeniami przechodniów czymś w rodzaju zasłon i pada na nią cień rosnącej przed domem wysokiej sosny. Pod jej gałęziami ziemia jest ciemna i wilgotna. W lewej części bliźniaka nikt nie mieszka: przez okna widać puste pokoje z ozdobnymi gzymsami, drewnianymi podłogami i kontrastowo pomalowanymi ścianami. Cieszę się, że nie będę musiała odpowiadać na pytania sąsiadów o to, kim jestem i co się stało z Evą.

Przez dłuższą chwilę szukam właściwego klucza. Kiedy otwieram drzwi, zdaję sobie sprawę, że mogłam nieopatrznie uruchomić alarm. Zamieram w bezruchu, ale nic się nie dzieje. Powietrze jest trochę zastałe, ale przecież od jakiegoś czasu nikt nie otwierał okien. Czuję też delikatny zapach czegoś kwiatowo-chemicznego.

Zamykam drzwi od wewnątrz i ostrożnie omijam parę butów, które wyglądają tak, jakby ktoś zdjął je w pośpiechu raptem kilka minut temu. Nasłuchuję, ponieważ chcę mieć pewność, że dom jest pusty. W korytarzu panuje lekki bałagan, ale nie docierają do mnie żadne podejrzane odgłosy.

Zostawiam torbę przy wejściu na wypadek, gdybym musiała szybko się ewakuować, i skradam się w stronę kuchni. Nikogo tam nie ma, choć na blacie stoi otwarta puszka coli light, a w zlewie znajdują się brudne naczynia. Z kuchni można wyjść bezpośrednio do ogródka, ale na drzwiach wisi łańcuch.

Powoli wspinam się po schodach, wytężając słuch. Na górze są tylko trzy pomieszczenia: łazienka, gabinet i sypialnia. Na łóżku i podłodze walają się ubrania. Wszystko wskazuje na to, że ktoś bardzo się spieszył. Jestem jednak pewna, że oprócz mnie w domu nie ma nikogo. Cieszę się, że mogę wreszcie odetchnąć.

Wracam na parter, siadam na kanapie i zakrywam twarz dłońmi. Wreszcie mogę dać upust buzującym we mnie przez cały dzień emocjom. Najpierw towarzyszyła mi panika, a potem ogromna ekscytacja wywołana tym, że udało mi się wyprowadzić wszystkich w pole.

Myślę o Evie, której ciało spoczywa gdzieś na dnie Atlantyku. Zastanawiam się, czy cierpiała, kiedy samolot runął do oceanu. Czy zanim doszło do katastrofy, pasażerowie byli świadomi, co ich czeka, płakali spazmatycznie i krzyczeli przerażeni? A może panowała cisza, ponieważ wszyscy zemdleli z powodu braku tlenu? Robię kilka głębokich wdechów, żeby się uspokoić. Jestem bezpieczna i nic mi nie grozi. Ulicą przejeżdża pojedynczy samochód, a w oddali słychać bicie dzwonów.

Podnoszę głowę. Przyglądam się abstrakcyjnym wzorom na tapecie i miękkim fotelom stojącym po obu stronach kanapy. Pokój jest mały, ale przytulny, a meble, choć dobrej jakości, nie rażą ekstrawagancją. Całkowite przeciwieństwo domu, z którego uciekłam.

Fotel stojący przodem do telewizora ma wyraźne zagłębienie, lecz reszta wyposażenia jest w idealnym stanie, jakby nikt z niego nie korzystał. Coś mi tu nie pasuje, ale nie za bardzo wiem co. Być może dziwne wrażenie bierze się stąd, że ktoś wyszedł stąd w pośpiechu, mając zamiar za chwilę wrócić. Rozglądam się dookoła, zastanawiając się, gdzie mogło stać szpitalne łóżko męża Evy. Na pewno po domu krzątali się pracownicy hospicjum, odliczali tabletki, podłączali kroplówki i myli ręce. Nie został jednak po nich żaden ślad. Nawet w dywanie nie daje się zauważyć żadnych wgnieceń.

Po drugiej stronie pokoju stoi regał z książkami. Podchodzę bliżej i widzę różne publikacje z dziedziny chemii i biologii, a wśród nich, na dolnej półce, podręczniki akademickie. „Zrezygnowałam z pracy, żeby się nim opiekować". Może Eva wykładała na Berkeley? A może to jej mąż był profesorem?

Nagle ciszę zakłóca ostry dzwonek dobiegający z kuchni. Schodzę na parter i widzę, że na blacie między dwoma metalowymi puszkami leży czarna komórka. Skonsternowana biorę ją do ręki i przypominam sobie, że na lotnisku w Nowym Jorku Eva miała ze sobą telefon. Patrzę na ekran i widzę, że właśnie przyszło powiadomienie z komunikatora. Wysłał je kontakt zapisany jako D.

Dlaczego się nie pojawiłaś? Coś się stało?

Urządzenie znowu dzwoni, a na ekranie pojawia się następna wiadomość.

Jak najszybciej do mnie zadzwoń.

Odkładam telefon i wbijam w niego wzrok, czekając na ciąg dalszy, ale on nie następuje. Mam nadzieję, że kimkolwiek jest D, nie będzie dziś wieczorem zadawał więcej pytań.

Podchodzę do zlewu i wyglądam przez okno wychodzące na mały ogródek. Dookoła rosną krzewy, a przez środek biegnie brukowana ścieżka prowadząca do furtki na tyłach posesji. Wyobrażam sobie, że Eva stoi na moim miejscu i tak jak ja obserwuje zapadający zmierzch. Patrzy, jak niebo robi się ciemniejsze, a błękit ustępuje miejsca różnym odcieniom fioletu. Tymczasem w pokoju na piętrze jej mąż żegna się z życiem.

Telefon znowu wibruje, a nieprzyjemny sygnał rozbrzmiewa echem po pustej kuchni. Zaczynam mieć złe przeczucia. Udało mi się wejść do obcego domu, lecz nie potrafię odkryć jego tajemnic.

EVA

Sierpień, sześć miesięcy przed katastrofą

Eva czekała na niego przed akademikiem. To nie był ten sam budynek, w którym mieszkała wiele lat temu, ale znacznie nowszy, z łagodniejszymi krawędziami i wykończeniem z ciemnego drewna. Władze uniwersytetu chciały chyba, żeby studenci czuli się w nim jak we włoskiej willi, a nie jak w typowym internacie. Spojrzała w górę, w stronę otwartych okien. Do pokojów wpadało rześkie poranne powietrze, a na ścianach wisiały przyklejone taśmą plakaty zespołów, o których nigdy wcześniej nie słyszała. Zegar na stojącej na środku kampusu wieży wybił właśnie pełną godzinę. Czekała na chodniku oparta o samochód, który nie należał do niej. Mijali ją młodzi ludzie spieszący się na pierwsze w tym dniu zajęcia, nikt na nią nie patrzył. Nigdy nie zwracała na siebie uwagi.

Wreszcie pojawił się w drzwiach akademika, z plecakiem przewieszonym przez ramię i nosem w telefonie. Zauważył Evę, dopiero kiedy zrównała się z nim krokiem.

– Cześć, Brett.

Zaskoczony podniósł wzrok, a kiedy zobaczył, kto go zaczepia, na jego twarzy pojawił się niepokój. Zebrał się jednak w sobie, zmusił do uśmiechu i odpowiedział na pozdrowienie:

– Hej, Eva!

Z zaparkowanego po drugiej stronie ulicy samochodu wysiadło dwóch facetów. Ruszyli za nimi. Brett nie miał wątpliwości, że to jej obstawa.

– Jestem pewna, że wiesz, po co tutaj przyjechałam.

Przeszli przez ulicę i zaczęli obchodzić kampus od południa. Minęli kilka księgarń i kawiarni. Po jakimś czasie dotarli do odchodzącej w bok wąskiej ceglanej ścieżki. Na jej końcu znajdowała się mała galeria sztuki, którą otwierano dopiero o jedenastej. Eva zagrodziła Brettowi drogę. Idący za nimi mężczyźni również się zatrzymali.

– Słuchaj, Eva, naprawdę bardzo mi przykro, ale jeszcze nie mam dla ciebie pieniędzy – powiedział Brett, jednocześnie przyglądając się twarzom przechodniów. Szukał kogoś znajomego, kogoś, kto byłby gotowy udzielić mu pomocy. Eva w ogóle się tym nie przejęła. Dla postronnego obserwatora Brett był zwykłym studentem, który stał na chodniku i rozmawiał z jakąś kobietą.

– To samo mówiłeś ostatnim razem. I przedostatnim.

– To przez moich rodziców – wyjaśnił Brett. – Rozwodzą się i obcięli mi kieszonkowe o pięćdziesiąt procent. Ledwie stać mnie na piwo.

Eva ze współczuciem przekrzywiła głowę i spojrzała na niego w taki sposób, jakby rozumiała jego problemy. W końcu sama przez trzy lata studiowała na Berkeley i musiała się utrzymać z symbolicznego stypendium. Zdarzało się, że podkradała jedzenie ze stołówki, żeby nie głodować w długie weekendy. Nie dostawała jednak żadnych dodatkowych pieniędzy i nie przejmowała się tym, że nie stać jej na piwo: miała o wiele poważniejsze zmartwienia.

– To smutna historia – oświadczyła – ale niestety ciężko mi się nią przejąć. Jesteś mi winien sześćset dolarów i mam już dość czekania.

Brett poprawił plecak na ramieniu i zaczął obserwować nadjeżdżający autobus.

– Oddam wszystko, przysięgam. To tylko... trochę potrwa.

Eva sięgnęła do kieszeni i wyciągnęła z niej gumę do żucia. Odwinęła ją z papierka i wsadziła do ust, a potem zaczęła powoli żuć, jakby zastanawiając się nad tym, co przed chwilą usłyszała. Idący za nimi mężczyźni zareagowali na sygnał i ruszyli w ich stronę.

Brett niemal od razu zorientował się, co jest grane. Zdecydowany krok osiłków nie pozostawiał żadnych wątpliwości co do ich zamiarów. Cofnął się i chciał uciekać, lecz oni byli szybsi. Stanęli obok niego, blokując drogę odwrotu.

– O Boże – wyszeptał, wytrzeszczając oczy ze strachu. – Eva, błagam, przecież wiesz, że oddam ci tę kasę. Przysięgam! – Zrobił krok do tyłu, ale Saul, większy z ochroniarzy, położył rękę na jego ramieniu, dając mu do zrozumienia, żeby się zatrzymał. Eva widziała, jak

Saul zaciska swoje wielkie palce, a wtedy Brett zaczął płakać.

W tym momencie jej rola się skończyła, więc zaczęła wycofywać się w głąb ulicy. Zatrzymało ją jednak błagalne spojrzenie Bretta. Chłopak prosił ją, żeby mimo wszystko zmieniła zdanie. Zawahała się. Być może chodziło o sposób, w jaki poranne słońce padało na jego twarz, albo zapach jesieni w powietrzu. Przypomniała sobie, jak wygląda początek semestru, kiedy zaczynają się zajęcia i trzeba nauczyć się tylu nowych rzeczy. Kiedyś uwielbiała takie życie, ale potem została go brutalnie pozbawiona.

Niewykluczone, że serce zmiękło jej z powodu wyglądu chłopaka oraz sposobu, w jaki żebrał o litość. Na środku czoła miał czerwony pryszcz, a zarost na jego twarzy był miękki i niezbyt gęsty. Miała przed sobą dzieciaka. Pamiętała, że sama równicż była kiedyś smarkulą, która popełniała błędy i prosiła o jeszcze jedną szansę.

Nikt nie okazał jej jednak współczucia.

Zrobiła krok do tyłu, dając znak, żeby mężczyźni zaprowadzili Bretta w boczną uliczkę, z dala od chodnika.

Nagle usłyszała za plecami głos:

– Niektórych rzeczy nie da się uniknąć.

Dex.

Wyłonił się z zacienionego wejścia do zamkniętego sklepu i zapalił papierosa. Po chwili wskazał gestem dłoni, żeby za nim poszła. W oddali słychać było odgłosy szarpaniny i krzyki Bretta błagającego o litość. W pewnym momencie rozległ się głuchy łomot – to mógł być kopniak w brzuch albo uderzenie głowy w mur – po czym zrobiło się cicho.

Eva nie odwróciła wzroku, ponieważ zdawała sobie sprawę, że Dex uważnie ją obserwuje.

– Co ty tutaj robisz?

Wzruszył ramionami i zaciągnął się papierosem.

– Wiem, że nie lubisz tej części swojej pracy. Pomyślałem, że sprawdzę, jak ci idzie.

Kłamie? A może mówi prawdę? Za Dexem trudno było nadążyć, ale przez te wszystkie lata Eva nauczyła się, że jej kolega nie wstaje tak wcześnie rano z łóżka, o ile nie dostał wyraźnego polecenia od ich szefa Fisha.

– Jakoś sobie radzę – powiedziała.

Razem zaczęli iść pod górę w stronę stadionu. Minęli kawiarnię z patio zasłoniętym białą markizą. Było jeszcze wcześnie, więc stoliki i krzesła stały poskładane w rogu. W środku kłębił się jednak tłum profesorów i pracowników uniwersytetu pijących poranną kawę. Przed lokalem siedział żebrak na wózku inwalidzkim i grał na harmonijce. Eva dała mu pięć dolarów.

– Dziękuję – powiedział mężczyzna.

Dex zrobił zdegustowaną minę.

– Masz miękkie serce.

– Raczej dbam o dobrą karmę – poprawiła go Eva.

Zatrzymali się na szczycie wzgórza przed International House. Dex spojrzał na zatokę i przez chwilę wydawało się, że podziwia widok. Eva podążyła za jego wzrokiem i zobaczyła, że na ceglanej ścieżce pojawiło się jej dwóch kolegów od brudnej roboty. Szli na zachód w kierunku Telegraph Avenue. Nie było z nimi Bretta: leżał teraz pewnie zakrwawiony w pobliżu wejścia do galerii.

Za kilka godzin znajdzie go właściciel i zadzwoni na policję. Możliwe jednak, że wcześniej chłopak sam się jakoś podniesie i wróci chwiejnym krokiem do akademika, ale na zajęcia już dzisiaj nie pójdzie.

Kiedy mężczyźni zniknęli z pola widzenia, Dex odwrócił się do Evy i podał jej kartkę papieru.

– Nowy klient – wyjaśnił.

Brittany, 16:30, Tilden.

Eva prychnęła z dezaprobatą.

– Z takim imieniem musiała się urodzić w latach dziewięćdziesiątych. Jak ją znalazłeś?

– Dostałem cynk od gościa z LA. Właśnie przenieśli tam jej męża.

Eva zrobiła zaniepokojoną minę.

– Nie jest studentką?

– Nic, ale nie masz powodów do niepokoju. Jest czysta. – Dex rzucił papierosa na ziemię i zgniótł butem niedopałek. – Widzimy się o trzeciej po południu.

Ruszył przed siebie, nie czekając na jej potwierdzenie. Nie było potrzebne. Pracowali razem od dwunastu lat i Eva nigdy nie spóźniła się na spotkanie. Patrzyła, jak Dex schodzi ze wzgórza i znika między budynkami. Nigdzie nie dostrzegła Bretta. Uznała, że najwyższy czas wracać do domu.

Mieszkała na północ od uniwersytetu i kiedy przechodziła przez środek kampusu, wróciły wspomnienia czasów, kiedy sama była studentką. Koniec lata w Berkeley. Harmonogram jej dnia był nierozerwalnie związany z życiem uczelni. Niespodziewana wizyta Dexa wytrąciła ją z równowagi. Po co przyszedł dziś tak wcześnie rano?

Nagle usłyszała za plecami czyjś głos.

– Przepraszam.

Nie zareagowała i przeszła przez mostek nad strumieniem, który wił się przez teren kampusu.

– Przepraszam – powtórzył ten sam głos, tym razem bardziej stanowczo.

Po chwili przed Evą stanęła młoda dziewczyna, najprawdopodobniej studentka pierwszego roku: obcisłe jeansy, botki i nowy plecak.

– Czy mogłaby mi pani powiedzieć, gdzie jest Campbell Hall? – zapytała, z trudem łapiąc oddech.

– Jest już późno, a ja zaspałam. To mój pierwszy dzień na uczelni... – Kiedy napotkała świdrujący wzrok Evy, zawiesiła głos. Miała jasne oczy i wszystko było jeszcze przed nią.

Kolejny dzieciak, jak Brett. Za ile miesięcy to sympatyczne dziewczę poczuje presję, która złamie ją na pół? Kiedy obleje pierwszy egzamin lub dostanie słabą ocenę z pracy zaliczeniowej? Eva wyobraziła sobie, jak któregoś dnia w bibliotece ktoś kładzie na drewnianej ławce karteczkę z danymi kontaktowymi Dexa. Ile czasu minie, zanim Eva spotka się z nią przed Campbell Hall?

– Wie pani, gdzie to jest? – zapytała jeszcze raz studentka.

Eva miała już tego wszystkiego serdecznie dość.

– *No hablo inglés* – powiedziała, udając, że nie mówi po angielsku. Chciała jak najszybciej pozbyć się tej panienki i nie odpowiadać na jej pytania.

Dziewczyna zrobiła zdziwioną minę i odsunęła się do tyłu. Eva wyminęła ją i ruszyła przed siebie. Niech ktoś inny jej pomoże. Sama nie była jeszcze na to gotowa.

———•———

Kilka godzin później niespodziewane pojawienie się Dexa wciąż nie dawało jej spokoju. Eva stała w kuchni i zmywała naczynia. W pewnym momencie obróciła kieliszek pod strumieniem gorącej wody, ale szkło wyślizgnęło jej się z palców i roztrzaskało o porcelanowy zlew.

– Cholera – mruknęła, zakręcając kran. Wytarła dłonie ścierką, a potem pozbierała ostre odłamki i wrzuciła je do kosza na śmieci. Miała wrażenie, że wkrótce nastąpi jakaś większa zmiana. Była jak zwierzę, które wyczuwa niewielkie tąpnięcia głęboko pod powierzchnią ziemi i wie, że zbliża się katastrofa. Musiała mieć się na baczności i ratować swoją skórę.

Wzięła kilka papierowych ręczników i wytarła blaty, a potem spojrzała na przyniesiony z piwnicy minutnik. Zostało jeszcze trochę czasu.

Wyrzuciła pustą puszkę po coli light do pojemnika na metal i wyjrzała przez okno, z którego widać było ogród na tyłach domu. Zielone krzewy i róże zdążyły się rozrosnąć i trzeba by je przyciąć. W przeciwległym końcu podwórka zobaczyła przyczajonego kota. Zwierzę schowało się pod niskim krzakiem i wbiło hipnotyzujące spojrzenie w małego ptaszka, który taplał się w zacienionej kałuży powstałej po porannym podlewaniu trawnika. Eva wstrzymała oddech i czekała na to, co się stanie. Chciała, żeby ptak się rozejrzał i uciekł przed śmiertelnym zagrożeniem.

Nagle kot rzucił się do przodu i w ułamku sekundy dopadł ofiarę. Zakłębiło się i poleciały pióra. Drapieżnik przydusił ptaka do ziemi i ogłuszył kilkoma mocnymi uderzeniami łapy. Eva przyglądała się, jak bierze zdobycz do pyszczka i znika w zaroślach. Czuła się tak, jakby wszechświat właśnie przesłał jej ważną wiadomość. Nie miała jednak pojęcia, czy odgrywała rolę drapieżnika, czy jego ofiary.

Zadzwonił alarm, wyrywając ją z zamyślenia. Sprawdziła, która godzina, a potem jeszcze raz wyjrzała przez okno. Kot zniknął, zostawiwszy na ceglanej ścieżce kilka piór.

Odwróciła się od blatu i odsunęła kuchenny regał na kółkach zastawiony sprzętem, którego nigdy nie używała. Ten mebel służył jedynie do zasłonięcia drzwi prowadzących do piwnicy. Zeszła na dół, żeby doprowadzić sprawę do końca.

CLAIRE

Wokół mnie panuje niczym niezmącona cisza. Mam wrażenie, że dom Evy uważnie mi się przygląda, jakby chciał się dowiedzieć, kim jestem i po co tu przyjechałam. Otwieram lodówkę i odkrywam, że całą górną półkę zajmują puszki coli light. Oprócz napojów nic tu nie ma, jeśli nie liczyć upchniętego gdzieś z tyłu zdeformowanego pojemnika po jakimś żarciu na wynos.

— Ktoś ma ochotę na zimną colę? — mruczę pod nosem i zamykam lodówkę, a potem omiatam spojrzeniem półki, na których stoją książki kucharskie i miski do wyrabiania ciasta. Po chwili moją uwagę przyciągają szafki stojące po lewej stronie zlewu. W jednej znajduję szklanki, talerze i salaterki, a w drugiej trochę suchego prowiantu. No cóż, dzisiaj wieczorem muszę zadowolić się krakersami i colą light.

Zaspokajam pierwszy głód i uciszam burczenie żołądka, a potem idę do salonu. Wiszący na ścianie zegar pokazuje, że jest szósta wieczorem. Biorę do ręki pilota, starając się nie myśleć o Evie i jej mężu, którzy w tym samym pokoju leżeli pod kocem i oglądali filmy albo siedzieli w ciszy i sprawdzali coś w swoich telefonach. Rozglądam się dookoła w poszukiwaniu dowodów na to, że byli szczęśliwym małżeństwem. Nie znajduję jednak niczego: żadnych zdjęć ani pamiątek z wakacji.

Włączam telewizor i zaczynam skakać po kanałach. Zatrzymuję się na CNN.

Widać zbliżenie na lotnisko w Nowym Jorku, a w rogu ekranu pojawia się ramka z transmitowaną na żywo akcją ratunkową: na ciemnych falach unosi się oświetlona reflektorami łódź Straży Granicznej. Pogłaśniam i słyszę niski, poważny głos Kate Lane, znanej dziennikarki i gospodyni programu publicystycznego *Polityka dzisiaj*. Ekran wypełnia się zdjęciami z ubiegłorocznej gali dobroczynnej, w której wzięłam udział razem z Rorym. Jestem mocno umalowana, na głowie mam wyrafinowaną wersję francuskiego koka i szczerzę zęby do kamery. Kate Lane mówi z offu:

— Władze potwierdziły, że na liście pasażerów rejsu numer czterysta siedemdziesiąt siedem do Portoryko znajdowała się żona znanego filantropa Rory'ego Cooka, syna pani senator Marjorie Cook i dyrektora wykonawczego Fundacji Rodziny Cooków.

Moje zdjęcie znika, a na ekranie znowu pojawia się lotnisko. Kamera przesuwa się w stronę wielkich szyb, za którymi znajduje się część terminalu zamknięta dla mediów.

— Przedstawiciele linii lotniczych Vista spotkają się dziś wieczorem z członkami rodzin. U wybrzeży Florydy wciąż prowadzona jest akcja ratownicza. Urzędnicy Narodowej Rady Bezpieczeństwa Transportu szybko zaprzeczyli, jakoby do katastrofy miało dojść w wyniku ataku terrorystycznego. Najbardziej prawdopodobną przyczyną były niestabilne warunki pogodowe oraz fakt, że jeszcze cztery miesiące temu samolot, który rozbił się nad oceanem, miał zakaz wykonywania lotów.

Kamera robi najazd na zapłakanych ludzi, którzy padają sobie w ramiona i starają się nawzajem pocieszać. Przysuwam się bliżej telewizora i wytężam wzrok, próbując dostrzec Rory'ego. Moje wysiłki okazują się jednak zupełnie niepotrzebne. Dokładnie w tym samym momencie na ekranie pojawia się rząd mikrofonów i zasiada przed nimi mój mąż.

– Właśnie otrzymaliśmy wiadomość, że pan Rory Cook wygłosi za chwilę krótkie oświadczenie w imieniu rodzin pasażerów feralnego lotu.

Wciskam pauzę i uważnie mu się przyglądam. Jest ubrany w drogie jeansy i błękitną koszulę z kołnierzykiem zapinanym na guziki. Ten odcień niebieskiego świetnie wygląda w telewizji. Na jego twarzy maluje się rozpacz, ma zapadnięte policzki i zaczerwienione oczy. Siadam na piętach, zastanawiając się, czy rzeczywiście jest załamany, czy tylko przekonująco udaje, a w głębi duszy kipi wściekłością, ponieważ na pewno odkrył już prawdę.

Nie wyłączam pauzy, tylko wyjmuję z torby komputer i biegnę na piętro do gabinetu Evy. Na biurku stoi router, migając do mnie zielonym światełkiem. Obracam urządzenie, żeby znaleźć hasło, jednocześnie modląc się, żeby wciąż było takie samo. Trzy razy próbuję dopasować sieć do kodu dostępu, gdy w końcu się udaje.

Klikam w okno, które otworzyłam wczoraj w nocy, i sprawdzam skrzynkę Rory'ego, podczas gdy on przemawia na żywo w telewizji. Dostał kilka wiadomości od Danielle. Są to kopie e-maili, które wysłała dziś rano do szkoły i hotelu w Detroit z informacją, że to mój mąż będzie korzystał z zarezerwowanego pokoju oraz brał udział w uroczystościach.

Jest też nowa korespondencja między Bruce'em a Rorym. Rozmawiali ze sobą niedługo po tym, jak media podały informację o katastrofie.

Uważam, że powinniśmy przełożyć ogłoszenie o starcie w wyborach.

Rory odpowiedział krótko i stanowczo:

Zdecydowanie nie.

Bruce nie dawał jednak za wygraną:

Pomyśl o właściwej optyce. Właśnie zginęła twoja żona i nie możesz jak gdyby nigdy nic ogłosić, że chcesz zostać senatorem. To szalony pomysł. Niech najpierw odnajdą ciało, zorganizujemy pogrzeb. Wtedy zadeklarujesz chęć udziału w wyborach. Powiesz, że tego życzyłaby sobie Claire.

Chociaż nie jestem zaskoczona, to mimo wszystko fakt, że w tych okolicznościach tak bardzo przejmują się planami politycznymi Rory'ego, sprawia mi przykrość. Pomimo naszych problemów i jego wybuchowego charakteru wiem, że Rory kiedyś mnie kochał, przynajmniej na swój ułomny sposób. Czuję też odrobinę satysfakcji: dobrze zrobiłam, że zdecydowałam się na ucieczkę właśnie teraz. Dla Rory'ego nigdy nie byłam priorytetem, zawsze ważniejsza była ambicja.

Otwieram nową kartę i wpisuję w wyszukiwarkę „Petra Federotov". Wyskakuje długa lista katalogów dzieł sztuki. Dużo kolorowych obrazków i nazwisk, których nie jestem w stanie wymówić. To samo strona po stronie. Zmieniam hasło na „Petra Federotov numer telefonu". Tym razem pojawiają się też inne trafienia: na przykład pizzeria w Bostonie oraz linki do serwisów ofcrujących za trzydzieści dolarów oprogramowanie wyszukujące osoby. Nie sądzę, żeby do czegoś mi się przydało. Jestem pewna, że Nico usunął wszelkie informacje dotyczące jego rodziny z baz danych, a nawet z całego internetu.

Zostawiam komputer otwarty i schodzę na parter. Na ekranie telewizora wciąż widać zatrzymaną w stopklatce twarz Rory'ego: właśnie podnosił rękę, żeby odgarnąć włosy z czoła. W innym życiu sama poprawiłabym mu fryzurę czułym gestem. Uważnie mu się przyglądam, przypominając sobie czasy, kiedy go kochałam. Na początku naszego związku przyjeżdżał po mnie do domu aukcyjnego i zabierał na kolację do Le Bernardin albo do parku na piknik. Pamiętam jego szelmowski uśmiech, kiedy wchodziliśmy do klubu tylnymi drzwiami albo jak chwilę przed pocałunkiem delikatnie muskał kciukiem moją dolną wargę.

Nie wymazałam tych wspomnień z pamięci, tylko głęboko schowałam. Niewykluczone, że pewnego dnia będę w stanie do nich wrócić. Przyjrzę się im dokładnie, zatrzymam te dobre, a o złych zapomnę na zawsze.

Naciskam przycisk „Odtwórz". Rory odchrząkuje i zaczyna mówić:

– Dziś rano, tak samo jak wiele osób stojących tu za mną, po raz ostatni pocałowałem na pożegnanie najbliższą mi osobę, moją żonę Claire. – Przerywa i robi głęboki wdech. Po chwili kontynuuje drżącym głosem: – Kolejna podróż służbowa, tym razem związana z naszą działalnością humanitarną w Portoryko, stała się dla mnie prawdziwym koszmarem. To samo przeżywają rodziny pozostałych dziewięćdziesięciu pięciu pasażerów lotu czterysta siedemdziesiąt siedem. Chciałbym zapewnić, że nie spoczniemy, dopóki nie uzyskamy wszystkich informacji dotyczących tego, co poszło nie tak. – Przełyka ślinę i zaciska szczęki. Kiedy znowu patrzy w kamerę, ma szkliste oczy. Po chwili po policzkach zaczynają mu spływać łzy. – Nie wiem, co powinienem powiedzieć. Jestem załamany. W imieniu rodzin pragnę podziękować za wasze wsparcie i modlitwy.

Dziennikarze zaczynają zadawać pytania, lecz Rory ich ignoruje i odwraca się od kamer. Myślę o tym, z jaką łatwością przychodzi mu kłamać. Dziś rano nawet się ze mną nie pożegnał, nie mówiąc o pocałunku. Zdaję sobie sprawę, że jestem martwa i Rory może opowiadać o mnie i o naszym małżeństwie, co tylko zechce. Nikt mu nie udowodni, że kłamie.

Kończy się transmisja wystąpienia Rory'ego i na ekranie znowu pojawia się Kate Lane. Jak zwykle ma krótkie siwe włosy i okulary w czarnych oprawkach. Spotkałam ją kilka lat temu, kiedy przeprowadzała wywiad z moim mężem. Rozmowa miała być wykorzystana w programie poświęconym spuściźnie po Marjorie Cook. Pamiętam, że byłam zdziwiona, ponieważ traktowała Rory'ego ze sporą rezerwą. Była miła i uśmiechała się we właściwych momentach, ale wyczułam, że uważnie go obserwuje i stara się zachować odpowiedni dystans. Patrzyła na jego teatralne gesty i słuchała okrągłych słówek, wiedząc, że to tylko pozory.

Teraz na jej twarzy maluje się powaga i spokój.

– Rory Cook często gościł w naszym programie. Chciałabym więc w imieniu swoim i pozostałych osób z zespołu *Polityki dzisiaj* przekazać wyrazy współczucia rodzinie Cooków i wszystkim osobom dotkniętym dzisiejszą tragedią. Miałam ogromne szczęście kilkakrotnie spotkać panią Cook przy różnych okazjach. Była niezwykle inteligentną i szlachetną kobietą, która z poświęceniem wspierała działalność rodzinnej fundacji. Będzie nam jej bardzo brakowało. – W rogu ekranu, nad ramieniem Kate Lane, wyskakuje okienko z transmisją na żywo. Przed tymi samymi mikrofonami, przed którymi siedział niedawno Rory, pojawia się jakiś mężczyzna. – Za chwilę rozpocznie się konferencja prasowa dyrektora Narodowej Rady Bezpieczeństwa Transportu. Posłuchajmy, co ma nam do powiedzenia – mówi Kate.

Dziennikarze zaczynają jeden przez drugiego zadawać pytania, lecz uciszam ich, wyłączając telewizor. Patrzę na swoją twarz odbijającą się w czarnym ekranie i zastanawiam się, co dalej.

———•———

Wnoszę na górę torbę podróżną i wchodzę do sypialni. Odsuwam na bok walające się na łóżku ciuchy – spodnie od dresu oraz T-shirt – i siadam na krześle. W pokoju stoi komoda z ciemnego drewna z zamkniętymi szufladami oraz szafa, której drzwi są lekko uchylone i widać wciśnięte do środka ubrania. W tym momencie zdaję sobie wreszcie sprawę, że Eva już nigdy więcej się nie uśmiechnie, w jej oczach nie pojawią się łzy i nie zrobi zdziwionej miny. Nie zestarzeje się i nie będzie miała chorego biodra albo obolałych pleców. Nigdy nie zgubi kluczy i nie usłyszy świergotu ptaków o poranku.

Jeszcze wczoraj siedziała w tym pokoju. Była pogrążona w żałobie, ale jej serce wciąż biło, a w głowie kryły się sekrety i pragnienia, którymi nie chciała się z nikim podzielić. Dziś nie było już jednak żadnego śladu wspomnień, które zgromadziła przez całe życie. Po prostu zniknęły.

A co ze mną? Claire Cook również odeszła z tego świata. Pamiętają o niej ludzie, którzy ją znali, ale nie ma jej wśród żywych. Jednak w odróżnieniu od Evy ja wciąż ciągnę ze sobą bagaż tego, co do mnie należało. Smutki i radości. Wspomnienia osób, które kochałam. Czuję, że zostałam obdarzona przywilejem, na który nie zasługuję. Mogę zatrzymać wszystko to, co Eva straciła.

Przyciskam pięści do oczu, starając się zatrzymać gonitwę myśli. W mojej głowie kłębi się mnóstwo obrazów: pokojówka rozpakowująca moją walizkę, telefon do hotelu w Detroit, głos Petry, kiedy rozmawiałam z nią na lotnisku JFK, oraz Eva przekazująca mi torebkę z nadzieją, że w ten sposób rozwiąże swoje problemy. Ja również liczyłam, że wyjdę na prostą.

Muszę się przespać, ale nie mam siły, żeby wejść do łóżka i przykryć się pościelą. Na pewno nie dzisiaj. Biorę do ręki koc, chwytam poduszkę i schodzę na parter. Ściągam buty, moszczę się wygodnie na kanapie i włączam telewizor, ponieważ potrzebuję jakiegoś towarzystwa. Przeskakuję przez serwisy informacyjne, aż natrafiam na kanał wyświetlający powtórki serialu komediowego *Kocham Lucy*. Uznaję, że śmiech nagrany na taśmie świetnie ukołysze mnie do snu.

———•———

Nagle budzi mnie głos Rory'ego. Wydaje mi się, że szepcze mi coś do ucha. Zrywam się z kanapy jak oparzona. W pokoju jest ciemno, a od włączonego telewizora bije niebieska poświata. Jestem tak zdezorientowana, że na chwilę zapominam, gdzie się znajduję i co się stało.

W pewnym momencie widzę Rory'ego na ekranie, mniejszego niż w rzeczywistości, ale nie mniej przerażającego. Pokazują powtórkę konferencji prasowej. Z ulgą padam na kanapę i szukam pilota, żeby wyłączyć telewizor. Mam nadzieję, że odgłosy domu Evy – monotonny szum lodówki i kapanie wody z niedokręconego kranu – pomogą mi się uspokoić. Przypominam też sobie, że Rory na pewno nie wie, gdzie teraz jestem.

Wbijam wzrok w sufit i patrzę na przesuwające się cienie rzucane przez stojącą przed domem latarnię. Dociera do mnie, jak trudno będzie mi zniknąć. Nie ma znaczenia, gdzie się schowam i jakiego nazwiska będę używać. Za każdym razem gdy włączę telewizję, otworzę gazetę albo zacznę kartkować jakieś czasopismo, Rory będzie na mnie czekał, gotowy do skoku. Nigdy przed nim nie ucieknę.

EVA

Eva pracowała jak automat. W piwnicy paliło się mocne światło, a pod sufitem szumiał wentylator wyprowadzający powietrze z laboratorium na podwórko. Jego niski pomruk przytępiał jej zmysły. Nie mogła wymazać z pamięci obrazu polującego kota: jego cichego wyczekiwania i nagłego ataku, który błyskawicznie zakończył żywot ofiary.

Pokręciła głową i z wysiłkiem skupiła uwagę na wykonywanej pracy. Wiedziała, że powinna skończyć robotę do południa. O trzeciej spotykała się z Dexem, który miał przekazać towar Fishowi, a potem była umówiona z nową klientką.

Odmierzała składniki, po czym starannie je ważyła i mieszała. Wkrótce poczuła, że ogarnia ją spokój. Mimo że robiła to od wielu lat i w tym czasie wydarzyło się mnóstwo rzeczy, wciąż była przekonana, że łączenie różnych substancji i ich podgrzewanie, żeby powstało coś zupełnie nowego, to prawdziwa magia.

Używając kuchenki turystycznej, doprowadziła miksturę do konsystencji gęstej pasty. Przyzwyczaiła się już do ostrego chemicznego zapachu, który wypalał śluzówkę nosa i wnikał we włosy i ubrania. Nie dawało się go łatwo pozbyć, dlatego inwestowała w drogie szampony i balsamy, które pomagały usunąć charakterystyczną woń.

Kiedy skończyła, przelała gęstą masę do specjalnych foremek i znowu włączyła minutnik. Korzystała z syropów na kaszel i leków na przeziębienie, z których po wymieszaniu z ogólnodostępną chemią gospodarczą otrzymywała coś podobnego do Adderallu. Procedura była stosunkowo bezpieczna, ponieważ Eva nie używała pochodnych amfetaminy, które mogły doprowadzić do eksplozji. Końcowy produkt był łatwą do wyprodukowania małą tabletką, która dawała studentom takim jak Brett potężnego kopa. Dzięki niej mogli przez wiele godzin obchodzić się bez snu, zachowując niezwykłą jasność umysłu.

Po zakończonej pracy umyła część sprzętu w zlewie, resztę włożyła do kupionej kilka lat temu przenośnej zmywarki. W takich chwilach słyszała głos swojego nauczyciela chemii: „Czyste laboratorium jest oznaką prawdziwego profesjonalizmu". Eva była profesjonalistką, chociaż zdawała sobie sprawę, że nikt nie sprawdzi, czy przestrzega podstawowych zasad BHP. Dla pewności wytarła jeszcze blaty: nie chciała zostawić żadnych śladów po odczynnikach, które kupowała w różnych sklepach w rejonie Zatoki San Francisco.

Robiła to wszystko dla zasady, ponieważ laboratorium było dobrze ukryte przed wścibskimi spojrzeniami. Dawno temu doszła do wniosku, że najlepszym sposobem na zakamuflowanie wejścia do pomieszczenia, które kiedyś było pralnią, jest zastawienie go regałem na kółkach. Musiał być odpowiednio wysoki, przynajmniej na sto osiemdziesiąt centymetrów, mieć plecy i dużo półek wypełnionych akcesoriami, bez których nie mógł się obejść żaden miłośnik gotowania. Książki kucharskie, miski do wyrabiania ciasta, pojemniki na mąkę i cukier oraz stojaki na rozmaite łyżki i szpatułki, z których Eva nigdy nie korzystała. Całkiem podobnie wyglądało jej życie: udawała nieciekawą, trzydziestoparoletnią kelnerkę, która z trudem wiąże koniec z końcem, mieszka na północy Berkeley w skromnym bliźniaku i jeździ piętnastoletnią hondą. W rzeczywistości była kimś zupełnie innym: dbała o to, żeby studenci Berkeley nie potrzebowali snu i w terminie kończyli studia. Potrafiła też szybko radzić sobie z tymi, którzy sprawiali problemy.

Podniosła minutnik z blatu i ruszyła w stronę schodów. Przed wyjściem z laboratorium zgasiła światło i wyłączyła wentylator. Zaległa kompletna cisza. Kiedy znalazła się w kuchni, na chwilę stanęła, żeby przyzwyczaić się do odgłosów codziennego życia.

Usłyszała, jak nowa sąsiadka, starsza kobieta z krótko przystrzyżonymi siwymi włosami, otwiera drzwi wejściowe. Wprowadziła się kilka tygodni temu i od razu chciała się zaprzyjaźnić. Eva była dla niej grzeczna, lecz poprzestawała na zdawkowych powitaniach. Sąsiadka oczekiwała głębszej interakcji: często przypatrywała się Evie, jakby chciała ściągnąć ją wzrokiem.

Z panem Cosatino, staruszkiem, który chyba od zawsze mieszkał za ścianą, nie było takich problemów. Rozmawiali ze sobą tylko raz, w zeszłym roku, kiedy zapłaciła mu gotówką za swoją część bliźniaka. Potem pan Cosatino nagle zniknął. Jednego dnia był, a następnego zapadł się pod ziemię. Zastanawiała się, co się z nim mogło stać: zapewne umarł albo się rozchorował. Niestety, z nową sąsiadką nie było tak łatwo: uśmiechała się przyjaźnie, szukając kontaktu wzrokowego.

Eva nie przesunęła regału na miejsce, tylko pobiegła na piętro, pokonując po dwa stopnie naraz. Znajdował się tam mały gabinet z widokiem na ulicę, który traktowała jak przechowalnię zimowych płaszczy i kurtek. Korzystała z niego również wtedy, kiedy musiała usiąść do płacenia rachunków. Był urządzony jak reszta domu: ciepłe żółcie i czerwienie, które miały kontrastować z szarzyzną domu opieki, w którym Eva się wychowała. Każdy mebel – sosnowe biurko, ciemnoczerwony dywan, stolik pod oknem i lampka – miał stanowić odtrutkę na emocjonalny chłód, którym przepełnione było jej dzieciństwo.

Usiadła przed laptopem i otworzyła stronę singapurskiego banku, a potem wpisała z pamięci login i hasło. Regularnie sprawdzała stan konta i patrzyła, jak przez ostatnie dwanaście lat gromadzone środki systematycznie rosną. Zaczęła od sumy pięciocyfrowej, która z czasem pomnożyła się wielokrotnie i obecnie sięgała już kilku milionów dolarów. W dzielnicy finansowej San Francisco pełno było przystojnych mężczyzn, którzy wiedzieli, jak skutecznie nagiąć prawo. Bez trudu znalazła doradcę podatkowego, który założył fałszywą spółkę z ograniczoną odpowiedzialnością i polecił jej zagraniczny bank, który przymykał oko na dziwne przelewy, nie zadając zbędnych pytań. W ten sposób Eva mogła bezpiecznie wyprowadzać z kraju swoje nielegalne dochody.

Zdawała sobie jednak sprawę, że kiedyś będzie musiała z tym skończyć. Tego zawodu nie można wykonywać w nieskończoność. Kiedy nadejdzie właściwy czas, kupi bilet na samolot, poleci na drugi koniec świata i po prostu zniknic. Zostawi dom, ubrania i wszystkie swoje rzeczy. Zerwie kontakty z Dexem i Fishem. Zrzuci z siebie starą skórę i zacznie wszystko od nowa. Robiła tak już wcześniej, więc i tym razem sobie poradzi.

———•———

Kiedy tabletki były gotowe, wyjęła je z foremek i powkładała do oddzielnych torebek. Przesyłkę dla Dexa zapakowała w niebieski papier, zawiązała wstążką i zaniosła do parku, w którym mieli się spotkać. Lata pracy nauczyły ją, jak być niewidzialną. Potrafiła idealnie wtopić się w świat zewnętrzny. Udawała, że idzie na spacer albo spotyka się z przyjacielem, któremu wręcza pięknie zapakowany prezent. To nie było szczególnie trudne. Wystarczyła odrobina inteligencji, a tej Evie nigdy nie brakowało.

Dex siedział przy stoliku piknikowym naprzeciwko zaniedbanego placu zabaw, po którym biegały dzieci. Każde znajdowało się pod opieką rodzica albo niani. Eva zatrzymała się w pewnej odległości, tak żeby Dex jej nie zobaczył, i zaczęła obserwować bawiące się maluchy. Kiedyś mogła być jednym z tych dzieciaków, jednak matka nigdy nie zabierała jej do parku, żeby spędzić razem kilka godzin i pozwolić córce się wyszaleć. W dawnych czasach Eva starała się odgrzebać jakieś wspomnienia krótkiego okresu, kiedy mieszkała razem ze swoją prawdziwą rodziną, ale pierwsze dwa lata jej życia były całkiem białą plamą.

W dzieciństwie wyobrażała sobie rodzinę tak często i na tak wiele różnych sposobów, że w końcu te rojenia stały się niemal rzeczywistością. Jej matka z długimi blond włosami ogląda się przez ramię i posyła jej szeroki uśmiech. Dziadkowie, para słabowitych staruszków, martwią się o córkę i wydają ostatnie oszczędności, żeby opłacić jej kolejną kurację odwykową. Spokojna rodzina z poważnym problemem. Eva starała się wzbudzić w sobie jakieś emocje wobec tych ludzi, ale czuła tylko dystans. Miała wrażenie, że jest niczym odłączona od prądu lampa. Nie miała w sobie energii, z nikim nic jej nie łączyło i nie była w stanie wydobyć z siebie choćby odrobiny światła.

Mimo to matki z dziećmi zawsze przykuwały jej uwagę. Ich widok działał jak ostry paznokieć rozdrapujący rany, które powinny się zagoić już bardzo dawno temu.

O swojej matce wiedziała tylko dwie rzeczy: nazywała się Rachel Ann James i była narkomanką. Te informacje dotarły do niej niespodziewanie, kiedy na drugim roku studiów dostała list od siostry Bernadette. Wypełniające kartkę papieru staranne, lekko pochyłe pismo wyglądało bardzo znajomo i od razu przeniosło ją do czasów, kiedy była małą dziewczynką.

Znalazła w skrzynce pocztowej informacje, których już dawno temu przestała szukać. Ten list zakłócił jej spokój. Właśnie zaczynała godzić się ze swoją przeszłością, żywiąc nadzieję, że stanie się kimś lepszym, niż zawsze sądziła, że jest.

Nie miała pojęcia, gdzie może być teraz ten list. Schowała go do jakiegoś pudełka albo wrzuciła do szuflady. Łatwiej było udawać, że ta część jej życia w ogóle nie istnieje. Wolała myśleć, że urodziła się kilkanaście kilometrów od San Francisco, w pełni uformowana, w dniu, w którym zaczęła college.

———•———

Eva oderwała wzrok od bawiących się dzieci i podeszła do miejsca, gdzie czekał na nią Dex.

– Wszystkiego najlepszego! – powiedziała, wręczając mu paczkę z tabletkami.

Uśmiechnął się i schował pakunek do kieszeni płaszcza.

– Nie trzeba było.

Usiadła obok niego na ławce i razem patrzyli na plac zabaw. Dzieciaki skakały ze zjeżdżalni i ganiały się wokół huśtawek. Eva i Dex nigdzie się nie spieszyli. Zawsze udawali dobrych znajomych, którzy korzystają z wolnej chwili, żeby powygrzewać się na słońcu. Dex często powtarzał zdanie, które z czasem stało się ich żelazną zasadą: „Wyglądasz jak dealer, gdy zachowujesz się jak dealer".

– W tej okolicy miałam się spotkać ze swoim pierwszym klientem – powiedziała Eva, wskazując na parking. – Kiedy dotarłam na miejsce, przy krawężniku stały dwa radiowozy, a obok kręcili się gliniarze. Wyglądało, jakby na mnie czekali.

Dex odwrócił twarz w jej stronę.

– I co zrobiłaś? – zapytał.

Wróciła pamięcią do tamtego feralnego dnia. Na widok umundurowanych policjantów z bronią, pałkami i lśniącymi odznakami obleciał ją strach, serce zaczęło walić jak szalone i z trudem panowała nad oddechem.

– Pomogły mi twoje rady. Kazałeś mi chodzić pewnym krokiem, trzymać głowę wysoko i nie okazywać najmniejszego wahania.

Minęła funkcjonariuszy, spoglądając im przez chwilę w oczy i lekko się do nich uśmiechając. Pokonała paraliżujący strach i ruszyła w stronę placu zabaw, gdzie miała się spotkać ze studentem trzeciego roku prawa.

– Wyobraziłam sobie, że pracuję w biurze bez okien. Mam przerwę na lunch i przyszłam do parku, żeby zaczerpnąć świeżego powietrza i złapać trochę słońca.

– Kobiety zawsze mają przewagę.

Eva nie uważała się za szczególnie uprzywilejowaną, ale wiedziała, co Dex miał na myśli. Ludzie, którzy wyglądają tak jak ona, nie produkują i nie sprzedają narkotyków. Są nauczycielami albo urzędnikami bankowymi. Mają dzieci lub pracują jako opiekunki. Przypomniała sobie chwilę, kiedy pierwszy raz przekazała klientowi towar i schowała do kieszeni dwieście dolarów. To było naprawdę dziwne uczucie. Nie miała jeszcze ani odrobiny finezji, a cała transakcja przebiegła w krępującej ciszy. Już po wszystkim pomyślała: Zrobiłam to. Jestem dealerką. Jednocześnie zrozumiała, że osoba, którą chciała zostać, właśnie umarła.

W końcu jakoś sobie z tym poradziła i w pewnym sensie odzyskała wolność: nie musiała już spełniać niczyich oczekiwań. Mówiono jej, że życie przebiega jednotorowo, że zawsze pcha cię do przodu. Jeśli ciężko pracujesz, dostajesz nagrodę. Eva zawsze wiedziała jednak, że nasze zmagania ze światem przypominają bardziej grę na flipperze, w której liczy się szybkość i spryt. Najbardziej ekscytująca była nieprzewidywalność i swoboda w kształtowaniu własnego losu. Jej życie legło w gruzach, lecz mimo to je odbudowała. To było coś.

Dex wyrwał ją z zamyślenia.

– Czasami żałuję, że cię w to wciągnąłem. Myślałem, że ci pomagam, ale... – zawiesił głos.

Eva podniosła ze stolika drzazgę i zaczęła jej się uważnie przyglądać. Po dłuższej chwili upuściła ją na ziemię.

– Jestem szczęśliwa – oświadczyła. – I na nic nie narzekam.

To była w większości prawda. Spojrzała na Dexa, faceta, który pojawił się w jej życiu, kiedy tonęła, i wyciągnął ją na suchy ląd. To Wade Roberts wpadł na pomysł produkowania narkotyków w uniwersyteckim laboratorium, kiedy była na pierwszym roku studiów. Tylko ona miała odpowiednie umiejętności i z chęcią się zgodziła, chociaż powinna odmówić.

Starała się nie wracać pamięcią do dnia, kiedy została zaproszona do gabinetu dziekana, a Wade ze wszystkiego się wyłgał. Mógł dalej brylować na boisku i podrywać głupie dziewczyny, które powinny kierować się rozsądkiem i częściej mówić „nie".

Została wyprowadzona z budynku, spakowała swoje rzeczy i oddała klucz do akademika. W pewnym momencie poczuła, jak ogarnia ją paraliżujący strach. Nie miała dokąd pójść i nie mogła liczyć na niczyją pomoc. Wtedy pojawił się Dex. Stała na chodniku przed akademikiem, a on po prostu do niej podszedł, tak jak ona dzisiaj rano do Bretta.

Wtedy wiedziała tylko, że Dex kręci się koło Wade'a i jego kumpli. Miał ciemne włosy i lśniące szare oczy. Nie był studentem i Eva nie miała pojęcia, czym się zajmuje. Tak jak ona rzadko się odzywał, ale wszystko uważnie obserwował.

– Słyszałem, co się stało – powiedział. – Przykro mi.

Odwróciła wzrok ze wstydu, że była taka naiwna. Wade z łatwością okręcił ją sobie wokół palca, potem jemu się upiekło, a ona została relegowana z uczelni.

Dex spojrzał przez ramię, jakby jakiś niewidoczny przedmiot przyciągnął jego uwagę, a potem oznajmił:

– Wpadłaś w niezłe tarapaty, ale wydaje mi się, że mogę ci pomóc.

Był zimny jesienny wieczór i musiała schować ręce do kieszeni.

– Nie sądzę.

– Posiadasz pewną umiejętność, która mogłaby nam obojgu przynieść korzyść.

Pokręciła głową.

– Co masz na myśli?

– Prochy, które zrobiłaś, były świetne. Znam gościa, który mógłby zaopatrzyć cię w sprzęt i odczynniki. Jego chemik właśnie odchodzi z interesu i on na gwałt szuka zastępstwa. To świetna okazja, jeśli rzecz jasna,

jesteś tym zainteresowana. Nie grozi ci żadne niebezpieczeństwo. Zajmujesz się tylko produkcją. Połowę
bierze mój znajomy, a połowę możesz sprzedać na
własną rękę. Spokojnie zarobisz pięć tysięcy dolarów
tygodniowo. – Dex głośno się roześmiał, a jego głos
odbił się echem w chłodnym powietrzu. – Na takiej
uczelni zawsze jest duży popyt na środki pobudzające.
Studenci potrzebują wspomagania, żeby zaliczyć kolejne kolokwia i pozdawać wszystkie egzaminy. – Wskazał na grupę młodych ludzi, którzy właśnie szli do baru
albo na jakąś imprezę. Byli już wstawieni i kiedy tak
szli, głośno się śmiejąc, biła od nich pewność siebie. – Nie
jesteśmy tacy jak oni. Wydaje im się, że są nietykalni, bo
mają bogatych rodziców albo wysokie stypendia.

Spojrzał Evie prosto w oczy, a ona poczuła, że budzi
się w niej nadzieja. Rzucił jej koło ratunkowe i głupotą
byłoby z tego nie skorzystać.

– Co mam zrobić? – zapytała.

– Mieszkam niedaleko stąd i mam wolny pokój,
w którym mogłabyś się na pewien czas zatrzymać
– powiedział. – Oboje na tym skorzystamy.

– A co ty z tego będziesz miał?

– Dokładnie kogoś takiego szuka mój szef. Masz
głowę na karku i nie wzbudzasz podejrzeń.

Eva chciała odmówić, lecz nie miała grosza przy duszy ani dachu nad głową. Nie umiała też nic, co pomog-
łoby jej znaleźć normalną pracę. Wyobraziła sobie, że
zarzuca torbę na ramię i idzie na Telegraph Avenue,
żeby dołączyć do tamtejszych żebraków i wyciągać
ręce po pieniądze. Mogłaby też wrócić do Świętego
Józefa. Siostra Bernadette byłaby na pewno strasznie

zawiedziona, a siostra Catherine skinęłaby głową, jakby potwierdziły się jej przypuszczenia, że Eva skończy tak samo jak jej matka.

Jednak Eva zawsze spadała na cztery łapy. Poza tym łatwo być nieustraszoną, jeśli wszystko się straciło.

— Powiedz mi, co mam zrobić.

———•———

Z zamyślenia wyrwał ją głos Dexa.

— Wybieramy się dzisiaj na koncert tego nowego zespołu. No wiesz, nazywają się Arena. Pójdziesz z nami?

Eva spojrzała na niego z ukosa.

— Nie, dzięki.

— Daj spokój. Na pewno będzie fajnie. Przez cały wieczór stawiam colę light. Powinnaś częściej wychodzić.

Zauważyła, że porastający jego podbródek kilkudniowy zarost zaczął siwieć. Zwróciła też uwagę na trochę zbyt długie włosy, które zwijały się w loki w okolicach kołnierzyka. Czasami zapominała, że Dex jest kimś w rodzaju ochroniarza, a nie kumpla. Chciał mieć ją na oku, nie chodziło wcale o wspólną zabawę.

— Spędzam dużo czasu poza domem.

— Naprawdę? Gdzie chodzisz?

— Dokąd chodzisz — poprawiła go.

Dex zachichotał.

— Przestań odwracać moją uwagę, przypominając mi o zasadach gramatyki, pani profesor. — Szturchnął ją łokciem. — Potrzebujesz życia towarzyskiego. Pracujesz w tym biznesie wystarczająco długo i wiesz, że nie musisz się chować przed światem. Wolno ci mieć przyjaciół.

Eva popatrzyła na matkę siedzącą pod drzewem ze swoim synkiem i czytającą książkę.

– Musiałabym ciągle coś przed nimi ukrywać. Uwierz mi. Tak jest łatwiej.

Sama dokonała takiego wyboru. Nie miała znajomych i nie musiała się z niczego tłumaczyć ani odpowiadać na typowe pytania zapoznawcze. Gdzie się wychowałaś? Który college skończyłaś? Czym się teraz zajmujesz?

– Łatwiej? – Dex nie wyglądał na przekonanego. – Jest takie powiedzenie...

– Od przybytku głowa nie boli?

Dex wyszczerzył zęby w uśmiechu.

– Nie, coś o pracy i zabawie.

– Nie samą pracą człowiek żyje? Wolę inną wersję: „Ciągle praca bez zabawek, bogata Eva będzie niebawem". – Dex nie odpowiedział, więc kontynuowała: – Dziękuję, że się o mnie martwisz, ale naprawdę u mnie wszystko gra. – Otuliła się kurtką. – Wybacz mi, ale muszę się zbierać. Za pół godziny mam spotkanie z nową klientką, a potem dyżur w knajpie.

Od lat przez dwa dni w tygodniu pracowała w restauracji DuPree's. To był elegancki lokal położony w centrum Berkeley specjalizujący się w stekach i owocach morza. Dostawała wysokie napiwki i miała legalne zatrudnienie, dzięki czemu nie interesował się nią urząd skarbowy.

– Nie wiem, po co bawisz się w tę maskaradę – powiedział Dex. – Przecież nie potrzebujesz pieniędzy.

– Diabeł tkwi w szczegółach. – Podniosła się z ławki. – Udanego wieczoru. Trzymaj się z dala od narkotyków.

Zaczęła iść przed siebie, ale w pewnym momencie jeszcze raz spojrzała na plac zabaw. Na szczycie zjeżdżalni stała mała dziewczynka. Nie ruszała się, a na jej twarzy malowało się przerażenie. Chwilę później po jej policzkach popłynęły łzy. Płacz szybko przerodził się w głośny szloch, który usłyszała matka. Od razu zerwała się do biegu, żeby ratować swoją córeczkę. Eva patrzyła, jak kobieta zdejmuje małą ze zjeżdżalni, zanosi ją z powrotem na ławkę, na której wcześniej razem siedziały, i całuje w czoło.

Płacz dziecka rozbrzmiewał w głowie Evy długo po tym, jak zamknęła drzwi samochodu i odjechała.

CLAIRE

Budzę się wcześnie i daję sobie chwilę, żeby moje ciało i umysł przyzwyczaiły się do nowego otoczenia. Pierwszy dzień pełnej wolności. Jestem trochę otumaniona, potrzebuję kofeiny. Niestety kiedy wczoraj myszkowałam w kuchni, nie znalazłam ani ekspresu, ani żadnej kawy. Boję się, że puszka coli light nie wystarczy. Burczy mi w żołądku i wiem, że potrzebuję czegoś więcej niż paczka krakersów. Idę więc na górę, żeby skorzystać z łazienki, a potem biorę torebkę Evy i znowu wkładam na głowę czapkę z logo NYU, żeby schować pod nią włosy.

Schodzę na parter i zatrzymuję się przed lustrem, które wisi w salonie. Patrzę na swoje odbicie i widzę, że moją twarz pokrywają drobne plamki. To pewnie efekt zmęczenia i stresu. Nadal jednak wyglądam jak Claire Cook i jeśli ktoś będzie mnie szukał, na pewno mnie rozpozna. Ale nikt cię nie szuka, myślę i od razu otwierają się przede mną nowe możliwości.

Na ulicy jest cicho i wciąż panuje mrok. Odgłosy moich kroków odbijają się echem od domów, w których oknach nie palą się żadne światła. Kiedy docieram do kampusu, widzę otwartą kawiarnię na rogu. Za ladą krząta się młoda dziewczyna: parzy kawę i wkłada ciastka do szklanej gabloty. Obserwuję ją z bezpiecznej odległości, zastanawiając się, jak bardzo potrzebne mi są kofeina i jedzenie. Jeśli wejdę do środka, mogę zostać rozpoznana. W końcu moją twarz pokazały wszystkie serwisy informacyjne.

Znowu burczy mi w brzuchu i głód bierze górę nad rozsądkiem. Otwieram drzwi i wchodzę do lokalu. Z głośników płynie jakaś eklektyczna muzyka, coś wschodniego, dobrego do medytacji. Niemal od razu uderza mnie zapach świeżo palonej kawy. Robię głęboki wdech, żeby nacieszyć się jej rozkosznym aromatem.

– Dzień dobry – mówi baristka z uśmiechem. Ma długie dredy związane z tyłu głowy kolorową chustką. – Co podać?

– Poproszę dużą kawę z ekspresu przelewowego ze śmietanką oraz croissanta z serem i szynką. Wszystko na wynos.

– Oczywiście.

Dziewczyna zabiera się za przygotowanie mojego zamówienia, a ja rozglądam się po wnętrzu. W ścianach jest mnóstwo gniazdek i wyobrażam sobie, że w ciągu dnia musi tu siedzieć pełno studentów nad książkami oraz profesorów sprawdzających testy i prace domowe. W pewnym momencie mój wzrok przyciąga plik gazet. „San Francisco Chronicle" i „Oakland Tribune". Trudno nie zwrócić uwagi na nagłówki.

Feralny lot 477, czytam w „Tribune".

„Chronicle": *Katastrofa lotu 477, nikt nie ocalał. Rodziny pogrążone w bólu.*

Na szczęście redakcje obu dzienników postanowiły wydrukować zdjęcia zrobione na miejscu wypadku i zrezygnowały z umieszczania na pierwszej stronie informacji o poszczególnych ofiarach. Gdyby tak było, moja fotografia na pewno widniałaby w centralnym punkcie. Przez ułamek sekundy się waham, ale w końcu kupuję również gazety. Za wszystko płacę banknotem dwudziestodolarowym.

Baristka podaje mi kawę i torebkę z croissantem, a po chwili wydaje resztę.

– Straszna tragedia.

Kiwam głową, starając się nie patrzeć jej w oczy. Całe szczęście daszek baseballówki zasłania mi pół twarzy. Chowam drobne do kieszeni, wkładam gazety pod pachę i wychodzę na ciemną ulicę.

Przebiegam na drugą stronę i ruszam w kierunku centrum kampusu. Wciąż palą się uliczne latarnie, rzucając na chodnik snopy światła. Nad miasteczkiem górują piękne sekwoje. Mijam niewielki gęsty zagajnik i wychodzę na pustą przestrzeń porośniętą trawą. W oddali rysuje się ogromny budynek z kamienia. Siadam na ławce i powoli piję kawę. Gorący napój przyjemnie rozgrzewa moje ciało. Teren kampusu jest pusty, chociaż za kilka godzin na pewno będzie się tu kłębił tłum studentów spieszących na poranne zajęcia albo do czytelni. Otwieram papierową torbę i wyjmuję z niej kanapkę. Kiedy robię pierwszy kęs, jej bogaty smak sprawia mi ból. Od dwudziestu czterech godzin nie jadłam niczego konkretnego. Nie pamiętam też, kiedy ostatni raz miałam w ustach coś tak ciężkiego jak croissant z szynką i serem. Szybko pochłaniam kanapkę i zgniatam opakowanie w dłoni.

Zaczynają się budzić ptaki w gałęziach drzew. Na początku zachowują się dość cicho, ale kiedy nad wzgórzami pojawiają się promienie wschodzącego słońca, ich świergot staje się głośniejszy. Słyszę, jak za moimi plecami pustą ulicą przejeżdża zamiatarka, a na niebie widzę światełka przelatującego samolotu. Myślę o ludziach na jego pokładzie. Niczym nie różnią się od pasażerów lotu 477, którzy byli pewni, że bezpiecznie dolecą na miejsce, nieco zmęczeni i wymięci, ale tak samo bezpieczni jak podczas przejazdu metrem z punktu A do punktu B. Nie spodziewali się, że coś pójdzie nie tak.

Samolot chowa się za drzewami. Rozglądam się dookoła i patrzę na otaczające mnie budynki. Przypominam sobie czasy, kiedy studiowałam w Vassar College. Mamę rozpierała duma. Byłam pierwszą osobą w naszej rodzinie, która poszła na wyższą uczelnię. Kiedy wyjeżdżałam, Violet wybuchła histerycznym płaczem i tak mocno mnie przytuliła, że trzeba ją było odrywać siłą.

Miałam dziesięć lat, kiedy się urodziła. Była owocem krótkiego i burzliwego związku mojej mamy z facetem, który ją zostawił, jak tylko dowiedział się, że jest w ciąży. Bardzo mi wtedy ulżyło i podejrzewam, że ona czuła to samo. Miała talent do wiązania się z nieodpowiednimi mężczyznami, którzy potrafili jedynie wykazywać się całkowitym brakiem odpowiedzialności. Taki sam był mój ojciec, który zostawił nas, kiedy miałam cztery lata. „Przynajmniej wyciągnęłam z tego interesu to, co najlepsze" – mawiała moja mama. Uważała, że do szczęścia wystarczy nam nasza trójka i nie potrzebujemy nikogo więcej. Żałowałam jednak, że nie znalazła nikogo, z kim mogłaby dzielić ciężar opieki nad dziećmi. Chciałam, żeby wszystko wyglądało tak jak w innych rodzinach. Czytałam o tym w książkach i widziałam w telewizji. Zdawałam sobie sprawę, że mama czuje się samotna i często martwi się o pieniądze. Była zmęczona pracą na dwa etaty i braniem za wszystko odpowiedzialności.

Starałam się jakoś ułatwić jej życie. Od samego początku zajmowałam się siostrą: karmiłam ją, zmieniałam pieluchy i nosiłam na rękach, kiedy robiła się marudna. Uczyłam ją, jak grać w Monopoly i jak wiązać sznurowadła. Pilnowałam jej, kiedy mama szła do pracy. Wyjazd na studia był dla mnie najtrudniejszą rzeczą, jaką kiedykolwiek zrobiłam w życiu. Musiałam jednak sprawdzić, na co mnie stać poza byciem posłuszną córką i troskliwą siostrą. Lata szkoły średniej były dla mnie wyjątkowo trudne. Starałam się zbudować niezależną tożsamość i zrealizować swoje marzenia dotyczące tego, kim chcę być. Teraz wiem, że dużo mnie to kosztowało. Oddaliłam się od rodziny i chciałam zbyt wiele.

Mogłam pójść do jednego z miejscowych college'ów i znaleźć jakąś dorywczą pracę. Spędzałabym wtedy wieczory z mamą i siostrą. Siadałybyśmy w kuchni przy naszym rozchybotanym stole pod lampą dającą ciepłe żółte światło. Mama rozwiązywałaby krzyżówki, a ja i Violet grałybyśmy w remika.

Niestety wyjechałam i nigdy więcej nie wróciłam do domu. W każdym razie nie do tego samego domu.

———•———

Na niebie pojawiły się różowe chmury, latarnie zdążyły już zgasnąć. Najchętniej siedziałabym na tej ławce, oddawała się wspomnieniom i pomstowała na to, co mi się przydarzyło, ale niestety nie mogę sobie pozwolić na taki luksus. Muszę zachować koncentrację i zacząć działać. Czego potrzebuję?

Pieniędzy i kryjówki. Dobrze byłoby mieć przynajmniej jedną z tych rzeczy.

Wiem, że nie mogę zbyt długo mieszkać u Evy. Jeśli do przyszłego tygodnia nie pojawi się w mieście, na pewno ktoś zacznie jej szukać. Wtedy nie powinno mnie tu już być. Na razie nie mam jednak lepszego schronienia. W domu Evy jestem bezpieczna i nie muszę za nic płacić.

Wstaję i wyrzucam do najbliższego kosza pusty kubek i zgniecione opakowanie po kanapce. Wsadzam gazety do torebki i opuszczam teren kampusu. Słyszę, jak za moimi plecami zegar wybija pełną godzinę. Na chwilę przystaję i czuję przechodzącą przeze mnie wibrację. Zaczynam się zastanawiać, jak bym się czuła, gdybym zamieszkała w tym mieście na stałe. Znalazłabym pewnie pracę i prowadziła spokojne życie, o którym marzyłam, kiedy chciałam odejść od Rory'ego. Rozważałam rozmaite scenariusze i przygotowywałam się na różne nieprzyjemne niespodzianki, ale nigdy nie przyszło mi do głowy, że moja ucieczka przebiegnie właśnie w ten sposób. Nikt nie wie, co się ze mną stało. Dostałam od losu niezwykłą szansę i muszę wykorzystać cały swój spryt, by jej nie zaprzepaścić.

—————•—————

Kilka przecznic na zachód od kampusu znajduję całodobową drogerię. Kiedy wchodzę do środka, oślepiają mnie jaskrawe światła. Pochylam głowę i nasuwam na oczy daszek czapki. Szukam regału z farbami do włosów. Do wyboru jest wiele kolorów i odcieni: od jasnorudych do kruczoczarnych. Przypominam sobie Evę i jej jasną fryzurę w stylu pixie. W końcu wybieram platynowy blond. Na dolnej półce leżą maszynki do strzyżenia. *Łatwe do użycia kolorowe nakładki! Podręcznik, z którego dowiesz się, jak krok po kroku uzyskać najmodniejsze fryzury!* Maszynka jest w promocji, kosztuje dwadzieścia dolarów, więc również ląduje w moim koszyku.

Przy kasach samoobsługowych kręci się tylko jedna osoba, pryszczaty student, który niedługo kończy zmianę i jest półprzytomny z niewyspania. Ma szklany wzrok i słuchawki w uszach. Kładę zakupy na ladzie i liczę w pamięci, jak bardzo będę musiała uszczuplić swoje skromne zasoby finansowe.

Przez chwilę się waham, ale w końcu wyjmuję z portfela Evy kartę płatniczą. Dotykam jej ostrej krawędzi i zastanawiam się, czy można z niej korzystać tak jak ze zwykłej kredytówki. Rozglądam się po pustym sklepie, po czym wsuwam ją do szczeliny w kasie.

Przekonuję sama siebie, że przecież Eva nie wróci i nie oskarży mnie o kradzież.

Wybieram opcję „kredyt", co oznacza, że nie będę musiała wpisywać PIN-u. Serce wali mi jak szalone. Ten dzieciak na pewno wszystko słyszy niezależnie od tego, jaka muzyka rozbrzmiewa teraz w jego uszach.

W pewnym momencie urządzenie robi coś, czego nie widzę, a co przyciąga uwagę sprzedawcy.

– Kredytowa? Muszę sprawdzić pani dowód osobisty – mówi.

Zamieram w bezruchu, jakbym nagle znalazła się w świetle reflektorów, które obnażają moje kłamstwa. Mija trzydzieści sekund. Minuta. Cała wieczność.

– Dobrze się pani czuje? – pyta chłopak.

– Nic mi nie jest – odpowiadam i zaczynam udawać, że szukam czegoś w portfelu. Wreszcie oświadczam: – Chyba zostawiłam dokumenty w domu. Przepraszam. – Chowam kartę i płacę gotówką. Kiedy tylko dostaję do ręki paragon, czym prędzej wychodzę ze sklepu. Tak bardzo się zdenerwowałam, że aż trzęsę się ze strachu.

———•———

Uspokaja mnie szybki spacer do domu Evy. Kiedy docieram na miejsce, zanoszę zakupy do łazienki na piętrze, rozbieram się i opieram książeczkę z instrukcją o lustro. W pewnym momencie zauważam, że na półce stoi cały rząd drogich kremów i balsamów do rąk. Otwieram pierwszy z brzegu i wącham: czuję zapach róży z odrobiną lawendy. Zaglądam do szafki na leki, spodziewając się, że znajdę w niej rozmaite specyfiki, z których korzystał mąż Evy, na przykład środki przeciwbólowe i tabletki nasenne. Szafka jest jednak pusta. W środku widzę tylko pudełko tamponów i starą maszynkę do golenia. Zamykam drzwiczki i przechodzi mnie dreszcz. Mam wrażenie, jakby coś mnie nagle ukłuło, i ogarnia mnie niepokój, którego nie jestem w stanie wyjaśnić.

Jeszcze raz patrzę w lustro. Luźne loki opadają mi na twarz i ramiona. Robię głęboki wdech, biorę do ręki maszynkę, wybieram średnią nakładkę i podłączam urządzenie do prądu. Wiem, że jeśli coś spieprzę, nie będzie to miało większego znaczenia. Przypominam sobie, co Eva powiedziała o Berkeley: „Łatwo wtopić się w tłum, ponieważ każdy tu jest dziwniejszy od ciebie". Kiepska fryzura nie zrobi na nikim większego wrażenia.

Jestem zdziwiona, jak łatwo mi idzie. Strzygę się na niecałe cztery centymetry. Moje oczy robią się większe, kości policzkowe bardziej wydatne, a szyja dłuższa. Staję bokiem, podziwiając swój profil, a potem biorę do ręki pudełko z farbą do włosów. To jeszcze nie koniec metamorfozy.

———•———

Farbę mogę zmyć dopiero po czterdziestu pięciu minutach, więc na razie muszę poczekać. Na stoliku kawowym rozkładam gazety i zabieram się do lektury. Swędzi mnie skóra, a ostry zapach chemikaliów przyprawia o zawroty głowy. W artykułach znajduję sporo informacji dotyczących wypadku, chociaż na razie jedynym dostępnym ich źródłem są nagrania rozmów między kontrolerami lotów. Brakuje wielu szczegółów, ale to, co czytam, wystarczy, żeby zmrozić mi krew w żyłach i skłonić do głębszej refleksji nad tym, co się stało. Mniej więcej po dwóch godzinach lotu, kiedy samolot znajdował się nad Florydą, przestał działać jeden z silników. Piloci próbowali zawrócić i poprosili lotnisko w Miami o wyrażenie zgody na awaryjne lądowanie. Niestety samolot już tam nie doleciał i runął do oceanu osiem kilometrów od brzegu. Prasa opublikowała oficjalne komunikaty urzędników Narodowej Rady Bezpieczeństwa Transportu i, rzecz jasna, oświadczenie Rory'ego, wydane w imieniu rodzin ofiar. Nadal nie było żadnych wiadomości w sprawie odnalezienia wraku. Cały czas trwała akcja ratunkowa.

Próbuję wyobrazić sobie swoją torebkę, telefon i różowy sweter, które będą unosić się na wodzie, dopóki ktoś ich nie wyciągnie i nie zidentyfikuje. Niewykluczone jednak, że moje rzeczy spoczywają na piaszczystym dnie oceanu i nigdy nie zostaną odnalezione. Zastanawiam się, czy władze zdecydują się na wydobycie ciał ofiar katastrofy. Nie wiem, czy to w ogóle możliwe. Co się jednak stanie, gdy badania dentystyczne wykażą, że jeden z odnalezionych nieboszczyków nie znajdował się na liście pasażerów?

Oddycham głęboko, skupiając się na swoim ciele. Tlen przenika do mojego układu krwionośnego, odżywia komórki, a potem zamienia się w dwutlenek węgla, zostaje usunięty z organizmu i unosi się teraz w otaczającym mnie powietrzu. Wdech i wydech. I tak w kółko. Każda sekunda powinna mi przypominać o tym, że się udało. Przeżyłam.

Trzy kwadranse później przyglądam się swojemu odbiciu w lustrze wiszącym w łazience Evy i nie mogę wyjść ze zdziwienia. Biorąc pod uwagę poszczególne części mojej twarzy – oczy, nos, uśmiech – nadal przypominam siebie, a jednak stałam się zupełnie inną osobą. Nawet jeśli ktoś mnie rozpozna, to trudno mu będzie określić, gdzie mnie wcześniej widział. Na pewno nie pomyśli o żonie Rory'ego Cooka, która zginęła w wypadku lotniczym. Będzie szukał w zupełnie innych zakamarkach swojej pamięci i uzna, że jestem starą znajomą z pracy, koleżanką ze studiów albo córką dawnego sąsiada.

Ten mój nowy wygląd bardzo mi się podoba. Dzięki niemu znowu będę wolna. Rory zawsze chciał, żebym miała długie włosy. Na oficjalne ceremonie musiałam je spinać, a w domu mogłam nosić luźno rozpuszczone. Jego zdaniem tak wyglądałam bardziej kobieco. Szeroko się uśmiecham i jestem zaskoczona, kiedy widzę w lustrze radosną twarz przypominającą mi moją mamę i Violet.

Zegar stojący na nocnym stoliku obok łóżka pokazuje, że jest siódma. Nie mogę się powstrzymać i zaczynam sobie wyobrażać, co bym teraz robiła, gdybym nadal mieszkała w Nowym Jorku. Siedziałabym pewnie z Danielle w swoim gabinecie i przygotowywała plan dnia. Danielle nazywała to naszym porannym zebraniem. Omówiłybyśmy mój kalendarz – spotkania, lunche i wieczorne wyjścia – a potem wyznaczyłabym jej zadania do wykonania. Jednak gdyby udało mi się uciec tam, gdzie wcześniej planowałam, byłabym teraz w Kanadzie, być może siedziałabym w pociągu jadącym na zachód. Gorączkowo przeglądałabym portale informacyjne w poszukiwaniu informacji o swoim zaginięciu, a katastrofa samolotu lecącego do Portoryko byłaby jedynie smutnym wydarzeniem, które być może przyciągnęłoby moją uwagę, ale tylko na chwilę. Okazało się jednak, że ten wypadek stał się punktem zwrotnym w całym moim życiu.

Wracam do komputera i otwieram stronę CNN. Klikam na krótki artykuł o intrygującym tytule *Rory Cook po raz drugi pogrążony w żałobie*. Obok widnieje moja fotografia oraz zdjęcie Maggie Moretti. Dziennikarze odgrzebują sprawę sprzed ponad dwudziestu pięciu lat i opisują szczegóły późniejszego śledztwa dotyczącego ewentualnego zamieszania Rory'ego w sprawę śmierci Maggie. Po raz pierwszy zdaję sobie sprawę, jak bardzo jestem do niej podobna. O niektórych rzeczach wiedziałam już wcześniej: ona także pochodziła z małego miasteczka, była świetną biegaczką i studiowała na Yale, gdzie poznała Rory'ego. Nie miałam jednak pojęcia, że jej rodzice również zginęli w wypadku. W czasie gdy doszło do tragedii, była młodsza niż ja w dniu śmierci mojej mamy i siostry. Porównując nasze życiorysy, zastanawiam się, czy Rory celowo wybierał określony typ partnerki: interesowały go kobiety, które były same na świecie i marzyły o wejściu do prestiżowego klubu, jakim była rodzina Cooków. Wiem, że na początku właśnie tak było ze mną.

Poznaliśmy się w teatrze dwa lata po tym, jak skończyłam college. Miał miejsce obok mnie i zaczął ze mną rozmawiać, zanim kurtyna poszła w górę. Od razu go rozpoznałam, ale nie byłam przygotowana na to, jak czarujący i charyzmatyczny potrafi być w bezpośrednim kontakcie. Był ode mnie trzynaście lat starszy, miał metr osiemdziesiąt pięć wzrostu, jasnobrązowe włosy ze złotymi pasemkami i niebieskie oczy, którymi przeszywał mnie na wylot. Kiedy na mnie patrzył, miałam wrażenie, że cały świat blednie i wszystko przestaje mieć jakiekolwiek znaczenie.

Podczas antraktu zaprosił mnie na drinka i opowiadał o programie artystycznym, który Fundacja Rodziny Cooków realizowała w szkołach w biednych dzielnicach. Ta rozmowa sprawiła, że Rory stał się dla mnie człowiekiem z krwi i kości, a nie tylko twarzą, którą znałam z okładek magazynów. Duże wrażenie zrobiło na mnie to, z jak wielką pasją mówił o edukacji. Chciał zmieniać świat na lepsze, a w oczach miał ogień. Po spektaklu poprosił mnie o numer telefonu.

Na początku trzymałam go na dystans. Nie gustowałam w starszych facetach, którzy mają pieniądze, przywileje i kontakty. Nie byłam obyta w świecie kultury i nie miałam odpowiedniej garderoby. Rory nie dawał jednak za wygraną. Zadzwonił do mnie z prośbą o radę, kiedy natrafił na opór ze strony organizacji, która nie chciała wziąć udziału w programie edukacji artystycznej prowadzonym przez jego fundację. Zaprosił mnie też na pokaz do jednej ze szkół biorących udział w projekcie. Kusił mnie swoim zaangażowaniem w działalność filantropijną i tym, jak chciał wykorzystać rodzinny majątek, żeby zapewnić lepszy start ludziom, którym się nie poszczęściło.

Zrobił na mnie ogromne wrażenie, ale zakochałam się w nim z powodu jego wrażliwości i tego, w jaki sposób starał się bez powodzenia zwrócić na siebie uwagę matki.

– Kiedy byłem dzieckiem, nie mogłem przyzwyczaić się do tego, że często nie ma jej w domu. Całe miesiące spędzała wtedy w Waszyngtonie – wyznał mi kiedyś. – W zasadzie bez przerwy prowadziła kampanię, albo swoją, albo kogoś innego. Pochłaniały ją rozmaite ważne sprawy. Teraz widzę, dlaczego to było dla niej takie istotne. Miała ogromny wpływ na życie wielu ludzi. Ciągle zatrzymują mnie na ulicy przechodnie, żeby mi powiedzieć, jak bardzo ją kochali, albo wspominają coś, co dla nich zrobiła i co nadal ma dla nich wielkie znaczenie.

Takie dziedzictwo miało jednak swoją cenę. Niezależnie od wszystkiego Rory pozostawał w cieniu swojej matki. Jeśli wpisało się w wyszukiwarkę jego imię i nazwisko, zawsze wyskakiwały również zdjęcia z Marjorie. Zrobiono je podczas ich wspólnych wakacji albo spotkań z wyborcami. Na jednej z fotografii trzynastoletni Rory robi zagniewaną minę za kulisami jakiegoś wiecu. Pryszczata twarz, patykowate kończyny i zamknięte jedno oko.

Na setkach zdjęć występował jako przedstawiciel Fundacji Rodziny Cooków, ostatniego prezentu, który jego umierająca matka podarowała światu. Ludzie kochali go za to, kim prawie się stał, chociaż przez całe dorosłe życie próbował zdefiniować się jako niezależna osoba.

———•———

Zamykam przeglądarkę i wchodzę do skrzynki pocztowej swojego męża, uważając, żeby nie otworzyć jakiejś nieprzeczytanej wiadomości. Po lewej stronie widzę przynajmniej pięćdziesiąt folderów, każdy przeznaczony dla innej organizacji, którą finansuje fundacja. Wśród nich jest również folder zatytułowany „Claire". Zawiera e-maile z kondolencjami. Setki wiadomości, strona po stronie, wysłane przez przyjaciół rodziny, kolegów matki Rory'ego z senatu i współpracowników fundacji. Autorzy wyrażają współczucie i oferują pomoc. *Daj znać, jeśli czegoś potrzebujesz.*

Otwieram wiadomość, którą Bruce wysłał do Danielle kilka godzin po tym, jak w mediach pojawiły się pierwsze informacje o katastrofie, ale nie zostałam jeszcze wymieniona wśród ofiar. Kopię wiadomości dostał Rory, a jej tytuł brzmi *Szczegóły*:

> Przygotowuję już oficjalne oświadczenie. Powinno być gotowe przed pierwszą konferencją prasową. Danielle, proszę, zajmij się naszym personelem w Nowym Jorku. Nie wolno im z nikim rozmawiać. Przypomnij im, że ciągle obowiązują ich umowy o zachowaniu poufności.

Kolejny folder nazywa się *Powiadomienia* i w większości zawiera nieprzeczytane alerty. Za każdym razem, gdy imię i nazwisko Rory'ego pojawia się w internecie, wysyłana jest do niego wiadomość. Danielle dostaje kopie, a następnie uważnie przegląda korespondencję i informuje szefa o ważnych sprawach, które mógł przeoczyć. Przypominam sobie, jak w zeszłym tygodniu wracałam razem z Danielle ze spotkania Przyjaciół Biblioteki. Wyglądałam przez okno i patrzyłam na pokryte topniejącym śniegiem ulice Manhattanu, a w tym czasie ona sprawdzała najnowsze powiadomienia.

– W „HuffPo" same głupoty – powiedziała w zasadzie sama do siebie. – Do kosza.

Odwróciłam głowę, żeby zobaczyć, jak kasuje wiadomości, jedna po drugiej, a potem zabiera się za uważniejszą lekturę tego, co opublikowały najważniejsze media. W pewnym momencie spojrzała na mnie i oświadczyła:

– Kiedy zacznie się kampania, będziemy musieli zatrudnić do tego jakąś stażystkę. Już teraz przychodzą setki alertów, a będą tysiące.

Kiedy patrzę na długą listę nieprzeczytanych wiadomości, które zostały wysłane po katastrofie, na mojej twarzy pojawia się złośliwy uśmieszek. Biedna Danielle będzie miała sporo roboty.

Otwieram Dokument. Jest pusty. Na samej górze pojawia się komunikat: *Ostatnie poprawki wprowadził Bruce Corcoran trzydzieści sześć godzin temu.*

Biorę łyk coli light i czuję, jak bąbelki przyjemnie łaskoczą mnie w nosie.

Nikt się nie zorientuje, że nie było mnie na pokładzie tego samolotu.

Słońce już wstało i zrobiło się jaśniej. Rozglądam się po pokoju. Na parkiecie z twardego drewna leży ciemnoczerwony dywan, który ładnie kontrastuje z żółtymi ścianami. Podobne kolory były w salonie w moim rodzinnym domu. W tym momencie czuję się bezpieczna jak niedźwiedź, który ma zapaść w sen zimowy. Świat pędzi do przodu, ale beze mnie. Stałam się niewidzialna i muszę poczekać, aż będę mogła znowu wrócić do normalnego życia.

Otwieram górną szufladę w biurku ciekawa, co tam znajdę. Mieszkam w domu Evy, noszę jej ubrania i będę musiała się pod nią podszywać, przynajmniej przez jakiś czas. Chciałabym więc wiedzieć, kim tak naprawdę była.

Na początku trochę się waham, jakbym się bała, że jeśli narobię bałaganu, to ktoś się zorientuje. Większość znalezisk nie jest jednak szczególnie interesująca: głównie wyblakłe paragony, których nie jestem w stanie odczytać, parę wyschniętych długopisów i bloczki do notatek z logo miejscowego pośrednika handlu nieruchomościami. Zaczynam się uspokajać i wsuwam dłoń na sam tył szuflady. Natrafiam na pinezki, spinacze i małą niebieską latarkę. Staram się zrozumieć osobę, która wrzuciła te śmieci do biurka z nadzieją, że kiedyś będzie miała czas to wszystko uporządkować.

Dwie godziny później siedzę na podłodze w gabinecie Evy, a wokół leżą rozrzucone papiery, które powyciągałam z biurka i starannie przejrzałam, głównie wyciągi z konta oraz zapłacone rachunki za media i telewizję kablową. Na wszystkich widnieje jej imię i nazwisko. W szafie znalazłam też pudełko z kilkoma ważnymi dokumentami, między innymi dowodem rejestracyjnym samochodu i kartą ubezpieczenia społecznego. Ciekawe jest jednak to, czego nie udało mi się wygrzebać. Nigdzie nie ma aktu ślubu ani żadnego śladu po polisie ubezpieczeniowej, z której zwykle korzysta się podczas długiej choroby albo po śmierci małżonka. Kiedy zdaję sobie z tego sprawę, wraca niepokój, który pierwszy raz ogarnął mnie poprzedniego dnia. Tym razem jest jeszcze silniejszy. Dom Evy wygląda sterylnie i bezosobowo. Nie ma w nim zdjęć ani sentymentalnych pamiątek. Nie natknęłam się na żadne dowody potwierdzające, że nie mieszkała tutaj sama. Jeśli rzeczywiście tak bardzo przeżyła odejście ukochanego, to dlaczego nie widać żadnych śladów jego obecności?

Staram się znaleźć sensowne wytłumaczenie. Być może mąż Evy trafił na listę dłużników i rachunki musiały być wystawiane tylko na nią. Możliwe też, że związane z nim pamiątki są w pudłach schowanych w garażu, ponieważ przebywanie w otoczeniu tych przedmiotów było dla Evy zbyt bolesne. Czuję jednak, że żadna z tych hipotez nie brzmi wiarygodnie. To tylko czcze spekulacje.

Wyjmuję z pudełka ostatnią teczkę. W środku znajduję dokumenty związane z zakupem połowy bliźniaka. Do transakcji doszło dwa lata temu. Nabywca zapłacił gotówką. Na górze umowy widnieje imię i nazwisko: Eva Marie James. Poniżej zaznaczono okienko: „Niezamężna".

Ciągle słyszę jej łamiący się głos i to, w jaki sposób opowiadała o swoim mężu. Poznali się w szkole średniej i byli ze sobą osiemnaście lat. Kiedy mówiła o tym, jak wspólnie zdecydowali o skróceniu jego cierpień, miała łzy w oczach i z trudem panowała nad emocjami.

Bezczelnie mnie okłamała. Nic z tego, co powiedziała, nie było prawdą. Łgała jak pies.

EVA

Berkeley, Kalifornia
Sierpień, sześć miesięcy przed katastrofą

Dziesięć minut przed spotkaniem z nową klientką zaparkowała samochód na skraju Tilden Park. Nie chciała wjeżdżać głębiej: wolała pójść i wrócić na piechotę, żeby nie zwracać na siebie niepotrzebnie uwagi. Włożyła paczuszkę do kieszeni kurtki i weszła na ścieżkę prowadzącą na niewielką polanę, na którą przychodziła w dawnych czasach, żeby się uczyć.

Drzewa rzucały na dróżkę cętkowane cienie i wiał chłodny wiatr, który sprawiał, że ten letni dzień nie był wcale taki gorący. Niebo było bezchmurne, ale w oddali widać było Zatokę San Francisco, nad którą zbierała się mgła. Eva wiedziała, że za kilka godzin pogoda się zmieni. Wsadziła ręce głęboko do kieszeni swojej ulubionej kurtki, ciemnozielonej wiatrówki z mnóstwem suwaków, i wyczuła pod palcami zapakowane w papier tabletki.

Doskonale znała rosnące w tym miejscu drzewa. Potrafiła je rozpoznać po kształcie pnia i długości gałęzi. Wróciła pamięcią do czasów, kiedy przychodziła tutaj po zajęciach i rozkładała książki na piknikowym stoliku albo na trawie, jeśli pozwalała na to pogoda. Miała wrażenie, że obserwuje siebie z dystansu, jakby patrzyła na jakąś młodą dziewczynę z okien przejeżdżającego pociągu. Widziała migawki z innego życia, w którym miała normalną pracę i przyjaciół. Takie rozmyślania zwykle ją rozstrajały, czasem nawet na kilka dni.

Kiedy weszła na polanę, stwierdziła z ulgą, że jest sama. Pod wielkim dębem znajdował się podniszczony stół piknikowy, do którego przymocowywano betonowy kosz na śmieci. Eva sprawdziła, która godzina, i usiadła przy stole. Znajoma okolica przywołała wspomnienia z przeszłości.

———•———

Dex pracował dla Fisha, faceta, który kierował biznesem narkotykowym w Berkeley i Oakland.

– Większość dealerów dość szybko wpada w ręce policji – ostrzegł ją Dex już na samym początku. Zabrał ją na lunch do nadmorskiej restauracji w Sausalito, żeby wyjaśnić, na czym będzie polegała jej praca. Po drugiej stronie zatoki leżało tonące we mgle San Francisco. Tego dnia widać było tylko szczyty najwyższych budynków. Pomyślała o Świętym Józefie i zakonnicach, które ją wychowały i nadal żywiły przekonanie, że ich podopieczna jest na uniwersytecie i już niedługo skończy z wyróżnieniem chemię. Nie miały pojęcia, że przed trzema dniami została relegowana z uczelni, mieszka kątem u znajomego i właśnie przechodzi intensywny kurs sprzedaży i dystrybucji narkotyków. Eva oderwała wzrok od widoku za oknem i spojrzała na Dexa.

– Wytwarzane przez ciebie prochy mają specyficznych odbiorców – kontynuował. – Będziesz sprzedawała towar tylko ludziom, do których dam ci namiary. W ten sposób będziesz bezpieczna.

– Trochę się pogubiłam – powiedziała. – Mam produkować czy sprzedawać?

Dex splótł dłonie na stoliku. Właśnie skończyli jeść i kelnerka położyła rachunek obok jego szklanki z wodą.

– Przez długi czas Fish miał problem z utrzymaniem długofalowej współpracy z dobrymi chemikami. Byli pewni siebie i uważali, że lepiej im będzie na swoim. Wynikały z tego same problemy. W twoim przypadku zrobimy inaczej – oświadczył. – Będziesz zobowiązana do wyprodukowania trzystu tabletek tygodniowo. Jako wynagrodzenie dostaniesz połowę, a Fish pozwoli ci je sprzedawać na własną rękę. Cały dochód wyląduje w twojej kieszeni.

– Jak mam to robić? – zapytała niepewnym głosem. Wyobraziła sobie, że będzie musiała spotykać się z narkomanami na głodzie, którzy mogą się zachowywać agresywnie. Tak jak kiedyś jej matka.

Dex lekko się uśmiechnął.

– Będziesz świadczyć usługi dla bardzo specyficznej klienteli. To głównie studenci, profesorowie i sportowcy. Pięć tabletek kosztuje około dwustu dolarów. Nietrudno policzyć, że rocznie możesz wyciągnąć około trzystu tysięcy. – Na widok jej zdziwionej miny wybuchł śmiechem. – Rzecz jasna, musisz przestrzegać pewnych zasad. Jeśli dowiemy się, że handlujesz na lewo i że sprzedajesz towar ćpunom, wszyscy będziemy mieli poważne problemy. Rozumiesz?

Przytaknęła i rzuciła zaniepokojone spojrzenie w stronę wejścia do restauracji.

– A co z Fishem? Myślałam, że również się tu pojawi.

Dex pokręcił głową i znowu się uśmiechnął.

– O Boże, ale ty jesteś zielona. Zapomniałem, że nie wiesz, jak to wszystko działa. Jeśli będziesz dobrze wykonywać swoją pracę, to nigdy nie spotkasz się z Fishem. – Wyglądała na skonsternowaną, więc kontynuował wyjaśnienia: – Fish nie miesza ze sobą różnych części tego biznesu. W ten sposób chroni samego siebie. Gdyby jedna osoba wiedziała zbyt wiele, stałaby się łakomym kąskiem dla policji lub któregoś z naszych konkurentów. Ja będę twoim opiekunem i zrobię wszystko, by zapewnić ci bezpieczeństwo. – Położył na stoliku kilka dwudziestodolarówek i wstał z krzesła. To był koniec spotkania. – Jeśli mnie posłuchasz, będziesz miała fajne życie. Musisz tylko przestrzegać zasad, a wtedy nic ci nie zagrozi.

– Nie boisz się, że cię złapią?

– Niezależnie od tego, co pokazuje telewizja, policjanci łapią tylko płotki. Na dodatek trzeba być naprawdę głupim, żeby trafić za kratki, a Fish nie jest idiotą. Nie nęci go władza. Jest przedsiębiorcą, którego interesują długoterminowe zyski, a to oznacza powolny rozwój oraz staranny dobór klientów i współpracowników.

Eva poczuła, że ogarnia ją entuzjazm, i chciała zacząć jak najszybciej. Praca wydawała się łatwa, a zasady logiczne. Jedynym problemem było to, że będzie musiała obracać się wśród dawnych kolegów ze studiów i patrzeć na życie, które utraciła. Na początku ciężko jej było przechodzić koło akademika, w którym mieszkali ci sami ludzie. Wiedziała, że na wydziale chemii wciąż odbywają się zajęcia, ale teraz już bez niej. Na stadionie brylował Wade, a za rok odbędzie się ceremonia wręczenia dyplomów, na której jej zabraknie. Miała wrażenie, że zatrzymała się przed jakąś niewidzialną barierą, skąd mogła nadal przez nikogo niezauważona obserwować swoje stare życie. Z upływem lat studenci zrobili się młodsi i już wkrótce po terenie kampusu kręcili się zupełnie nowi ludzie. Eva przebolała stratę – w końcu czas leczy rany – i zrozumiała, że wszystkie wybory mają swoje konsekwencje. Ważne jest to, co się zrobi z tymi konsekwencjami.

———•———

Spojrzała na wąską drogę dojazdową, która wiła się przez cały dość rozległy park. Miała dziwne przeczucie, że coś tu nie gra. Przez lata pracy w tym biznesie wyostrzyły jej się zmysły i właśnie zapaliła jej się w głowie czerwona lampka. Uznała, że da Brittany jeszcze dziesięć minut, a potem stąd zniknie. Wróci do samochodu, pojedzie do domu, zamknie drzwi i zapomni o sprawie. Bardzo się starała, żeby nie stracić czujności. Bała się, że spocznie na laurach i zrobi się nieuważna. Jej codzienne życie było dość monotonne: spędzała wiele godzin w laboratorium, a potem umawiała się na szybkie spotkania z Dexem albo z klientami. Zdawała sobie jednak sprawę, że to, czym się zajmuje, jest bardzo niebezpieczne.

Pewnego razu jeszcze na początku – nie minął nawet rok, od kiedy zaczęła – Dex obudził ją przed samym świtem. Zapukał w okno i powiedział:

– Chodź ze mną.

Założyła kurtkę i poszli razem na teren opustoszałego kampusu. Wciąż paliły się uliczne latarnie.

Kierowali się na zachód, w ogóle się do siebie nie odzywając. Minęli stadion lekkoatletyczny oraz kilka barów i restauracji z opuszczonymi na noc żaluzjami. W pewnym momencie zauważyła, że przecznicę dalej migają światła karetki pogotowia i policyjnego radiowozu. Podeszli bliżej. Chodnik przed tanim motelem został odgrodzony żółtą taśmą i musieli przejść na drugą stronę ulicy.

Dex objął ją ramieniem i przyciągnął do siebie. Wyglądali teraz jak para, która wraca do domu po wieczornym wyjściu. Zwolnili kroku i Eva zobaczyła ciało leżące w kałuży krwi. Na jednej stopie nie było buta i biała skarpeta zdawała się świecić w ciemności.

– Po co tu przyszliśmy? Znasz tego kolesia?

– Tak – potwierdził Dex szorstkim tonem. – To Danny. Dostarczał Fishowi twardy towar: kokainę i heroinę.

Odciągnął ją na bok i skręcili za róg. Wciąż miała pod powiekami powidoki migających na czerwono i niebiesko świateł.

– Co się z nim stało?

– Nie wiem – powiedział Dex. – Tak jak ty widzę tylko to, co mi pokażą. Gdybym miał zgadywać, to

Danny albo działał na dwa fronty i współpracował z konkurencją, albo coś spieprzył i został namierzony przez policję. – Dex zrobił przerwę. – Tak to już jest z Fishem. Nie będzie marnował czasu na zadawanie pytań, tylko szybko rozwiąże problem.

Eva nie była w stanie wymazać z pamięci tego, co zobaczyła: nienaturalnie skręconego ciała i mnóstwa krwi, o wiele więcej, niż sobie człowiek wyobraża. Miała wrażenie, że na chodnik padał czarno-czerwony cień, zupełnie jak w jakimś koszmarze.

Dex opuścił ramię i poczuła, że robi jej się zimno.

– Fish jest potężnym sojusznikiem, ale jednocześnie bezwzględnym wrogiem. Bez wahania zlikwiduje każdego, kto go zdradzi. Może to błąd, że cię tutaj przyprowadziłem, ale chciałem, żebyś na własne oczy przekonała się, co się zdarzy, jeśli popsujesz mu szyki.

Eva głośno przełknęła ślinę. Do tego momentu łudziła się, że wykonuje pracę jak każda inna: w większości rutynowe zadania obarczone dość abstrakcyjnym ryzykiem. Dex chronił ją przed najgorszym, ale tego poranka wszystko się zmieniło.

– Pełna jasność – oznajmił poważnym głosem, kiedy wracali do domu. Niebo powoli robiło się szarawe. Kiedy doszli do werandy, pożegnał się i zniknął. Nie była pewna, czy to wszystko jej się nie przyśniło.

Już miała wstawać od stołu i wracać do samochodu, kiedy na drodze dojazdowej pojawił się SUV marki Mercedes. Za kierownicą siedziała elegancka kobieta, a na tylnym siedzeniu widać było fotelik dla dziecka, na szczęście pusty. Eva zerknęła na tablicę rejestracyjną: FUNMOM1. Jej niepokój się wzmógł. Odetchnęła głęboko i przypomniała sobie, że w pełni kontroluje sytuację i w każdej chwili może stąd zniknąć.

Kobieta wysiadła z samochodu i krzyknęła:

– Dziękuję, że poczekałaś!

Miała na sobie drogie sportowe ubrania: markowe jeansy, sięgające kolan zimowe buty marki Ugg, a na głowie ciemne okulary Chanel. Różniła się od typowych klientów, którymi byli głównie studenci żywiący się chińskimi zupkami.

Kiedy podeszła bliżej, okazało się, że jej oczy są przekrwione, a ona sprawia wrażenie przemęczonej. Miała jednak nienaganny makijaż, co mogło wzbudzać podejrzenia. Trzeba się mieć na baczności, pomyślała Eva.

– Przepraszam za spóźnienie. Musiałam poczekać na opiekunkę do dziecka. – Kobieta wyciągnęła dłoń na powitanie. – Brittany.

Eva cały czas trzymała ręce w kieszeniach, więc po chwili ręka Brittany opadła. Kobieta zaczęła grzebać w torebce, jakby nagle przypomniała sobie, po co tutaj przyjechała.

– Pomyślałam, że kupię więcej, niż wcześniej planowałam. Wiem, że prosiłam o pięć tabletek, ale potrzebuję dziesięciu. – Wyjęła plik banknotów i podała go Evie. – Czterysta dolarów zamiast dwustu.

– Mam tylko tyle, na ile się umawiałyśmy – powiedziała Eva i nie wzięła pieniędzy.

Brittany pokręciła głową, jak gdyby nie rozumiejąc problemu.

– Możemy spotkać się jutro w tym samym miejscu, jeśli ci pasuje.

Wisząca nad zatoką mgła przesunęła się w stronę lądu i zakryła słońce. Zrobiło się ciemniej i drzewa zaczęły rzucać szare cienie. Nagle zerwał się wiatr i Eva zapięła kurtkę. Brittany spojrzała przez ramię i ściszyła głos, chociaż były całkiem same.

– W sobotę wyjeżdżamy w długą podróż – powiedziała. – Wrócimy dopiero w przyszłym miesiącu. Chciałabym mieć pewność, że nie zabraknie mi towaru.

Eva poczuła, że sztywnieje. Ta kobieta jeździ szpanerskim autem, nosi drogie ubrania, a na ręku ma pierścionek z wielkim brylantem. Łykanie prochów, żeby uporać się z jakimś trudnym zadaniem, to jedno, ale branie non stop, ponieważ bez nich nie da się normalnie funkcjonować, to coś zupełnie innego. Opór Evy wynikał z jej osobistych doświadczeń. Zachowanie tej kobiety do głębi ją poruszyło. Była zaskoczona swoją ostrą reakcją, ale wiedziała, o co chodzi: Brittany przypominała Evie jej matkę.

– Nic na to nie poradzę – oświadczyła.

– W takim razie czy mogę kupić chociaż to, co zamawiałam? – zapytała kobieta, podnosząc głos. Odbił się echem po pustej polanie. – Proszę.

Eva zobaczyła, że dłonie Brittany są pokryte strupami. Niektóre były całkiem świeże i sączyła się z nich krew. To musiał być efekt nerwowego drapania.

– Muszę się zbierać.

– Poczekaj – krzyknęła Brittany i złapała Evę za rękę. – Co mogę zrobić, żebyś zmieniła zdanie?

Eva wyrwała się i ruszyła przed siebie.

– Przestań się wygłupiać – powiedziała kobieta przymilnie za jej plecami. – Przecież właśnie po to się spotkałyśmy. Ty dostajesz kasę, a ja biorę towar i obie jesteśmy zadowolone.

– Nie wiem, o czym mówisz – rzuciła Eva, oglądając się przez ramię. – Chyba pomyliłaś mnie z kimś innym. – Weszła na wijącą się między drzewami drogę dojazdową i zaczęła schodzić w dół, w stronę parkingu, na którym stał jej samochód.

Kiedy mijała SUV-a, zajrzała do środka. Tylna kanapa była zaśmiecona rozsypanymi płatkami śniadaniowymi. Leżał też na niej pusty kubek niekapek i różowa wstążka do włosów. Eva zwolniła kroku, zastanawiając się, jak wygląda życie dziecka, którego matka potrafi błagać o taką ilość narkotyków, żeby przez kilka tygodni być na haju. Czy tak samo zachowywała się matka Evy? Czy kupowała prochy na jakimś opustoszałym parkingu, podczas gdy jej córka siedziała w domu z opiekunką? Poczuła ukłucie zazdrości, że ta mała dziewczynka ciągle miała matkę. Skarciła się w duchu za takie myśli, ale nie była w stanie nad tym zapanować.

Kiedy weszła między drzewa, słyszała, jak Brittany wykrzykuje w jej stronę steki wyzwisk. Potem trzasnęły drzwi, zawył silnik i rozległ się pisk opon. Spojrzała przez ramię i zobaczyła, jak rozpędzony SUV gwałtownie skręca, odbija się od krawężnika i przechyla na bok. Wstrzymała oddech, przygotowując się na huk uderzenia, ale nic takiego nie nastąpiło. Podbiegła do swojego auta i usiadła za kierownicą.

———•———

Zobaczyła ją później na stacji benzynowej znajdującej się naprzeciwko bramy parku. Zatrzymała się na czerwonym świetle i zauważyła tego samego SUV-a. Brittany wychylała się przez okno i rozmawiała z jakimś facetem, który stał obok niskiego sedana z przyciemnianymi szybami i tablicami rejestracyjnymi służb mundurowych. Dała mu kartkę papieru, a on schował ją do kieszeni sportowej kurtki.

Światło zmieniło się na zielone, a Eva wciąż gapiła się na stację benzynową. Znowu poczuła niepokój, który bardzo szybko zaczął przeradzać się w panikę. Ktoś zatrąbił, wyrywając Evę z zamyślenia. Ruszyła, ale jechała wolno, starając się zapamiętać jak najwięcej szczegółów. Mężczyzna miał krótkie brązowe włosy i okulary lustrzanki. Pod cienką kurtką wyraźnie rysowała się kabura. Co takiego kombinowała Brittany?

———•———

Wjechała do małego garażu przylegającego do bocznej ściany domu i zamknęła bramę na kłódkę. Chciała jak najszybciej zadzwonić do Dexa, ale niestety na schodach prowadzących na werandę siedziała jej nowa sąsiadka. Wyglądało to tak, jakby na nią czekała.

– Cholera – mruknęła Eva pod nosem.

Na jej widok na twarzy sąsiadki pojawiła się wyraźna ulga.

– Upadłam – oznajmiła. – Źle stanęłam na ostatnim stopniu i runęłam jak długa. Wydaje mi się, że skręciłam kostkę. Pomoże mi pani wejść do środka?

Eva spojrzała na ulicę, myśląc o mężczyźnie ze stacji benzynowej i kartce papieru, którą dostał od Brittany. Nie miała czasu na durne pogawędki. Nie mogła jednak zostawić potłuczonej kobiety na schodach.

– Jasne – powiedziała.

Wzięła ją pod ramię i pomogła wstać. Sąsiadka miała niewiele ponad metr pięćdziesiąt wzrostu i na pewno przekroczyła już sześćdziesiątkę. Była zaskakująco drobna, ale jednocześnie całkiem silna. Złapała za poręcz i wciągnęła się po schodach, podskakując na jednej nodze. Eva tylko lekko ją przytrzymywała. Kiedy stanęły na werandzie, dała kobiecie kilka sekund na złapanie oddechu, a potem ruszyły w stronę drzwi wejściowych. Po chwili były już w przedpokoju.

Na podłodze leżały dywany w ciepłych kolorach kontrastujących z kremową bielą kanapy. Jedna ściana w jadalni była pomalowana na ciemnoczerwono, w kątach stały w połowie opróżnione pudła z przeprowadzki. Eva pomogła sąsiadce usiąść na kanapie.

– Może przyniosę lód? – zaproponowała lekko niecierpliwym tonem. Naprawdę musiała się zbierać. Powinna skontaktować się z Dexem i dowiedzieć się, co jest grane. Nie wiedziała, jak należy zareagować po tym, co się stało. Na pewno nie miała teraz czasu na niańczenie sąsiadki.

– Zacznijmy od imion – oznajmiła kobieta. – Nazywam się Liz.

Eva starała się opanować rosnącą panikę. Czuła, że uciekają cenne minuty, a ona wdaje się w czcze pogaduszki.

Uśmiechnęła się jednak i powiedziała:

– Mam na imię Eva.

– Cieszę się, że w końcu się poznałyśmy. Poproszę o lód. Powinien być w zamrażarce.

Eva weszła do kuchni, uporządkowanej, jeśli nie liczyć kilku szklanek i talerzy na blacie koło zlewu. W zamrażalniku znalazła tackę na lód. Wyciągnęła z niej kilka kostek, wsadziła je do ściereczki i zawiązała tak, żeby nie wypadły. Potem wzięła czystą szklankę z suszarki i nalała do niej wody. Kiedy wracała do salonu, zauważyła, że trzęsą jej się ręce. Już miała znaleźć jakąś wymówkę i wrócić do siebie, kiedy Liz poprosiła:

– Usiądź na chwilę i dotrzymaj mi towarzystwa.

Eva wyjrzała przez okno. Na ulicy było pusto, więc chcąc nie chcąc, usiadła, wybrawszy miejsce, z którego mogła obserwować, co dzieje się przed domem.

Na twarzy Liz pojawił się jeszcze szerszy uśmiech.

– Nie znam tu zbyt wielu osób – powiedziała. – Jestem profesorem wizytującym. Przyjechałam z Princeton i w tym semestrze prowadzę zajęcia dwa razy w tygodniu.

Eva grzecznie się uśmiechnęła, ale słuchała sąsiadki tylko jednym uchem. Kiedy Liz opowiadała o tym, jak bardzo się cieszy, że spędzi zimę w Kalifornii, Eva starała się odtworzyć szczegóły spotkania z Brittany. Przypomniała sobie każde jej słowo, trzęsące się ręce i desperację, z jaką chciała dobić targu. Jakiegokolwiek targu. Eva zaczęła się powoli uspokajać, a uczucie paniki gdzieś zniknęło. Zdarzało jej się być w opałach, ale tym razem nie zrobiła przecież niczego niezgodnego z prawem. W salonie sąsiadki nic jej nie groziło. Mogła z ukrycia obserwować ulicę i słuchać, jak Liz opowiada o tym, dlaczego wolała wynająć mieszkanie w mieście, żeby nie mieć do czynienia z uniwersytecką biurokracją. Eva niemal czuła, jak spada jej ciśnienie.

– Teraz twoja kolej – powiedziała sąsiadka. – Skąd jesteś i czym się zajmujesz?

Eva oderwała wzrok od okna i udzieliła standardowej odpowiedzi:

– Wychowałam się w San Francisco, a teraz pracuję jako kelnerka w restauracji DuPree's w centrum Berkeley. – Postanowiła nie wchodzić w szczegóły i zmieniła temat: – Jesteś profesorem? W jakiej dziedzinie?

Liz sięgnęła po szklankę z wodą i wypiła łyk.

– Specjalizuję się w ekonomii politycznej. Badam ustroje polityczno-gospodarcze z różnych perspektyw teoretycznych. – Zaśmiała się. – Uwierz mi, to naprawdę ciekawe.

Odłożyła ściereczkę z lodem i zaczęła uważnie przyglądać się obolałej kostce, ostrożnie obracając stopą. W pewnym momencie spojrzała na Evę i szeroko się uśmiechnęła.

– Nie jest zwichnięta. To dobrze, bo kuśtykanie o kulach na początku semestru byłoby nie lada wyzwaniem.

Była drobną kobietą, ale miała niski, donośny głos, który działał na Evę kojąco niczym ciemny miód. Wywoływał przyjemne wibracje, skłaniając do skupienia i spokojniejszego oddychania. Eva wyobraziła sobie Liz przemawiającą w wielkiej sali wykładowej. Na pewno słychać ją było nawet w ostatnim rzędzie. Studenci gorliwie robili notatki, skrobiąc długopisami na papierze lub stukając w klawiatury laptopów. Niektórzy z zapałem nagrywali wykład.

Ze swojego miejsca na kanapie Eva zauważyła, jak na ulicę wjeżdża sedan na rządowych tablicach. Samochód zatrzymał się przy krawężniku i wysiadł z niego ten sam facet, z którym Brittany rozmawiała na stacji benzynowej. Po chwili ruszył w stronę ich domu.

Eva zaczęła łączyć w myślach kropki, o których istnieniu nie miała do tej pory pojęcia. W jaki sposób dowiedział się, gdzie ją znaleźć? Odpowiedź była oczywista: ktoś musiał ją śledzić, a ona tego nie zauważyła.

Poderwała się na równe nogi i przysunęła do Liz, żeby znaleźć się jak najdalej od okna.

– Jesteś pewna, że nie chcesz jechać do lekarza?

Liz z powrotem przyłożyła lód do kostki i oświadczyła:

– Wiesz, czego tak naprawdę potrzebuję? Wylej tę paskudną kranówkę i przynieś mi wódki. Sama też sobie nalej. Butelkę znajdziesz w zamrażarce. – W tym momencie rozległo się pukanie do drzwi domu Evy. – Chyba masz gościa – zauważyła Liz.

Eva wyjrzała przez żaluzje i zobaczyła, że mężczyzna wrzuca coś do jej mieszkania przez szczelinę na listy. Ogarnęło ją przerażenie i miała ochotę uciekać. Spojrzała w stronę kuchni, wyobrażając sobie, że wybiega przez tylne drzwi i pędzi ile sił w nogach przez miasto, żeby znaleźć Dexa i zapytać go, co jest grane.

Odetchnęła jednak głęboko, przypomniawszy sobie, że nie zrobiła nic złego: rozmawiała tylko z nieznajomą kobietą w parku. Nic jej nie sprzedała ani nawet nie pokazała towaru. W pierwszych miesiącach pracy zdarzało się, że wpadała w panikę, a wtedy Dex mówił: „Zachowuj się tak, jakby nic się nie stało. Uciekają tylko ludzie, którzy mają coś na sumieniu. Nasi wrogowie właśnie na to czekają, więc tego nie rób".

– Znam faceta – skłamała. – To przedstawiciel handlowy, który sprzedaje systemy alarmowe. Najlepiej udawać, że nikogo nie ma w domu. Inaczej zanudzi cię na śmierć.

– Nienawidzę domokrążców – powiedziała Liz. Nawet jeśli wydawało jej się dziwne, że akwizytor nie zapukał do jej drzwi, nie dodała nic więcej.

Eva wstała z kanapy.

– Przyniosę coś mocniejszego – zaproponowała. Czuła, że po tym, co się stało, zasługuje przynajmniej na małego drinka.

CLAIRE

Wychodzę z gabinetu Evy, zostawiając na podłodze walające się papiery. Idę korytarzem zdeterminowana, żeby potwierdzić swoje przypuszczenia. Czy wszystko, co powiedziała mi o sobie, jest kłamstwem? Otwieram szafę i przerzucam wieszaki, szukając jakiegokolwiek śladu po jej ukochanym mężu. Powinnam przynajmniej znaleźć dużo wolnego miejsca po rzeczach, które kiedyś do niego należały. Natrafiam na kilka ładnych bluzek, parę sukienek i damskie buty, zimowe botki i balerinki. To bez wątpienia garderoba Evy. Szarpnięciem otwieram szuflady w komodzie, w środku są koszule, jeansy, bielizna i skarpetki. W lustrze widzę swoje odbicie i mam wrażenie, że jestem podobna do Evy. A może to ona wróciła do domu, a ja zginęłam w katastrofie? Pieprzony *Zakręcony piątek*.

Siadam na łóżku i dociera do mnie, że wszystko, co wiedziałam o jej życiu i o tym, dlaczego chciała stąd uciec, to stek bzdur. Jeśli nie miała męża, to nie istniało żadne ryzyko, że policja będzie prowadzić dochodzenie w sprawie jego śmierci. Eva musiała zatem chcieć zamienić się ze mną miejscami z zupełnie innego powodu.

Wybucham histerycznym śmiechem jak ktoś, kto znalazł się na krawędzi i boi się, że za moment popadnie w szaleństwo. Przypominam sobie wszystkie kłamstwa, które od niej usłyszałam. Wypowiadała je z kamienną twarzą, ani przez moment się nie zawahawszy. Nagle słyszę głos Evy: mówi mi, że mam się uspokoić i wypierdalać z jej domu. To tylko moja wyobraźnia, ale uśmiecham się do siebie, ponieważ jej ostry ton brzmi bardzo przekonująco. Dobrze go zapamiętałam.

Żadna z nas nie mogła przewidzieć, jak to się skończy. My tylko wymieniłyśmy się biletami. Nie planowałam jechać do jej domu i wkraczać do jej życia. Niezależnie od tego, w co właśnie wdepnęłam, zrobiłam to na własne życzenie.

———•———

Po powrocie do gabinetu stawiam na biurku komputer z otwartym Dokumentem i zaczynam uważnie analizować jeden z wyciągów bankowych Evy. Interesują mnie jej miesięczne wydatki. Okazuje się, że to głównie jedzenie, benzyna i wyjścia do kawiarni. Poza tym zlecenia stałe na telewizję kablową, wywóz śmieci i media. Saldo na koncie wynosi dwa tysiące dolarów. Są też dwie wpłaty z DuPree's Steakhouse, każda po dziewięćset dolarów. Z takimi dochodami nie można pozwolić sobie na zakup domu za gotówkę.

Tak jak się spodziewałam, nie widzę żadnych wydatków na lekarzy, badania i leki. Czuję podziw dla finezji, z jaką Eva mnie okłamała. To było prawdziwe mistrzostwo świata w dziedzinie hochsztaplerki. Przypominam sobie, jak niby niechcący położyła kartę pokładową na kontuarze. Zarzuciła przynętę, lecz wtedy nie zdawałam sobie z tego sprawy. Potem opowiadała o tym, jak łatwo jest wtopić się w tłum w mieście takim jak Berkeley. Z niezwykłą subtelnością wykorzystała moje lęki i pragnienia, żeby mnie zmanipulować.

Zgodnie z danymi z dowodu rejestracyjnego Eva była właścicielką starej hondy. Samochód stoi zapewne w przylegającym do domu garażu. Kobieta, która przygotowała tak skomplikowaną operację, nie zostawiłaby przecież auta na lotniskowym parkingu czy dworcu kolejowym. Wtedy od razu byłoby oczywiste, gdzie zaczęła się jej ucieczka. Nie chcę mieć z tym nic wspólnego. Jeżeli ktoś zacznie jej szukać, na pewno w pierwszej kolejności pomyśli o samochodzie. Dobrze jednak wiedzieć, że w razie potrzeby będę mogła z niego skorzystać.

Kończę przetrząsać zawartość biurka. Znajduję jeszcze kilka wyschniętych długopisów, złączone ze sobą spinacze, puste koperty i parę wtyczek do ładowania sprzętu elektronicznego, ale bez kabli. Nic osobistego. Żadnych starych kartek urodzinowych ani samoprzylepnych fiszek. Zero zdjęć, odręcznych notatek albo sentymentalnych pamiątek. Mam wrażenie, że nie tylko mąż Evy nigdy nie istniał. Zaczynam się bać, że ona również jest jedną wielką ściemą.

Po lewej stronie stoi pusty kosz na śmieci. Moją uwagę przyciąga mały kawałek papieru, częściowo zasłonięty przez nogę biurka. Wygląda to tak, jakby ktoś chciał trafić do kosza, ale mu się nie udało. Podnoszę karteczkę z podłogi i ostrożnie ją rozprostowuję. Widnieje na niej zdanie wykaligrafowane starannym, lekko pochyłym charakterem pisma, którego używają dzieci w szkole podstawowej: *Wszystko, czego kiedykolwiek chciałaś, jest po drugiej stronie strachu.*

Zastanawiam się, w jakich okolicznościach Eva to napisała i dlaczego później chciała wyrzucić kartkę do śmieci. Być może nie była jej już do niczego potrzebna albo przestała wierzyć w to, co na niej zanotowano.

Przechodzę przez korytarz i idę do sypialni. Nad komodą wisi lustro. Staję przed nim i wtykam karteczkę za ramę, a potem zaczynam sprzątać bałagan, którego sama narobiłam. Kiedy składam koszulę, znowu czuję kwiatowo-chemiczny zapach. W pewnym momencie natrafiam na bardzo luźny T-shirt z logo Red Hot Chili Peppers. Jest mocno znoszony i pochodzi z czasów trasy koncertowej promującej album *Californication*. Przyciskam go do piersi. Red Hoci byli jednym z ulubionych zespołów mojej siostry Violet. Obiecałam jej, że kiedy skończy szesnaście lat, zabiorę ją na koncert. Rzecz jasna, nigdy tego nie zrobiłam. Chcę zatrzymać tę koszulkę. Zarzucam ją na ramiona i zamykam szufladę.

Porządkując komodę, sprawdzam, czy na pewno nie ma w niej pieniędzy, biżuterii, jakiegoś pamiętnika lub listów miłosnych schowanych przed wścibskim wzrokiem. Trudno wyobrazić sobie kogoś, kto prowadziłby życie tak puste, że nie zostałyby po nim żaden osobisty ślad. Muszę jednak przyznać, że podobnie wyglądała moja egzystencja w domu Rory'ego.

Siadam na skraju stojącego po drugiej stronie pokoju łóżka i otwieram nocną szafkę. Zaczynam od górnej szuflady. W środku znajduję jeszcze jeden drogi krem do rąk. Wcieram odrobinę w skórę i czuję, że pachnie różami. Jest też buteleczka z paracetamolem i przylegające do bocznej krawędzi szuflady zdjęcie. To pierwsza fotografia, na którą natrafiam w całym domu. Eva pozuje z jakąś starszą kobietą na tle stadionu w San Francisco. Stoją blisko siebie, z przekrzywionymi głowami, obok wyciętych z kartonu postaci słynnych baseballistów, a za ich plecami łopoczą wielkie flagi klubu Giants. Eva uśmiecha się szeroko, obejmując kobietę ramieniem. Wygląda na szczęśliwą i radosną, jak gdyby nie nękały jej jeszcze problemy, które później pojawią się w jej życiu. Zastanawiam się, czy pozuje z przyjaciółką, czy z kolejną ofiarą swoich manipulacji. Mam wrażenie, że niezależnie od tego, czym się zajmowała, wszystko, co robiła, było obliczone na osiągnięcie własnych korzyści.

Wyobraziłam sobie, jak oplata ludzi siecią kłamstw, wmawiając im, że jest kimś, kto potrzebuje pomocy. Przyglądam się twarzy kobiety, zastanawiając się, gdzie może teraz być i czy przyjedzie tutaj, żeby szukać Evy. Co powie, jeśli mnie spotka i zobaczy, że mam taki sam kolor włosów i taką samą fryzurę jak jej znajoma, mieszkam w jej domu i noszę jej ubrania? Kto jest teraz oszustką?

Na dnie szuflady pod parą nożyczek i rolką taśmy klejącej znajduję kopertę. W środku jest napisany ręcznie list datowany czternaście lat wstecz. Dołączone są do niego jakieś papiery. Rzucam na nie okiem i okazuje się, że to dokumenty ze Świętego Józefa, mieszczącej się w San Francisco instytucji religijnej, pewnie klasztoru albo kościoła. Charakter pisma jest pełen zawijasów, a tekst zdążył już wyblaknąć, więc muszę podejść do okna, żeby go przeczytać.

Droga Evo,

mam nadzieję, że kiedy czytasz ten list, wszystko u Ciebie w porządku, ciężko pracujesz i dużo się uczysz! Chciałabym Cię poinformować, że po osiemdziesięciu latach Święty Józef stanie się częścią państwowego systemu opieki zastępczej. Myślę, że wszystkim wyjdzie to na dobre, ponieważ jesteśmy coraz starsze, nawet siostra Catherine.

Pamiętam, że często pytałaś nas o swoich biologicznych rodziców. Wtedy nie mogłyśmy udzielić Ci żadnych informacji, jednak teraz, kiedy skończyłaś osiemnaście lat, sytuacja się zmieniła. Przekazuję Ci kopie dokumentów sporządzonych w momencie, kiedy byłaś przyjmowana do naszej instytucji, oraz inne papiery zgromadzone podczas Twojego pobytu w Świętym Józefie. Jeśli chciałabyś poznać więcej szczegółów, musisz wystąpić do władz hrabstwa z oficjalnym wnioskiem o dostęp do archiwum. Pracownik socjalny, który zajmował się Twoją sprawą, nazywał się Craig Henderson.

Powinnaś wiedzieć, że po tym, jak po raz ostatni zostałaś odesłana z domu zastępczego, skontaktowałam się z rodziną Twojej matki, liczac, że może zmienili zdanie i będą chcieli się Tobą zaopiekować. Niestety odmówili. Twoja matka zmagała się z nałogiem i jej bliscy byli przytłoczeni sprawowaniem nad nią opieki i pilnowaniem jej. Właśnie dlatego oddali Cię pod naszą kuratelę.

Mimo trudnego dzieciństwa udało Ci się wyrosnąć na niesamowitą osobę. Często Cię wspominamy i jesteśmy dumne z Twoich licznych osiągnięć. Siostra Catherine uważnie czyta gazety, szukając wzmianki o tym, że dokonałaś jakiegoś ważnego odkrycia. Muszę jej przypominać, że ciągle się uczysz i należy jeszcze poczekać przynajmniej kilka lat. Bardzo byśmy się ucieszyły, gdybyś złożyła nam wizytę albo zadzwoniła, żeby opowiedzieć o swoim życiu w Berkeley. Jestem przekonana, że czeka Cię wspaniała przyszłość.

Dużo miłości w Chrystusie
Siostra Bernadette

Odkładam list na bok i przeglądam pozostałe dokumenty. Okazuje się, że są to kserokopie odręcznych notatek zrobionych ponad trzydzieści lat temu. Opisano w nich procedurę przyjęcia dwuletniej dziewczynki do katolickiego domu opieki.

Dziecko, Eva, została przywieziona o godzinie 19.00. Jej matka, Rachel Ann James, odmówiła rozmowy i podpisała dokumenty, w których zrzeka się praw rodzicielskich. Papiery zostały

przekazane władzom samorządowym. Czekamy
na odpowiedź.

Kolejna notatka powstała dwadzieścia pięć lat temu
i jest mniej bezosobowa.

Eva wróciła do nas wczoraj wieczorem. To był
jej trzeci dom zastępczy i obawiam się, że ostat-
ni. Będziemy się nią opiekowały tak długo, jak
Bóg zechce. W Świętym Józefie zawsze znajdzie
się dla niej miejsce. Tym razem do prowadzenia
sprawy został wyznaczony pan C.H., co ozna-
cza, że nie będziemy go zbyt często widywać.

Eva studiowała w Berkeley i zapewne z tych czasów pochodzi kolekcja podręczników z dziedziny nauk
ścisłych. Nigdy nie dostała jednak dyplomu. Podejrzewam, że zabrakło pieniędzy albo miała kiepskie stopnie i dlatego skończyła jako kelnerka w restauracji
specjalizującej się w stekach. A potem została oszustką
grasującą na nowojorskim lotnisku.

Zaczynam rozumieć, dlaczego dom jest tak spartańsko
urządzony i brakuje w nim rodzinnych pamiątek: albu-
mów ze zdjęciami, kartek urodzinowych czy listów. Doskonale wiem, jak to jest codziennie budzić się w samotności, bez bliskich, którzy się o ciebie troszczą i którym na
tobie zależy. Na szczęście przynajmniej pierwsze dwadzieścia jeden lat mojego życia było przepełnione miłością.
Niewykluczone, że Eva nigdy nie dostała takiej szansy.

Tak to właśnie wygląda, kiedy umierasz, zostawiając po sobie niedokończone sprawy. Ciągle jest się

przywiązanym do przeszłości, jakby łączyła nas z nią nierozerwalna nić. Bez ustanku zastanawiasz się, „co by było gdyby". To jednak bezsensowne pytanie. Takie rozważania są jak oświetlanie punktowym reflektorem pustej sceny, na której nigdy niczego nie było i nigdy nie będzie.

Wkładam list z powrotem do koperty i chowam go w szufladzie, starając się zmienić swoje wyobrażenie o Evie. Ta kobieta wymyka mi się jednak jak żywe srebro. Wydaje mi się, że ją złapałam, a tymczasem ona jest już gdzie indziej. Pozostaje w ciągłym ruchu i nie potrafię jej zobaczyć wystarczająco wyraźnie. Jest jak zmieniający się kształt, który widzę jedynie kątem oka.

———•———

Czuję, że muszę wziąć prysznic. Nie jestem przyzwyczajona do krótkiej fryzury i opadające na szyję kosmyki zaczynają mnie łaskotać. Jedyne ubrania, które są moją własnością, to kilka rzeczy wyjętych w pośpiechu z walizki na lotnisku JFK: jeansy i jedna zmiana bielizny. Nie mam nawet zapasowego stanika ani dodatkowej pary skarpetek. Spoglądam na komodę wypełnioną ciuchami należącymi do Evy. Są tam nie tylko spodnie i koszule, lecz także bardziej intymne części garderoby. To naprawdę niesprawiedliwe, że zostałam z niczym. Przez chwilę się waham, ale w końcu otwieram szufladę. Kiedy myślę, że mam założyć ubranie obcej kobiety, ściska mnie w żołądku, ale nie mam wyboru. Zamykam oczy i przypominam sobie, że ludzie walczący o przetrwanie musieli robić o wiele gorsze rzeczy niż noszenie cudzej bielizny. To tylko bawełna i elastyczna gumka, mówię sobie. Poza tym wszystko jest czyste.

Wyciągam swoje rzeczy z torby, zastanawiając się, czy można żyć z dwoma parami majtek. Potem wybiegam na korytarz, otwieram szafkę na pościel i wyjmuję z niej ręcznik. Odkręcam gorącą wodę w łazience i czekam, aż na lustrze osiądzie para wodna, zasłaniając moje odbicie. Teraz jestem tylko niewyraźnym zarysem, rozmazanym faksymile jakiejś anonimowej kobiety. Mogłabym być kimkolwiek.

———•———

Po wyjściu spod prysznica ubieram się i staję przed lustrem w sypialni. Czuję wokół siebie znajomy zapach kosmetyków należących do Evy. W lustrze widzę obcą osobę: młodą kobietę z krótko przyciętymi blond włosami i wydatnymi kośćmi policzkowymi. Podchodzę do komody, na której leży portfel Evy, i wyjmuję z niego prawo jazdy. Porównuję nasze twarze i czuję przypływ optymizmu.

Dobrze znam tę radosną ekscytację pojawiającą się, gdy zaczyna się nowy etap w życiu. Tak samo czułam się, kiedy poznałam Rory'ego. Wydawało mi się, że otwiera się przede mną mnóstwo nowych możliwości. Miałam wrażenie, że stoję na moście między tym, kim byłam, i tym, kim chciałabym zostać.

Zaczynam układać sobie w głowie historię, którą posłużyłabym się w razie, gdyby ktoś zaczął zadawać pytania. „Dorastałam razem z Evą w sierocińcu". Będę potrafiła opowiedzieć o siostrze Bernadette i siostrze Catherine. Kiedy trzeba będzie wytłumaczyć, gdzie jest

Eva i dlaczego u niej mieszkam, powiem, że biorę rozwód i moja przyjaciółka pozwoliła mi się u siebie zatrzymać.

Dokąd pojechała?

Wbijam wzrok w swoje odbicie w lustrze. Nie wyglądam ani jak Eva, ani jak Claire.

Postanawiam wypróbować swoją odpowiedź:

– Do Nowego Jorku.

———•———

Wracam do gabinetu i zaczynam sprzątać. Układam papiery na równe stosiki, zastanawiając się, co robić dalej. W pewnym momencie na komputerze pojawia się nowa wiadomość. Zaledwie trzy słowa napisane przez Rory'ego: *Wyjazd do Detroit*. Mija kilka sekund i po prawej stronie ekranu wyskakuje komentarz:

Rory Cook:
Co zrobiłeś z paczką z FedExu?

Niemal od razu przychodzi odpowiedź:

Bruce Corcoran:
Pieniądze są w szufladzie. Dowód osobisty, paszport i reszta dokumentów trafiły do niszczarki.

Rory Cook:
A list?

Bruce Corcoran:
Zeskanowany, a następnie zniszczony.

Rory Cook:
Skąd ona do cholery wzięła fałszywe papiery?

Na ekranie pojawiają się trzy kropki oznaczające, że Bruce coś pisze. Wstrzymuję oddech.

Bruce Corcoran:
Nie mam pojęcia. Ostatnio władze dobrały się fałszerzom do skóry, a te dokumenty są naprawdę fachowo podrobione. Sprawdziłem billingi z ostatnich kilku dni przed wyjazdem. Rano Claire dzwoniła na numer, którego nie jesteśmy w stanie do nikogo dopasować. Nadal nad tym pracujemy.

Czekam na dalszy ciąg, ale nic się nie dzieje. Potem znikają komentarze, jeden po drugim, i Dokument znowu jest pusty. W prawym górnym rogu gaśnie ikonka Bruce'a. Zostaje tylko Rory. Muszę mieć się na baczności. Jestem w końcu zalogowana na jego koncie i jeśli zacznę coś robić, to ślad po każdym moim działaniu pojawi się od razu na jego komputerze. Na razie nie uzyskam więc odpowiedzi na swoje pytania. Jestem uziemiona i mogę tylko patrzeć na to, co dzieje się na stojącym przede mną monitorze.

———•———

Nie mam nic do roboty, a muszę jakoś wypełnić czas do wieczora. Otwieram więc nową kartę przeglądarki, wchodzę na główną stronę CNN i szukam nowych wiadomości na temat katastrofy. Znajduję krótki artykuł o moim planowanym pogrzebie, który ma się odbyć w sobotę za trzy tygodnie. Dużo czasu, żeby przygotować imprezę z wielką pompą. Podejrzewam, że kondukt przejdzie przez centrum miasta, a wśród żałobników nie zabraknie dygnitarzy.

Klikam w zdjęcie Kate Lane i zostaję przekierowana na stronę, na której można obejrzeć fragmenty jej najnowszych programów. Przewijam w dół i włączam transmisję konferencji prasowej z zeszłego wieczora. Chcę zobaczyć, jak dyrektor Narodowej Rady Bezpieczeństwa Transportu odpowiada na pytania dziennikarzy.

Najpierw przedstawia w skrócie informacje o katastrofie, które udało się do tej pory zgromadzić, a potem przechodzi do podsumowania:

— Nadal jesteśmy w trakcie poszukiwań, a akcja ratunkowa jeszcze się nie zakończyła. W ciągu najbliższych dni na pewno podamy więcej szczegółów. Proszę państwa o cierpliwość. Linie lotnicze Vista blisko z nami współpracują i spełniają wszystkie nasze żądania.

Tak jak się spodziewałam: więcej pytań niż odpowiedzi. Zanim kamera wróci do siedzącej w studiu Kate Lane, coś przykuwa moją uwagę. Cofam nagranie i jeszcze raz uważnie oglądam samą końcówkę konferencji. W kluczowym momencie naciskam pauzę. W lewym dolnym rogu, wśród czarnych kurtek, brązowych płaszczy i granatowych wiatrówek, rzuca mi się w oczy coś jaskrawego. Obraz jest trochę rozmyty, ale nie mam wątpliwości, że patrzę na młodą kobietę z włosami w kolorze platynowego blondu, ubraną w jaskraworóżowy sweterek, zdecydowanie nienadający się na mroźny wieczór w Nowym Jorku.

EVA

Okazało się, że tajemniczym mężczyzną jest agent Castro. W ciągu następnych kilku dni Eva zaczęła widywać go wszędzie. Wyrzuciła do kosza wizytówkę, którą wsunął przez szczelinę na listy, i udawała, że wcale jej nie śledził i nie pukał do jej domu. Regularnie go jednak spotykała, na przykład na parkingu przed supermarketem i kiedy wychodziła z kawiarni na Bancroft Avenue. Odwiedził też restaurację DuPree's. Usiadł przy stoliku w części sali, której nie obsługiwała, ale sama jego obecność wyprowadzała ją z równowagi. Myliły jej się zamówienia, a on zajadał się żeberkami i pił guinnessa.

Martwiło ją, że w ogóle nie próbował się kamuflować. Zaczęła się zastanawiać, od jak dawna ją obserwuje i dlaczego postanowił się ujawnić.

Kiedy Dex wreszcie do niej oddzwonił, zażądała natychmiastowego spotkania.

– Od kogo dostałeś namiary na tę całą Brittany? – zapytała.

Umówili się w sportowym barze przy Telegraph Avenue. Siedzieli naprzeciwko siebie przy lepiącym się od piwa stoliku, a obok grupa podchmielonych studentów grała w bilard, oglądając futbol amerykański na wielkim telewizorze.

– Od mojego kolegi, który przeprowadził się do Los Angeles. Znamy się jeszcze z dzieciństwa. Ona również niedawno zamieszkała w tej okolicy. Twierdził, że będzie naszą stałą klientką. Co się stało?

Eva uważnie przyjrzała się jego twarzy, szukając jakiejś oznaki, że kłamie albo czuje się winny.

– Po tym, jak chciała kupić ode mnie towar, rozmawiała z agentem federalnym. Teraz ten facet mnie śledzi. Wszędzie go widzę.

Dex zrobił poważną minę i odłożył burgera.

– Opowiedz mi szczegółowo, co się stało.

Eva opisała, jak Brittany pojawiła się w umówionym miejscu i że wyglądała, jakby była na głodzie. Miała strupy na rękach i mówiła roztrzęsionym głosem.

– Chciałabym wiedzieć, dlaczego przysłałeś mi kogoś, kogo sam gruntownie nie prześwietliłeś. To nie powinno tak wyglądać.

Dex wyraźnie spochmurniał.

– Coś sugerujesz?

– Mówię tylko, że krótko po spotkaniu z poleconą przez ciebie klientką zaczęły się mną interesować służby.

– Cholera jasna – przeklął Dex i rzucił serwetkę na stolik. – Musisz zrobić przerwę. Zawieś produkcję, niczego nie sprzedawaj i czekaj, aż się do ciebie odezwę.

– Jak to wyjaśnisz Fishowi? – zapytała.

– Nie martw się, załatwię to – oświadczył. – Moim zadaniem jest ciebie chronić.

Wbiła w niego wzrok i słuchała, jak starannie waży słowa. Dex doskonale wiedział, na czym polega ten biznes. Jeśli masz do wyboru iść do więzienia albo zdradzić kumpla, to raczej się nie wahasz. Nie łudziła się, że Dex będzie się dla niej poświęcał. Sama również by tego nie zrobiła.

Jednak to on nauczył ją, jak oceniać ryzyko i rozpoznać tajnego agenta albo narkomana, który może cię zdemaskować. Nie była w stanie sobie wyobrazić, że Dex zaprowadzi ją na skraj przepaści i będzie chciał ją w nią zepchnąć. Przecież ona pociągnie go za sobą.

———•———

Kilka miesięcy po tym, jak wyleciała ze studiów, nadal mieszkała u Dexa i robiła prochy w jego kuchni, korzystając ze starego sprzętu. Pewnego dnia poszli razem na spotkanie z klientem, kudłatym chłopakiem w opadających spodniach i ze słuchawkami na głowie. Nie miał jeszcze dwudziestu lat i wyglądał jak dzieciak.

– Uważnie mu się przyjrzyj – powiedział Dex. Stali na przystanku autobusowym, udając, że sprawdzają rozkład jazdy. Student miał coś w rodzaju tiku: co chwilę podnosił do góry lewe ramię i niemal niezauważalnie kręcił głową.

Dex szepnął jej do ucha:

– Najpierw obserwuj. Powinnaś zwracać szczególną uwagę na wszelkie anomalie, na przykład na to, że ktoś ma na sobie bluzę, chociaż jest trzydziestostopniowy upał, albo chodzi po deszczu w samym podkoszulku. To są ważne wskazówki i musisz nauczyć się je dostrzegać. Spójrz na słuchawki tego kolesia. Nie są do niczego podłączone. Kabel znika w przedniej kieszeni jego spodni, ale telefon jest w tylnej. – Eva skinęła głową, starając się wszystko dobrze zapamiętać. Zdawała sobie sprawę, że od tego będzie zależeć jej przetrwanie. – Kiedy zobaczysz coś podejrzanego – kontynuował Dex – po prostu zrezygnuj z transakcji. Ten gość jest albo narkomanem, albo gliną. – Zrobił poważną minę i wbił w nią swoje szare oczy. – Priorytetem Fisha, a więc również twoim, jest bezpieczeństwo. Właśnie dlatego tak długo prowadzi ten biznes. – Dex zaśmiał się cicho. – No i nie należy zapominać, że w Berkeley i Oakland pracuje dla niego dziesięciu policjantów.

Wyszli spod wiaty przystankowej i ruszyli przed siebie, całkowicie ignorując czekającego na nich klienta. Stał przy krawężniku i z wytęsknieniem czekał na towar, którego nigdy nie dostanie.

— Sprzedałaś jej jakieś prochy? – zapytał Dex.

— Nie. Coś mi w niej nie pasowało. Zachowywała się jak wariatka. W końcu powiedziałam, że musiała mnie z kimś pomylić, i kazałam jej spadać.

Dex skinął głową.

— To dobrze. Zrób sobie przerwę, a my się zorientujemy, co jest grane.

— Mam wrażenie, że ten facet chce, żebym go zobaczyła.

– Pewnie masz rację. Kiedy ludzie się denerwują, zaczynają popełniać błędy. Podejrzewam, że właśnie na to liczy. Nie próbuje się przed tobą chować, co oznacza, że nic na ciebie nie ma i posuwa się do prowokacji.

– Co powinnam zrobić?

– Nie zwracaj na niego uwagi. Niczego nie wywęszy i w końcu pójdzie szukać gdzie indziej.

Dex wyjął portfel i położył na stole kilka banknotów. Wokół nich rozległy się radosne okrzyki. Drużyna, której kibicowali studenci, zdobyła właśnie punkt. Eva zaczęła się zbierać, ale Dex ją powstrzymał.

– Zostań jeszcze.

Usiadła więc znów na krześle i z rosnącym przerażeniem patrzyła, jak Dex wychodzi z lokalu. Czuła się jak rozbitek, który czeka na miejsce na łodzi ratunkowej, ale w pewnym momencie zdaje sobie sprawę, że jest ostatnim pasażerem na tonącym statku. Miała wrażenie, że Dex już się od niej dystansuje.

Otaczające ją dzieciaki z uniwerku piły i śmiały się głośno. Miały tylko jedno zmartwienie: czy uniwersytecka drużyna awansuje do finałowych rozgrywek. Nigdy w życiu nie była tak wyluzowana jak oni. Nawet podczas studiów była wyciszona i powściągliwa. Wychowała się w sierocińcu i od najmłodszych lat wiedziała, że lepiej trzymać się w cieniu, nie śmiać się głośno i nie opowiadać dowcipów, bo to zwraca uwagę. Zakonnice ze Świętego Józefa zachęcały swoje podopieczne do pracowitości i okazywania szacunku innym. Eva starała się spełniać ich oczekiwania, ale jednocześnie kombinowała, jak łamać zasady, nie rzucając się przy tym w oczy.

Święty Józef nie był przecież prawdziwym domem. Zakonnice, starsze kobiety, surowe i nieskore do kompromisów, uważały, że dzieci powinny być ciche i posłuszne. Eva pamiętała zimne korytarze sierocińca mieszczącego się na tyłach kościoła. Wszędzie pachniało woskiem ze świec i stęchlizną. Przypomniała sobie inne dziewczynki, nie ich imiona, ale głosy. Niektóre szorstkie i nieprzyjemne, inne łagodne i przestraszone. W nocy wiele z jej koleżanek płakało, a wszystkie czuły się straszliwie samotne.

Wypiła ostatni łyk piwa, wstała od stolika i ruszyła w stronę schodów prowadzących do głównej sali na parterze. Spojrzała na wyjście awaryjne. Sytuacja zrobiła się nieciekawa, a w jej głowie włączył się alarm. Uznała jednak, że jeszcze za wcześnie na tak desperackie kroki. Powinna zaczekać na odpowiedni moment.

———•———

Kiedy podjechała pod dom, zobaczyła Liz, która właśnie zamknęła drzwi i ruszyła ścieżką prowadzącą w stronę ulicy. Eva rozejrzała się i zwolniła kroku, starając się zachowywać naturalnie.

– Cześć! – zawołała sąsiadka.

Po wspólnie spędzonym wieczorze Eva zaczęła być jej ciekawa. Ostatnio przyłapała się nawet na tym, że nasłuchuje, co dzieje się za ścianą, i obserwuje, jak sąsiadka wychodzi z domu. Jej głos wciąż rozbrzmiewał w głowie Evy i dziewczyna nie mogła zaprzeczyć, że coś ją ciągnie do tej kobiety.

Teraz zamknęła samochód, po czym zwróciła się do Liz z uśmiechem, wskazując na tablicę rejestracyjną zaparkowanego obok auta.

– Przyjechałaś tu aż z New Jersey?

Starała się rozluźnić i skupić całą swoją uwagę na Liz, żeby nie zaprzątać sobie głowy agentem Castro, który być może czaił się za rogiem.

Dzisiaj Liz nie była jednak w nastroju do pogawędek i powiedziała tylko:

– Myślałam, że to będzie przyjemna przejażdżka, a teraz na samą myśl o powrocie robi mi się niedobrze.

Obeszła samochód, usiadła za kierownicą i pomachała Evie na pożegnanie.

Eva odetchnęła z ulgą i ruszyła w stronę domu. Otworzyła drzwi i wślizgnęła się do środka.

Zanurzyła się w ciszy i to przyniosło jej ulgę. Położyła się na kanapie i zrobiła kilka głębokich wdechów, ale nie mogła się uspokoić. Ciągle czuła obecność agenta Castro. Miała wrażenie, że ten człowiek obserwuje każdy jej krok i doskonale wie, kiedy ostatni raz była w sklepie i jak wygląda grafik jej pracy w restauracji. A co jeśli ją podsłuchuje i poznał treść rozmowy z Liz? Wyobraziła sobie, że wszystko jest skrupulatnie zapisywane: *16:56 – pogawędka z sąsiadką na trawniku przed domem.* Wbiła wzrok w ścianę oddzielającą jej część domu od mieszkania Liz i zaczęła się zastanawiać, czy może jakoś wykorzystać obecność sąsiadki do swoich celów. Castro powinien uwierzyć, że Eva to zwykła kelnerka, która prowadzi niezbyt interesujące życie, pełne nudnych szczegółów niewartych odnotowania. *Eva spędziła wieczór z sąsiadką.* Albo: *Eva poszła z sąsiadką na spacer do Ogrodu Różanego w Berkeley.* Czy można wyobrazić sobie coś mniej ekscytującego?

Tego samego wieczora usłyszała pukanie do drzwi. Wyjrzała przez okno i zobaczyła, że na werandzie stoi Liz z naczyniem żaroodpornym w ręku.

– Chyba nigdy nie nauczę się dzielić składników w przepisie na pół – zaczęła, wskazując na jedzenie, chociaż Eva podejrzewała, że tak naprawdę Liz lubi gotować dla kogoś.

Sąsiadka wręczyła jej naczynie i bez pytania weszła do środka. Eva, zbita z tropu, ruszyła jej śladem. Kiedy zamykała drzwi lodówki, zobaczyła, że Liz pochyla się nad stojącym w salonie regałem i uważnie studiuje tytuły książek. Czuła się nieswojo, widząc kogoś w swojej przestrzeni, oglądającego jej rzeczy. Odetchnęła głęboko i uznała, że najlepiej po prostu szeroko się uśmiechać. *19:45 – Sąsiadka przynosi Evie jedzenie i rozmawiają przez dwadzieścia minut.* Jakoś to będzie.

– Interesujesz się chemią? – zapytała Liz.

Eva wzruszyła ramionami. Na półkach stały w większości stare podręczniki, których nie używała od czasu studiów. Nie potrafiła ich jednak wyrzucić, jakby bojąc się, że w ten sposób pozbędzie się ważnej części samej siebie.

– Trochę się tym zajmowałam, kiedy byłam jeszcze w szkole.

– To podręczniki akademickie – stwierdziła Liz, wyciągając jeden na chybił trafił i otwierając go na pierwszej stronie, na której widniała pieczątka księgarni Uniwersytetu w Berkeley. – Studiowałaś tutaj?

– Przez jakiś czas, ale nie zrobiłam dyplomu.

– Dlaczego?

Eva spodziewała się tego pytania.

– Pojawiły się pewne trudności. – Miała nadzieję, że jej zdawkowe odpowiedzi zniechęcą Liz do drążenia tematu.

Nagle zawibrował leżący na blacie telefon Evy. To pewnie wiadomość od Dexa. Eva złapała aparat i schowała go do kieszeni, uznawszy, że lepiej przeczytać SMS-a później.

Liz uważnie ją obserwowała, jakby czekając na dalszy ciąg. W pewnym momencie wskazała na otwartą puszkę coli light i oświadczyła:

– To trucizna.

Eva zerknęła na zegarek, czując, że opada z sił. Miała już dość tej maskarady. Jak długo będzie musiała zabawiać sąsiadkę?

– Dziś wieczorem idę do pracy i powinnam jeszcze wziąć prysznic.

Przez dłuższą chwilę Liz zastanawiała się, o co tak naprawdę tutaj chodzi.

– Życie jest długie – powiedziała wreszcie. – Wiele rzeczy może się popsuć, ale nadal jest czas, żeby je naprawić.

Eva pomyślała o tajnym laboratorium, które znajdowało się dokładnie pod ich nogami. To była całkiem trafna metafora. Liz widziała tylko to, co było na wierzchu. Eva martwiła się, że jej sekrety wyjdą na jaw i o wszystkim dowie się agent Castro.

– Dziękuję za jedzenie.

Liz odłożyła podręcznik na półkę, zrozumiawszy, że powinna się zbierać.

– Nie ma za co.

Kiedy wyszła, Eva wyciągnęła telefon i przeczytała wiadomość od Dexa:

Fish wszystkim się zajął. Weź wolne, za kilka tygodni po kolesiu nie będzie ani śladu.

Odetchnęła z ulgą, jakby właśnie uniknęła groźnego wypadku. Castro pędził w jej stronę, ale w ostatniej chwili udało jej się zrobić unik. Była wycieńczona i cała się trzęsła, ale nic jej się nie stało.

– Będzie dobrze – powiedziała do siebie w pustym pokoju. Za ścianą sąsiadka włączyła muzykę. Był to delikatny jazz, który otulił i ukoił Evę, sprawiając, że choć przez kilka chwil mogła cieszyć się życiem, które nie było jej dane.

———•———

Wieczorem wślizgnęła się do restauracji tylnym wejściem i pobiegła do swojej szafki z nadzieją, że kierownik, Gabe, nie zauważy jej spóźnienia. Natknęła się na niego w korytarzu, właśnie rozmawiał z pomocnikiem kelnera i tłumaczył mu, które stoliki należy posprzątać.

– Nareszcie – rzucił. – Dziś pracujesz w sektorze piątym.

Wzięła notes i poszła zapytać zastępcę szefa kuchni o dzisiejsze specjalności, a potem weszła na salę.

Już po kilku minutach praca całkowicie ją pochłonęła. Przyjmowała zamówienia, gawędziła ze stałymi klientami i roznosiła jedzenie. Przez jakiś czas mogła być osobą, za którą wszyscy ją uważali, czyli zwykłą kelnerką pracującą ciężko, żeby uzbierać z napiwków na nową skórzaną kurtkę albo długi weekend w Cabo San Lucas. Poczuła lekkość w sercu i ogarnęło ją radosne podniecenie. Była jak uczeń, który właśnie rozpoczął letnie wakacje.

Gabe znalazł ją w kuchni, kiedy przekazywała kucharzowi wymagania gościa dotyczące jakiegoś wegetariańskiego dania. Kierownik miał mniej więcej czterdzieści pięć lat, łysiał i nosił trochę za małe koszule, które wydawały się rozchodzić w szwach. Był sprawiedliwym szefem, chociaż sprawiał wrażenie szorstkiego i niecierpliwego. Zawsze dawał pracownikom wolne, jeśli ci znaleźli się w potrzebie.

– Słuchaj, Eva, kiedy wreszcie będę mógł wpisywać ci w grafik więcej godzin? Potrzebuję cię częściej niż dwa razy w tygodniu.

– Nie, dzięki – powiedziała. – Muszę mieć czas, żeby rozwijać swoje zainteresowania.

– Zainteresowania? – powtórzył Gabe wyraźnie zbity z tropu. – Jakie zainteresowania?

Eva oparła się o ścianę, wdzięczna za krótką przerwę, i zaczęła wyliczać na palcach:

– Robienie na drutach, wypalanie ceramiki, roller derby...

Puściła do Gabe'a oko, a stojąca obok zmywarka wydała z siebie dziwne stęknięcie.

Gabe pokręcił głową i zaczął mruczeć pod nosem, że nikt go nie docenia.

W pewnym momencie ktoś zawołał z kuchni:

– Eva, stolik numer cztery jest gotowy złożyć zamówienie.

185

Wróciła na salę. Była już prawie dziewiąta wieczorem, więc w restauracji zrobiło się pustawo. Kiedy zobaczyła, kogo ma obsługiwać, stanęła jak wryta. To był jeden z jej najlepszych klientów, Jeremy, w towarzystwie dwóch osób, które musiały być chyba jego rodzicami.

Jeremy był na trzecim roku komunikacji społecznej. Jego ojciec wymagał od niego samych piątek. Groził, że w przeciwnym razie przestanie finansować studia i wystawny styl życia swojego syna, który jeździł bmw, wynajmował przestronny loft w samym centrum miasta i kupował duże ilości narkotyków dostarczanych mu przez Evę. W odróżnieniu od Bretta zawsze płacił w terminie i miał przy sobie gotówkę. Robienie z nim interesów było czystą przyjemnością.

Od czasu do czasu Eva wpadała na swoich klientów w miejscach publicznych. Takie sytuacje zawsze wyprowadzały ich z równowagi. Jeremy nie był więc wyjątkiem. Kiedy ją zobaczył, zrobił się blady i rzucił nerwowe spojrzenie w stronę wyjścia. Jego matka uważnie studiowała menu, a ojciec przeglądał coś w telefonie. Eva uśmiechnęła się w nadziei, że to uspokoi Jeremy'ego.

– Dobry wieczór. Na początek opowiem państwu o dzisiejszych specjalnościach.

Zaczęła recytować listę dań, ale Jeremy nawet na nią nie spojrzał. Wiedziała, dlaczego wpadł w panikę. Dopiero po kilku latach pracy w tym biznesie zrozumiała, że jej klienci nie byli w stanie jej przejrzeć i całkowicie głupieli, kiedy wpadali na nią w parku albo w sklepie na rogu. Świat jest pełen ludzi, którzy mają jakieś tajemnice. W gruncie rzeczy nikt nie jest tym, na kogo wygląda.

Po deserze Jeremy złapał ją przy drzwiach do toalety.

– Co ty tutaj robisz? – wysyczał.

– Pracuję.

Spojrzał ponad jej ramieniem w stronę sali.

Podążyła za jego wzrokiem i oświadczyła:

– Słuchaj, Jeremy. Możesz wyluzować. Mam dla ciebie dobrą radę: ludzie uwierzą we wszystko pod warunkiem, że ani przez chwilę się nie zawahasz. Pamiętaj więc, że nigdy się nie spotkaliśmy i w ogóle się nie znamy. – Ruszyła przed siebie, zostawiwszy go między męską toaletą a wyjściem bezpieczeństwa.

Po skończonej zmianie przeszła obok samochodu, w którym siedział agent Castro, i obrzuciła go przelotnym spojrzeniem. Niezależnie od tego, w co pogrywał, uznała, że może włączyć się do zabawy.

CLAIRE

Tak długo wpatruję się w zatrzymany obraz na ekranie komputera, że zaczynają mi łzawić oczy i widzę już tylko zbiór pikseli. Rozmaite odcienie różu, szare plamy i włosy w kolorze platynowego blondu tam, gdzie powinna być twarz.

Kaszmirowy sweterek dostałam kiedyś na Gwiazdkę od Mary, ciotki Rory'ego.

– Pomyślałam, że powinnaś mieć coś, co cię rozgrzeje w lodowatej kwaterze głównej klanu Cooków – oświadczyła, wręczając mi prezent, a potem wybuchła głośnym śmiechem i potrząsnęła lodem w prawie pustej szklance, jakby chciała zebrać z jej ścianek resztki ginu.

Trzymałam na kolanach miękki, luksusowy pulowerek, czekając, aż ktoś wyjaśni mi dziwne słowa ciotki, ale rodzina przeszła nad tym do porządku dziennego. Rory tylko do mnie mrugnął, jak gdyby dając mi do zrozumienia, że znam teraz rodzinne sekrety.

Tego samego dnia Mary podeszła do mnie jeszcze raz, już lekko podchmielona, i powiedziała:

– Cały świat kocha Rory'ego Cooka. – Była najstarszą siostrą jego ojca, która nigdy nie wyszła za mąż. Rodzina traktowała ją jak piąte koło u wozu. Mary zniżyła głos i przysunęła się tak blisko, że poczułam zapach ginu. – Uważaj jednak, żeby nie wchodzić mu w drogę, bo inaczej skończysz tak jak biedna Maggie Moretti.

– To był wypadek – powiedziałam, zerkając na Rory'ego, który stał po drugiej stronie pokoju i żartował z młodszym kuzynostwem. Ciągle starałam się wierzyć, że złapałam Pana Boga za nogi i będę wiodła życie, o jakim marzyłam. Na święta zjechały się trzy pokolenia familii Cooków. Chciałam kultywować ich tradycje: śpiewanie kolęd w szpitalu dziecięcym, nabożeństwo w kościele przy blasku świec, a o północy uroczysta kolacja. Właśnie o takim życiu marzyłam jako mała dziewczynka. Boże Narodzenie, które pamiętałam z dzieciństwa, wyglądało zupełnie inaczej.

Teraz włączyła mi się jednak lampka alarmowa i uznałam, że lepiej posłuchać, co ma mi do powiedzenia wstawiona ciotka. Sama niedawno zaczęłam zmieniać zdanie o Rorym. Zauważyłam, że nie poświęca mi już tyle uwagi. Dotarło do mnie, że za związek z kimś takim muszę zapłacić wysoką cenę i zrezygnować z wielu pozornie drobnych rzeczy, które do tej pory brałam za coś oczywistego. Nie mogłam wybierać sobie znajomych ani wziąć samochodu i pojechać w siną dal, nie ustaliwszy tego wcześniej z kierowcą i przynajmniej dwójką asystentów.

Ciotka Mary kontynuowała swój wywód:

– A więc trafiłaś do obozu b i e d n e g o Rory'ego, tak samo zresztą jak cała reszta świata. – Wypiła łyk swojego drinka. – To słabo strzeżony sekret, ale powinnaś wiedzieć, że mój brat zapłacił reszcie familii za milczenie. Musiało chodzić o coś grubszego, bo inaczej by tego nie zrobił, prawda? – Posłała mi cierpki uśmieszek i zobaczyłam, że jej różowa szminka trochę się rozmazała, wypełniając zmarszczki wokół ust. – W tej rodzinie faceci są naprawdę w porządku pod warunkiem, że wykonujesz ich polecenia. Spróbuj jednak zachować się nieodpowiednio, a będziesz miała kłopoty.

Po drugiej stronie pokoju Rory odrzucił głowę do tyłu i wybuchł radosnym śmiechem, reagując na coś, co powiedział jeden z kuzynów. Ciotka Mary podążyła za moim wzrokiem i pokręciła głową.

– Przypominasz mi trochę Maggie. To była miła dziewczyna ze skromnej rodziny. Tak jak ty charakteryzowała się uczciwością, co w środowisku Rory'ego jest towarem deficytowym. Niestety, ciągle darła z nim koty. Kłócili się dosłownie o wszystko. – Spojrzała na mnie i znacząco się uśmiechnęła. Wyglądała na nieźle wstawioną. – Nie była w stanie go kontrolować. Podejrzewam, że ty również masz z tym problem.

– Po co mi o tym opowiadasz? – zapytałam.

Ciotka Mary wbiła we mnie załzawione oczy okolone głębokimi zmarszczkami wyrytymi przez czas.

– Ta rodzina jest jak muchołówka: z zewnątrz lśniąca i kolorowa, a w środku przeżarta zgnilizną. Kiedy poznasz jej sekrety, Rory i jego krewni nie pozwolą ci odejść.

Była pijaną starą panną, przez którą przemawiała gorycz. Jej niepokojące słowa prześladowały mnie przez kolejne lata, kiedy Rory najpierw przestał ze mną normalnie rozmawiać, a potem dostawał napadów złości i zrobił się agresywny. Chciałam wierzyć w jego oficjalną wersję, którą z uporem prezentował światu, jednak każdy kolejny siniak, każda złamana kość zabijały we mnie tę wiarę.

Ciotka Mary umarła kilka lat później. Była ostatnią przedstawicielką starszego pokolenia rodziny Cooków. Za każdym razem, gdy zakładałam różowy sweter, myślałam o tym, co usłyszałam od niej tamtego wieczoru. Jej wyszeptane słowa były ostrzeżeniem, że mogę skończyć tak samo jak Maggie Moretti.

———•———

Gdzieś na ulicy szczeka pies i jego ujadanie wyrywa mnie z zamyślenia. Ciągle siedzę przed komputerem. Przesuwam kursor, żeby jeszcze raz odtworzyć nagranie, i ponownie wbijam wzrok w rozmazaną postać. Wytrzeszczam oczy aż do bólu. Cały czas widzę jednak to samo: blond włosy – nie jestem pewna, czy długie, czy krótkie – oraz różową plamę. Zdaję sobie sprawę, że wielu ludzi może, niezależnie od pogody, nosić podobne swetry. Wiem też, że przed wejściem do samolotu Eva zeskanowała kartę pokładową. Nie da się tego sfałszować.

———•———

Jest wczesny czwartkowy poranek.

– Poproszę kawę przelewową ze śmietanką – mówię do baristki, starając się nie patrzeć jej w oczy. Zbyt zdenerwowana, żeby pokazać całą twarz, chowam się pod daszkiem baseballówki. Czy już zawsze tak będzie i nigdy więcej nie nawiążę z nikim kontaktu wzrokowego i się nie uśmiechnę?

Przez całą noc przewracałam się z boku na bok, mając przed oczami różową plamę, którą zobaczyłam na nagraniu z konferencji prasowej. Wymyślałam rozmaite alternatywne scenariusze, lecz za każdym razem zderzałam się ze ścianą: przecież Eva zeskanowała kartę i musiała wejść na pokład samolotu. Nie miała czasu, żeby namówić kogoś innego na zamianę biletów. Jeśli nie zajęłaby swojego miejsca, załoga na pewno by się zorientowała podczas liczenia. Kiedy obudziłam się rano, byłam przekonana, że to tylko zbieg okoliczności. Zobaczyłam różowy sweterek, ponieważ czuję się winna i jest mi przykro, że Evę spotkał tak tragiczny los.

Płacę za kawę i siadam na miękkim skórzanym fotelu, z którego mam dobry widok na drzwi wejściowe i ulicę.

Wczoraj wieczorem usiłowałam jeszcze raz dodzwonić się do Petry. Najpierw musiałam jednak zresetować hasło w telefonie na kartę należącym do Evy. Szybko znalazłam w internecie odpowiedź, jak to zrobić, i już po paru chwilach mogłam przeszukać zawartość aparatu. Tak jak podejrzewałam, nie znalazłam niczego ciekawego: żadnych zdjęć ani e-maili. Eva korzystała z aplikacji Whispr i wiadomości, które dostała w dniu swojego zniknięcia, zostały automatycznie usunięte. Jeśli ktoś próbował się z nią później skontaktować, nie było po tym żadnego śladu.

Wybrałam numer Petry i zaczęłam wyobrażać sobie, jak wielką ulgę poczuję, gdy usłyszę jej głos. Przyjaciółka na pewno ruszy z odsieczą i już wkrótce zobaczę ją na werandzie domu Evy. Przy krawężniku będzie stał wynajęty samochód, którym zabierze mnie z tego koszmaru i zawiezie w bezpieczne miejsce, na przykład do jakiegoś luksusowego hotelu w San Francisco. Zamówimy jedzenie do pokoju i poczekamy na wysłannika, który dostarczy mi nowy zestaw dokumentów.

Niestety, po trzech sygnałach połączenie zostaje przerwane i słyszę znajomy komunikat: „Przepraszamy, ale ten numer jest nieaktywny". Próbuję zmieniać i przestawiać cyfry, ale bez powodzenia. Udaje mi się dodzwonić do przedszkola i jakiegoś sklepu, którego właścicielka mówi tylko po hiszpańsku. Wreszcie daję za wygraną i przypominam sobie to, co powiedział mi Nico: „Nie masz możliwości powrotu. Nie wolno ci zawrócić. Nigdy. W żaden sposób".

Wyglądam przez okno i patrzę, jak Berkeley budzi się do życia. Do kawiarni napływa coraz więcej klientów. Składają zamówienia i szybko wychodzą. Zaczynają się poranne godziny szczytu, ale o wpół do siódmej w lokalu znowu jest pusto. Życie w miasteczku uniwersyteckim rozkręca się bardzo powoli.

Mój kubek jest już prawie pusty. W pewnym momencie baristka wychodzi zza lady i zaczyna wycierać stojące obok mnie stoliki.

– Nie jest pani stąd, prawda?

Zamieram w bezruchu. Nie wiem, jak powinnam zareagować, i boję się, że zostałam rozpoznana. Dziewczyna nie czeka jednak na moją odpowiedź, tylko zaczyna mówić dalej:

– Znam prawie wszystkich klientów, jeśli nie po imieniu, to przynajmniej z widzenia. Pani jest nowa.

– Zatrzymałam się w mieście na parę dni – wyjaśniam, zbierając swoje rzeczy i szykując się do wyjścia.

Baristka przeciera jeszcze raz stolik. W pewnym momencie podnosi głowę i mówi:

– Nie musi się pani spieszyć. Proszę się rozgościć.

Potem wraca za kontuar i zaczyna parzyć kolejny dzbanek kawy. Odchylam się na krześle i patrzę, jak zmieniają się światła na skrzyżowaniu.

Około wpół do ósmej w kawiarni robi się tłoczno, wychodzę na ulicę. Dziewczyna macha do mnie na pożegnanie i posyła mi uśmiech. Odmachuję jej i robię przyjazną minę. Odrobinę zdziwiona stwierdzam, że sprawia mi to przyjemność.

———•———

Postanawiam zaryzykować i idę na spacer ze świadomością, że przecież nie mogę się ukrywać przez resztę życia. Zamiast wracać do domu kieruję się Hearst Avenue na zachód i obchodzę teren uniwersytetu od północy. Z podziwem patrzę na grube sekwoje, które rosną między budynkami i na trawiastych skwerach. Kiedy dochodzę do zachodniego krańca kampusu, skręcam na południe, a potem na wschód, żeby zrobić pętlę. Tak właśnie wygląda Berkeley, które ludzie znają z telewizji i książek. Przed siedzibą samorządu studenckiego grupka młodych muzyków gra na bębnach. Mija ich tłum studentów i wykładowców, którzy spieszą się na zajęcia. Otacza mnie rześkie poranne powietrze. Idę pod górę w stronę starego stadionu. W pewnym momencie zatrzymuję się i patrzę na zachód. Zaczyna wiać mocniejszy wiatr. Robi mi się chłodno i przechodzi mnie dreszcz. Patrzę na panoramę San Francisco: szare wody zatoki ładnie kontrastują z ciemną zielenią i żółcią wzgórz leżących na północy. Z tego miejsca dobrze widać popielato-pomarańczową sylwetkę mostu Golden Gate. Gdzieś tam znajduje się klasztor, w którym wychowała się Eva. W jednym z tych połyskujących w słońcu budynków spędziła całe dzieciństwo.

Przecinam teren kampusu, wyobrażając sobie, że jestem studentką i pędzę teraz na zajęcia w tłumie kolegów i koleżanek, wśród których jest też Eva. Dochodzę do mostku zawieszonego nad niewielkim strumieniem i zwalniam kroku. Opieram się o barierkę i patrzę na kłębiącą się wodę, która zmierza w stronę oceanu. Wiatr szumi w gałęziach wysokich drzew, zmuszając mnie do zadumy i uspokojenia myśli. Nie mogę sobie wyobrazić, że ktoś chciałby opuścić takie piękne miejsce.

Odchodzę od barierki i idę powolnym krokiem z powrotem do domu. Mijam kawiarnię, w której znajoma baristka nie skończyła jeszcze porannej zmiany, a potem przechodzę obok zamkniętego antykwariatu i nieczynnego salonu fryzjerskiego. Wreszcie dochodzę do osiedla i zaczynam wspinać się krętą ulicą, wzdłuż której stoją małe apartamentowce, domki jednorodzinne i bliźniaki podobne do tego, w którym mieszka Eva. Mijając je, zaglądam w okna. Widzę kobietę przy stole, która karmi dziecko siedzące w wysokim krzeseł-ku, a potem potarganego studenta ze spuchniętymi oczami. Rozgląda się dookoła zaspanym wzrokiem, pewnie dopiero się obudził.

Skręcam w uliczkę, przy której stoi dom Evy, i zupełnie niespodziewanie wpadam na jakiegoś faceta. Nieznajomy łapie mnie pod rękę, ratując przed upadkiem.

– Przepraszam – mówi. – Nic pani nie jest?

Ma ciemne włosy odrobinę przyprószone siwizną, ale nie wygląda na dużo starszego ode mnie. Oczy zasłonił ciemnymi okularami, jest ubrany w długi płaszcz, spod którego widać jakiś jaśniejszy kolor. Do tego czarne spodnie i takie same buty.

– Wszystko w porządku – odpowiadam i patrzę mu przez ramię, zastanawiając się, skąd przyszedł i czy jest jednym z sąsiadów.

– Piękny poranek na spacer i kawę – mówi.

Lekko się uśmiecham i ruszam przed siebie, czując na plecach jego wzrok. Rozluźniam się dopiero, kiedy mijam zakręt i znikam z jego pola widzenia.

Wchodzę do domu i zamykam drzwi. W pewnym momencie coś do mnie dociera. Skąd ten facet wiedział, że właśnie byłam na spacerze i piłam kawę? Przechodzi mnie dreszcz przerażenia, zostawiając mnie spiętą i znów pełną lęku.

———•———

Siadam przy komputerze i sprawdzam skrzynkę pocztową Rory'ego. Dostał e-maila od Narodowej Rady Bezpieczeństwa Transportu z prośbą o wysłanie próbki DNA i karty dentystycznej. Od razu przekierował wiadomość do Danielle, dopisawszy krótkie i rzeczowe polecenie: „Zajmij się tym".

Patrzę w stronę okna, przez które wpada do pokoju jasne poranne światło. Jeżeli władze postanowiły wyłowić ciała, to wcześniej czy później wyjdzie na jaw, że nie zginęłam w katastrofie, a na moim miejscu był ktoś zupełnie inny.

Otwieram Dokument i natrafiam na końcówkę rozmowy między Rorym a Bruce'em. Muszę przewinąć tekst w górę, żeby znaleźć początek. Tak jak się spodziewałam, nie chodzi wcale o akcję ratunkową, tylko o wiadomość, którą wczoraj wieczorem wysłał jakiś Charlie.

Niemal słyszę ostry głos Rory'ego, którym przekazuje podwładnym swoje polecenia.

Rory Cook:
Załatwiliśmy tę sprawę wiele lat temu i kosztowało nas to sporo gotówki. Charlie musi wiedzieć, jakie będą konsekwencje.

Charlie? Jedyny facet o tym imieniu, którego znam, to Charlie Flanagan. Był starszym księgowym pracującym kiedyś dla fundacji, ale dwa lata temu przeszedł na emeryturę. Kiedy czytam resztę rozmowy, wyraźnie widzę, że Rory coraz bardziej się nakręca, a Bruce próbuje łagodzić sytuację. Najbardziej zastanawia mnie jednak ostatni komentarz, ponieważ pod jak zwykle agresywnym tonem kryje się bezsilność.

Rory Cook:
Nie mogę sobie pozwolić, żeby akurat teraz ta sprawa ujrzała światło dzienne. Nie interesuje mnie, jak sobie z tym poradzisz ani ile to będzie kosztować. Po prostu to załatw.

Przeglądam skrzynkę w poszukiwaniu e-maili od Charliego. Jest ich całkiem sporo, ale wszystkie są dość stare i żaden nie dotyczy sprawy, o której dyskutowali mój mąż i jego asystent. Co więcej, wydaje mi się, że każda wiadomość została przesłana do przynajmniej dwóch innych pracowników fundacji.

Podłączam pendrive'a i szukam na nim jakichś informacji o Charliem, ale znajduję tylko standardową umowę o zachowaniu poufności, którą podpisują wszyscy współpracownicy Rory'ego. W skopiowanym folderze są tysiące dokumentów, więc porządkuję je alfabetycznie i skupiam się na plikach zaczynających się na C lub F. Podejrzewam, że przyczyną nerwowego zachowania mojego męża są jakieś machlojki albo przekręty finansowe, które mogą pozbawić go szans na zwycięstwo w wyborach, coś, co pokaże, że złoty syn Marjorie Cook nie jest wcale chodzącym ideałem. Właśnie ze względu na takie rewelacje skopiowałam zawartość twardego dysku. To jest jak z niedźwiedziem chowającym się w lesie: nie musisz go widzieć, ale i tak wiesz, że gdzieś jest.

Niestety większość dokumentów nie ma żadnego związku ze sprawą. Są to prawie wyłącznie kwartalne raporty finansowe i służbowe notatki o zmianach w regulacjach podatkowych. Czasami trafiam na swoje imię, głównie w komentarzach dotyczących strategii rozwoju fundacji, na przykład: „Lepiej wysłać tam Claire". Chodzi o otwarcie nowej galerii sztuki. Przeglądam poszczególne pliki, ale okazuje się, że to zupełnie bezużyteczne śmieci.

Po godzinie daję sobie spokój. Jeżeli Charlie ma jakieś informacje, których ujawnienie wywołuje popłoch Rory'ego, to muszę się bardziej wysilić, żeby odkryć, o co konkretnie chodzi. Na razie pozostaje mi bierna obserwacja. Należy uzbroić się w cierpliwość i liczyć, że mojemu mężowi albo jego asystentowi wyrwie się coś więcej.

EVA

— Zakładaj buty — powiedziała Liz pewnej słonecznej soboty pod koniec września. — Zabieram cię na mecz baseballowy.

Eva i jej sąsiadka idą razem na mecz.

— Lubisz baseball?

— Nie chodzi o zwykły baseball. Idziemy kibicować San Francisco Giants, na ich własnym stadionie.

— Mieszkamy w Berkeley. Nie powinnyśmy oglądać ligi akademickiej?

Liz wzruszyła ramionami.

— Szefowa mojej katedry ma abonament. Kiedy dostałam od niej zaproszenie, zapytałam, czy mogę wziąć koleżankę.

Od trzech tygodni Eva nie pracowała w laboratorium i cieszyła się pierwszym urlopem w życiu. Wzięła dodatkowe zmiany w restauracji i spędzała dużo czasu z Liz. Czuła się jak księgowa na długo odkładanych wakacjach. Potrafiła sobie wreszcie wyobrazić, jak po kilku dniach smażenia się na plaży zapomina się o arkuszach kalkulacyjnych i sprawozdaniach finansowych, a upalne powietrze uwalnia ciało od całego stresu.

Nie potrafiła się jednak pozbyć poczucia zagrożenia wywołanego obecnością agenta Castro. Miała wrażenie, że odgrywa dla niego spektakl: chodzi wolniejszym krokiem, głośniej się śmieje i nigdzie się nie spieszy. Potraktowała to jak coś w rodzaju gry. Bez wahania zgadzała się na każdą propozycję Liz: spacer po uniwersyteckim ogrodzie botanicznym, wypad do kina, wspólne zakupy na Solano Avenue albo pizza U Zachary'ego. Każde zaproszenie było okazją do pokazania, że w jej życiu nie dzieje się nic wyjątkowego.

Rozmawiała z Liz o filozofii, polityce i historii, a czasami nawet o chemii. Opowiedziała jej o najważniejszych faktach ze swojej przeszłości, trzymając się prawdy, na ile to było możliwe. Opisała dzieciństwo w Świętym Józefie i musiała wymyślić jakiś powód, dla którego nie skończyła college'u. Powiedziała, że nie dostała stypendium i skończyły się jej pieniądze. Mogła jednak swobodnie mówić o studiach i o tym, jak wyglądało kiedyś życie na kampusie. Ten temat bardzo je do siebie zbliżył. Rozwodziły się nad dziwactwami członków wspólnoty akademickiej, zażartej rywalizacji ze Stanfordem i rozmaitymi zwyczajami, które dla osób niezwiązanych z uczelnią nie miały większego sensu.

— Masz jakąś rodzinę? — zapytała Eva pewnego wieczora.

– Córkę Ellie – powiedziała Liz, wbijając wzrok w migoczący płomień świecy. – Wychowywałam ją sama. Jej ojciec odszedł, kiedy miała siedem lat. – Głośno westchnęła i spojrzała na kieliszek z winem. – To było dla nas obu bardzo trudne, ale z perspektywy czasu widzę, że chyba dobrze się stało. – Liz opisała wymagający charakter swojego byłego męża. Jego stek musiał być zawsze wysmażony w bardzo konkretny sposób. Miał też zupełnie nierealistyczne oczekiwania wobec córki. – Cieszę się, że nie musiała dorastać przy nim i czuć na sobie ogromnej presji.

– Czym się teraz zajmuje? – zapytała Eva, ciekawa, jak wygląda życie kobiety, która miała szczęście być córką Liz.

– Jest zatrudniona w organizacji non profit, co oznacza długie godziny pracy i mało wolnego. Na czas mojego pobytu w Kalifornii wynajęła swoje mieszkanie i zamieszkała u mnie, w New Jersey. Boję się jednak, że zdziczeje z dala od swoich przyjaciół. – Liz uśmiechnęła się z zażenowaniem. – Matki zawsze o wszystko się martwią.

Eva bardzo chciała, żeby to była prawda.

Czasami pytała sąsiadkę o prowadzone przez nią zajęcia, a potem rozsiadała się wygodnie i słuchała. Liz była utalentowanym wykładowcą i potrafiła w prosty sposób wyjaśnić skomplikowane zagadnienia. Eva czuła się, jakby wróciła do college'u. A nawet lepiej. Dex, którego do tej pory widywała niemal codziennie, zniknął z jej życia, a na jego miejscu pojawiła się drobna pani profesor z Princeton, rozgadana i błyskotliwa.

Kiedy więc w pewną słoneczną wrześniową sobotę Liz stanęła w progu jej mieszkania z dwoma biletami w ręku, Eva wiedziała, że znów się zgodzi. Może nawet poczuła radość.

– Jasne – powiedziała. – Za chwilę będę gotowa.

Zostawiła Liz w salonie, a sama pobiegła na górę, żeby się przebrać. Kiedy zakładała adidasy, rzuciła okiem na telefon i zobaczyła, że dostała wiadomość od Dexa.

> Załatwione. F chce, żebyś od razu zabrała się do roboty. W poniedziałek widzimy się w Tilden. Przynieś pełen zapas.

Wpatrywała się w telefon tak długo, aż aplikacja Whispr usunęła tekst i ekran zrobił się pusty.

Usiadła na łóżku zdziwiona, że wcale nie czuje ulgi, tylko smutek. Przecież właśnie na to czekała, a czas spędzony z Liz był tylko chwilą wytchnienia. Powinna się cieszyć, że Castro zniknął, a ona może wrócić do pracy. Miała jednak wrażenie, że to jedynie pozorne zwycięstwo, którego wcale nie chciała. Spojrzała w stronę drzwi i pomyślała o czekającej na dole Liz, która nie była jej już do niczego potrzebna.

Postanowiła jednak, że pójdzie na mecz i jeszcze przez jakiś czas będzie się dobrze bawić. Trochę zbyt mocno rzuciła telefon na komodę. Aparat głucho uderzył o blat mebla, przejechał po wypolerowanym drewnie i huknął w ścianę.

Pojechały metrem na drugą stronę zatoki i wmieszały się w tłum ludzi idących na stadion. Kiedy stały w kolejce do wejścia, Liz szturchnęła ją łokciem, wskazując na wycięte z kartonu postacie baseballistów, z którymi można było zrobić sobie zdjęcie.

– Chodź, pstrykniemy sobie fotkę. Będzie fajnie. Ja stawiam.

Eva przez chwilę się wahała. Nie lubiła pozować do fotografii i robiła to tylko pod przymusem, na przykład do zdjęć zbiorowych w szkole, których potem i tak nikt nie kupował. Nie była w stanie sobie przypomnieć, kiedy ostatni raz ktoś skierował na nią aparat i zachęcał, by się uśmiechnęła. W końcu się zgodziła, w głębi duszy ciesząc się, że będzie miała pamiątkę.

Weszły na stadion i znalazły swoje miejsca. Znajomi Liz z wydziału nauk politycznych ciepło się z nią przywitali. Była wśród nich jej najlepsza przyjaciółka Emily ze swoim partnerem Bessem oraz kierowniczka katedry Vera. Eva zajęła krzesełko z boku i zaczęła przysłuchiwać się rozmowom. Plotki o tym, kto dostał grant, a kogo pominięto, oraz czyj artykuł zostanie wkrótce opublikowany, a czyj nie. Utyskiwania na kogoś, kto notorycznie przypala popcorn w mikrofalówce.

Eva miała okazję podejrzeć, jak wygląda życie, o którym sama kiedyś marzyła. Był taki moment, zanim jeszcze wszystko się popsuło, kiedy chciała zostać profesorem i wykładać na Berkeley. Wyobrażała sobie, że prowadzi zajęcia w Gilman Hall i jest promotorem prac magisterskich, a kiedy przechodzi przez kampus, studenci uśmiechają się do niej i mówią: „Dzień dobry, pani doktor".

Poczuła dojmujący żal, zaskoczona, że po tylu latach wciąż jest jej przykro. Przecież już dawno zdążyła się z tym pogodzić. Tak właśnie jest z rozgoryczeniem:

wydaje się, że już go nie ma, a potem pojawia się w najmniej oczekiwanym momencie, wywołane przez ludzi, którzy nie mieli wobec ciebie złych zamiarów.

W końcu rozmowy ucichły i towarzystwo skupiło się na meczu. Vera komentowała poszczególne akcje i omawiała statystki zawodników, a pozostali prowadzili ożywioną dyskusję na temat tego, czy gorsze jest plucie łuskami słonecznika, czy żucie tytoniu. Kiedy Giganci zdobyli punkt, Eva wybuchła spontaniczną radością, a potem zjadła hot doga i uraczyła się piwem. Wydawało jej się, że takie życie można zobaczyć tylko w telewizji. Wszystko było idealne: zielona trawa, słoneczne niebo i gracze w wyprasowanych białych strojach. Po wyjątkowo mocnych uderzeniach piłki lądowały za ogrodzeniem albo leciały w stronę zatoki, gdzie siedzieli ludzie w kajakach tylko czekający na okazję, żeby je złapać.

Przed szóstą rundą Emily pochyliła się w stronę Evy i powiedziała:

– Bardzo się cieszę, że wybrałaś się z nami na mecz. Od wielu tygodni Liz ciągle o tobie opowiada.

Eva poczuła, jak przechodzi ją dreszcz przyjemności, a na jej twarzy pojawił się wstydliwy uśmiech, zarezerwowany dla urzędników bankowych i policjantów.

– Dziękuję za zaproszenie.

Do rozmowy włączyła się Liz.

– W swoim długim życiu miałam do czynienia z wieloma wybitnymi umysłami, ale Eva należy do najbystrzejszych osób, jakie spotkałam – oznajmiła. – Niedawno prawie mnie przekonała, że keynesowska ekonomia jest lepsza od wolnorynkowej.

Emily zrobiła zaskoczoną minę.

– To nie lada osiągnięcie. Który college skończyłaś?

Eva przez chwilę się wahała, wyobrażając sobie, co się stanie, jeśli powie prawdę i przyzna się, że studiowała w Berkeley. Bała się, że padną kolejne pytania: „Na jakim kierunku?", „Z kim miałaś zajęcia?", „W którym roku zrobiłaś dyplom?", „Znasz może doktora Fitzgeralda?". Wcześniej czy później jej sekret na pewno wyjdzie na jaw. Wystarczy jeden niewinny komentarz w obecności kogoś wtajemniczonego, kto ściszonym głosem opowie, co się stało. Wydział chemii był stosunkowo niewielki, a wykładowcy raczej nie zmieniali miejsca zatrudnienia. Nie miała wątpliwości, że kilka osób z pewnością dobrze pamięta jej niesławną relegację.

Na szczęście Liz zorientowała się, że Eva czuje się zakłopotana.

– Studiowała chemię na Stanfordzie – powiedziała. – Nie miejcie jej tego za złe.

—————•—————

– Nie musiałaś kłamać w moim imieniu – stwierdziła Eva, kiedy już pożegnały się ze znajomymi i szły razem Embarcadero w stronę stacji metra. Ciepłe powietrze przyjemnie pieściło jej skórę, a między budynkami dochodziły do nich promienie zachodzącego słońca.

Liz machnęła lekceważąco ręką.

– One zachowują się jak stare ciotki. Dostałabyś od nich masę niepotrzebnych rad na temat tego, dlaczego powinnaś skończyć studia. Nie miałoby dla nich znaczenia, że jesteś wystarczająco inteligentna na zrobienie dowolnego dyplomu, jeśli tylko przyszłaby ci na to ochota.

Eva pomyślała o tym, co na nią czeka po drugiej stronie zatoki. Na pewno nie możliwość powrotu na uniwersytet. To niestety nie wchodziło w grę. Zanim pojawiła się Liz, Eva była zasadniczo zadowolona z życia. Teraz czuła jednak niedosyt i miała ochotę spędzać więcej czasu w towarzystwie sąsiadki i jej znajomych. Nie chciała być jednak tylko przypadkowym gościem, lecz dołączyć do tego grona jako pełnoprawna członkini. Chętnie ponarzekałaby na to, że kobiety dostają mniej grantów niż mężczyźni, i z dumą ogłosiła publikację kolejnego artykułu w jakimś prestiżowym periodyku naukowym. Mogłaby być nawet tą, która przypala popcorn w biurowej mikrofalówce.

Na samą myśl o powrocie do pracy – oraz konieczności ukrywania się, kłamania i bycia czujną za każdym razem, gdy będzie wychodziła z domu – zrobiło jej się ciężko na sercu. Ostatni raz czuła podobny żal, kiedy została wyrzucona ze studiów. Ze ściśniętym żołądkiem zaczęła planować nadchodzący dzień: musi zaopatrzyć się w odczynniki i wyczyścić sprzęt. Powinna też ograniczyć kontakty z Liz. Najlepiej będzie, jeśli powie, że wzięła dodatkowe dyżury w restauracji, albo wymyśli jakąś bajkę o nowym chłopaku, który kompletnie zawrócił jej w głowie i zajmuje jej cały wolny czas.

Robiło się ciemno, fale uderzały w nabrzeże, a migoczące nad zatoką światła mostu Bay Bridge układały się w strzałę lecącą w stronę nieba. Eva była w nastroju do zwierzeń. Chciała powiedzieć Liz coś, co byłoby szczerą prawdą.

– Ostatnia rodzina zastępcza, u której mieszkałam, miała dom po drugiej stronie tego wzgórza – oznajmiła, wskazując na zachód, w kierunku Nob Hill.

Liz spojrzała na nią z zainteresowaniem.

– Co się właściwie stało?

Czas spędzony z Carmen i Markiem najbardziej przypominał życie w prawdziwej rodzinie. Kiedy Eva miała osiem lat, przyjechali do Świętego Józefa z zamiarem adoptowania małej dziewczynki. Był z nimi pracownik socjalny, pan Henderson, blady mężczyzna z rozwichrzonymi włosami i teczką pełną dokumentów. Carmen była rozpromieniona i radosna. Podczas pierwszego spotkania z Evą tryskała energią. Jej mąż Mark sprawiał wrażenie skrytego. We wszystkim zgadzał się z żoną i zwykle nie podnosił wzroku. Eva zastanawiała się, czy on również sądzi, że zawsze należy ukrywać przed innymi jakąś część siebie.

– Nazywali się Carmen i Mark – opowiadała sąsiadce. – Na początku było wspaniale. Dzięki ich wsparciu zostałam zakwalifikowana do szkolnego programu dla szczególnie uzdolnionych dzieci. Kupowali mi mnóstwo książek i ubrań. Ciągle chodziliśmy do muzeów i do centrum nauki.

– Brzmi świetnie. Co się popsuło?

– Zaczęłam kraść. Na początku pieniądze, a potem bransoletkę z wisiorkiem.

Liz spojrzała na nią karcącym wzrokiem.

– Dlaczego to robiłaś?

Skomplikowana sprawa. Eva chciała wytłumaczyć swoją trudną sytuację. Od najmłodszych lat czuła potrzebę chowania się za zasłoną kłamstw. Nigdy nie zaufała nikomu na tyle, żeby pokazać, kim tak naprawdę jest.

– Bycie niechcianym dzieckiem to ogromny ciężar – powiedziała cichym głosem. – Nie nauczyłam się radzić sobie ze światem i chowałam przed innymi swoje prawdziwe ja.

Zbliżała się do nich spora grupa młodych ludzi. Głośno rozmawiali i co chwilę wybuchali śmiechem. Musiały przystanąć, żeby ich przepuścić.

Eva miała mętlik w głowie. Carmen i Mark chwalili jej inteligencję i opowiadali o tym, jakie mają szczęście, że mogli się nią zaopiekować. Miała wrażenie, że jest zawijana w plastikową folię. Ludzie nadal mogli ją widzieć, lecz istota jej osobowości została przykryta ogromem oczekiwań. Nie wiedziała, co się stanie, gdy prawda o niej wyjdzie na jaw.

– Łatwej było mi ich odepchnąć – oświadczyła po dłuższej chwili milczenia. – Kiedy na mnie patrzyli, mieli przed oczami dziecko narkomanki. Zawsze ludzie oceniali mnie z tej perspektywy, niezależnie od tego, czy postępowałam dobrze, czy źle. Wiedziałam, że będą szeptać za moimi plecami: „To niesamowite, jakim przeciwnościom losu musiała stawić czoło". Albo: „Trudno ją winić, biorąc pod uwagę, przez co przeszła". Musiałam im pokazać, że nie da się mnie naprawić. I że wcale tego nie chcę.

– Wolałaś sama zdefiniować swoją tożsamość – powiedziała Liz i wzięła Evę pod rękę. Eva oparła się na jej ramieniu i poczuła, że ta kobieta jest jej prawdziwą ostoją. Chciała jak najbardziej przeciągnąć ten moment i nigdy nie wracać do domu, gdzie czekało na nią stare życie, w którym czuła się przegrana i wypalona.

– Zostałaś w klasztorze aż do końca szkoły?

Eva skinęła głową.

– Tak. Odeszłam, kiedy skończyłam osiemnaście lat i zaczęłam studia.

Znad zatoki zerwał się wiatr. Między wysokimi budynkami podmuchy były naprawdę mocne. Eva objęła się ramionami i pomyślała o ludziach, którzy zostaliby jej rodziną, gdyby tylko była inną, lepszą osobą. Wiedziała, że zaprzepaściła wszelkie szanse, zanim jeszcze Carmen i Mark pojawili się w sierocińcu. Nosiła w sobie ostre, poszarpane odłamki straconych możliwości. Musiała bardzo uważać, żeby jej zbyt mocno nie poraniły, ale przez te lata nauczyła się to robić. Liz potrafiła zajrzeć do jej wnętrza i ostrożnie wyjąć resztki przeszłości, pokazując, że nie ma się czego bać. Przy odrobinie delikatności Eva mogła wziąć te kawałki w dłonie i coś z nimi zrobić, jeśli będzie tego chciała.

W milczeniu zeszły po schodach na stację metra, minęły bramki i stanęły na peronie. Z ciemnego tunelu dobiegał odgłos odjeżdżającego pociągu. Eva wyobraziła sobie, co robią ludzie na powierzchni: spacerują, prowadzą samochody albo siedzą w wysokich biurowcach dzielnicy finansowej. To prawdziwy cud, że to wszystko jeszcze się z hukiem nie zawaliło.

— Myślałaś kiedyś o tym, żeby odszukać swoją biologiczną rodzinę?

Eva pokręciła głową.

— Zakonnice jeszcze raz spróbowały się z nimi skontaktować po tym, jak wróciłam od Carmen i Marka. — Spojrzała w głąb tunelu, ale nic nie jechało. — Rodzina ponownie odmówiła.

— Niewykluczone, że zrobili to, co było dla ciebie najlepsze.

Eva podejrzewała, że taka jest prawda. Życie z matką uzależnioną od narkotyków to nie była bułka z ma-

słem, ale świadomość, że została odrzucona, przesła-
niała wszystko.

– Nie wiem, czy kiedykolwiek będę potrafiła prze-
baczyć swoim dziadkom – powiedziała.

Liz pokręciła głową.

– Nie masz pojęcia, z czym musieli się zmagać. Podejrzewam, że problemy twojej matki całkowicie ich
pochłonęły. Mogę sobie jedynie wyobrażać, w jakim
piekle się znaleźli. – Omiotła wzrokiem peron, a potem
znowu spojrzała na Evę. – Nie możesz winić ich za to,
że byli świadomi swoich ograniczeń, nawet jeśli osobiście na tym straciłaś.

Na monitorze wyświetlił się numer nadjeżdżającego pociągu. Eva poczuła pod stopami charakterystycz-
ne wibrowanie. Liz położyła dłoń na jej ramieniu i powiedziała:

– To ty wiesz, co jest dla ciebie najlepsze, ale mam
wrażenie, że jesteś nieszczęśliwa. Widzę w tobie pustkę,
która sprawia, że trzymasz się z dala od świata. Nie chcę
patrzeć, jak cierpisz. Szukanie rodziny nie oznacza wcale szczęśliwego zakończenia, ale pamiętaj, że informacja
to władza. Wiedza o faktach pozwoli ci zdecydować, co
z tym zrobisz. Chciałabym, żebyś była tego świadoma.

Czekały w milczeniu na pociąg, a Eva zastanawiała
się nad tym, co właśnie usłyszała. Jak by to było, gdyby
znała kogoś ze swoich krewnych? Kogoś, kto byłby do
niej podobny i miał jakieś wspomnienia dotyczące pozostałych członków rodziny: na przykład wiedział, jaki
mają kształt nosa albo kolor włosów. Do tej pory nie
poznała nikogo takiego.

Liz ciągnęła przyciszonym głosem:

– Nie jesteś jedynym adoptowanym dzieckiem, które chciałoby poznać swoją biologiczną rodzinę.

– Ale ja nigdy nie zostałam adoptowana.

Liz na chwilę zamknęła oczy, a kiedy je otworzyła, spojrzała na Evę.

– Oczywiście, masz rację. Bardzo cię przepraszam. To nie jest moja sprawa.

– Naprawdę doceniam twoje zaangażowanie i biorę twoje rady na poważnie. Musisz jednak wiedzieć, że bycie odrzuconym raz na zawsze zmienia twoje życie. Takie doświadczenie łamie cię na pół i już nigdy więcej nie otworzysz się na drugiego człowieka, bo boisz się wystawić na potencjalny atak.

Liz posłała Evie znaczące spojrzenie, tak intensywne, że ta musiała odwrócić wzrok. W tym momencie na stację wtoczył się pociąg i tłum ludzi czekających na peronie ruszył do przodu. Eva i Liz wsiadły do wagonu.

––––––•––––––

W drodze powrotnej do Berkeley uważnie przyglądała się sąsiadce. Liz miała krótkie siwe włosy i ramiona o szlachetnej, prostej linii. Co tak naprawdę starała się jej zasugerować? Eva zaczęła sobie wyobrażać swoich biologicznych dziadków i trudne decyzje, które musieli podjąć. Zmagali się z nałogiem córki i żeby ją ratować, oddali wnuczkę do sierocińca. Co by się stało, gdyby nagle zapukała do ich drzwi? Sprawiłaby im jeszcze więcej bólu i cierpienia. Zresztą jej życie było dowodem, że podjęli właściwą decyzję.

To, czym się zajmowała, było gorsze od wszystkiego, co kiedykolwiek zrobiła jej matka, która była przecież chora. Eva z własnej woli handlowała narkotykami i bez mrugnięcia okiem godziła się, żeby z powodu kilkuset dolarów jakieś zbiry pobiły do nieprzytomności dziewiętnastoletniego chłopaka. Pomyślała o swoim telefonie, czekającym na nią w domu, żeby znowu wciągnąć ją w to samo bagno. Będzie musiała odsunąć się od Liz, która nie wie, z kim tak naprawdę ma do czynienia.

Na zakrętach pociąg kołysał się i dudnił. Kiedy wjechał w tunel pod zatoką, Eva poczuła, że zatykają jej się uszy. Zamigotały światła i zrobiło się ciemno. Pomyślała, że jutro będzie musiała odsunąć regał w kuchni i zejść na dół do laboratorium, żeby zabrać się do pracy. Ogarnął ją lęk, który rozlał się po całym ciele. Żałowała, że nie może cofnąć czasu. Chciała, żeby znowu był poranek, kiedy pełna entuzjazmu Liz stanęła w drzwiach jej mieszkania. Albo popołudnie w parku Tilden, kiedy czekała na Brittany. Powinna zaufać instynktowi i od razu wrócić do domu, a potem przygotować się do wyjścia do restauracji i w ogóle nie przejmować się podejrzanymi związkami niedoszłej klientki z agentem Castro. Mogłaby cofnąć się jeszcze bardziej w przeszłość: na chodnik przed akademikiem. Odrzuciłaby propozycję Wade'a i nigdy nie spotkała się z Dexem. Na tym polegał właśnie problem z życzeniami: jedno prowadziło do drugiego, coraz bardziej oddalonego w czasie. Przypominało to rozplątywanie kolejnych supełków na linie bez świadomości, że ta sama lina zaczyna się wokół nas owijać i ciągnąć w dół.

Eva zobaczyła swoje odbicie w ciemnej szybie pociągu. W tym momencie spłynęło na nią olśnienie, myśl tak jasna i czysta, że aż przeszedł ją dreszcz.

Nie będę już tego robiła.

Marzenie ściętej głowy. Fish i Dex nigdy nie pozwolą jej odejść. Nie chodziło tylko o umiejętności, lecz także o to, co wiedziała. Nie miała kontaktu z innymi członkami gangu, żyła w swojej przegródce, ale i tak jej wiedza była spora.

Czy mogłaby dowiedzieć się czegoś więcej?

Do tej pory traktowała obecność agenta Castro jak zagrożenie, ale w zaistniałych okolicznościach mogła to być dla niej szansa. Przecież marzyła o tym, żeby zostać osobą, za którą uważała ją Liz. Dotknęła zdjęcia zrobionego przed stadionem, które już wyglądało jak relikt dawno minionej przeszłości. Pociąg wyjechał z tunelu na wschodnim brzegu zatoki i do wagonów zaczęło wpadać wieczorne światło. Eva widziała, jak ciemność ustępuje jasności i poczuła, że wypełniająca jej serce rozpacz zamienia się w nadzieję.

Postanowiła, że zrobi to, czego od niej oczekują: wróci do pracy i dostarczy nową partię narkotyków. Jednocześnie zajmie się tym, w czym była naprawdę dobra: będzie obserwować i czekać na dogodny moment. Wykorzysta samozadowolenie i pewność siebie ludzi, z którymi współpracuje. Była pewna, że wcześniej czy później agent Castro wróci, a wtedy będzie gotowa się z nim spotkać.

CLAIRE

W piątek rano znowu jestem w kawiarni. Po złożeniu zamówienia podchodzę do tablicy z ofertami pracy. Postanowiłam, że spróbuję wykorzystać dokumenty Evy, żeby gdzieś się przeprowadzić. Mam jej kartę ubezpieczeniową, akt urodzenia i inne potrzebne papiery, ale potrzebuję pieniędzy.

Jest sporo ogłoszeń, na które mogłabym odpowiedzieć. Szukają ludzi do wprowadzania danych, kelnerek, a nawet pracowników kawiarni. Wszystko za minimalną stawkę godzinową. Jestem jednak sparaliżowana strachem i cały czas zastanawiam się, czy korzyści zrównoważą potencjalne ryzyko. Jeśli się zdecyduję, będę musiała udawać Evę w różnych oficjalnych sytuacjach. Wykorzystanie cudzych danych na oficjalnym formularzu to nie to samo, co użycie nie swojego imienia, żeby zamówić kawę.

Niepokoi mnie również to, od czego Eva uciekła. Mam w głowie masę pytań, które popychają moje myśli w rozmaitych kierunkach. Zdaję sobie sprawę, że nie mogę ubiegać się o żadną pracę, która wymaga gruntownej weryfikacji danych. Będę musiała żyć na walizkach, często się przemieszczać i czekać, aż przeszłość Evy wreszcie mnie dopadnie.

Wyglądam przez okno i widzę studentów spieszących się na zajęcia. Nadjeżdża autobus i wysiada z niego tłum młodych ludzi. Niektórzy ściskają w dłoniach kubki z kawą, a na głowach mają słuchawki, inni wyglądają na zmęczonych i wymizerowanych, jakby wczesne wstawanie nie za bardzo im służyło.

Kiedy tłum się przerzedza, znowu widzę faceta, na którego wpadłam wczoraj w okolicach domu. Stoi na rogu i czeka, żeby przejść przez ulicę. Jest ubrany w ten sam długi wełniany płaszcz, pod pachą ma gazetę i wygląda, jakby szedł do pracy. Uważnie mu się przyglądam, starając się zrozumieć, dlaczego jego obecność wzbudza we mnie niepokój. W końcu im dłużej będę mieszkała u Evy, tym więcej ludzi z sąsiedztwa zdołam rozpoznać.

Zmieniają się światła i mężczyzna zerka przez ramię w stronę kawiarni. Patrzy prosto na mnie, jakby wiedział, że tu jestem. Czuję na sobie ciężar jego przeszywającego spojrzenia. W pewnym momencie podnosi rękę w geście pozdrowienia, a potem przechodzi przez jezdnię i znika na terenie kampusu.

– Eva? – mówi baristka.

Odwracam się, wciąż czując zdziwienie, że tak się właśnie przedstawiłam. Uznałam, że ryzyko jest stosunkowo niewielkie. Ta dziewczyna bardziej interesuje się miejscowymi zespołami niż tym, co dzieje się w kraju.

– Szukasz pracy? – Podaje mi zamówioną wcześniej kawę przelewową, najtańszy napój w menu.

– Tak jakby – odpowiadam i płacę dwa dolary. Zostało mi jeszcze trzysta pięćdziesiąt.

Dziewczyna wydaje mi resztę, unosząc brwi.

– Albo szukasz, albo nie.

– Szukam. – Odwracam się od niej, a potem wlewam do kawy dużo śmietanki i wsypuję cukier, żeby mieć energię na kilka najbliższych godzin. Nie wiem, jak powiedzieć, że rozpaczliwie potrzebuję jakiegoś zajęcia, ponieważ niedługo skończą mi się pieniądze i utknę w tym mieście na zawsze.

– Dorabiam u faceta organizującego przyjęcia i bankiety – mówi dziewczyna, wycierając kontuar obok ekspresu do kawy. – Ciągle szuka dodatkowych kelnerów. Jesteś zainteresowana?

Przez chwilę się waham, ponieważ nie jestem pewna, czy mam odwagę zgodzić się na tę propozycję.

Baristka obrzuca mnie przelotnym spojrzeniem i wraca do sprzątania.

– Można zarobić dwadzieścia dolarów za godzinę. No i dostajesz kasę pod stołem – dodaje z chytrym uśmiechem.

Wypijam łyk kawy i czuję, jak gorący napój parzy mi gardło.

– Zatrudniłby kogoś, kogo wcześniej nawet nie widział?

– Pilnie potrzebuje pracowników. W ten weekend organizuje wielką imprezę i okazało się, że dwie kelnerki wystawiły go do wiatru, bo mają jakieś zebranie w korporacji studenckiej. – Zrobiła zdegustowaną minę i wrzuciła ścierkę do zlewu. – Jeśli dobrze by ci poszło, mogłabyś pracować u niego na stałe.

Do tej pory zorganizowałam setki różnych mniejszych i większych imprez. Ciekawe, jak to wygląda od kulis, kiedy jest się jednym z anonimowych pracowników, na których wcześniej nigdy nie zwracałam uwagi.

– Co musiałabym robić?

– Nakrywać stoły, nosić tace z jedzeniem i śmiać się z kiepskich żartów, a potem wszystko posprzątać. Przyjęcie rozpoczyna się o siódmej wieczorem, ale obsługa musi być na miejscu trzy godziny wcześniej. Możemy się spotkać w sobotę o wpół do czwartej. Załóż czarne spodnie i białą bluzkę.

Robię szybkie obliczenia w pamięci. Za całonocną zmianę powinnam dostać dwieście dolarów.

– Okay – mówię.

– Jestem Kelly – przedstawia się dziewczyna i podaje mi rękę. Ma mocny uścisk, a jej dłoń jest chłodna.

– Miło cię poznać. Dzięki za propozycję.

Dziewczyna szeroko się uśmiecha.

– Nie ma za co. Wyglądasz na kogoś, kto potrzebuje zmiany otoczenia. Dobrze wiem, jak to jest.

Zanim jestem w stanie coś odpowiedzieć, dziewczyna przechodzi przez drzwi wahadłowe i znika na zapleczu, a ja stoję przy kontuarze, nie mogąc uwierzyć w ten szczęśliwy zbieg okoliczności.

Jest dopiero siódma rano. Na samą myśl, że miałabym wracać do domu i siedzieć w nim sama przez resztę dnia, robi mi się niedobrze. Przechodzę więc przez kampus i idę w stronę Telegraph Avenue. Zatrzymuję się przed siedzibą samorządu studenckiego i obserwuję ruchliwe skrzyżowanie. Ludzie spieszą się w różne strony, nieświadomi tego, jak wiele mają szczęścia: mogą normalnie spotykać się ze znajomymi, żeby dyskutować na poważne tematy albo śmiać się razem z dowcipów. Mają z kim iść na kolację, a potem nie zasypiają sami w łóżku. Chciałabym być taka jak oni, chociaż przez pewien czas.

Przechodzę na drugą stronę ulicy z pochyloną głową i rękami schowanymi głęboko w kieszeniach kurtki, która należała kiedyś do Evy. Jakiś żebrak prosi mnie o pieniądze, a ktoś inny wciska mi ulotkę z informacją o koncertach. Stanowczo odmawiam i ruszam przed siebie.

Widzę swoje odbicie w oknach wystawowych i w pewnym momencie zatrzymuję się przed sklepem odzieżowym, żeby lepiej się sobie przyjrzeć. Kosmyki krótkich blond włosów wystające spod czapki i sportowa wiatrówka. Zupełnie się nie poznaję i mam wrażenie, że patrzę na ducha. Za moimi plecami kłębi się tłum przechodniów: chichoczący studenci, podstarzali hippisi i bezdomni. Dla mnie to zupełnie obcy ludzie, których nigdy nie poznam. Zostałam pozbawiona swobody pozwalającej na rozpoczęcie rozmowy z nieznajomym i otwarcie się na drugiego człowieka. Nie mogę opowiedzieć o swojej mamie i Violet ani o tym, kim jestem i skąd pochodzę. Tak będzie wyglądać moje życie. Muszę zachować czujność i zawsze mieć oczy szeroko otwarte. Nie wolno mi wyjawić żadnych sekretów dotyczących mojej przeszłości.

Czekam, aż zbliży się do mnie duża grupa studentów idących w stronę kampusu. Przyłączam się do nich i trzymam się blisko. Wmawiam sobie, że w nowym życiu nie jestem sama. Przechodzę z nimi przez graniczącą z uniwersytetem, ruchliwą ulicę, kiedy jednak wchodzą do siedziby samorządu, muszę się od nich oddzielić. Mogę iść razem z nimi chodnikiem, ale dobrze wiem, że już nigdy nie zostanę jedną z nich.

W drodze powrotnej wchodzę do supermarketu, żeby zrobić małe zakupy. Biorę koszyk i szukam najtańszych produktów nieznanych marek, które kupowała moja matka: chleb, masło orzechowe i dżem z winogron. Przez chwilę zastanawiam się nad składnikami do zrobienia jej ulubionego dania: ryżu z fasolą gotowaną w wodzie razem z cebulą i czosnkiem. Dochodzę jednak do wniosku, że nie zostanę w mieście na tyle długo, żeby dojadać resztki.

Stojąc w kolejce do kasy, zerkam w stronę regału z czasopismami. Moją uwagę przyciąga okładka magazynu „Stars Like Us": to ilustrowany tabloid podobny do „People" i „Us Weekly". *Katastrofa lotu 477: zrozpaczone rodziny stawiają czoło tragedii.* W prawym górnym rogu, w otoczeniu wizerunków innych ofiar, widnieje moje zdjęcie. Pod spodem podpis: *Na liście pasażerów była też żona znanego filantropa Rory'ego Cooka.*

Fotografia została zrobiona kilka lat temu podczas gali charytatywnej w The Metropolitan Museum of Art. Mam roześmianą twarz, ponieważ ktoś opowiedział właśnie jakiś dowcip, ale moje oczy zieją pustką. Teraz rozumiem lepiej niż większość ludzi, jak trudno jest ukryć tajemnice. Prawda zawsze wyjdzie na jaw, ponieważ zdradzi nas nasze ciało.

Kładę pismo na taśmociągu, okładką do dołu, i zaczynam czytać nagłówki pozostałych, bardziej skandalizujących brukowców. Mój mąż chyba nie był tak popularny od czasów śmierci Maggie Moretti. *Zdruzgotany Rory szuka pocieszenia w ramionach tajemniczej kobiety.* Obok jego zdjęcie w towarzystwie jakiejś pani, którą widzę pierwszy raz w życiu. Nagle zdaję sobie sprawę, że pewnego dnia Rory znowu się zakocha. Czuję się odrobinę winna, ponieważ od niego odeszłam i niechcący zastawiłam pułapkę na kolejną ofiarę.

– Dzień dobry – mówi kasjerka i zaczyna skanować zakupy.

– Dzień dobry – odpowiadam spiętym głosem. Chcę jak najszybciej zapłacić, zanim ktokolwiek dobrze mi się przyjrzy. Wstrzymuję oddech i patrzę, jak kasjerka pakuje zakupy do torby. Na końcu wkłada czasopismo, w ogóle nie zwracając uwagi na okładkę. Przypominam sobie, że nie wyglądam już jak kobieta ze zdjęcia. Żeby mnie rozpoznać, ktoś musiałby bardzo uważnie przyjrzeć się rysom twarzy, kształtowi oczu i piegom na policzkach. Wyglądam jak Eva. Noszę jej ubrania i torebkę. Mieszkam w jej domu. Claire z okładki magazynu już nie istnieje.

———•———

Po powrocie do domu wypakowuję zakupy i zabieram się za lekturę. Kiedy patrzę na roześmiane twarze ludzi, którzy nie mieli tyle szczęścia co ja, przechodzi mnie dreszcz niepokoju. Wyobrażam sobie, że wśród zdjęć ofiar jest również twarz Evy, taka, jaką ją zapamiętałam: zdeterminowana i pełna nadziei, lecz jednocześnie dwulicowa.

Wydawcy poświęcili tragicznej katastrofie specjalny czterostronicowy dodatek z kolorowymi fotografiami zrobionymi na miejscu wypadku. Towarzyszący im artykuł opisuje historie życia poszczególnych pasażerów oraz zawiera fragmenty wywiadów z pogrążonymi w żałobie krewnymi. Wśród ofiar jest między innymi para nowożeńców, która miała spędzić w Portoryko miesiąc miodowy, sześcioosobowa rodzina – najmłodsze dziecko miało zaledwie cztery lata – oraz dwoje nauczycieli w drodze na ferie zimowe w ciepłym kraju. Wszyscy byli cudownymi ludźmi o dobrych sercach, którzy przeżyli długie chwile niewyobrażalnej grozy, zanim samolot spadł do oceanu.

Na deser zostawiam sobie dłuższy tekst o sobie i o Rorym. Redakcja dostała od niego nasze ślubne zdjęcie, na którym patrzymy sobie głęboko w oczy, a w tle lśnią jakieś światełka.

Jedną z ofiar jest żona nowojorskiego filantropa Rory'ego Cooka, syna zmarłej pani senator Marjorie Cook. Claire Cook podróżowała do Portoryko, żeby koordynować działania mające na celu usuwanie skutków huraganu. „Rozświetlała moje życie jak słońce – powiedział jej mąż. – Była szczodrym, zabawnym i niezwykle życzliwym człowiekiem. W jej towarzystwie czułem się kimś lepszym. Miłość do niej na zawsze mnie zmieniła".

Siadam na krześle, żeby przetrawić słowa mężczyzny, którego tak dobrze znałam. Tożsamość to dziwna rzecz. Czy jesteśmy tymi osobami, za które się uważamy, czy też liczy się to, jak widzą nas inni? Czy oceniają nas przez pryzmat tego, co chcemy im pokazać, czy może raczej skupiają się na tym, co usilnie staramy się ukryć? Słowa Rory'ego wydrukowane obok ślubnej fotografii to jedna strona medalu, ale czytelnicy nie znają rewersu i nie mają pojęcia, jak zachowywał się mój mąż w innych sytuacjach. Uważny obserwator dostrzeże jednak pewne wskazówki, na przykład sposób, w jaki Rory ściska mój łokieć, kąt nachylenia jego głowy i to, jak się do mnie przybliża, a ja staram się odsunąć.

Doskonale pamiętam ten moment nie dlatego, że był taki cudowny, ale z powodu tego, co się stało chwilę wcześniej. Odeszłam na bok, żeby porozmawiać z Jimem, kolegą, z którym pracowałam kiedyś w domu aukcyjnym Christie's. W pewnym momencie wybuchłam śmiechem i położyłam dłoń na jego ramieniu. Wtedy podszedł do nas Rory i zgromił nas wzrokiem, przerywając historię, którą opowiadał właśnie Jim.

– Uśmiechnij się – połajałam go. – Przecież dziś jest nasz szczęśliwy dzień.

Rory chwycił mnie mocno za nadgarstek i ścisnął tak mocno, że niemal krzyknęłam z bólu.

– Przepraszam – zwrócił się do Jima – ale mamy teraz sesję zdjęciową.

Miał spokojny głos i Jim nie zorientował się, że coś jest nie tak. Ja wiedziałam jednak, że Rory kipi wściekłością. Świadczył o tym nie tylko sposób, w jaki mnie trzymał, lecz także jego mocno zaciśnięte szczęki i przymrużone oczy. Zdawałam sobie sprawę, że mój nonszalancki komentarz nie ujdzie mi na sucho.

Zauważyłam, że z drugiego końca sali patrzy na mnie moja współlokatorka z college'u. Siedziała razem z kilkoma znajomymi niedaleko stanowiska DJ-a. Posłałam jej szeroki uśmiech w nadziei, że niczego nie zauważyła. Przecież moje życie było wspaniałe i nie mogłam pokazać, że właśnie wyszłam z mąż za faceta, który zaczyna mnie przerażać.

Rory zażądał, żebym do końca przyjęcia nie odstępowała go ani na krok. Chodziliśmy więc razem po sali, a mój mąż czarował gości i rzucał dowcipami, ale ani razu nie zwrócił się bezpośrednio do mnie. Dopiero kiedy wsiedliśmy do windy, żeby spędzić noc w luksusowym apartamencie, wbił we mnie lodowate spojrzenie i syknął:

— Nigdy więcej nie upokarzaj mnie w ten sposób.

Teraz patrzę na wydrukowane w tabloidzie zdjęcie i ledwie siebie rozpoznaję. Dotykam palcami konturu twarzy kobiety, którą kiedyś byłam. Chciałabym jej powiedzieć, że wszystko będzie dobrze. Musi tylko przetrzymać najgorsze, a potem dopisze jej szczęście i dzięki niesamowitemu zbiegowi okoliczności odzyska wolność.

———•———

Po zjedzeniu kanapki z masłem orzechowym i dżemem znowu siadam przy komputerze, żeby sprawdzić Dokument. Jest pusty, żadnych zmian. Widzę jednak, że Rory pracował nad mową pogrzebową. Otwieram plik i zaczynam czytać:

> Moja żona Claire była wspaniałą kobietą, któ-
> ra poświęciła życie służbie innym.

Wzdrygam się zażenowana. Mam wrażenie, że cytat z gazety miał w sobie więcej emocji. Słowa Rory'ego mogłyby dotyczyć osiemdziesięcioletniej staruszki, która umarła we śnie po długim, pracowitym życiu, a ja byłam przecież, a w zasadzie wciąż jestem, młodą, tryskającą życiem kobietą. Co chciałabym, żeby o mnie powiedział?

Byłem dla niej bardzo surowy, o wiele za bardzo, niż na to zasługiwała. Wiem, że wzbudzałem w niej strach, a czasami krzywdziłem. Kochałem ją, ale była to zepsuta, spaczona miłość. Właśnie dlatego nigdy nie mogliśmy być naprawdę szczęśliwi. Claire była jednak dobrym człowiekiem.

Kręcę z niedowierzaniem głową. Nawet w wyobraźni nie potrafię zmusić Rory'ego, żeby powiedział, co należy.

Bardzo cię przepraszam. To, co ci robiłem, było złe.

Wyświetlający się na ekranie szkic mowy pogrzebowej mówi jednak o czymś zupełnie innym. Rory opisuje najpierw moje dzieciństwo w Pensylwanii, a potem skupia się na pracy charytatywnej oraz ludziach, którym pomogłam i których zostawiłam pogrążonych w smutku. Nawet w tym fragmencie nie wyczuwam autentycznego żalu czy skruchy. W końcu byłam dla Rory'ego tylko dziewczyną z ubogiej rodziny, która tragicznie straciła bliskich, a potem odniosła pewien sukces w świecie sztuki, żeby na koniec poświęcić się działalności charytatywnej w jego fundacji i w młodym wieku odejść z tego świata. Mam wrażenie, jakbym czytała nie o sobie, ale o jakiejś drugoplanowej postaci literackiej.

Wyobrażam sobie swoich byłych współpracowników z domu aukcyjnego Christie's, którzy siedzą gdzieś z boku na moim pogrzebie. Nie rozmawiałam z nimi od wielu lat, ponieważ Rory izolował mnie od dawnych znajomych. Ilu z nich pojawi się w kościele? Cztery osoby? A może tylko dwie? Czuję, jakbym umarła bardzo dawno temu. Z mojego starego życia nie zostało prawie nic. Kobieta, której dotyczy redagowana przez Rory'ego mowa pogrzebowa, wydaje mi się kimś zupełnie obcym.

Nagle rozlega się dźwięk informujący, że przyszła nowa wiadomość. Zaglądam do skrzynki swojego męża i widzę, że napisał do niego dyrektor Narodowej Rady Bezpieczeństwa Transportu. Już sam początek e-maila sprawia, że przechodzi mnie zimny dreszcz.

> Szanowny Panie,
> w nawiązaniu do naszej niedawnej rozmowy chciałbym przekazać Panu więcej informacji dotyczących części samolotu, w której siedziała Pańska żona…

Muszę jak najszybciej dowiedzieć się, jak kończy się to zdanie. Mam ochotę otworzyć wiadomość, a potem oznaczyć ją jako nieprzeczytaną, ale w ostatniej chwili się powstrzymuję.

Zaczynam nerwowym krokiem przemierzać pokój, ani na chwilę nie odrywając wzroku od ekranu. W myślach ponaglam Rory'ego, żeby jak najszybciej sprawdził swoją skrzynkę. Wreszcie po około piętnastu minutach tytuł e-maila zmienia kolor i mogę go wreszcie przeczytać. Podbiegam do biurka i klikam w wiadomość.

Szanowny Panie,
w nawiązaniu do naszej niedawnej rozmowy chciałbym przekazać Panu więcej informacji dotyczących części samolotu, w której podróżowała Pańska żona. Właśnie zostałem poinformowany, że kadłub nie uległ poważniejszym uszkodzeniom. Mimo to członkowie ekipy prowadzącej akcję ratunkową stwierdzili, że fotel, na którym siedziała Pańska małżonka, jest pusty. Zapewniam Pana, że odnalezienie jej ciała pozostaje dla nas najwyższym priorytetem. Będę informował Pana na bieżąco o wszystkich nowych ustaleniach.

Spazmatyczne westchnienie wysysa z moich płuc całe powietrze. Wszystko, co do tej pory uważałam za prawdę, runęło jak domek z kart. Sprawy mają się zupełnie inaczej, niż sądziłam.

Na ekranie niemal od razu pojawia się odpowiedź Rory'ego:

Co to znaczy? Gdzie ona jest?

Odchylam się na krześle i zaczynam się zastanawiać nad tymi pytaniami. Mam mętlik w głowie i nie mogę uwierzyć, że Eva wyszła z tego cało. Jak to możliwe? Kogo jeszcze omotała i gdzie się teraz znajduje? Jakaś część mnie nie jest tym jednak szczególnie zaskoczona. W końcu Eva twierdziła, że zabiła własnego męża, który, jak się potem okazało, w ogóle nie istniał. Ktoś taki może być zdolny do wszystkiego.

Po kilku minutach przychodzi nowa wiadomość.

Niestety, do czasu odnalezienia czarnej skrzynki i ustalenia szczegółów dotyczących przyczyn katastrofy muszę powstrzymać się od spekulacji. Istnieje wiele możliwych powodów, dla których Pańska żona nie siedziała na swoim miejscu. Przepraszam i proszę o odrobinę więcej cierpliwości. Zrekonstruowanie przebiegu wypadku wymaga czasu. Trochę to potrwa, zanim wszystko ustalimy.

Znowu mam przed oczami różową plamę w tłumie ludzi obecnych na konferencji prasowej. Po raz pierwszy poważnie zaczynam rozważać możliwość, że Eva jakimś cudem nie wsiadła na pokład samolotu.

EVA

Proponuję spotkać się w parku Chaveza.

Nagła zmiana planów miała przekonać Dexa, że Eva jest podenerwowana, a nawet przestraszona.

Park Cesara Chaveza w Berkeley to położona bezpośrednio nad Zatoką San Francisco ogromna przestrzeń porośnięta trawą, dookoła której biegnie betonowa ścieżka. W weekendy pełno tu biegaczy, spacerowiczów z psami i rodzin z dziećmi puszczającymi latawce. Jednak we wtorek o drugiej po południu pod koniec września miejsce wyglądało na opustoszałe. Dex siedział na ławce, a za jego plecami roztaczał się piękny widok na zatokę. Trzymał ręce głęboko w kieszeniach i kiedy zobaczył Evę, poderwał się na równe nogi.

— Przejdźmy się — zaproponowała.

Przycisnęła torebkę mocno do boku, ale przypomniała sobie, że Dex jest przecież zwykłym człowiekiem, który nie potrafi czytać w myślach. Nie jest też w stanie przeniknąć wzrokiem do wnętrza jej torebki i zobaczyć, że wysiadając z samochodu, schowała w niej aktywowany głosem dyktafon, w którym pali się teraz czerwone światełko. Dex widział przed sobą jedynie przestraszoną kobietę. Na tym zawsze polegała jej przewaga.

Eva dobrze się przygotowała, tak jak niektórzy przygotowują się na wielką katastrofę: gromadzą jedzenie i wodę, planują możliwe drogi ucieczki i kompletują zestaw umożliwiający przetrwanie w trudnych warunkach. Kiedy znowu pojawi się agent Castro, Eva podejmie własną grę: zaoferuje mu informacje, które już ma, oraz gotowość do dalszej współpracy. Wiedziała, że w zamian Castro może jej dać nową biografię, w której nie będzie miejsca na matkę narkomankę, rodziny zastępcze i relegację ze studiów. Chciała wymazać przeszłość i zacząć wszystko od początku w zupełnie innym środowisku. Najpierw jednak czekał ją spacer skrajem przepaści, podczas którego nie wolno jej było popełnić żadnego błędu.

Weszli na betonową ścieżkę i zaczęli obchodzić park dookoła. Pośrodku znajdowało się trawiaste wzniesienie zasłaniające widok na marinę i wzgórza Berkeley.

– Co masz dla mnie? – zapytał Dex.

Otuliła się ramionami, ponieważ znad zatoki zerwał się mocniejszy wiatr i zrobiło się chłodno.

– Powiedz mi szczerze: czy to naprawdę koniec kłopotów?

– Jasne. Fish wszystkim się zajął.

Spojrzała na niego z niedowierzaniem w oczach.

– Uważasz, że to wystarczy? Przecież zostałam namierzona, agent federalny był u mnie w domu – powiedziała drżącym z emocji, podniesionym głosem. – Nie wmawiaj mi, że Fish tak po prostu załatwił sprawę.

Dawno temu, kiedy była małą dziewczynką i mieszkała jeszcze w domu opieki, odkryła, że niekontrolowane wybuchy emocji wprawiają większość ludzi w konsternację. Nauczyła się, jak wykorzystywać wściekłość i smutek, żeby wywierać na innych wpływ, wmanewrowując ich w sytuację, w której pragną już tylko ukoić jej płacz, złagodzić gniew, sprawić, by przestała się bać. Z Dexem było tak samo. Eva nie musiała bardzo się starać, żeby wywołać u niego pożądaną reakcję. Jej udawany strach miał sprawić, by wtajemniczył ją we wszystkie szczegóły.

Z naprzeciwka szły w ich kierunku dwie pochłonięte rozmową kobiety.

– Cały czas zastanawiam się, czy ktoś mnie nie śledzi – ciągnęła Eva. – Podejrzewam faceta, który stoi za mną w kolejce, albo dziewczynę gadającą przez telefon... – Wskazała na idące w ich stronę kobiety. – Nawet one wydają mi się dziwne! Skąd mam wiedzieć, że nie pracują dla Castro?

Dex złapał ją za rękę, przyciągnął do siebie i syknął:

– Uspokój się, do cholery!

Odsunęli się na bok, żeby przepuścić spacerowiczki. Kiedy znalazły się poza zasięgiem ich głosu, Eva oświadczyła:

– Powiedz mi więc, co to znaczy, że Fish wszystkim się zajął. Co konkretnie zrobił? Namówienie oficera dyżurnego pracującego w lokalnym komisariacie, żeby zgubił jakieś papiery, to nie to samo co zawieszenie śledztwa prowadzonego przez oficera służb.

Uzyskanie informacji o tym, jak ludzie Fisha współpracują z policją, mogło okazać się przydatne, ale nie było priorytetem. Chodziło raczej o nakłonienie Dexa do zwierzeń. Musiał zacząć, a potem będzie jak ze szczeliną w murze, która pod wpływem czasu i nacisku staje się coraz większa.

Dex odwrócił wzrok i zaczął mówić ściszonym głosem:

– Miałaś dobre przeczucie. Kobieta, z którą spotkałaś się w parku, pracuje na własną rękę.

Eva przysunęła się do niego bliżej.

– To narkomanka, która starała się wkraść w łaski policji, żeby dostać łagodniejszy wyrok. Ludzie Fisha zneutralizowali ją jako źródło informacji. Śledczy nic więcej nie mają, ponieważ nie dałaś jej żadnych prochów i nie wzięłaś pieniędzy. Musieli sobie odpuścić.

Ruszyli wolno przed siebie, ramię w ramię. Wiatr wiał im teraz w plecy, przed sobą mieli zielone wzgórza. Eva dostrzegła w oddali wieżę zegarową, stadion i biały budynek, w którym mieścił się Claremont Hotel. Przez jakiś czas milczała, udając, że zastanawia się nad tym, co powiedział Dex.

– Co się z nią stało? – zapytała w pewnym momencie.

– Nie wiem. Pewnie poszła do więzienia albo na odwyk.

Eva odwróciła się do Dexa i położyła mu dłoń na ramieniu.

– Znasz mnie dobrze i wiesz, że nie jestem typem histeryczki, ale od tej pory nie będę sprzedawała narkotyków w miejscach publicznych. Nie ma mowy! Może zmienię zdanie, jak sytuacja się uspokoi.

Dex zmrużył oczy.

— Masz wobec nas zobowiązania. Nie możesz dyktować warunków.

— Wydaje mi się, że mogę. W końcu to ja posiadam niezbędne umiejętności.

Dex spojrzał na nią badawczo. Widać było, że kipi ze złości.

— To nie jest jakaś pieprzona zabawa. Poradziliśmy sobie z Brittany, ale to nie koniec. Teraz zaczyna się faza gruntownych porządków i analiza tego, co się wydarzyło. Musimy się dowiedzieć, kto jeszcze był w to zaangażowany, kiedy i dlaczego. Jeśli będziesz robić problemy, to ja również znajdę się w trudnej sytuacji.

Przez kilka minut szli w milczeniu. Silny wiatr podrywał do góry poły kurtki, którą miała na sobie Eva.

W pewnym momencie zapytała:

— Co się stało z chemikiem, który pracował dla Fisha przede mną?

Dex zrobił zdziwioną minę.

— Powiedziałeś mi, że odszedł z interesu, ale to chyba nie do końca prawda.

— Odmówił wykonywania poleceń — powiedział Dex. — Nie chcę, żeby tobie przytrafiło się coś podobnego.

Eva znowu poczuła, że wpada w popłoch. Nie mogłam pozwolić, żeby Dex się zorientował, więc zacisnęła mocno usta, jakby walczyła z narastającym gniewem.

— Pamiętasz, jak pokazałeś mi tamto ciało na chodniku przed motelem? To był on?

Dex pokręcił głową.

– Nie, ktoś inny. Chemik zniknął, zanim ty się w ogóle pojawiłaś. – Ściszył głos, a Eva przysunęła się bliżej, żeby nie uronić ani słowa. – Musisz wziąć się w garść. To ważne dla nas obojga. Nie chcemy przecież znaleźć się w gronie tych, którzy popełniają błędy.

Skinęła głową, jakby godząc się z rzeczywistością. Na dzisiaj miała dość. Doszli na skraj parku i stanęli na zaśmieconym czarnym asfalcie nieopodal samochodu Evy, która sięgnęła do kieszeni i wyjęła kopertę.

– Bilety na sobotni mecz – powiedziała. – Od tej pory załatwiamy sprawy na terenie firmy.

„Załatwianie spraw na terenie firmy" oznaczało, że cotygodniowe przekazywanie towaru w parkach albo restauracjach stało się zbyt ryzykowne. Wiele lat temu Eva zaczęła kupować roczne karnety na mecze koszykówki i futbolu amerykańskiego, ale sama rzadko z nich korzystała. Posiadanie tych biletów upoważniało jednak do wstępu do różnych specjalnych stref na terenie stadionu i dawało poczucie bezpieczeństwa. Żaden tajniak nie mógł tam tak po prostu wejść.

Zdawała sobie sprawę, że nie może przestać produkować narkotyków dla Fisha. Musiała jednak mieć się na baczności, ponieważ Castro najprawdopodobniej nadal ją obserwował. Mogła się ujawnić dopiero wtedy, gdy będzie miała mu coś do zaoferowania.

Dex schował bilety do kurtki, objął Evę ramieniem i przyciągnął do siebie.

– Zgoda. Najważniejsze, żebyś wykonywała swoją pracę.

CLAIRE

Członkowie ekipy prowadzącej akcję ratunkową stwierdzili, że fotel, na którym siedziała
Pańska małżonka, jest pusty.

Wpatruję się w zdanie napisane przez dyrektora
Narodowej Rady Bezpieczeństwa Transportu, starając
się je zrozumieć. W głowie kołaczą mi się dwa pytania:
czy Eva mogła wysiąść z samolotu przed startem i co
zrobi Rory, kiedy się dowie, że ratownicy nie odnaleźli
mojego ciała?

Otwieram nową kartę i wpisuję w wyszukiwarkę:
„Wydobycie zwłok z wraku samolotu, ocean". Wyskakuje przynajmniej dwadzieścia artykułów na temat
katastrofy lotu 477, wszystkie napisane w ciągu ostatnich czterech dni. „Z ostatniej chwili: ratownicy dotarli do szczątków maszyny i wyławiają ciała". Inny
nagłówek: „Wypadek samolotu linii lotniczych Vista:

tragiczny koniec u wybrzeży Florydy". Zmieniam treść zapytania: „W jaki sposób wydobywa się ciała pasażerów z wraku samolotu?". Dostaję długą listę wyników, ale znowu są to teksty dotyczące bieżącej akcji ratunkowej. Autorzy podkreślają niską pozycję przewoźnika w rankingach bezpieczeństwa i spekulują o możliwych przyczynach katastrofy. Nie mogę znaleźć jednak jasnej odpowiedzi na swoje pytanie: czy można z całą pewnością stwierdzić, że kogoś nie było na pokładzie, czy też czasami nie da się wydobyć ciał wszystkich pasażerów i należy przejść nad tym do porządku dziennego?

Jest jeszcze ważniejsza kwestia: w jaki sposób Eva wysiadła z samolotu przed startem? Staram się ją sobie wyobrazić, jak gdzieś w zupełnie innym miejscu na ziemi używa mojego imienia i pokazuje moje prawo jazdy, żeby zameldować się w hotelu. Nie powinnam mieć jej tego za złe, bo w końcu ja robię to samo. Niewykluczone jednak, że zaraz po wylądowaniu wszystko sprzedała. Ja musiałam zapłacić Nicowi dziesięć tysięcy dolarów za papiery wystawione na Amandę Burns. Niestety nie wiem, za ile można opchnąć prawdziwe prawo jazdy. Może Eva zajmowała się na boku handlem tożsamościami i za zarobione w ten sposób pieniądze kupiła pół domu w Berkeley?

Wpisuję w wyszukiwarkę kolejne zapytanie: „Czy można zeskanować kartę pokładową, ale nie wsiąść do samolotu?". Udaje mi się znaleźć dyskusję na forum poświęconą temu, czy w ten sposób da się nabić dodatkowe punkty na karcie lojalnościowej. Odpowiedzi nie są jednak szczególnie krzepiące.

Nie można ominąć ostatecznego liczenia, które odbywa się już na pokładzie. Jeśli coś się nie zgadza, wszyscy wysiadają z samolotu i muszą jeszcze raz przejść kontrolę bezpieczeństwa. Nie da się niepostrzeżenie uciec, nie zwracając na siebie uwagi i nie wkurzając pozostałych pasażerów.

Inny komentarz:

Nie jest możliwe zeskanowanie karty i niewejście na pokład. Zastanów się. Bramka, w której personel sprawdza dokumenty, znajduje się jakieś dwa metry od rękawa. Czy ktoś z obsługi cię przepuści, a potem będzie spokojnie patrzył, jak gdzieś odchodzisz? Cała ta rozmowa jest zupełnie bez sensu. Kompletna strata czasu i zasobów intelektualnych.

To prawda. Przecież zawsze na końcu liczą pasażerów. Eva musiała wsiąść do tego samolotu.

Nagle zaczyna wibrować leżący na biurku telefon. „Numer nieznany". Wpatruję się w migający ekran i liczę dzwonki: jeden, dwa, trzy, cztery. Wyobrażam sobie, że odbieram połączenie. Udaję, że jestem Evą i zadaję pytania, które pomogą mi ustalić prawdę. Chciałabym dowiedzieć się, dlaczego podeszła do nieznajomej osoby na lotnisku i zaczęła jej opowiadać szokującą historię o umierającym mężu. Telefon przestaje dzwonić i w pokoju zalega cisza. Mniej więcej po minucie przychodzi wiadomość głosowa. Wstukuję kod, który sama niedawno ustaliłam, i po chwili rozlega się w słuchawce kobiecy głos:

„Cześć, to ja. Chciałam sprawdzić, czy wszystko poszło dobrze. Miałam nadzieję, że się do mnie odezwiesz. Zadzwoń, jak będziesz mogła".

Nic więcej. Żadnego imienia ani numeru. Jeszcze raz odtwarzam nagranie, starając się ustalić wiek kobiety, która próbowała skontaktować się z Evą, albo zidentyfikować szumy w tle mogące wskazywać, skąd dzwoniła. Niestety, nie słyszę nic charakterystycznego.

Kiedyś mama zabrała mnie i Violet na plażę w Montauk. Dała nam puste wytłoczki po jajkach i powiedziała, żebyśmy wypełniły je skarbami. Przeszłyśmy parę kilometrów, szukając kolorowych kamyków i muszelek, które na zewnątrz były czarne, ale w środku miały miękką, perłoworóżową masę przypominającą watę cukrową albo materiał, z którego szyje się baletki. Zdarzały się również fioletowo-niebieskie okazy, których kolor przywodził na myśl dziecięcy kocyk lub wnętrze pozytywki. Sortowałyśmy nasze znaleziska pod względem rodzaju i koloru, a kiedy pudełka były pełne, wracałyśmy do wynajętego domku, żeby pokazać wszystko mamie.

Mam wrażenie, że rozeznanie się w życiu Evy przypomina tę zabawę z dzieciństwa. W niektórych zagłębieniach wytłoczki znajdują się rzeczy, którym nie potrafię nadać właściwego znaczenia, na przykład telefon na kartę z pustą pamięcią, brak jakichkolwiek osobistych przedmiotów w domu, zakupiony za gotówkę bliźniak oraz kobieta, która chce wiedzieć, czy „wszystko poszło dobrze", i prosi o kontakt. Inne przegródki są puste i czekają na wypełnienie.

Robi mi się ciężko na sercu. Nie sądziłam, że tak to będzie wyglądało. Być może byłam naiwna, ale nie podejrzewałam, że życie w kłamstwie jest takie stresujące. Marzyłam tylko o jednym: żeby uciec od Rory'ego. Udało się, lecz wcale nie czuję się wolna.

———•———

Jest sobotni poranek. Wstałam wcześnie, zjadłam jogurt waniliowy i zaczęłam przyglądać się dyskusji, którą Rory prowadzi właśnie z Bruce'em. Rozmawiają o tym, czy po pogrzebie należy opublikować mowę napisaną przez mojego męża. Bruce uważa, że tak, ale Rory jest przeciwnego zdania.

Nagle zmieniają temat.

Rory Cook:
Ty i Charlie spotkaliście się w końcu? Jak przebiegła rozmowa?

Siadam prosto, ostrożnie odstawiam kubeczek z jogurtem i czekam na odpowiedź Bruce'a.

Bruce Corcoran:
Zrobiłem to, o co mnie prosiłeś. Wytłumaczyłem, że jesteś załamany śmiercią Claire i nie podoba ci się, że Charlie stara się wykorzystać sytuację. Przypomniałem, że obowiązuje nas niepodważalna umowa o zachowaniu poufności. Jeśli spełni swoje groźby, to może spodziewać się pozwu, a tego chcielibyśmy uniknąć, szczególnie teraz.

Rory Cook:
I co dalej?

Bruce Corcoran:
Nic. Powtarza, że jeśli będziesz ubiegać się
o mandat senatora, to wyborcy powinni wiedzieć, na jakiego przestępcę głosują. Upiera
się, że fakty dotyczące śmierci Maggie Moretti powinny wreszcie ujrzeć światło dzienne. Ludzie, którzy ją kochali, zasługują na
prawdę.

W ułamku sekundy muszę zmodyfikować wszystkie
swoje dotychczasowe przypuszczenia. Na wzmiankę
o Maggie w moich żyłach zaczyna buzować adrenalina.
Wstrzymuję oddech i czekam na ciąg dalszy.

Bruce Corcoran:
Co mam zrobić?

Rory odpowiada z wściekłością. Niemal słyszę, jak
krzyczy na swojego asystenta:

Rory Cook:
Chcę, żebyś wykonywał swoje pieprzone
obowiązki i jak najszybciej załatwił tę sprawę!

Bruce Corcoran:
Przygotuję specjalną ofertę. Mam nadzieję,
że to uspokoi sytuację. Proszę cię o odrobinę cierpliwości.

Rory Cook:
Przestań pierdolić! Nie płacę ci za mówienie
mi, że mam być cierpliwy.

Potem obaj znikają, a ja mam mętlik w głowie i próbuję się zorientować, co łączy Charliego Flanagana,
Rory'ego i Maggie Moretti.

Kiedy byłam dzieckiem, często wsiadałam na rower
i pędziłam przez całe miasto do niewielkiego lasu.
Uwielbiałam moment, w którym nagle kończył się
chodnik i wjeżdżałam na wąską ścieżkę pożłobioną ko-
leinami i wijącą się przez zagajnik między plamami
słońca i cienia. Miałam wrażenie, że wysokie drzewa
dobrze strzegą moich tajemnic.

Dużą przyjemność sprawiała mi również chwila,
kiedy wypadałam nagle z lasu i moje ciało przestawało
się trząść na wybojach. Powrót na gładki asfalt był dla
mnie czystą rozkoszą. Wydawało mi się, że w ten sposób pozbywam się swoich problemów.

Teraz czuję coś podobnego: po wielu dniach trudów
udało mi się wreszcie wyjść na prostą i widzę, dokąd
powinnam zmierzać.

Jeszcze raz sprawdzam zawartość pendrive'a i pod
literą M znajduję folder nazwany po prostu „Mags".
Otwieram go, ale zawartość jest dość skromna. Rory
zaczął spotykać się z Maggie w czasach, kiedy inter-
net i poczta elektroniczna były jeszcze w powijakach.
W środku jest dwadzieścia zeskanowanych obrazów:
zdjęcia, odręczne notatki na papierze w linię, karty
i hotelowa serwetka. Każdy plik jest oznaczony nic nie-
mówiącym mi numerem IMG. Zaczynam je przeglądać

i przechodzą mnie ciarki. Po raz pierwszy widzę pismo Maggie, coś tak osobistego jak odcisk palca. Mam wrażenie, że tuż przy uchu słyszę czyjś szept.

Nie dziwię się, że Rory zatrzymał te zdjęcia, chociaż oryginały zniszczył już dawno temu. Wiem, że kochał Maggie, rzecz jasna, na swój zepsuty, spaczony sposób. Pliki, które oglądam, są niczym mapa pokazująca, jak rozwijał się ich związek, od namiętnego zauroczenia przez miłość aż do czegoś o wiele bardziej skomplikowanego. Czytanie ich korespondencji przypomina wsłuchiwanie się w echo mojego własnego małżeństwa: dźwięki wydają się znajome, chociaż dobiegają z oddali.

Jednym z ostatnich dokumentów jest skan wydartej z kołonotatnika kartki w niebieską linię. W rogu widnieje data: zaledwie kilka dni przed śmiercią Maggie.

Rory,
dużo myślałam o twojej propozycji wspólnego weekendu na wsi. Chciałeś, żebyśmy się wyciszyli i otwarcie ze sobą porozmawiali. Uważam jednak, że to zły pomysł. Potrzebuję przestrzeni, żeby dobrze się zastanowić, czy w ogóle chcę się z tobą widywać. Po naszej ostatniej awanturze jestem naprawdę przerażona. Posunęliśmy się za daleko i nie wiem, czy w tej sytuacji powinniśmy kontynuować nasz związek. Proszę, żebyś uszanował moje potrzeby. Niedługo do ciebie zadzwonię. Niezależnie od wszystkiego zawsze będę cię kochać.

Maggie

Jeszcze raz czytam list i czuję, jakby koła pojazdu, którym się poruszam, nagle skręciły i zaczęły jechać w zupełnie nowym kierunku. Przypominam sobie kolację z Rorym sprzed wielu lat: „Maggie uznała, że lepiej wyjechać na weekend. Chciała, żebyśmy się uspokoili i szczerze ze sobą porozmawiali z dala od zgiełku wielkiego miasta".

Okazuje się, że to nie Maggie wyszła z tą inicjatywą. Chciała odejść, a to na pewno nie spodobało się Rory'emu. Na własnej skórze przekonałam się, jak reaguje, gdy kobieta chce go zostawić.

To przerażająca ironia losu, że aby uwolnić się od tego faceta, obie musiałyśmy umrzeć.

EVA

Berkeley, Kalifornia
Październik, cztery miesiące przed katastrofą

Nie minęło wiele czasu i Liz zaczęła zadawać pytania. Najpierw zainteresowała się dziwnym zapachem w ogrodzie na tyłach domu. Przez jej dociekliwość Eva musiała pracować w nocy, kiedy sąsiadka spała.

– Jesteś chora? – zapytała Liz innym razem. Eva zarwała trzy noce z rzędu i miała sińce pod oczami.

Zawsze starała się szybko zmienić temat i zwalała winę za smród na ludzi mieszkających po drugiej stronie ulicy albo mówiła, że kiepsko wygląda, ponieważ ma zapalenie zatok.

Podczas kilkutygodniowej przerwy w pracy jej życie bardzo się zmieniło i powrót do poprzedniej rutyny okazał się niełatwy. Zaczęła myśleć, że czas biegnie dwutorowo. Z jednej strony były noce spędzone w piwnicy po to, by spełnić żądania Dexa i Fisha, a z drugiej to, co wydarzyło się wcześniej: beztroskie popołudnia w towarzystwie Liz, które teraz wydawały się Evie jeszcze jaśniejsze i weselsze.

Wspinała się właśnie pod górę w stronę Memorial Stadium, lawirując w gęstym tłumie kibiców ubranych w złoto-niebieskie barwy klubowe. Bolały ją oczy i miała kłopoty z utrzymaniem koncentracji. Stanęła w kolejce do wejścia, uważnie obserwując ochroniarzy, którzy prosili wszystkich o otwarcie torebek i plecaków. Przycisnęła ramię do boku i poczuła wyraźne wybrzuszenie: to była paczuszka z narkotykami, którą schowała do wewnętrznej kieszeni kurtki.

Od kiedy wróciła do pracy, nie odezwała się do żadnego ze swoich starych klientów, żeby ich o tym poinformować. Uznała, że będzie robiła prochy, ale nie miała zamiaru ich sprzedawać, ani teraz, ani w najbliższej przyszłości. Jej priorytetem było zebranie jak najwięcej informacji o Fishu i wewnętrznej strukturze jego gangu. Nie chodziło więc o zarabianie pieniędzy, ponieważ tych miała pod dostatkiem.

Po paru minutach znalazła się na przodzie kolejki, otworzyła torebkę i patrzyła, jak ochroniarz przegląda jej zawartość. W środku był portfel, okulary przeciwsłoneczne i mały dyktafon. Wstrzymała oddech, czekając, aż ktoś wreszcie ją przejrzy i zorientuje się, z kim tak naprawdę ma do czynienia.

Jeszcze nie teraz. Po raz kolejny jej się upiekło.

Weszła na stadion i popatrzyła na rozciągające się w dole boisko. W strefach końcowych namalowano żółte napisy „Kalifornia” na niebieskim tle, a na linii pięćdziesięciu jardów znajdowało się stylizowane logo Uniwersytetu w Berkeley. Eva nie zwracała uwagi na siedzących obok niej widzów, patrzyła na grającą po drugiej stronie boiska orkiestrę dętą i sektor, w którym studenci właśnie zajmowali miejsca.

W dawnych czasach była tylko raz na meczu i wspomnienie tego wydarzenia prześladowało ją za każdym razem, gdy wracała na stadion. „Jak skończymy grać, przyjdź do północnego tunelu" – powiedział Wade. Była zaskoczona, ilu ludzi kłębiło się w przejściu. Wszyscy czekali, aż zawodnicy wyjdą z szatni. Byli tam zwykli kibice, zagorzali wielbiciele i dziewczyny z siostrzeństw studenckich nerwowo poprawiające włosy i nakładające błyszczyk. Eva stanęła trochę z boku i tak jak miała w zwyczaju obserwowała wszystko z bezpiecznej odległości. Kiedy Wade pojawił się w korytarzu, zlustrował wzrokiem zbiorowisko i zatrzymał spojrzenie na Evie, jakby bił od niej jakiś szczególny blask. Przecisnął się przez tłum, objął ją ramieniem i ruszyli przed siebie. Poczuła aromat mydła wymieszany z zapachem rosnących wokół stadionu sekwoi. Była zgubiona: Wade Roberts wybrał właśnie ją i wiedziała, że pójdzie za nim wszędzie, niezależnie, czy będzie tego naprawdę chciała, czy też nie.

Poznali się w laboratorium podczas zajęć, które prowadziła jako asystent. Na początku wydawało jej się, że ma do czynienia z kolejnym przystojnym sportowcem, który próbuje wykorzystać swój urok, żeby dostać lepszą ocenę. Za każdym razem kiedy na nią patrzył, miała wrażenie, że przechodzi przez nią prąd.

Na jednych z pierwszych zajęć uczyła studentów, jak przeprowadzać proste reakcje chemiczne. W pewnym momencie Wade zapytał:

– Po co to robimy? Czy przyda nam się kiedyś wiedza, jakie substancje reagują z chlorkiem wapnia?

Powinna zignorować tę zaczepkę i kazać mu wziąć się do roboty, ale uznała, że jeśli chce podtrzymać jego zainteresowanie, musi zrobić coś nieszampowego.

– Lubicie słodycze? – zapytała, a potem pokazała całej grupie, jak zrobić kryształy o smaku truskawek. Był to bardzo prosty przepis, łatwy do znalezienia w internecie. Wystarczyło tylko chcieć.

Od tego się zaczęło. To było jak wbicie szpilki w mapę i rozpoczęcie podróży, w którą nigdy nie chciała wyruszyć. Niedługo po tym, jak zostali parą, Wade zaczął nakłaniać ją, żeby spróbowała wytworzyć narkotyki. Najpierw odmawiała, ale szybko doszła do wniosku, że to bardzo proste i jeśli raz spełni jego prośbę, to będzie miała spokój. Przedmioty ścisłe zawsze dawały jej poczucie bezpieczeństwa. Prawa chemii i fizyki są uniwersalne i niezmienne. W ich świecie wszystko daje się przewidzieć w odróżnieniu od prawdziwego życia, w którym bez żadnego ostrzeżenia w wieku dwóch lat można wylądować w domu dziecka i nikt nie daje ci drugiej szansy. Wszyscy chcieli być blisko Wade'a, a on wybrał właśnie ją. Kiedy poprosił, żeby jeszcze raz przygotowała dla niego trochę prochów, znowu się zgodziła. A potem znowu.

Stadion szybko się wypełniał. Eva zerknęła na zegarek i sięgnęła do torebki, żeby włączyć dyktafon. Po drugiej stronie boiska orkiestra wybijała rytm, ten sam, który Eva zapamiętała przed wieloma laty. Siedzący wokół ludzie zaczęli się ścieśniać i poczuła się osaczona. Starała się skulić i jakoś to przetrzymać.

Wiedziała, że musi być w gotowości, żeby dobrze wykonać swoją robotę.

– Dawno przyszłaś? – zapytał Dex, zajmując krzesło obok.

– Jakieś pięć minut temu. – Spojrzała w stronę wzgórza Tightwad. Między porastającymi szczyt drzewami widać było specjalną platformę, na której stała armata. Po każdym przyłożeniu strzelano z niej na wiwat. Ludzie wspinali się tam również po to, żeby siedząc w błocie, obejrzeć mecz za darmo. Pieprzone Berkeley. – O Boże, jak ja nienawidzę tego miejsca – wymamrotała.

– W takim razie daj mi towar i spadamy. – Dex odwrócił się, żeby popatrzeć na siedzących za nimi ludzi, a potem spojrzał na Evę. Zauważyła, że cały czas nerwowo potrząsa kolanem.

Pokręciła głową.

– Nie ma mowy. Zrobimy to na moich zasadach. – Zdawała sobie sprawę, że zniknięcie Castro może być bujdą na resorach. Nikt nie mógł jej zagwarantować, że agent jej nie śledzi, czekając, aż popełni błąd.

– Naprawdę nie ma się czego bać.

– Mówisz tak oględnie, że nie za bardzo ci ufam – powiedziała. Wyciągnęła swoją torebkę spod siedzenia. Obejrzała jej spód, po czym, oczyściwszy poręcz krzesła z suchych liści i starego opakowania po gumie do żucia, postawiła ją na nim. – Potrzebuję szczegółów: kto za mną łaził, dlaczego i jak to się stało, że już przestał.

Dex się zgarbił i rozejrzał dookoła. Jego niespokojne oczy nie zatrzymywały się na niczym dłużej niż przez ułamek sekundy.

– Dobrze, wszystko ci powiem – odparł. – To była operacja miejscowej policji ze wsparciem DEA. Chcieli usidlić Fisha. Próbują od wielu lat, ale jak dotąd bezskutecznie. Dwa tygodnie temu zawiesili wszelkie działania.

– Jak to możliwe, że Fish zatrzymał operację, w którą włączeni byli agenci federalni?

Dex zmrużył oczy i zapatrzył się na drugą stronę boiska, gdzie orkiestra grała własną wersję *Funky Cold Medina*. Po dłuższej chwili milczenia oświadczył:

– Prowadzenie obserwacji jest bardzo kosztowne, a ty nie dawałaś im żadnego punktu zaczepienia. Nie mogli cię śledzić w nieskończoność. Szefostwo zakręciło kurek z pieniędzmi, tłumacząc się brakiem postępów. Funkcjonariusze współpracujący z Fishem zaczęli przebąkiwać coś o lepszym wykorzystaniu zasobów i narzekać na cięcia w budżecie.

– Sam siebie posłuchaj – powiedziała Eva. – Agenci federalni. Wspólna operacja. Jak mam się nie bać?

– Uwierz mi: sprawa została zamknięta. Przestań o tym myśleć.

Zaczęła studiować jego profil. Miał łagodnie zarysowaną szczękę, w kącikach oczu i wokół ust pojawiły się zmarszczki mimiczne. Znała Dexa od dwunastu lat i wiedziała, że coś jest nie tak.

Właśnie w tym momencie rozległ się wystrzał z armaty, a z północnego tunelu wybiegła drużyna gospodarzy. Dex był tak podekscytowany, że niemal zerwał się na równe nogi. Mimo wszystko się opanował i wstał dopiero po chwili, razem z resztą kibiców, gdy orkiestra zaczęła grać klubowy hymn. Eva nie dała się jednak nabrać.

– Wszystko w porządku? – zapytała.

– Tak – powiedział i wsadził ręce do kieszeni. Po chwili znowu usiedli i zaczęła się pierwsza kwarta. – Jestem tylko trochę podenerwowany.

– Przed chwilą mnie przekonywałeś, że nie powinnam się martwić. Cholera jasna, o co tak naprawdę chodzi?

Pokręcił głową.

– Fish prześwietla właśnie kolesia, od którego dostałem namiary na Brittany.

– Coś ci grozi?

Dex zaniósł się pustym śmiechem, a potem rzucił w jej stronę smutne spojrzenie.

– To w moim przypadku permanentny stan.

W czasie przerwy wyszli na półpiętro. Kibice stali w kolejce do toalety albo tłoczyli się przy punktach gastronomicznych. Eva zaprowadziła Dexa do drzwi z napisem „Klub stadionowy". Pokazała identyfikator, strażnik go zeskanował i wpuścił ich do środka. Gwar, który panował na zewnątrz, nagle przycichł. Weszli na górę po schodach i znaleźli się w przestronnej sali, z której rozciągał się widok na kampus i Zatokę San Francisco. W oddali rysowała się nawet sylwetka mostu Golden Gate.

– Zamówię coś do picia – powiedział Dex, a Eva zaczęła wyglądać przez okno i rozmyślać nad czasami, kiedy miała przed oczami niemal identyczną panoramę. Ciągle prześladował ją duch Wade'a Robertsa.

To było najładniejsze biuro, jakie widziała podczas wszystkich lat spędzonych w Berkeley. Budynek stał na wysokim wzgórzu w samym centrum kampusu, a z okien można było podziwiać piękny widok na całą okolicę. W rogu stał zegar, który swoim miarowym tykaniem zwiastował coś złego. Dziekan przeglądał teczkę z dokumentami, a Eva nerwowo zerknęła w stronę drzwi, zastanawiając się, kiedy pojawi się Wade i – tak jak obiecał – wyciągnie ją z tarapatów.

– Jest pani stypendystką, prawda? – Mężczyzna podniósł wzrok, czekając na potwierdzenie. Eva spojrzała na jego nos. Przypominał ostry dziób z dwuogniskowymi okularami na czubku. Milczała, więc dziekan znowu pochylił się nad papierami. – Przyjechała pani do nas ze Świętego Józefa?

W jego głosie można było usłyszeć nutkę współczucia. Spodziewała się tego. Kiedy ludzie odkrywali, że wychowała się w domu opieki, robili krok do przodu albo krok do tyłu. Ta informacja prawie zawsze sprawiała, że zaczynali ją traktować inaczej.

Eva tylko wzruszyła ramionami i znowu spojrzała na drzwi.

– Wszystkie informacje znajdzie pan w mojej teczce – odezwała się nieco ostrzej, niż zamierzała. Od razu zrobiło jej się żal, że nie może cofnąć czasu i zacząć od początku. Powinna powiedzieć dziekanowi, jak bardzo zależy jej na byciu studentką, podkreślając, że Berkeley daje jej możliwości, o których wcześniej mogła tylko pomarzyć. Niestety w takich momentach nigdy nie potrafiła zebrać się na szczerość. Czekała w milczeniu na to, co miało się wydarzyć.

– Wydaje mi się, że w pani sytuacji produkowanie narkotyków w uczelnianym laboratorium jest niezbyt rozsądnym posunięciem – oznajmił mężczyzna.

Na szczęście nie musiała odpowiadać, ponieważ dokładnie w tej chwili otworzyły się drzwi i asystentka dziekana wprowadziła do gabinetu Wade'a. Eva odetchnęła z ulgą. Wade obiecał, że weźmie na siebie całą winę. Miał oficjalnie przyznać, że robienie prochów to był jego pomysł. Jako rozgrywający uczelnianej drużyny futbolowej dostałby naganę, być może zawieszono by go na jeden mecz, ale na pewno nie wyleciałby ze studiów i nie zrujnował sobie przyszłej kariery.

Niestety kiedy zobaczyła, że przyprowadził ze sobą trenera Garrisona, zaczęła mieć wątpliwości, czy wszystko skończy się dobrze. Raz widziała jego zdjęcia w gazecie, a poza tym obserwowała go z oddali podczas jedynego meczu, na który się dotychczas wybrała. Trener chodził wzdłuż linii bocznej boiska i wyglądał jak mała mrówka. „Chcę, żeby moja dziewczyna zobaczyła, jak gram" – powiedział pewnego razu Wade. Przekonało ją słowo „dziewczyna". Do tej pory dla nikogo nie była kimś bliskim. Matka jej się wyrzekła, a ona nigdy nie miała przyjaciół ani chłopaka. Teraz było jej wstyd, że dała się nabrać. Przez chwilę uwierzyła, że Wade jest inny, i zdrada mocno ją zabolała.

– Mieli tylko białe wino – powiedział Dex, podając Evie plastikowy kubeczek. Oderwała wzrok od pięknej panoramy i skupiła się na teraźniejszości. Wydawało jej się, że odrodziła się jak feniks z popiołów i odbudowała swoje życie. To było jednak tylko złudzenie, zwykła iluzja. Tak naprawdę nic się nie zmieniło. Dex zajął miejsce zwolnione przez Wade'a i wszystko potoczyło się tak samo, tylko na o wiele większą skalę.

Dex wypił łyk wina i skrzywił się z niesmakiem.

– Ile musisz płacić za przywilej raczenia się takim gównem? – zapytał.

Ostatnią rzeczą, jakiej potrzebowała, było nagranie zawierające jego przemyślenia na temat kiepskiego wina.

– Czasami zastanawiam się, czy nie spotkałam kiedyś Fisha, tylko nie mam o tym pojęcia. Być może jest jednym z bogatych sponsorów siedzących przy tamtym stoliku. – Wskazała na grupę starszych mężczyzn obok gabloty z trofeami. Wszyscy ubrani w złoto-niebieskie barwy klubowe. – W sumie to całkiem prawdopodobne. Przecież ktoś taki nie musi się wcale ukrywać. W końcu najciemniej jest pod latarnią.

Dex spojrzał na nią znad krawędzi swojego kubka.

– Znasz go. Jaki on jest?

– To normalny facet. – Wzruszył ramionami. – Żadnych znaków szczególnych. Ale jeśli go wkurzysz, to wstępuje w niego diabeł. – Przeszedł go dreszcz i spojrzał na Evę, robiąc smutną minę. – Lepiej zmieńmy temat.

Skosztowała wina i poczuła w ustach nieprzyjemną cierpkość.

– Nie martw się. Wiem, że nie możesz mi wszystkiego powiedzieć. Zastanawiam się jednak, co się dzieje po tym, jak przekażę ci towar. Dopiero niedawno mnie olśniło i zaczęłam łamać sobie głowę, czy te pigułki nie mogą przypadkiem doprowadzić do producenta, no wiesz, po nitce do kłębka. Przecież nie takie cuda potrafią wyczyniać w laboratoriach kryminalistycznych.

– Towar nie jest rozprowadzany na miejscowym rynku, jeśli o to właśnie pytasz.

– Zależy, co masz na myśli, mówiąc „miejscowy rynek". Chodzi o Sacramento? Los Angeles? A może jeszcze dalej?

Dex znowu napił się wina, a potem wyrzucił kubek do kosza.

– Zbierajmy się stąd.

Ruszyli wąskim korytarzem w stronę toalety i ustawili się w kolejce za matką z małym dzieckiem. Z kabiny wyszedł starszy pan, a wtedy kobieta wzięła syna za rękę i oboje zniknęli za drzwiami. Obok przechodził pracownik obsługi. Zatrzymał się i poinformował Dexa i Evę:

– Za rogiem jest większa łazienka i nie trzeba czekać.

Uśmiechnęli się i wyjaśnili, że wcale im się nie spieszy. Po pięciu minutach usłyszeli stłumiony płacz i kobieta wyprowadziła dziecko z kabiny. Eva zaryglowała drzwi i sprawdziła dyktafon zawiedziona, że Dex nie był dzisiaj zbyt wylewny. Oparła się o ścianę i poczuła pod rękawem koszuli przyjemny chłód. Zaczęła się zastanawiać, jakie pytania powinna zadawać i jak się zachowywać, żeby Dex przestał mówić ogólnikami. Chciała się dowiedzieć, dokąd trafia produkowany przez nią towar i kto go kupuje. Byłoby też dobrze mieć więcej informacji o Fishu. Spuściła wodę, a potem umyła i wysuszyła ręce. Dopiero wtedy wyciągnęła z kieszeni paczuszkę zapakowaną w kolorowy papier.

Położyła ją na podajniku z ręcznikami i wyszła z kabiny. Dex był następny w kolejce. Kiedy znowu się spotkali, poklepał się znacząco po kurtce i oznajmił:

– Mam nadzieję, że się nie obrazisz, ale chyba daruję sobie drugą połowę.

– Rozumiem – powiedziała. Zeszli na dół po schodach i opuścili teren stadionu.

W pewnym momencie Dex przystanął i zwrócił się do Evy:

– Oboje jesteśmy trochę podenerwowani i rozumiem, że chcesz zachować ostrożność. – Wskazał na stadion, na którym właśnie zaczęła się kolejna kwarta. – Zatem zgoda: dopóki się nie uspokoisz, będziemy robić wszystko zgodnie z twoimi życzeniami.

Spojrzała na Dexa. Miał łagodniejszą minę i sprawiał wrażenie zadowolonego. W końcu dostał to, po co przyszedł. Był jednocześnie jej kumplem i nadzorcą, ochroniarzem i klawiszem. Niezależnie od tego, jak się zachowywał, nie mogła go jednak traktować jak przyjaciela. Musiała pamiętać, że jej dobre samopoczucie nie ma dla niego większego znaczenia. Liczyło się tylko jego własne bezpieczeństwo.

Posłała mu szeroki uśmiech i powiedziała:

– Dziękuję, Dex.

Powinien jak najdłużej żyć w przekonaniu, że to on kontroluje sytuację. W ten sposób nie zauważy, że przejęła inicjatywę.

———•———

Wieczorem po powrocie do domu zamiast pracować usiadła przed komputerem i wbiła wzrok w puste okno wyszukiwarki. Wizyta na stadionie przypomniała jej o tym, jak się czuła, gdy była całkiem sama. Nikt nie stanął wtedy w jej obronie i nie powiedział: „Eva to dobry człowiek i zasługuje na drugą szansę". Czy jednak na pewno by ją wykorzystała? Nagle przyszły jej do głowy słowa Liz: informacja to władza. Sąsiadka zakwestionowała granice, które Eva sama sobie wyznaczyła. Nie była jednak pewna, czy teraz jest w stanie je przekroczyć, czy też musi wytyczyć je od nowa.

Starała się przygotować na najgorszą możliwość: jej matka wyszła z nałogu i żyła szczęśliwie wśród rodziny i przyjaciół. Wpisała jej pełne imię i nazwisko w okno wyszukiwarki. W pokoju było ciemno i na twarz Evy padał niebieski blask ekranu. Gdzieś na zewnątrz przejechał samochód i słychać było cichy szum opon na asfalcie. Potem zapadła cisza wypełniona jedynie cykaniem świerszczy.

Eva nacisnęła „Szukaj".

Na ekranie wyświetliła się długa lista trafień. Rachel Ann James na Facebooku i Twitterze. Jakaś kobieta o tym imieniu i nazwisku studiowała w college'u w Nebrasce. Eva przewinęła listę w dół i kliknęła w darmową wyszukiwarkę osób. Osiemnaście trafień, ale do żadnego nie pasował wiek. Jej matka powinna mieć teraz pięćdziesiąt kilka lat, a odnalezione kobiety były albo za młode, albo za stare.

Zaczęła drżeć z niepokoju. To było gorsze niż najbardziej ryzykowne spotkania z klientami. Miała ochotę zamknąć wyszukiwarkę, wyłączyć komputer, zabrać się do pracy i o wszystkim zapomnieć. Wpisała jednak kolejne zapytanie: „Rachel Ann James nekrolog, Kalifornia".

Tym razem już pierwsze trafienie odsyłało do krótkiego artykułu z lokalnej gazety wydawanej w Richmond, małym miasteczku położonym zaledwie kilka kilometrów na północ od Berkeley. W tekście nie było żadnych szczegółów dotyczących okoliczności śmierci, tylko data i wiek zmarłej: dwadzieścia siedem lat. *Rachel zostawiła pogrążonych w żalu rodziców, Nancy i Ervina Jamesów z Richmond w stanie Kalifornia, oraz brata Maxwella (35).* Ani słowa o wnuczce, której nikt nie chciał.

Wbiła wzrok w ekran, czując, jak krew szumi jej w głowie. Miała wtedy osiem lat. Starała się dopasować wspomnienia do informacji, którą właśnie przeczytała. Była wtedy u Carmen i Marka, a potem wróciła do klasztoru i zakonnice po raz kolejny skontaktowały się z jej biologiczną rodziną. Mniej więcej w tym samym czasie umarła matka, ale dziadkowie, Nancy i Ervin, nie chcieli przyjąć wnuczki pod swój dach, mimo że koszmar związany z opieką nad córką narkomanką właśnie się skończył.

Chciała wydrukować nekrolog, pokazać go Liz i zapytać, w jaki sposób ta informacja daje jej władzę. Miała wrażenie, że na jej skórze pojawiły się nagle tysiące małych ranek. Ból nie miał żadnego konkretnego źródła i przypominał płonący ogień, który trawił całe ciało.

Nigdzie jednak nie poszła, tylko zamknęła komputer i siedziała w ciemności, starając się jakoś przełknąć kolejne upokorzenie w długiej serii przykrych doświadczeń, których doznała w swoim życiu.

CLAIRE

Fakt, że Rory skłamał w sprawie ostatniego weekendu spędzonego z Maggie, był ciekawy, ale w żaden sposób nie mógł stać się podstawą zarzutów kryminalnych. Kiedy pierwszy raz opowiadał mi tę historię, byłam jego nową dziewczyną i chciał zrobić na mnie wrażenie kogoś pełnego współczucia. Trudno w tej chwili powiedzieć, dlaczego Maggie zmieniła zdanie i mimo wszystko pojechała na wieś. Najbardziej przeraziła mnie jednak wzmianka o ich ostatniej awanturze. Wiem, co się dzieje, gdy Rory wpada w zły humor, i jestem w stanie sobie wyobrazić, że Maggie mogła zostać zepchnięta z tamtych schodów.

Odnaleziony przeze mnie list dowodzi jedynie, że dochodziło między nimi do karczemnych awantur. Jednak wtedy wszyscy o tym wiedzieli, to była tajemnica poliszynela. Zagadką pozostaje, jaki związek z tym, co się stało w ten feralny weekend w 1992 roku, ma Charlie

Flanagan. Bez tego trudno będzie zrozumieć całą resztę. Niewykluczone, że to właśnie on zajmował się płatnościami, o których wspomniała ciotka Mary. To mogły być jakieś nielegalne przelewy z konta fundacji.

Patrzę na zegar i widzę, że do spotkania z Kelly zostało mi tylko pół godziny. Idę do kuchni i wyjmuję z lodówki puszkę coli light. Piję spory łyk i wyglądam przez okno. Czekając, aż zacznie działać kofeina, wyobrażam sobie materiały, które Charlie udostępni mediom. Już widzę wielkie nagłówki w „New Yorkerze", „Vanity Fair" i „New York Timesie". Po tych publikacjach Rory straci wszelkie wpływy. Wiem, że na razie wcale się na to nie zanosi, ale te rojenia działają na mnie pobudzająco.

Odstawiam puszkę na blat i idę na piętro, żeby znaleźć jakieś czarne spodnie i białą bluzkę.

———•———

Zbliżam się do kawiarni i dostrzegam Kelly, która czeka na mnie w samochodzie. Otwieram drzwi od strony pasażera i wsiadam do środka.

— Gotowa? — pyta Kelly.

— Tak, zróbmy to.

Kiedy przejeżdżamy przez skrzyżowanie, dzwoni jej telefon.

— Jacinta — mówi do słuchawki. — Właśnie jadę do pracy. — Zalega cisza, a potem Kelly przeklina pod nosem i dodaje: — Okay, za pięć minut będę w domu.

Rozłącza się i zawraca.

— Przepraszam, ale moja córka właśnie przygotowuje jakiś projekt na zajęcia z historii sztuki i zostawiła w bagażniku materiały do zrobienia plakatu.

– Nie ma sprawy – mówię.

– Normalnie kazałabym jej poczekać, ale dzisiaj pracuje razem z koleżanką i nie chcę jej karać za zapominalstwo mojej córki. – Głośno wzdycha. – Ten projekt od samego początku działa mi na nerwy.

– A na czym polega?

– Trzeba scharakteryzować i porównać dwóch dwudziestowiecznych artystów. To ma być ustna prezentacja wsparta materiałami wizualnymi. – Robi zdegustowaną minę. – W Berkeley edukacja plastyczna to poważna sprawa.

– Ile lat ma twoja córka? – Kelly nie może mieć przecież więcej niż trzydzieści.

– Dwanaście. – Odwraca głowę i widzi, że na mojej twarzy maluje się zdziwienie. – Urodziłam ją, jak miałam siedemnaście.

– Musiało być ci ciężko.

Kelly wzrusza ramionami.

– Kiedy moja mama dowiedziała się, że jestem w ciąży, chciała mnie zabić, ale potem razem stawiłyśmy czoło wyzwaniu. – Zatrzymuje samochód na czerwonym świetle i spogląda na mnie z ukosa. – Zawsze była dla mnie ogromną podporą. Bez jej pomocy nie mogłabym się uczyć i pracować. Poza tym świetnie dogaduje się z Jacintą. Mała potrafi stroić fochy, ale z babcią zawsze trzymają sztamę. Mają swoje sekrety i chichoczą za moimi plecami.

– Musisz być bardzo zajęta. Chodzisz do szkoły i pracujesz na dwa etaty.

Kelly szeroko się uśmiecha. Światło zmienia się na zielone.

– Chyba tak. Pracuję, od kiedy pamiętam, więc jestem przyzwyczajona. W kawiarni biorę poranne zmiany, w ciągu dnia chodzę na zajęcia, a wieczorami i w weekendy pomagam przy imprezach i bankietach. Staram się odkładać pieniądze, żebyśmy mogły się wyprowadzić. Na razie mieszkamy z mamą i jest dość ciasno.

Zagryzam wargi, ponieważ mam ochotę powiedzieć, że nie powinna się tak spieszyć.

———•———

Kelly mieszka na osiedlu małych parterowych domków, bardzo podobnych do tego, w którym wychowałam się z mamą i siostrą w Pensylwanii. Gdybym przymknęła oczy, mogłabym uwierzyć, że wróciłam w rodzinne strony. Kiedy zatrzymujemy się na podjeździe, Kelly odwraca się w moją stronę i mówi:

– Chodź, poznasz moją rodzinę.

Przez chwilę się waham, wiem, że powinnam zostać w samochodzie. Nikt nie zwróci uwagi na jedną z dwudziestu ubranych niemal identycznie kelnerek na wielkiej imprezie, ale pchanie się do czyjegoś domu to coś zupełnie innego. Zdaję sobie jednak sprawę, że w takiej sytuacji trudno odmówić.

Poza tym mam ogromną ochotę wejść do środka. Przez wiele dni byłam sama i chciałabym usiąść w kuchni pełnej ludzi i porozmawiać o tym, co mnie interesuje.

– Znam się trochę na historii sztuki – mówię.

– Może do czegoś się przydam.

– Każda pomoc jest na wagę złota – odpowiada Kelly.

W środku jest dokładnie tak, jak sobie wyobrażałam. Skromnie urządzony salon: kanapa, rozkładany fotel i telewizor. Przez otwarte drzwi widzę malutką kuchnię i jadalnię, w której siedzą pochylone nad stołem dwie dziewczynki. Z salonu odchodzi wąski korytarzyk prowadzący do łazienki i dwóch, może trzech sypialni. Dom mojej matki wyglądał bardzo podobnie: meble pamiętające lepsze czasy i sfatygowane sprzęty, ale wszystko wyczyszczone na wysoki połysk. Wyobrażam sobie, jak spędzają razem wieczory, każda na swoim ulubionym miejscu. Babcia siedzi w fotelu, a Kelly z Jacintą leżą na kanapie z wyciągniętymi nogami i oglądają telewizję. Tak to właśnie wyglądało w moim dzieciństwie.

Przy blacie w kuchni stoi starsza kobieta i sieka warzywa. Na kuchence coś się gotuje i czuć wyraźny zapach rozmarynu i szałwii.

W pewnym momencie jedna z dziewczynek podnosi głowę.

– Przepraszam, mamo – mówi.

Kelly popycha mnie lekko do przodu i zwraca się do swojej córki:

– Musimy nauczyć się dobrych manier, Jacinto. To jest Eva.

– Cześć, Jacinta – witam się z dziewczynką.

Jacinta szeroko się uśmiecha i widzę, że jest bardzo podobna do Kelly: ma takie same brązowe oczy i wystające kości policzkowe.

– Miło cię poznać.

– A to jej przyjaciółka, Mel.

Druga dziewczynka macha do mnie ręką, a potem odwraca się do Kelly.

– Dziękuję, że przyjechałaś.

Kelly ściska jej ramię i stwierdza:

– Zrobiłam to tylko dla ciebie, Mel.

Do rozmowy włącza się starsza kobieta.

– Przepraszam, że nie sprawdziłam, czy wyjęła materiały z bagażnika. – Spogląda na Jacintę karcącym wzrokiem. – Powiedziała mi, że ma wszystko, czego potrzebuje.

Kelly odwraca się do mnie i mówi:

– Evo, to moja mama, Marilyn.

Przygotowuję się na jakiś błysk w oku lub znaczące spojrzenie. Boję się, że w takich sytuacjach już zawsze będę czuła lęk przed byciem rozpoznaną. Na twarzy Marilyn pojawia się jednak uśmiech. Kobieta wyciera dłonie i podaje mi rękę.

– Dobry wieczór!

Jestem zaskoczona tym, jak łatwo wiara jednej osoby przechodzi na drugą. Kelly twierdzi, że nazywam się Eva, i jej matka nie ma co do tego żadnych wątpliwości. Patrzę na obie kobiety i widzę, że łączy je bardzo silna więź. Przychodzi mi na myśl stary, wygodny płaszcz, który daje ciepło i poczucie bezpieczeństwa. Mam ochotę usiąść przy stole i nigdzie się stąd nie ruszać.

– Powiedzcie mi, jaki jest temat waszego projektu – proszę dziewczynki.

Jacinta przesuwa laptopa w moją stronę, żebym mogła zobaczyć, co jest na ekranie. Widzę dwa obrazy: *Falstart* Jaspera Johnsa oraz *Chłopca i psa w Johnny-pump* Jeana-Michela Basquiata.

– Świetny wybór – stwierdzam. – Basquiat zaczynał jako grafficiarz na ulicach Nowego Jorku. Starał się komentować nierówności społeczne, których przejawów sam doświadczył. To dzięki niemu graffiti stało się pełnoprawną formą sztuki.

– Coś o tym czytałyśmy, ale wszystko nam się miesza – mówi Jacinta. – Mam już dość tego cholernego projektu.

– Jacinta! – karci ją Marilyn.

– Przepraszam, babciu, ale to naprawdę trudne. Łatwo pokazać różnice między tymi obrazami, ale podobieństwa? Ja żadnego nie widzę. Pasują do siebie jak pięść do nosa.

Siadam na krześle i opieram łokcie o blat. Mebel lekko się chwieje, dokładnie tak samo jak stolik w kuchni mojej mamy.

– Dam wam wskazówkę. Nie skupiajcie się tak bardzo na tym, co widzicie. Sztuka to przede wszystkim emocje. Nauczyciele chcą wiedzieć, jak odbieracie dane dzieło i jaki ono może mieć wpływ na wasze życie. To całkowicie subiektywne, więc najlepiej po prostu dobrze się bawić. – Do pokoju wpada łagodne światło i czuć coraz intensywniejszy zapach jedzenia. Za naszymi plecami krząta się Marilyn: otwiera lodówkę i chodzi między zlewem a kuchenką. Te odgłosy napawają mnie spokojem i wydaje mi się, że cofnęłam się w czasie. Nie mam wątpliwości, że doskonale pasuję do tego miejsca.

Przez kolejne pięć minut pomagam dziewczynkom dopracować szczegóły prezentacji: opowiadam o biografiach artystów, ich doświadczeniach z dzieciństwa i najważniejszych wpływach.

Kiedy wsiadamy z powrotem do samochodu i ruszamy w drogę, mówię:

– Masz bardzo sympatyczną rodzinę.

Kelly się do mnie uśmiecha.

– Dziękuję. Nie zawsze jest łatwo wychowywać córkę pod nadzorem własnej matki. Urodziłam Jacintę w tak młodym wieku, że Marilyn czasami zapomina, jaka jest jej rola, i wchodzi w moje kompetencje. Doceniam jej pomoc i zaangażowanie, ale ten dom jest za mały dla trzech osób.

Chciałabym jej powiedzieć, że rodzina jest przede wszystkim wsparciem, a nie ciężarem. Sama tak bardzo chciałam stać się niezależna i decydować o własnym życiu, że wyrządziłam sobie krzywdę. Sądziłam, że moi bliscy zawsze będą na mnie czekać. Czasami wydaje mi się, że moja mama i Violet ciągle mieszkają w naszym starym domu i wypatrują mojego powrotu.

———•———

Kiedy wjeżdżamy na autostradę, Kelly pyta:

– Skąd to wszystko wiedziałaś?

Przez większą część drogi milczałam, myślami byłam ciągle w jej domu. Muszę przyznać, że w towarzystwie jej rodziny było mi naprawdę dobrze. Teraz mam wrażenie, że z każdym przejechanym kilometrem coraz bardziej oddalam się od siebie i od tego, kim powinnam być.

– Skończyłam historię sztuki. – Nie ryzykuję chyba zbyt wiele, mówiąc prawdę. Poza tym mam już dość kłamstw.

Kelly patrzy na mnie z wyraźnym podziwem.

– Powinnaś poszukać pracy w jakimś muzeum albo domu aukcyjnym.

– To skomplikowane – mówię i mam ochotę ugryźć się w język. Zaczynam się bać, że powiem za dużo.

Kelly wybucha śmiechem.

– Pokaż mi kogoś, kogo życie nie jest skomplikowane. – Nie reaguję, więc Kelly dodaje tylko: – Okay, rozumiem. Nie będę naciskać.

– Właśnie wyplątałam się z okropnego związku – przyznaję otwarcie, a potem kłamię: – Moja przyjaciółka z dzieciństwa wyjechała w długą podróż i ukrywam się u niej w domu. To tymczasowe rozwiązanie i muszę wymyślić, co dalej. Wiem, że mąż będzie mnie szukał, więc powinnam zmienić branżę.

We wnętrzu samochodu jest przyjemnie ciepło i kiedy pędzimy autostradą w stronę Oakland, czuję się wyjątkowo bezpiecznie. Wyglądam przez okno i patrzę na ludzi w innych pojazdach. Każdy z nich ma swoje sekrety i nikt nie jest szczególnie zainteresowany moimi. Jeśli chodzi o Kelly, to wydaje mi się, że nie będzie drążyła tematu.

– Rozpoczęcie życia od zera wymaga sporej odwagi – stwierdza.

Nie odpowiadam, ponieważ to, co zrobiłam, nie wiązało się z jakimś wyjątkowym heroizmem. Kelly wyciąga ramię i ściska moją rękę.

– Cieszę się, że tu jesteś.

———•———

Nie żartowała, mówiąc, że to duże przyjęcie. Okazało się, że do przygotowania sali i obsługi całego wydarzenia zatrudniono dwanaście kelnerek. Wszystko ma się odbyć w wielkim magazynie w samym centrum Oakland.

W przestronnej hali ustawiono prawie czterdzieści stołów. Przy każdym ma usiąść osiem osób. Kelly przedstawia mnie szefowi, ale Tom poświęca mi zaledwie kilka sekund, ponieważ zaraz ktoś woła go do kuchni.

– Dziękuję, że dałeś mi szansę – mówię, kiedy się ze mną żegna.

– To ja dziękuję, że ratujesz nas w sytuacji awaryjnej – krzyczy w moją stronę, otwierając drzwi na zaplecze. – Kelly wszystko ci pokaże.

Już po kilku minutach nakrywam stoły lnianymi obrusami, rozkładam sztućce i wsadzam kwiaty do wazonów.

– Czekałam na tę imprezę od wielu miesięcy – mówi w pewnym momencie Kelly.

– Dlaczego?

Widzę, że oczy błyszczą jej z podniecenia.

– To bankiet na cześć drużyny baseballowej Oakland A's. – Rozgląda się po sali. – Za kilka godzin będzie tu pełno zawodowych sportowców. Mam nadzieję, że dostanę jakiś autograf, a może nawet numer telefonu – mówi, mrugając do mnie porozumiewawczo.

Wracamy do pracy. Zajmuję się składaniem serwetek, ale mam problem z koordynacją ruchów. Spoglądam nerwowo w stronę drzwi wejściowych, a potem znowu próbuję zapanować nad drżeniem palców. Organizowałam już podobne wydarzenia, w których brały udział znane osoby. Zawsze jedną z najważniejszych rzeczy było poinformowanie mediów. Im więcej fotografów, tym lepiej.

Kończę składać serwetki i zabieram się za nakrywanie stołów, mówiąc sobie, że przecież nikt mnie nie rozpozna, bo zmieniłam wygląd. W czarnych spodniach i białej bluzce będę tylko jedną z anonimowych kelnerek poruszającą się między gośćmi jak niewidzialny duch.

———•———

Godzinę po rozpoczęciu imprezy jestem spokojniejsza. Fotografowie stali przy wejściu zbici w ciasną grupę, robiąc zdjęcia zaproszonym sportowcom i miejscowym celebrytom. Potem większość poszła do domu i zostało tylko dwóch, których dało się łatwo uniknąć. Nie czuję już ucisku w piersi i krążę po ogromnej sali, serwując gościom aperitif. Niektórzy są mili i szeroko się do mnie uśmiechają, inni w ogóle nie zwracają na mnie uwagi i nawet nie przerywają rozmowy.

Jestem zdziwiona, że ta praca jest tak męcząca fizycznie.

– Masz do tego talent – mówi Kelly, mijając mnie w przelocie z tacą pełną pustych szklanek.

Rozmasowuję sobie obolały bark.

– Na pierwszy rzut oka to nic trudnego. Roznosisz jedzenie i starasz się trzymać z boku. – Myślę o Marcy, właścicielce firmy cateringowej, z której usług korzystałam w Nowym Jorku. Była drobną kobietą o wdzięku Jackie Kennedy i twarzy przypominającej buldoga. Wzbudzała ogromny szacunek u swoich pracowników i potrafiła sprawić, że każda impreza stawała się wyjątkowym wydarzeniem. Jej personel był zawsze perfekcyjnie przygotowany, ale do tej pory nie zdawałam sobie sprawy, jak ciężka to była harówka. Zaczynam się zastanawiać, czy Marcy myśli o mojej śmierci i czy będzie organizować stypę.

———•———

Chodzę między gośćmi i serwuję przegrzebki owinięte w bekon. W pewnym momencie mijam piękną kobietę w obcisłej niebieskiej sukni, która kłóci się półgłosem z dobrze zbudowanym facetem wyglądającym na jednego z członków drużyny.

– Donny, przestań – szepcze zdenerwowana.

– Nie mów mi, kurwa, co mam robić.

Podświadomie napinam wszystkie mięśnie, chociaż wiem, że ten koleś nie mówi do mnie. Sposób, w jaki wyrzuca z siebie słowa, i jad w jego głosie sprawiają jednak, że przemykam obok z oczami wbitymi w podłogę. Mam nerwy napięte jak postronki i dostaję gęsiej skórki. Wiem, jak to jest być celem takiej agresji. Żałuję, że nie mogę się odwrócić i w jakiś sposób pomóc tej kobiecie. Zastanawiam się, ile osób na tej sali zdaje sobie sprawę z tego, jak traktuje ją jej partner. Jego koledzy z drużyny. Ich żony i narzeczone. Czy widzą, co się dzieje, i po prostu odwracają wzrok, a potem szepczą między sobą, ale nie robią nic, żeby pomóc ofierze? Czuję się jednocześnie bezsilna i wściekła na tych, którzy ignorują problemy innych ludzi. Wiem jednak, że jestem dokładnie taka sama. Obserwuję, co się dzieje, ale nic nie robię.

Ukradkiem patrzę na kłócącą się parę, która po chwili znika w tłumie. Widzę jeszcze, jak mężczyzna kładzie rękę na plecach kobiety, i wiem, jak łatwo ten pozornie opiekuńczy gest może przerodzić się w szarpanie.

W połowie kolacji do stojącego z przodu sali mikrofonu podchodzi jakiś facet. Na jego widok goście zaczynają klaskać. Biorę do ręki tacę i staję przy ścianie, żeby go posłuchać. Ma głos prezentera radiowego i mówi o latach spędzonych na stadionie w roli komentatora. W pewnym momencie moją uwagę przyciąga znajoma para. Siedzą teraz przy stole naprzeciwko mnie. Mężczyzna stara się uspokoić partnerkę jakimiś czczymi obietnicami. Ona puszcza jego zapewnienia mimo uszu i robi się coraz bardziej rozdrażniona. Spinam się w oczekiwaniu na jej wybuch. Nie wkurzaj go za bardzo, proszę ją w myślach. Masz jeszcze czas, żeby załagodzić sytuację. Pocą mi się dłonie i ciężko mi złapać oddech. Staram się uspokoić, przekonując samą siebie, że wszystkie pary się kłócą. Mój mąż mnie bił, ale to nie oznacza przecież, że za chwilę stanie się to samo. Mimo to moje ciało reaguje na potencjalne zagrożenie. Jestem zestresowana i gotowa na odparcie ataku.

Mężczyzna przy mikrofonie mówi jakiś dowcip i sala wybucha głośnym śmiechem, zagłuszając wszelkie rozmowy. Jednak kiedy robi się cicho, znowu słychać sprzeczkę.

Niektórzy się odwracają. Kobieta chce się odsunąć, ale jej towarzysz chwyta ją za ramię i mocno przyciąga do siebie. Stojący obok ludzie wydają z siebie stłumione okrzyki.

Jestem wystarczająco blisko, żeby zobaczyć jej oczy. W ułamku sekundy orientuję się, co jest grane. To nie pierwszy raz. Ta dziewczyna wie, że za chwilę nastąpi coś strasznego.

Reaguję instynktownie: upuszczam pustą tacę na podłogę i odklejam się od ściany. Robię dwa duże kroki i staję między nimi. Robię coś, czego nikt nie zrobił, kiedy to ja byłam ofiarą przemocy. Dotykam ramienia wściekłego faceta i mówię:

– Proszę ją zostawić.

Jest zaskoczony i rozluźnia uścisk. Kobieta wyrywa rękę i zaczyna rozcierać bolące miejsce.

– Jesteś pieprzonym kłamcą, Donny – syczy.

Coraz więcej osób przestaje słuchać przemówienia i patrzy w naszą stronę.

– Cressida – mówi mężczyzna. – Przepraszam. Nie chciałem zrobić ci krzywdy.

– Zostaw mnie w spokoju i więcej do mnie nie dzwoń. Mam cię dość. – Dziewczyna wstaje od stołu i kieruje się do wyjścia.

Robię krok do tyłu i dopiero w tym momencie widzę wycelowane we mnie trzy smartfony, którymi jacyś ludzie filmują całe zdarzenie.

EVA

Grudzień, dwa miesiące przed katastrofą

Eva przewinęła nagranie i jeszcze raz posłuchała głosu Dexa: „Odmówił wykonywania poleceń. Nie chcę, żeby tobie przytrafiło się coś podobnego".

To było za mało, więc zaczęła prowadzić szczegółowy rejestr. Zapisywała liczbę wyprodukowanych tabletek i datę przekazania ich Dexowi. Nie zawsze mogła podejmować ryzyko i brać ze sobą dyktafon. Nie miała też pojęcia, czy Castro wykorzysta te nagrania. To było trochę jak jazda samochodem z zawiązanymi oczami. Musiała poruszać się po omacku, zaufać instynktowi i opierać swoje działania na przypuszczeniach.

Starała się nie myśleć o tym, co się może stać, jeśli zostanie zdemaskowana. Chociaż robiła wszystko, żeby zachować koncentrację, to gdy tylko zamykała oczy, pod jej powiekami zaczynały się przesuwać rozmaite obrazy. Budziła się w środku nocy przerażona i zlana potem. W takich chwilach była pewna, że jej plan na pewno się nie powiedzie, ponieważ Dex i Fish o wszystkim już wiedzą. Potrafiła jednak wykorzystać ten strach i zmusić się do jeszcze intensywniejszej pracy. Coraz częściej zarywała noce w nadziei, że Castro niedługo wróci. Czuła, że jest gdzieś blisko. Wydawało jej się, że czai się w ciemnych zaułkach, czekając na właściwy moment. Miała nadzieję, że w krytycznej chwili będzie gotowa się z nim spotkać.

Jej rozmyślania przerwało nagłe pukanie do drzwi. Nie była zaskoczona, ponieważ miała jechać z Liz po choinkę do szkółki leśnej, którą sąsiadka znalazła w internecie. Na początku Eva odmówiła, i to dwa razy. Starała się jakoś usprawiedliwić, ale Liz nie przyjmowała jej tłumaczeń do wiadomości. Tak długo wierciła jej dziurę w brzuchu, aż Eva skapitulowała, uznawszy, że lepiej dać za wygraną niż chować się po kątach. Liz miała zostać w Berkeley jeszcze tylko przez miesiąc, a potem wracała do domu, ponieważ w semestrze wiosennym prowadziła zajęcia na Princeton. Eva próbowała zignorować ukłucie smutku, które czuła za każdym razem, gdy wyobrażała sobie ciszę i pustkę za ścianą. Jednak jeśli wszystko pójdzie dobrze, ona również wkrótce stąd zniknie i całe zamieszanie nie będzie miało większego znaczenia.

Zbiegła na dół po schodach, sięgnęła po kurtkę i otworzyła drzwi. W progu nie stała jednak Liz, tylko Dex.

– Co ty tutaj robisz? – zapytała.

Nie tracił czasu na powitania, tylko wszedł do środka, zatrzasnął za sobą drzwi i zrobił groźną minę.

– Co ty wyrabiasz?

Poczuła, jak przyspiesza jej puls, i pomyślała, że jakimś cudem prawda wyszła na jaw.

– Nie rozumiem – wyszeptała.

– W zeszłotygodniowej przesyłce brakowało stu tabletek.

– Co takiego? To pomyłka.

– Jasne, pomyłka – powiedział Dex. – Co ty, do cholery, kombinujesz? Chcesz, żeby stało ci się coś złego?

Pokręciła głową, starając się wymyślić jakieś przekonujące wytłumaczenie i jak najszybciej pozbyć się Dexa, zanim pojawi się Liz.

– Jestem zmęczona – oznajmiła. – Mam problemy ze snem i pewnie źle policzyłam.

Nie mogła mu powiedzieć, że ledwo trzyma się na nogach, ponieważ stara się być dwoma różnymi osobami jednocześnie.

– Musisz naprawić swój błąd.

– Tak zrobię.

– Jeszcze dzisiaj – stwierdził Dex głosem nieznoszącym sprzeciwu.

W tym momencie Eva usłyszała, jak jej sąsiadka schodzi po schodach. Zacisnęła powieki i burknęła:

– Dziś nie mogę.

Dex spojrzał na nią z niedowierzaniem.

– Masz jakieś ważniejsze rzeczy do zrobienia?

Zerknęła na kurtkę, którą ciągle trzymała w ręku.

– Jadę z sąsiadką kupić choinkę.

Dex podniósł głowę i popatrzył w sufit, jakby nie mógł uwierzyć w to, co właśnie usłyszał.

– Jezu Chryste! – Potarł dłonią szczękę i wbił w Evę przeszywające spojrzenie. – Czy ty w ogóle zdajesz sobie sprawę, jak bardzo musiałem się postarać, żeby Fish pozwolił mi zająć się tą sprawą i nie wysyłał do ciebie kogoś innego, kto nie bawiłby się w zadawanie pytań i gówno by go obchodziła jakaś pieprzona choinka? – Mówił coraz bardziej podniesionym głosem i Eva bała się, że jego krzyki słychać za ścianą. Istniało też ryzyko, że za chwilę Liz pojawi się na werandzie.

Dokładnie w tej chwili rozległo się trzaśnięcie drzwiami i zgrzyt klucza w zamku.

– Musisz już iść, Dex. Wszystkim się zajmę. Obiecuję.

Spojrzał na nią tak przenikliwie, jakby chciał ją prześwietlić i sprawdzić, czy na pewno go nie oszukuje.

– Masz czas do jutra – oznajmił.

– Dobrze – potwierdziła.

Otworzył drzwi i stanął twarzą w twarz z Liz, która podniosła właśnie rękę, żeby zapukać, i zrobiła zaskoczoną minę.

– Dzień dobry – powiedziała, przenosząc zaciekawiony wzrok z Dexa na Evę.

Dex lekko się uśmiechnął.

– Słyszałem, że wybieracie się kupić choinkę. Życzę udanej wycieczki. – Puścił do nich oko, ani na chwilę nie wychodząc z roli, a potem zbiegł po schodach i ruszył w stronę ulicy.

– Kto to był? – zapytała Liz. – Przystojniak.

Eva próbowała zebrać myśli i udawać dobry nastrój, który pasowałby do przyjaznego tonu Dexa. Ostatnią rzeczą, na którą miała teraz ochotę, były zakupy, ale wiedziała, że jeśli się wycofa, Liz zasypie ją pytaniami.

– To był Dex – oświadczyła.

– Czy wy jesteście...? – zapytała Liz, zawieszając głos.

Eva zamknęła drzwi na klucz.

– To skomplikowane – wyjaśniła. – Chodźmy.

Wsiadły do samochodu i ruszyły na północ, w stronę Santa Rosa. Z każdym pokonanym kilometrem Eva nabierała dystansu do tego, co się wydarzyło. Chciała o wszystkim zapomnieć, ale jej problemy były jak okrągły kamyk, który wpadł jej do buta i nie potrafiła się go pozbyć. Była na siebie wściekła. Jak mogła zachować się tak nierozważnie? Harowała jak wół i popełniła głupi błąd. Nie chciała zwracać na siebie uwagi, a tymczasem na własne życzenie przysporzyła sobie kłopotów.

Kiedy dotarły do szkółki leśnej, miała już w głowie plan. Po powrocie do Berkeley będzie pracowała całą noc, a na razie skupi się na Liz, która rozwodziła się właśnie nad wyborem odpowiedniej choinki. Chciała kupić żywe drzewko, które będzie można posadzić przed domem, a nie tylko wstawić do wody maksymalnie na kilka tygodni.

– Zobaczysz, będzie pięknie – stwierdziła, kiedy spacerowały między rzędami wysokich, majestatycznych sosen.

Liz uważnie przyglądała się każdemu drzewku i obchodziła je dookoła, żeby sprawdzić, czy niczego mu nie brakuje. W pewnym momencie zaczęła snuć wspomnienia z odległej przeszłości.

– Kiedy byłam małą dziewczynką, przyjeżdżałam w takie miejsca razem z ojcem. Często się przeprowadzaliśmy, ale za każdym razem szukaliśmy odpowied-

niej choinki, która dołączyłaby do naszej rodziny.
– Wyciągnęła rękę i dotknęła koniuszkami palców iglastej gałązki. – To właśnie dlatego święta zawsze były takie magiczne.

We wczesnym dzieciństwie, kiedy istniała jeszcze szansa, że rodzina zabierze ją z sierocińca, Eva snuła fantazje na temat tego, jak będzie wyglądało Boże Narodzenie po jej powrocie do domu. Wyobrażała sobie, że mama nie jest narkomanką, tylko normalnym rodzicem, który chce, żeby jego dziecko wierzyło w Świętego Mikołaja, i dlatego wieczorem pakuje prezenty i układa je pod choinką. Eva miała nadzieję, że kiedy obudzi się rano, pobiegnie do salonu i zacznie gorączkowo zrywać kolorowe opakowania z pudełek. Każdy prezent będzie większy od poprzedniego, a wszystkie spełnią jej najskrytsze marzenia. Liczyła, że przyjdą też dziadkowie i dalsza rodzina, na przykład jacyś kuzyni. Obecność innych dzieci byłaby doskonałym uzupełnieniem idealnych świąt. Niestety teraz już wiedziała, że w rzeczywistości nie byłoby tak wspaniale, ponieważ zawsze brakowałoby jej przedwcześnie zmarłej matki.

– Czy twoja córka przyjeżdża na Boże Narodzenie? – zapytała, nie do końca wiedząc, czy obecność Ellie sprawi jej przyjemność, czy też raczej będzie jej przykro, ponieważ Liz skupi swoją uwagę na kimś innym.

– Niestety nie. Ma dużo pracy – odparła sąsiadka zdawkowo, dając do zrozumienia, że nie chce ciągnąć tego tematu, a potem zniknęła między drzewami.

Po chwili zawołała:

– Znalazłam! – Jej głos był przytłumiony przez rosnące dookoła choinki.

Eva ruszyła w jej stronę. Liz stała pod prawie dwu-ipółmetrową sosną o idealnym kształcie.

– Jak my to zawieziemy do domu? – Eva wyobra-ziła sobie, jak pędzą autostradą z wielkim drzewem przymocowanym do dachu, a długie korzenie ciągną się po asfalcie.

– Nie martw się. Firma zapewnia dostawę – wyjaś-niła Liz, obchodząc dookoła choinkę i oglądając ją ze wszystkich stron. – Obwiesimy ją kolorowymi lampka-mi i będzie naprawdę pięknie. Ciepło się ubierzemy, zrobimy sobie gorącą czekoladę i usiądziemy na weran-dzie, żeby podziwiać swoje dzieło. Najlepsze jest to, że ta sosna będzie tam rosła przez wiele lat. Nie będziesz już musiała wyrzucać suchych choinek na śmietnik.

Eva nigdy nie wyrzucała suchych choinek.

– A co jeśli będzie padał deszcz?

Liz wzruszyła ramionami.

– Przywiozłam z New Jersey pudło z ulubionymi ozdobami choinkowymi ze szkła i ceramiki oraz świa-tełka, które nadają się na dwór. Nie mogłam wyobrazić sobie, że spędzę święta z gołym drzewkiem.

Liz zamieniła wiszącą na gałęzi tabliczkę na tę, któ-rą dostały przy wejściu. Pierwszą trzeba było pokazać przy kasie, a druga oznaczała, że choinka jest kupiona i czeka na transport.

Kiedy wyjeżdżały z parkingu, zapadał już zmierzch. Ruszyły na południe, w stronę domu. Eva rozsiadła się wygodnie i patrzyła przez okno, jak się ściemnia. Wie-działa, że czeka ją długa noc.

———•———

Choinka została dostarczona dwa dni później, z korzeniami zapakowanymi w płócienny worek. Przywiozła ją wielka ciężarówka, na której był również sprzęt potrzebny do wykopania dziury w ziemi i zasadzenia drzewa. Liz wybrała miejsce na lewo od werandy, a potem nadzorowała całą operację. Kiedy wszystko było gotowe, zapłaciła robotnikom, nie zapominając o odpowiednim napiwku, a potem wróciła do domu, nastawiła na cały regulator kolędy i wyniosła na dwór pudło z napisem „Gwiazdka".

Razem z Evą zabrały się ochoczo do pracy. Najpierw zawiesiły na drzewku kolorowe światełka, a potem zaczęły rozpakowywać ozdoby. Niemal każda miała swoją historię i Liz opowiadała je wszystkie ze szczegółami. Niektóre z bombek dostała w prezencie od kolegów z pracy albo byłych studentów, których wspominała z czułością w głosie. Ręcznie robione zabawki pochodziły z czasów, kiedy Ellie była małą dziewczynką.

– Jestem chyba jedynym wizytującym profesorem, który przywiózł ze sobą na półroczny pobyt pudło ze świątecznymi ozdobami – powiedziała. – Nie wyobrażam sobie jednak Bożego Narodzenia bez choinki.

Kiedy odłożyła na bok zrobiony z ciasta wianuszek z napisanym na spodzie imieniem „Ellie", wyraźnie posmutniała, a Eva udała, że tego nie widzi.

Im dłużej pracowały, tym większą miała ochotę trochę zwolnić. Nie chciała, żeby ten wieczór tak szybko się skończył. Zaczęła się zastanawiać, jak będą wyglądały jej bożonarodzeniowe przygotowania w przyszłym roku, kiedy wszystko jakoś się ułoży i będzie daleko stąd. Albo będzie martwa. Jedno było pewne: dla Liz krótki pobyt w Berkeley stanie się odległym wspomnieniem, a Eva będzie jedynie znajomą z przeszłości, której można wysłać kartkę.

Kiedy na drzewku zawisła ostatnia bombka, Liz przyniosła z domu jakiś przedmiot owinięty bibułą. Podała go Evie, mówiąc:

– Chciałam być pierwszą osobą, od której dostaniesz ozdobę choinkową. Mam nadzieję, że kiedy spojrzysz na ten drobiazg, pomyślisz o mnie, niezależnie od tego, gdzie trafisz i dokąd pojedziesz.

Eva odpakowała prezent; w środku był ręcznie dmuchany szklany ptak.

– To błękitnik, który zwiastuje szczęście – wyjaśniła Liz. – Tego właśnie chciałam ci życzyć na święta.

Eva dotknęła palcami gładkiego szkła. Ptak został wykonany z niezwykłą precyzją: wirujące odcienie błękitu i fioletu w niektórych miejscach przechodziły w śnieżną biel.

– Liz – wyszeptała. – To wspaniały prezent. Dziękuję.

Podeszła do sąsiadki i mocno ją przytuliła, tak, jak zawsze chciała przytulić swoją matkę. Bała się, że za chwilę się rozpłacze. Chciała wreszcie się ujawnić. Miała już dość odgrywania komedii i uważania na każde słowo i każdy gest. Czuła, że musi nieść na barkach zbyt duży ciężar i że Liz jest osobą, która mogłaby jej pomóc jakoś sobie z tym wszystkim poradzić. Słowa cisnęły jej się na usta i była gotowa wyznać całą prawdę. Przełknęła jednak ślinę i oznajmiła:

– Niestety ja nic dla ciebie nie mam.

– Twoja przyjaźń jest dla mnie wystarczającym prezentem – powiedziała Liz. – Włączmy lampki na choince i napijmy się gorącej czekolady.

Wystawiły na werandę krzesła i rozsiadły się wygodnie, opierając nogi na balustradzie. Drzewko jaśniało kolorową poświatą, ale reszta podwórka pozostawała w ciemnościach.

– Niedawno dowiedziałam się, że moja matka nie żyje – wyszeptała w pewnym momencie Eva. Nie mogła w pełni otworzyć się przed sąsiadką, ale postanowiła uchylić chociaż rąbka tajemnicy. – Umarła, kiedy miałam osiem lat.

Liz spojrzała na nią z czułością.

– Bardzo mi przykro.

Eva wzruszyła ramionami, starając się zapanować nad bólem.

– Chyba dobrze się stało. Przynajmniej miała powód, żeby mnie nie szukać.

– Można na to tak spojrzeć – powiedziała Liz, odwracając się w stronę choinki. – Masz zamiar odszukać swoich dziadków?

Eva była przygnębiona wiadomością o śmierci matki i nie wiedziała, czy chce przcz to jeszcze raz przechodzić.

– Nie wydaje mi się. Lepiej nie znać prawdy.

– Teraz tak myślisz, ale w życiu różnie się plecie. Być może kiedyś poczujesz się gotowa i wtedy zechcesz ich odnaleźć.

Każda rozmowa i każde wyznanie sprawiały, że Liz była jej coraz bliższa. Eva obawiała się, że nie wytrzyma i wyzna jej całą prawdę. Z jednej strony miała ochotę odepchnąć sąsiadkę, z drugiej całkowicie jej zaufać. Świadomość, że ktoś poznałby jej tajemnice, poruszyła w niej czułą strunę. Kiedy już zniknie i zacznie wszystko od nowa, ktoś wciąż będzie pamiętał o jej przeszłości i o tym, kim kiedyś była.

W oddali rozległo się bicie zegara na uniwersyteckiej wieży. Kiedy znowu zaległa cisza, Liz powiedziała:

– Opowiedz mi coś o mężczyźnie, który cię ostatnio odwiedził.

Eva przez chwilę się zawahała, ale doszła do wniosku, że powinna skłamać.

– Nie ma o czym. To tylko znajomy.

Sąsiadka milczała przez dłuższą chwilę, a potem zapytała:

– Jesteś bezpieczna?

Eva zrobiła zaskoczoną minę.

– Oczywiście. Dlaczego pytasz?

Liz wzruszyła ramionami.

– Wydawało mi się, że słyszałam jakieś krzyki. A potem na jego twarzy pojawił się... – zawiesiła głos. – Mój były mąż też się tak zachowywał. W jednej chwili był wściekły, a potem zupełnie zmieniał mu się nastrój, jakby zakładał jakąś maskę. – Pokręciła głową. – Ta sytuacja przywołała nieprzyjemne wspomnienia.

Eva zaczęła się zastanawiać, czy nie powinna opowiedzieć trochę więcej. Mogła przyznać, że Dex to kolega z pracy. Ostatnio popełniła błąd i przez nią miał nieprzyjemności, więc przyszedł do niej, żeby wyjaśnić ten przykry incydent. Bała się jednak, że mówienie półprawd nie jest najlepszym rozwiązaniem. Liz zacznie zadawać pytania i trzeba się będzie przed nią otworzyć.

To jak zjazd po stromym zboczu, kiedy z każdą chwilą nabiera się coraz większego rozpędu.

Liz znowu się odwróciła i zaczęła się jej uważnie przyglądać, czekając na ciąg dalszy.

– Mieliśmy iść razem na lunch – powiedziała wreszcie – ale zapomniałam i trochę się wkurzył. Na szczęście już wszystko w porządku.

Zaległa cisza. Liz zastanawiała się nad tym, co właśnie usłyszała. Eva nie miała jednak ochoty ciągnąć tematu, chociaż odniosła wrażenie, że jej sąsiadka poczuła się urażona. Okazała troskę i zainteresowanie, ale widać było, że Eva do końca jej nie ufa i nie chce zdobyć się na pełną szczerość.

– Cieszę się, że nic się nie stało – oznajmiła po dłuższej chwili.

Eva wbiła wzrok w choinkę i poczuła, że zachodzi w niej ważna zmiana. Jakaś jasna, niezwykle wrażliwa, ale jednocześnie niebezpieczna cząstka jej osobowości zaczęła przebijać się przez twardą skorupę. Nagle zrozumiała, że już wkrótce straci miłość, którą obdarzyła ją Liz. Ta świadomość przerażała ją bardziej niż wszystko, co jej się do tej pory przydarzyło.

———•———

Kiedy Liz poszła spać, Eva ciągle siedziała na werandzie i patrzyła, jak w domach po drugiej stronie ulicy po kolei gasną światła. Nie miała ochoty wyłączać lampek na choince i wracać do siebie. Jeszcze chwilę, szeptał w jej głowie jakiś wewnętrzny głos. Wydawało jej się, że jest niewidzialna. Czuła się jak duch, który przyszedł w odwiedziny do samej siebie, żeby pokazać, jak można zmienić swoje życie na lepsze.

Nagle za rozświetlonym drzewkiem pojawił się niewyraźny cień i rozległ się odgłos cichych kroków. Wyprostowała się i wytężyła słuch. Od razu pomyślała o Dexie. Albo o Fishu. Jeśli to któryś z nich, to było już za późno.

Na ścieżce pojawił się jakiś mężczyzna, ale cień drzewa i kolorowe lampki zasłaniały widok. Zmrużyła oczy, próbując rozpoznać zbliżającą się do niej postać. To był agent Castro. W pewnym momencie stanął w kręgu jasnego światła i oparł się o balustradę.

Eva siedziała, czekając, co się stanie. Od wielu tygodni przygotowywała się na to spotkanie. Wszystko starannie zaplanowała i właśnie nadszedł ten moment.

Spojrzała w ciemne okna domu Liz i spytała:

– Jak długo się ukrywałeś?

– Od wielu lat – odparł.

Zaczęła przyglądać się jego twarzy. Wyglądał na zmęczonego, miał podkrążone oczy i zapadłe policzki. Nagle zdała sobie sprawę, że są do siebie bardzo podobni: oboje od dawna udają kogoś innego i są tym już znużeni.

– Co możesz mi powiedzieć o mężczyźnie, który nazywa się Felix Argyros? – zapytał cichym głosem.

Eva wciąż patrzyła na choinkę.

– Nigdy o nim nie słyszałam.

To była prawda.

– Możesz go znać jako Fisha.

Milczała, ponieważ zdawała sobie sprawę, że jeśli nic nie powie, to wciąż będzie na neutralnym terenie, na którym ani nie zdradzi Fisha, ani nie okłamie agenta federalnego.

– Nie jesteś moim celem, Evo – kontynuował Castro. – Jeśli mi pomożesz, zapewnię ci ochronę.

Zaniosła się wymuszonym śmiechem. Gdyby Fish wiedział, co się właśnie dzieje, nie dożyłaby końca tygodnia.

– Będziesz musiała dokonać wyboru.

– Wydawało mi się, że operacja została zawieszona. – Jeśli Castro był zaskoczony jej wiedzą, to nie dał tego po sobie poznać.

– Powiedzmy, że ograniczono zakres naszych działań, a ty w tym czasie zostałaś fanką sportu.

Ciągle patrzyła na choinkę, chociaż kątem oka obserwowała agenta, zwracając szczególną uwagę na jego gesty i mowę ciała. Zdawała sobie sprawę, że nic na nią nie ma, ponieważ w przeciwnym wypadku już by ją aresztował, a nie zakradał się w środku nocy, żeby zadawać pytania.

– Jestem zwykłą kelnerką, która lubi oglądać futbol i koszykówkę.

– Chcesz wiedzieć, co o tobie myślę?

– Niekoniecznie.

– Wydaje mi się, że masz dość – mówił łagodnym głosem, ale jego słowa zbiły ją z tropu. Naprawdę dużo wiedział i przejrzał ją na wylot.

Zerknęła na niego ukradkiem, a wtedy on szeroko się uśmiechnął, jakby jej reakcja tylko potwierdziła jego przypuszczenia.

– Niestety czas ucieka – oznajmił, odpychając się od balustrady. – Mogę zachować tę rozmowę w tajemnicy albo opowiedzieć o niej kolegom z miejscowej policji. Nie wiem tylko, jak zareaguje na to Fish. – Pokręcił lekko głową i dodał: – Nawet jeśli skontaktujesz się z nim pierwsza, będzie miał wątpliwości, a z mojego doświadczenia wynika, że jego wątpliwości oznaczają poważne kłopoty.

Wbiła w niego wzrok, wiedząc, że nie ma wielkiego wyboru.

– Dlaczego właśnie ja? – spytała.

Castro spojrzał jej prosto w oczy i oznajmił:

– Ponieważ chcę ci pomóc.

Położył swoją wizytówkę na balustradzie, odwrócił się i zaczął iść w stronę ulicy. Zniknął tak nagle, jak się pojawił.

CLAIRE

W drodze powrotnej do domu milczymy pogrążone we własnych myślach. Ja zastanawiam się nad tym, co zrobiłam, i analizuję każdą sekundę feralnego incydentu. Wiem, co się stanie z filmami nakręconymi przez gości. Najpierw zostaną opublikowane w internecie, a potem trafią do telewizji. To tylko kwestia czasu. Czy ktoś mnie rozpozna?

Na razie rozkoszuję się panującą w samochodzie ciszą. Opieram czoło o szybę i patrzę na stojące wzdłuż drogi ciemne budynki. Kiedy wjeżdżamy na autostradę, Kelly zadaje mi pytanie:

— Co się właściwie stało?

Nie odwracam głowy i myślę o tym, jak by zareagowała, gdybym opowiedziała jej ze szczegółami o wszystkim, co się wydarzyło w ciągu ostatnich kilku dni. Pewnie wytrzeszczyłaby oczy ze zdumienia przerażona tym, co zrobiłam, żeby ratować własną skórę. Podejrzewam, że straciłaby do mnie całą sympatię.

– O który moment ci chodzi?

– O ten, kiedy wkroczyłaś między Donny'ego i jego dziewczynę. Co im powiedziałaś?

Jest środek nocy i na autostradzie prawie nie ma ruchu. Kelly przeskakuje z pasa na pas, aż wreszcie zostaje na środkowym.

– Lepiej, żebyś nie wiedziała – mówię.

Moja nowa znajoma skupia uwagę na drodze. Raz na jakiś czas jej twarz oświetlają reflektory nadjeżdżającego z przeciwka samochodu, a potem znowu zapada ciemność.

– Czy twój mąż cię bił?

Zalega głucha cisza. Zastanawiam się, czy mam wystarczająco dużo odwagi, żeby powiedzieć prawdę. Wreszcie mówię szeptem:

– Tak, wielokrotnie.

– Boisz się, że zobaczy nagrania w internecie i cię odnajdzie?

– Owszem. Nie wiem, jak mogłam zrobić coś tak głupiego.

Zjeżdżamy z autostrady i już po chwili jesteśmy w centrum Berkeley. Ulice są puste i jazda do domu zajmuje raptem kilka minut. Kelly zatrzymuje auto na podjeździe, odwraca się do mnie i mówi:

– Pomogę ci.

Wiem lepiej niż ktokolwiek inny, że tajemnice są jak ropiejący wrzód, który się rozrasta i odcina cię od reszty świata. W Nowym Jorku nie miałam przyjaciół, nie licząc Petry, ponieważ musiałam się ze wszystkim ukrywać, i chociaż udało mi się uciec, to pod tym względem nic się nie zmieniło. Powinnam trzymać

Kelly na dystans, ponieważ nadal mam sekrety, choć teraz inne.

Uśmiecham się lekko i strasznie żałuję, że nie zostaniemy prawdziwymi przyjaciółkami.

– Dziękuję – mówię. – Obawiam się jednak, że może być za późno.

———•———

Po powrocie do domu od razu wbiegam na piętro, siadam przy komputerze i wchodzę na stronę plotkarskiego serwisu TMZ. Na samej górze widnieje opublikowany zaledwie czterdzieści pięć minut temu link do artykułu na temat kłótni Donny'ego i Cressidy. Już sam nagłówek przyciąga uwagę: *Gwiazda baseballu Donny Rodriguez przechodzi do rękoczynów*. Klikam w link i wyskakuje okienko z filmem. Nie ma dźwięku, tylko sam obraz, ale o świetnej rozdzielczości. Dokładnie widać, co się stało: Donny i Cressida najpierw się kłócą, potem on łapie ją mocno za ramię i przyciąga do siebie. W tym momencie wchodzę w kadr ja i staję między dzy szarpiącą się parą.

Pod spodem jest już ponad dwieście komentarzy. Mniej więcej w połowie widnieje coś takiego:

> NYekspert: Hej, czy ktoś z was też uważa, że ta kobieta wygląda jak zmarła żona Rory'ego Cooka?

– Tylko nie to – szepczę na myśl o alertach, które właśnie zostały wysłane na skrzynkę Danielle i bezpośrednio do Rory'ego.

Loguję się do jego poczty i otwieram folder z powiadomieniami. Feralna wiadomość wyskakuje na samej górze listy. Nie została jeszcze przeczytana i mam ochotę ją skasować. Zdaję sobie jednak sprawę, że w ten sposób tylko opóźnię to, co nieuniknione. Danielle dostała tego samego e-maila, na pewno go przeczyta, kliknie w załączony link, a potem obejrzy nagranie – niewykluczone, że kilkukrotnie – i pokaże je Bruce'owi. Razem obmyślą najlepszy sposób na przekazanie Rory'emu wiadomości, że jego żona, która zamierzała go zostawić i rzekomo zginęła w katastrofie samolotowej, tak naprawdę żyje, ma się dobrze i zarabia na życie jako kelnerka w Oakland.

Odhaczam nieprzeczytany alert razem z kilkoma innymi powiadomieniami i naciskam „Usuń", a potem opróżniam kosz. Wiem jednak, że niezależnie od wszystkiego mam przerąbane.

———•———

Do niedzielnego poranku film obejrzały już setki tysięcy ludzi, a komentarz doczekał się przynajmniej stu odpowiedzi. Większość internautów oskarżyła „NYeksperta" o ślepotę lub bycie niezbyt rozgarniętym zwolennikiem teorii spiskowych.

To przez takich jak ty z tym krajem jest coś nie tak. Chowasz się za komputerem i wypisujesz kompletne bzdury w nadziei, że zostaniesz sławny.

„NYekspert" nie daje jednak za wygraną. Publikuje zrzut z ekranu z moją twarzą, a obok zdjęcie z magazynu „Stars Like Us". Pod spodem pisze:

Tylko popatrzcie.

Inny komentator przychodzi mu w sukurs:

Te kobiety naprawdę są do siebie podobne.
Wystarczy zamienić fryzury.

Zdaję sobie sprawę, że mimo krótkich włosów Rory od razu mnie rozpozna. Zdradzi mnie sposób, w jaki się poruszam, oraz mina, którą robię, kiedy staję między Donnym a Cressidą. To tylko kwestia czasu, kiedy mój mąż zobaczy nagranie i szybko mnie namierzy, wykorzystując w tym celu Toma albo Kelly. Kiedy do tego dojdzie, muszę być jak najdalej od Berkeley.

Na razie Dokument jest pusty, jednak wiem, że w każdej chwili mogą się w nim pojawić następujące słowa:

Oglądałeś ten filmik? Myślisz, że to naprawdę ona?

———•———

Wbrew moim przewidywaniom nowa wiadomość nie dotyczy wcale feralnego nagrania.

Bruce Corcoran:
Dostałem wstępną wersję komunikatu dla prasy i oświadczenie, że Charlie zezna to samo pod przysięgą.

Rory Cook:
Co pisze?

Bruce Corcoran:
Wszystko.

Czuję ogromną wagę tego słowa, chociaż nie wiem, co się za nim kryje.

Bruce natychmiast rozwija wątek i niemal słyszę jego uspokajający głos.

Bruce Corcoran:
Oczywiście nie pozwolimy, żeby do tego doszło. Nasi ludzie biorą właśnie pod lupę każdy szczegół. Badamy wszystko od czasów college'u. Na pewno coś znajdziemy i wtedy Charlie się uspokoi.

Rory Cook:
Sporo tego. Informuj mnie o wszystkim na bieżąco.

Bruce Corcoran:
Tak zrobię.

Nagle rozlega się pukanie do drzwi. Jestem zaskoczona, bo nie spodziewam się gości. Schodzę po cichu na dół i wyglądam przez okno. Na werandzie stoi Kelly, trzymając w rękach dwa kubki z kawą. Mam ochotę udawać, że mnie nie ma, i wrócić na górę, żeby śledzić zmiany w Dokumencie i poznać prawdę o „wszystkim".

Jestem naprawdę ciekawa, co pracujący dla fundacji starszy księgowy ma do powiedzenia o ostatnim weekendzie, który Maggie Moretti spędziła w towarzystwie Rory'ego.

Niestety Kelly mnie zauważa.

– Pomyślałam, że przyda ci się dziś rano trochę kofeiny – woła zza zamkniętych drzwi. – Chciałam ci też podziękować za to, że pomogłaś wczoraj dziewczynkom. Skończyły przygotowywać projekt i całkiem nieźle im wyszło.

Siadamy na kanapie, po dwóch stronach niskiego stolika. Kelly pije kawę, a ja trzymam gorący kubek w rękach.

– Na TMS opublikowali już filmik ze mną w jednej z głównych ról – mówię.

– Widziałam – odpowiada. – Na razie wrzucili to tylko do internetu, ale w telewizji cisza, więc jeśli twój były nie zagląda na plotkarskie portale, to chyba nic ci nie grozi.

O ile Kelly w ogóle czytała komentarze, na pewno nie dojechała do tego „NYeksperta". Obracam kubek w dłoniach, żałując, że nie mogę jej wszystkiego wytłumaczyć. Przecież to nie jest takie proste i czuję, że za swoją niefrasobliwość zapłacę wysoką cenę.

– Dziękuję, że do mnie zajrzałaś i przyniosłaś kawę. – Unoszę kubek. – Ale teraz muszę zabrać się za pakowanie. Po południu wyjeżdżam. – Rozglądam się po pokoju, który przez ostatnie kilka dni był moim schronieniem. Na oparciu krzesła wisi moja kurtka, a na podłodze obok sofy leży stos gazet. Bardzo szybko poczułam się tutaj jak w domu.

– Ciągle jest szansa, że twój mąż nie zobaczy tego nagrania.

Odstawiam nietkniętą kawę na stolik.

– To bardziej skomplikowane, niż może ci się wydawać.

– W takim razie mi wytłumacz – prosi Kelly. – Jeżeli brakuje ci pieniędzy, to chętnie ci pożyczę. Znam też kogoś, kto może ci załatwić jakiś dach nad głową.

W tym momencie myślę o swojej mamie, która zawsze bez wahania wyciągała rękę do ludzi w potrzebie, nawet jeśli nie było jej na to stać. Chciałabym się zgodzić, ale nie mogę narażać na ryzyko ani Kelly, ani tym bardziej jej rodziny. Żaden rozsądny człowiek nie wziąłby na swoje barki takiego ciężaru.

– Dziękuję – mówię. – Nawet nie wiesz, jak bardzo doceniam wszystko, co dla mnie zrobiłaś.

– Ale pozwól, że pomogę ci zarobić jeszcze trochę kasy, zanim stąd znikniesz. Dziś po południu Tom organizuje kolejną imprezę. Tym razem nie będzie żadnych mediów. Obiecuję. To kameralny bankiet w jednym z domów na wzgórzach. Rozciąga się stamtąd niesamowity widok. Przyjadę po ciebie o drugiej, a o dziewiątej wieczorem będziesz już z powrotem. – Na jej twarzy pojawia się smutny uśmiech. – Będzie stosunkowo wcześnie, więc spokojnie możesz wyjechać jeszcze dziś.

Za ścianą, w ciemnym garażu, stoi zaparkowany samochód Evy. Mam ochotę od razu się stąd zabrać i nie tracić ani minuty. Wyrzucę kubek do kosza, pozbieram swoje rzeczy, wsiądę za kierownicę i wyruszę przed siebie.

Na szczęście włącza mi się w głowie czerwona lampka i zdaję sobie sprawę, że nie wolno mi działać pochopnie. Nie mogę sobie pozwolić na popełnienie kolejnego błędu. Muszę wszystko dobrze zaplanować: najpierw zdecyduję, dokąd chcę pojechać, potem zastanowię się, które dokumenty wziąć z gabinetu Evy, a na końcu się spakuję. Nawet jeżeli Rory właśnie w tym momencie ogląda filmik z imprezy, to pojawi się w mieście najwcześniej jutro. Mam więc jeszcze trochę czasu, a dodatkowe dwieście dolarów w kieszeni na pewno się przyda. Nie mogę odrzucić takiej oferty.

– Dobra, widzimy się o drugiej.

Kiedy Kelly wychodzi, wracam na górę i siadam przy komputerze. Mam nadzieję, że pojawiły się nowe wiadomości dotyczące Charliego, ale Dokument jest pusty. Mam wrażenie, że panująca dookoła cisza jest jak wyszeptana bezgłośnie groźba, którą tylko ja jestem w stanie usłyszeć.

———•———

Najpierw zabieram się za przeszukanie biurka Evy. Znajduję ostatni wyciąg z konta i odkładam na bok. Potem wyjmuję z szuflady dowód rejestracyjny, kartę ubezpieczenia społecznego i odpis aktu urodzenia. Niestety nigdzie nie ma paszportu.

Zaczynam wyobrażać sobie, że jestem daleko stąd, w jakimś wielkim mieście, być może w Sacramento, Portland albo nawet Seattle. Wprowadzam się do taniego hotelu i znajduję pracę. We wszystkich formularzach podaję dane Evy. Na myśl o otwierających się przede mną nowych możliwościach czuję radosne podniecenie.

Biorę także pasek wypłaty z restauracji DuPree's. Ten papier może mi posłużyć jako coś w rodzaju referencji.

Dotykam swoich krótkich blond włosów. Dla wszystkich spoza Berkeley będę Evą James. Mogę to udowodnić, pokazując prawo jazdy, wyciąg z konta, kartę ubezpieczeniową i zeznania podatkowe. Czuję się trochę jak w gabinecie krzywych luster: nie mam pojęcia, gdzie kończy się Claire, a zaczyna Eva. Myślę o kierowniku restauracji w jakimś innym mieście, który dzwoni do DuPree's i pyta o mnie. „Tak, oczywiście. Eva James. Pracowała u nas".

Odwracam się do komputera. Dokąd powinnam pojechać? Jest wiele możliwości, lecz wydaje mi się, że najlepsza będzie północ. Leży tam wiele dużych miast i jest bliżej do Kanady. Mogę też zatoczyć koło i zakotwiczyć w Chicago albo Indianapolis. Wchodzę na Craigslist i zaczynam przeglądać oferty pracy oraz ogłoszenia reklamujące tanie hotele, jednocześnie zastanawiając się, na jak długo starczy mi pieniędzy.

Po godzinie ponownie zaglądam do Dokumentu, ale nadal jest pusty. Widok białej strony wzbudza we mnie strach i zaczynam się denerwować. Ten plik to jedyna rzecz, która łączy mnie z dawnym życiem. Mam ochotę się wylogować i raz na zawsze odciąć od tego wszystkiego. Powinnam znaleźć własną drogę i podjąć decyzje dotyczące mojej przyszłości, a nie podniecać się hipotetycznym skandalem z Maggie Moretti, który być może jest jedną wielką ściemą. Maggie nie żyje, a ja muszę wziąć się w garść, żeby nie skończyć tak samo jak ona.

Jestem pewna, że jak tylko Rory zobaczy film, od razu przyleci do Oakland, odnajdzie Toma i zażąda wyjaśnień. Tom zna jedynie moje imię i nie ma żadnych dokumentów, ponieważ zatrudnił mnie na czarno. Nie będzie więc w stanie powiedzieć, gdzie mieszkam.

Jednak jest jeszcze Kelly.

Wyobrażam sobie, jak mój mąż roztacza wokół niej swój urok i czaruje szarmanckim uśmiechem, który skłania nawet najbardziej nieczułych sponsorów do wypisania czeku. Wiem, co o mnie powie: że jestem niestabilna emocjonalnie, mam skłonność do przesady oraz kłamstw. Chciałabym, żeby Kelly mu się przeciwstawiła, ale nie znam jej dobrze i nie wiem, czy ma w sobie wystarczająco dużo siły. Właśnie dlatego powinnam zniknąć najpóźniej dziś wieczorem.

———•———

Dom, w którym odbywa się impreza, stoi na końcu krętej drogi, wysoko na wzgórzach Berkeley. Jesteśmy na miejscu kilka minut po drugiej. Tom robi nam krótkie szkolenie i już po chwili rozpościeramy świeżo wyprasowane, bielutkie obrusy i nakrywamy stoły w przestronnej sali z piękną panoramą na cztery strony świata.

– Zdecydowałaś już, dokąd pojedziesz? – pyta ściszonym głosem Kelly. Za barem stoi dwudziestoparoletni student ze słuchawkami w uszach, którego Tom zatrudnił specjalnie na to wydarzenie. Chłopak ustawia butelki i poleruje szklanki.

Wygładzam dłonią obrus i wyglądam przez okno. W ostrym popołudniowym słońcu krajobraz wydaje się brudny i spłowiały.

– Może do Phoenix – kłamię. – Albo do Las Vegas. W każdym razie gdzieś na wschód.

Tak naprawdę postanowiłam wyruszyć na północ, ominąć Sacramento i kierować się w stronę Portland. Mam zamiar płacić za benzynę kartą Evy, żeby zaoszczędzić jak najwięcej pieniędzy i dojechać najdalej, jak to będzie możliwe. Spakowałam się do małej torby i wzięłam tylko niezbędne rzeczy, w sam raz tyle, żeby wystarczyło na przynajmniej tygodniową podróż. Potem zatrzymam się gdzieś na dłużej.

Nagle Kelly przysuwa się do mnie i szepcze:

– Nie będziesz mogła pracować w kasynie, bo tam pobierają od personelu odciski palców.

Robię krok do tyłu, zastanawiając się, co ona może wiedzieć. Czyżbym nieopatrznie się przed nią wygadała?

Kelly zauważa przerażenie w moich oczach i mówi:

– Hej, spokojnie. Nie miałam nic złego na myśli. Po prostu chciałam cię ostrzec na wypadek, gdyby twój mąż poszedł na policję.

Z kuchni wyłania się Tom w białym fartuchu i woła nas na odprawę. Przerywamy pracę i słuchamy ostatnich wytycznych przed rozpoczynającą się niedługo imprezą. W pewnym momencie dołącza do nas gospodyni. Jest młoda, mniej więcej w moim wieku. Staje z boku i pozwala Tomowi skończyć, nie zwracając na nas szczególnej uwagi. Potem omiata nas wzrokiem, jakbyśmy były meblami, i oświadcza:

– Doskonale. Pamiętajcie, żeby nie zabrakło przystawek.

———•———

Wkrótce krążymy po sali, dźwigając ciężkie tace. Otworzono drzwi, żeby goście mogli wyjść przed dom i spacerować po trawiastym ogródku z olśniewającym widokiem na Berkeley i Zatokę San Francisco. Słońce przesunęło się na zachód i łagodniejsze światło wydobywa teraz z krajobrazu różne odcienie żółci i głębokiej zieleni. Zrobiło się chłodniej i gdyby nie wysiłek fizyczny, trzęsłabym się z zimna. Tak jak mówiła Kelly, to prywatne przyjęcie i na szczęście nie widzę nikogo, kto chciałby fotografować gości.

Podchodzę do stołu ustawionego na skraju ogródka i zbieram z niego puste szkło oraz brudne talerze. Na chwilę podnoszę wzrok i spoglądam w stronę horyzontu. W promieniach zachodzącego słońca centrum San Francisco wydaje się granatowo-fioletowe, a ciemniejące niebo sprawia, że światła na moście Bay Bridge stają się coraz wyraźniejsze. Widać strumień jadących do miasta samochodów, a ich czerwone reflektory układają się w migotliwy naszyjnik. Za moimi plecami trwa impreza; słyszę szmer rozmów przerywany od czasu do czasu wybuchami śmiechu i brzękiem sztućców. W tle łagodnie sączy się muzyka klasyczna.

Podnoszę tacę, kładę ją na ramieniu i ruszam ostrożnym krokiem w stronę domu. Kiedy przechodzę przez próg, z gwaru rozmów wydobywa się nagle wysoki głos. Jakaś kobieta krzyczy do mnie z radością, robiąc jednocześnie zdziwioną minę:

— O Boże! Claire, to naprawdę ty?

Przeszywa mnie gorący dreszcz i zaczyna mi się kręcić w głowie. Czuję, że wpadam w panikę. Zerkam w stronę drzwi wejściowych, tych z przodu i tych z tyłu sali, zastanawiając się, które są bliżej, ale napierają na mnie ludzie, odcinając mi drogę ucieczki.

Powinnam stąd wyjechać, kiedy jeszcze miałam szansę. Teraz jest za późno.

EVA

Berkeley, Kalifornia
Styczeń, siedem tygodni przed katastrofą

Wiał zimny styczniowy wiatr. Eva uznała, że najwyższy czas podjąć ostateczną decyzję: wóz albo przewóz. Albo agent Castro pomoże jej zorganizować ucieczkę, albo będzie musiała zrobić to sama. Mieli się spotkać na opuszczonym parkingu przy plaży w Santa Cruz, półtorej godziny jazdy na południe od San Francisco. Miała nadzieję, że macki Fisha nie sięgają tak daleko. Jechała powoli, raz po raz zerkając we wsteczne lusterko. Chciała mieć pewność, że nikt jej nie śledzi. Wąska jednopasmowa droga wiła się między niskimi wzgórzami, które oddzielały autostradę numer 101 od wybrzeża. Kilka razy zjeżdżała na pobocze, żeby przepuścić jadących szybciej, ale nie zauważyła niczego podejrzanego. Kiedy zaparkowała obok samochodu agenta Castro, była pewna, że są sami.

W milczeniu zeszli po schodach na plażę. Wiatr potargał Evie włosy, a odgłos fal uderzających o brzeg zdawał się wibrować jej w piersi. Zaczęła się zastanawiać, jak ich zimowy spacer może wyglądać dla postronnego obserwatora. Czy mogliby być uznani za parę, która przyszła tutaj, żeby odbyć jakąś poważną rozmowę? A może byli rodzeństwem, które przyjechało rozsypać nad oceanem prochy bliskiej im osoby? Nikt by się chyba nie domyślił, że to agent DEA i kobieta handlująca narkotykami.

– Podjęłaś właściwą decyzję – zaczął Castro.

Eva patrzyła na ocean, a słona bryza owiewała jej twarz. Nie podobało jej się słowo „decyzja", nie chodziło tu przecież o wybór między krzesłem a sofą. Nie miała komfortu analizowania różnych możliwości i ważenia za i przeciw.

Miała wrażenie, że czas zwolnił, jakby zmuszając ją do skupienia się na tym konkretnym momencie. Czuła, że od teraz jej życie będzie się dzieliło na przed i po. Kiedy doświadczyła czegoś podobnego ostatni raz, okazało się, że jej wybory miały dalekosiężne konsekwencje, które położyły się długim cieniem na jej przyszłości.

– Jeszcze niczego nie postanowiłam, ale chciałabym posłuchać, co masz mi do powiedzenia.

Castro wsadził ręce do kieszeni i zmrużył oczy.

– Felixa Argyrosa próbujemy namierzyć od bardzo dawna. Jak zapewne wiesz, ma on ogromne wpływy w rejonie Zatoki San Francisco. Jest też niezwykle niebezpieczny. Aktualnie prowadzimy trzy śledztwa w sprawie morderstw, w które prawdopodobnie jest zamieszany.

Eva spojrzała na niego groźnym wzrokiem.

– Jeśli chcesz mnie przestraszyć, to tylko tracisz czas. Wiem, na co go stać, i właśnie dlatego na nic się nie zgodzę, jeśli najpierw nie zapewnisz mi bezpieczeństwa.

Castro wbił w nią swoje brązowe oczy, ale Eva wytrzymała jego spojrzenie. Chciała mu pokazać, że jest zdeterminowana, żeby postawić na swoim. Miała w ręku to, na czym mu zależało, i liczyła, że agent zgodzi się na jej warunki.

– Oczywiście, że dostaniesz ochronę. Do czasu złożenia zeznań będziemy cię pilnować dwadzieścia cztery godziny na dobę. Mogę ci też zagwarantować pełną nietykalność.

Eva wybuchła śmiechem i rozejrzała się po plaży. W oddali samotna kobieta rzucała patyk golden retrieverowi.

„Nietykalność" to nic nieznaczące słowo. Interesuje mnie program ochrony świadków. Chcę dostać nową tożsamość i zamieszkać w innej części kraju.

Castro ciężko westchnął i na dłuższą chwilę pogrążył się w myślach.

– Mogę zapytać przełożonych – powiedział wreszcie – ale nie jestem w stanie ci niczego obiecać. To nie jest takie łatwe i powszechne, jak może się wydawać. Zwykle nie stosujemy takich metod wobec przestępców pokroju Fisha.

Eva zdawała sobie sprawę, że Castro musi wciskać jej kit, ponieważ jego szefowie woleli prostsze i tańsze rozwiązania. Nie miała jednak zamiaru łatwo się poddać.

– Wiem, jak trudno jest wydać wyrok skazujący kogoś takiego jak Fish. Przestępcom bardzo często udaje się uniknąć kary z powodu jakiegoś technicznego szczegółu. Jednak jeśli Fish wyjdzie na wolność, to co się ze mną stanie? Myślisz, że uchroni mnie twoja nietykalność?

– Rozumiem. Chciałbym cię jednak zapewnić, że wiemy, co robimy.

– Tak samo było w wypadku Brittany?

– Nie, wtedy popełniliśmy błąd – stwierdził. – Ta operacja nie zakończyła się jednak kompletnym fiaskiem, ponieważ udało nam się dotrzeć do ciebie.

– Odwrócił się plecami do oceanu i stanął twarzą w twarz z Evą. Jego płaszcz wydymał się na wietrze jak spadochron. – Musisz nam zaufać.

Eva znowu miała ochotę głośno się roześmiać. W jej przypadku ufanie innym zawsze kończyło się źle i czuła, że tym razem też tak będzie.

– Jeżeli nie zostanę objęta programem ochrony świadków, nie będę ci w stanie pomóc.

Castro spojrzał na nią łagodniejszym wzrokiem i zobaczyła kurze łapki w kącikach jego oczu. Istniał zatem ktoś, kto widział, jak ten facet się uśmiecha. Zaczęła się zastanawiać, kim może być ta osoba i jak to jest kochać mężczyznę, który zajmuje się ściganiem cieni.

– Słuchaj – powiedział. – Pracuję w tej branży od dawna i naprawdę dużo już widziałem. Ze wszystkich osób zamieszanych w ten proceder jesteś jedyną, która zupełnie do tego nie pasuje.

Eva spojrzała ponad jego ramieniem na wzburzony ocean. Spienione fale ciągnęły się aż po sam horyzont.

Zdawała sobie sprawę, że to iluzja: niezależnie od długości podróży i włożonego wysiłku ta linia zawsze pozostanie poza naszym zasięgiem.

– Nic o mnie nie wiesz – oznajmiła.

– Wiem, że dorastałaś w domu opieki i zostałaś relegowana ze studiów, chociaż nie byłaś jedyną osobą, która powinna zostać wtedy ukarana.

Miała ochotę coś mu odpowiedzieć, ale ugryzła się w język. Była na niego zła, ponieważ znał jej tajemnice. Szkoda, że nie usłyszała tych słów wiele lat temu, kiedy mogły jej w jakiś sposób pomóc. Teraz nie miało to żadnego znaczenia.

– Myślę, że jesteś dobrym człowiekiem – kontynuował – ale zostałaś postawiona przed beznadziejnym wyborem. Mogę ci pomóc, jeśli zrobisz to, o co cię proszę.

Wbiła w niego wzrok i zrobiła zamyśloną minę, jakby ciągle nie mogła się zdecydować. Pozwoliła wybrzmieć ciszy, ponieważ znała dobrze życie i wiedziała, że jak tylko na coś się zgodzi, to facet, któremu na tym zależy, przestanie się o nią troszczyć. Tak było, kiedy uległa presji przystojnego sportowca i zaczęła robić dla niego prochy, a potem przystała na układ zaproponowany przez gangstera. Bała się, że tak samo będzie z agentami federalnymi, którzy chcieli, żeby dostarczyła im dowodów obciążających Fisha.

– Jeżeli odmówisz współpracy, będziemy zmuszeni postawić ci zarzuty – powiedział Castro. – Nikt ci nie pomoże i wylądujesz na wiele lat w więzieniu.

Zebrała już wystarczająco dużo dowodów, żeby go zadowolić, ale jeśli zbyt szybko wyłoży karty na stół, to agent niczego jej nie obieca.

– Jeżeli dostanę to, o co proszę, chyba dojdziemy do porozumienia – oświadczyła.

– Postaram się spełnić twoje oczekiwania.

Objęła się mocno ramionami i powiedziała:

– Podejrzewam, że nadal będziesz mnie śledził. Proszę cię jednak, żebyś nie utrudniał mi życia. Uważasz, że Fish to w najlepszym razie zawodnik wagi średniej. Jednak jeśli dowie się, że z tobą rozmawiałam, bez skrupułów mnie sprzątnie, a ty zostaniesz z niczym.

———•———

Z drogi powrotnej do Berkeley nie zapamiętała prawie nic. Była zajęta rozważaniem różnych możliwości i zastanawianiem się, jaki powinien być jej następny krok. Niezależnie od tego, co zaproponuje Castro, musi być gotowa w każdej chwili rzucić wszystko w diabły: nie tylko dom i pracę, lecz także Liz.

Dotarła do Berkeley, kiedy było już ciemno. W oknach sąsiadki paliło się ciepłe światło. Zatrzymała się, żeby dotknąć palcami gładkich gałęzi zasadzonej przed domem sosny, z której zniknęły już świąteczne dekoracje. Drzewko czekało na kolejną Gwiazdkę, która niestety nigdy nie nadejdzie.

Czy Liz wyobrażała sobie, że Eva zostanie w Berkeley i sama przystroi choinkę? Czy sąsiadka będzie się próbowała do niej dodzwonić i zdziwi się, jeśli nikt nie odbierze telefonu? A może przyjedzie odwiedzić znajomych z uczelni i odkryje, że Eva zniknęła, a jej dom stoi opuszczony? Dobrze znała to uczucie, kiedy trzeba się zmagać z masą pytań, które ciągle kołaczą się w głowie i nigdy nie dają nam spokoju.

Nagle jak za dotknięciem czarodziejskiej różdżki otworzyły się drzwi i w szczelinie pojawiła się głowa Liz. Sąsiadka popatrzyła na kręcącą się obok choinki Evę i zapytała:

– Co ty tu robisz?

Eva wbiła wzrok w padający z korytarza prostokąt światła, ale nic nie odpowiedziała.

Liz zrobiła krok do przodu, lecz kiedy zobaczyła minę Evy, uśmiech zniknął jej z twarzy.

– Co się stało? Wyglądasz na zmartwioną.

– To tylko zmęczenie.

Liz wyglądała tak, jakby chciała jeszcze coś powiedzieć, ale w ostatniej chwili się zawahała. Wreszcie zebrała się w sobie i zapytała:

– Kiedy masz zamiar mi wytłumaczyć, co się z tobą dzieje? Za każdym razem, gdy chcę cię o to spytać, unikasz odpowiedzi albo mówisz, że jesteś zmęczona. Dlaczego ze mną nie rozmawiasz?

– Przecież cały czas z tobą rozmawiam.

Liz pokręciła głową.

– Nieprawda. Opowiadasz o rzeczach, które już się wydarzyły, ale milczysz na temat tego, co dzieje się teraz. Nie mam pojęcia, jakim problemom musisz stawić czoło, co cię martwi i dlaczego masz problemy ze snem. Któregoś dnia przyszedł do ciebie jakiś facet i wybuchła między wami kłótnia. Nigdy więcej się nie pojawił i nic o nim nie słyszałam. – Zrobiła głęboki wdech. – Nie rozmawiasz ze mną i, co więcej, nawet mi nie ufasz.

– Mam wrażenie, że doszukujesz się we wszystkim jakichś ukrytych znaczeń – stwierdziła Eva i poczuła do siebie odrazę. Traktowała Liz lekceważąco i protekcjonalnie, chociaż w głębi duszy pragnęła paść przed nią na kolana i błagać ją o pomoc.

– Wydawało mi się, że jesteśmy przyjaciółkami, ale ty cały czas kłamiesz. Nie wiem, dokąd chodzisz, czym się zajmujesz ani z kim się spotykasz. Nie jestem jednak głupia i mam oczy szeroko otwarte. W nocy często rozmawiasz przez telefon podniesionym głosem, jakbyś się kłóciła. Sprzeczasz się z tym facetem? – Gorzko się uśmiechnęła. – Nie musisz odpowiadać. Zdaję sobie sprawę, że nie powiesz mi prawdy.

Eva miała ochotę wyrzucić z siebie całą prawdę, cały potok słów, które jak pociski zniszczyłyby przekonanie Liz, że jest w stanie unieść ciężar tego, co do tej pory Eva wolała zachować tylko dla siebie. Wyobraziła sobie, że prowadzi ją do kuchni i odsuwa regał na kółkach, a potem schodzą razem po schodach do tajnego laboratorium. „To właśnie tutaj produkuję narkotyki – wyjaśniłaby sąsiadce. – Wystarczy do tego kuchenka turystyczna. Połowę prochów muszę oddać przerażającemu facetowi, który mnie zabije, jeśli tylko mu się przeciwstawię".

Pomyślała o tym, co wcześniej usłyszała od Castro: „Ze wszystkich osób zamieszanych w ten proceder jesteś jedyną, która zupełnie do tego nie pasuje".

– Żyję w świecie, do którego w ogóle nie pasuję – oznajmiła wreszcie.

Liz zrobiła krok do przodu, ale Eva się od niej odsunęła, ponieważ czuła, że musi zachować odpowiedni dystans.

– Dlaczego opowiadasz takie rzeczy? – zapytała sąsiadka. – Spójrz na to, czego dokonałaś. Wiele osiągnęłaś, mimo że miałaś bardzo trudny start.

– Znowu to samo – mruknęła pod nosem Eva. To, od czego przez całe życie chciała uciec, zawsze w końcu ją dopadało. Wszyscy, nawet Liz, patrzyli na jej sukcesy i porażki przez pryzmat tego, co przeżyła jako dziecko. Chodziło tylko i wyłącznie o litość.

Czuła na swoich barkach ciężar wszystkiego, co pragnęła z siebie zrzucić, ale wiedziała, że nie może. Przycisnęła palce do skroni i przesunęła się bliżej drzwi. Nie mogła dłużej wytrzymać przeszywającego spojrzenia Liz i chciała schować się gdzieś, gdzie będzie w stanie zebrać myśli. Miała już dość kłamstw i niedomówień.

– Przepraszam, ale muszę już iść.

Liz zbliżyła się do niej i położyła dłoń na jej ramieniu.

– Nie możesz ciągle uciekać przed tym, co cię rani. Nie da się zakopać problemów w nadziei na to, że dzięki temu znikną. Trzeba stawić im czoło, znaleźć jakieś rozwiązanie i pogadać o tym z przyjaciółmi.

Eva wyszarpnęła swoje ramię spod ręki Liz.

– Proszę, przestań. Nie można mi pomóc głupimi gadkami o szczerości i potrzebie zastanowienia się nad samym sobą.

Liz odsunęła się do tyłu, lecz ciągle intensywnie patrzyła na Evę.

– W takim razie powiedz mi wreszcie, o co chodzi – zażądała podniesionym głosem.

Eva znowu zamilkła, ponieważ było tego za wiele i słowa ugrzęzły jej w gardle. Zajrzała przez okno do salonu Liz i przypomniała sobie pierwszą wizytę u sąsiadki, kiedy siedziały razem na kanapie. Wtedy bała się, że z powodu agenta Castro świat zawali jej się na głowę.

Nie miała pojęcia, że przyczyną jej kłopotów będzie także Liz, która zrobi wyrwę w murze i wpuści trochę światła do najciemniejszych zakamarków jej duszy. To przez nią Eva zacznie marzyć o czymś więcej i będzie chciała stać się lepszym człowiekiem.

Kiedy stało się już jasne, że rozmowa dobiegła końca, Liz wycofała się i pozwoliła, żeby Eva wróciła do siebie, jednak zanim rozległ się trzask zamykanych drzwi, powiedziała stanowczym tonem:

— Daj znać, jak będziesz gotowa na szczerość. Poczekam.

Eva weszła do domu, położyła się na kanapie i zwinęła w kłębek, marząc o tym, żeby mieć już to wszystko za sobą.

CLAIRE

Zamieram w bezruchu, czekam, aż kobieta, która mnie rozpoznała, złapie mnie za ramię i spojrzy mi prosto w oczy, pozbawiając mnie w ten sposób resztek wolności.

Kelly stoi po drugiej stronie sali i uważnie mnie obserwuje. W pewnym momencie pyta bezgłośnie, poruszając tylko ustami: „Wszystko w porządku?". Potwierdzam skinieniem głowy i zmuszam się do ruszenia z miejsca. Przemykam między gośćmi, trzymając tacę blisko podbródka, żeby przynajmniej częściowo zasłonić twarz, jednocześnie nie robiąc nikomu krzywdy.

W tym momencie do sali wchodzi gospodyni razem z jakąś nieznajomą kobietą. Idą ramię w ramię, pogrążone w rozmowie, z nachylonymi ku sobie głowami. Nagle ktoś woła do nich ze środka tłumu:

— Claire, chodź do nas. Paula chce ci opowiedzieć o swoim wyjeździe do Belize.

Dociera do mnie, że gospodyni ma na imię tak samo jak ja. Zaczynają trząść mi się ręce i czuję, że mam nogi jak z waty. Z trudem podchodzę do Kelly i daję jej swoją tacę.

– Muszę iść do łazienki – szepczę.

– Kiepsko wyglądasz – zauważa. – Coś się stało?

Macham lekceważąco ręką, żeby ją uspokoić.

– Nie, wszystko w porządku. Po prostu mało dzisiaj jadłam i zakręciło mi się w głowie.

– W takim razie się pospiesz – mówi, ale widzę, że nie do końca mi wierzy.

Schodzę na parter do małej toalety dla gości, obmywam twarz zimną wodą i przeglądam się w lustrze. Mogę zmienić wygląd, ukraść komuś tożsamość i wyjechać do innego miasta, ale zawsze będzie mi grozić niebezpieczeństwo. Niezależnie od tego, jak bardzo będę czujna, wystarczy, że popełnię jeden mały błąd, i zostanę zdemaskowana.

Wycieram ręce i wracam na imprezę. Po drodze biorę nową tacę, daję Kelly znak, że jestem z powrotem, i przyklejam sobie do twarzy szeroki uśmiech. Dookoła toczą się rozmowy, a ja znowu staję się niewidzialna. Potem jeszcze kilkakrotnie słyszę, jak ktoś woła moje imię, i chociaż wiem, że nie chodzi o mnie, to za każdym razem się wzdrygam. Kiedy bankiet zbliża się do końca, jestem znużona i jednocześnie podenerwowana. Marzę tylko o tym, żeby jak najszybciej wskoczyć do samochodu Evy i uciec z tego miasta.

———•———

W drodze powrotnej poddaję się zmęczeniu i czuję, jak przestaje działać krążąca w moich żyłach adrenalina. Mam w kieszeni plik banknotów, które dostałam od Toma. Zarobiłam dwie stówy, co oznacza, że moje oszczędności wynoszą obecnie osiemset dolarów. Pieniądze, samochód Evy i jej karta kredytowa pozwolą mi uciec daleko stąd.

– Jesteś gotowa do podróży? – pyta Kelly, przerywając ciszę. Od domu dzieli nas zaledwie kilka przecznic. Jeszcze jedno skrzyżowanie ze światłami, parę znaków stop i trzeba będzie się pożegnać.

– Tak – odpowiadam.

Kelly podaje mi kartkę papieru.

– Masz tutaj mój numer. Dzwoń, gdybyś czegokolwiek potrzebowała. Będzie mi miło, jeżeli dasz znać, gdzie w końcu zakotwiczyłaś.

– Jasne, na pewno się odezwę – mówię, a Kelly zatrzymuje auto przed domem.

Na jej twarzy pojawia się smutny uśmiech.

– Nie odezwiesz się, no ale trudno.

Przez chwilę się waham, a potem mocno ją obejmuję.

– Dziękuję za wszystko, co dla mnie zrobiłaś.

Kelly patrzy na mnie swoimi brązowymi oczami.

– Nie ma za co – odpowiada.

———•———

Wchodzę do domu i idę na górę, żeby wziąć prysznic. Muszę się orzeźwić przed długą podróżą. Kabina wypełnia się gorącą parą, a ja myślę o ostatnim razie, kiedy przygotowywałam się do ucieczki. Zdaję sobie jednak sprawę, że teraz okoliczności są zupełnie inne. Wychodzę spod prysznica, szybko się ubieram i starannie sprzątam łazienkę. Podejrzewam, że wcześniej czy później pojawią się tutaj ludzie, od których uciekła Eva, i dlatego nie powinnam zostawić po sobie żadnych śladów. Zatrzymuję się na chwilę przed komodą i patrzę na wetknięty pod ramę lustra kawałek papieru. „Wszystko, czego kiedykolwiek chciałaś, jest po drugiej stronie strachu". Nie mam pojęcia, co to znaczy i dlaczego Eva chciała wyrzucić tę karteczkę do kosza. Czuję jednak potrzebę zabrania stąd jakiejś pamiątki. Nie interesują mnie jednak ubrania ani oficjalne papiery, które są dowodem, że Eva żyła na tym świecie, lecz raczej coś, co pochodzi z głębi jej serca. Wyciągam więc karteczkę spod lustra i chowam ją do kieszeni.

Potem idę do gabinetu i pakuję do torebki odłożone wcześniej dokumenty. Jeszcze raz sprawdzam komputer, ale od rana nie pojawiły się żadne nowe wiadomości. Śledzenie korespondencji było stratą czasu i niepotrzebnym rozproszeniem uwagi. Przecież Rory i Bruce prawie się nie rozstają i mówią sobie niemal wszystko podczas prywatnych rozmów prowadzonych w cztery oczy. Nadal nie mam pojęcia, co Charlie Flanagan wie o okolicznościach śmierci Maggie Moretti, ale wreszcie rozumiem, że to mnie w ogóle nie dotyczy.

Muszę odpuścić i całkowicie odciąć się od przeszłości. Jakiś głos w mojej głowie mówi mi jednak, że to jeszcze nie koniec. W sieci pojawił się feralny filmik i ciągle trwa akcja ratownicza na oceanie. Powinnam wykorzystać wszystkie dostępne zasoby i mieć się na baczności aż do czasu, kiedy będę miała pewność, że zagrożenie minęło.

– Ile to jeszcze potrwa? – pytam sama siebie, stojąc w pustym pokoju, a potem czekam, jakbym spodziewała się odpowiedzi. Po dłuższej chwili głośno wzdycham, zamykam komputer i chowam go do torby, a potem gaszę światło. Zalega ciemność i zdaję sobie sprawę, jak kiepski jest mój plan. Przypomina cieniutką kartkę papieru, która już zdążyła wystrzępić się na rogach.

Schodzę na parter, stawiam torbę na kanapie i idę do kuchni, żeby schować do szafek umyte po południu naczynia. W lodówce na najwyższej półce stoi ostatnia puszka coli light. Otwieram ją, ponieważ wiem, że potrzebuję jak najwięcej kofeiny.

Na dworze jest ciemno i w okienku nad zlewem odbija się wnętrze kuchni. Zaciągam zasłonę i piję spory łyk gazowanego napoju. Czuję, jak orzeźwiające bąbelki przywracają mi utraconą energię. Nagle słyszę za plecami dzwonek telefonu Evy.

Podnoszę aparat i patrzę na ekran: „Nieznany numer". To pewnie znowu ta sama kobieta, która martwi się o Evę i czeka, aż ta się do niej odezwie. Zastanawiam się, ile razy będzie próbowała, zanim da sobie spokój i uzna, że Eva nie chce z nią rozmawiać, a ich przyjaźń nie przetrwała próby czasu. Nie znam jej, ale robi mi się przykro. Wysyła swoje komunikaty w pustkę, zupełnie nieświadoma, że trafiają pod zły adres.

Po kilku sekundach na ekranie pojawia się informacja, że przyszła nowa wiadomość głosowa. Nie chcę tracić czasu i mam ochotę od razu ją skasować, ale ciekawość zwycięża. W głębi duszy pragnę jeszcze raz usłyszeć tę kobietę i udawać, że tak naprawdę martwi się o mnie. Dobrze by było, gdyby istniał ktoś, komu zależy na moim szczęściu i bezpieczeństwie. Naciskam „Odtwórz".

Okazuje się jednak, że to wcale nie przyjaciółka Evy. Rozpoznaję ten głos: słyszałam go setki razy i jego właścicielka zwracała się bezpośrednio do mnie.

„Pani Cook, tu Danielle. Wiem, że nie wsiadła pani do tego samolotu. Proszę się ze mną skontaktować".

Zaczyna szumieć mi w uszach, a serce bije jak szalone w rytm kołatającego się w głowie zdania: Oni wiedzą. Oni wiedzą. Oni wiedzą. Puszka coli wypada mi z ręki i uderza o podłogę.

Wbijam wzrok w telefon, nie mogę złapać oddechu. Ile razy odsłuchałam w życiu wiadomości, które zaczynały się dokładnie w ten sam sposób? Momentalnie cofam się w czasie, a mój żołądek ściska się w supeł.

„Tu Danielle".

Z pytaniami o to, co znowu zaniedbałam albo czego zapomniałam zrobić.

„Tu Danielle".

Zawsze natarczywa i niespuszczająca mnie z oczu.

„Tu Danielle".

Odnalazła mnie, co oznacza, że już niebawem pojawi się tutaj Rory. Patrzę na leżącą na ziemi puszkę, wokół której zrobiła się już kałuża ciemnobrązowego płynu wyglądającego jak krew.

EVA

Styczeń, pięć tygodni przed katastrofą

W dniu, w którym Liz miała się wyprowadzić, Eva została u siebie i udawała, że jej nie ma. Siedziała jednak przy oknie w gabinecie na piętrze i obserwowała, jak pracownicy firmy wypożyczającej meble ładują je na ciężarówkę. Kilka dni po pamiętnej kłótni Liz wsunęła przez szczelinę na listy karteczkę ze staroświecko wykaligrafowanym zdaniem: „Wszystko, czego kiedykolwiek chciałaś, jest po drugiej stronie strachu". Eva zgniotła wiadomość i wyrzuciła ją do stojącego obok biurka kosza na śmieci.

Wiedziała, że kiedy mieszkanie za ścianą będzie puste, a ciężarówka gotowa do odjazdu, Liz przyjdzie się pożegnać. Wyobraziła sobie chwilę, kiedy po dwóch tygodniach milczenia sąsiadka stanie przed jej drzwiami. Eva będzie musiała znaleźć odpowiednie słowa, żeby ją przeprosić i wyjaśnić, że mimo tego, jak się zachowała, ich przyjaźń bardzo wiele dla niej znaczy.

Na razie zajęła się jednak porządkowaniem swoich rzeczy. Sprawdziła stan singapurskiego konta i przejrzała dowody obciążające Fisha, które do tej pory udało jej się zgromadzić. Parę dni temu była u notariusza, żeby na wszelki wypadek wszystko formalnie potwierdzić. Znudzona prawniczka przystawiła gdzie trzeba pieczątki i złożyła podpisy, nawet nie patrząc, co jest napisane na przedstawionych dokumentach.

Eva czuła, że coś ją podświadomie uwiera, jakaś niedokończona sprawa, która nie da jej spokoju, dopóki się nią nie zajmie. Wiedziała, że niedługo stąd wyjedzie i zacznie nowe życie ze zmienioną tożsamością. W ten sposób odetnie sobie możliwość powrotu i już nigdy nie będzie miała szansy na spotkanie, a być może nawet na rozmowę ze swoją biologiczną rodziną.

Wpisała nazwisko dziadków w wyszukiwarkę osób, a potem podała dane karty kredytowej, żeby uzyskać dostęp do płatnej wersji oferującej również numery telefonów i adresy.

To nie było trudne. Informacje, których potrzebowała, znajdowały się cały czas na wyciągnięcie ręki. Okazało się, że Nancy i Ervin Jamesowie mieszkają kilka kilometrów od Richmond.

Kiedy Liz poszła kupić pracownikom firmy przeprowadzkowej kanapki, Eva wymknęła się z domu. Nie miała ochoty na rzewne pożegnania. Między nią a Liz było zbyt wiele niedomówień i nie chciała udawać, że jest inaczej.

———•———

Pojechała na północ, dziwiąc się, że jej rodzina przez cały ten czas była tak blisko. Czy kiedykolwiek o niej myśleli? A może próbowali ją odszukać? Niewykluczone, że nie wydali pieniędzy na płatną wyszukiwarkę, tak jak zrobiła to Eva, ale nawet korzystając z darmowych narzędzi, można było otrzymać podstawowe dane. W internecie na pewno znaleźliby informacje o Evie James, wiek 32 lata, zamieszkałej w Berkeley w stanie Kalifornia.

Zjechała z autostrady i po chwili trafiła na podupadłe osiedle. Minęła kilka przecznic i skręciła w szeroką bezdrzewną ulicę, wzdłuż której stały zaniedbane domy. Na podwórkach walały się śmiecie i rosła wysuszona trawa oraz chwasty. Okolica sprawiała przygnębiające wrażenie. Nie tak to sobie wyobrażała i miała ochotę jak najszybciej stąd zniknąć, żeby nie niszczyć mitu, który stworzyła w głowie przez te wszystkie lata.

Zatrzymała się przed domem z zieloną elewacją, której kolor dawno temu wypłowiał. W bramie garażowej straszyło wybite okno. Ktoś próbował zasłonić otwór kartonem, ale chyba dawno temu, ponieważ taśma wyglądała na starą i zdążyła się już częściowo odkleić, a sam karton nasiąknął wodą i zaczął pleśnieć. Po drugiej stronie ulicy uwiązany na łańcuchu pies zakłócał ciszę głośnym szczekaniem.

Eva weszła na popękaną ścieżkę i przyjrzała się brązowemu trawnikowi i zaniedbanym krzewom. Ten widok zupełnie nie odpowiadał jej dotychczasowym wyobrażeniom o miejscu, w którym mogłaby spędzić dzieciństwo. Gdzie były kwiatowe rabatki, którymi zajmowała się babcia? Dlaczego na wyszorowanym przez dziadka podjeździe nie stał elegancki samochód, a w oknach nie było okiennic? Miała wrażenie, że uderza w klawisze rozstrojonego fortepianu, z którego wydobywają się głośne, raniące uszy dźwięki.

Stanęła na zadaszonym ganku, starając się oddychać przez usta. Przez zamknięte drzwi przenikał trudny do wytrzymania smród papierosów. Zapukała i po chwili rozległ się odgłos kroków. W tym momencie chciała się odwrócić. Nie miała ochoty dowiadywać się, co znajduje się w środku tego domu.

Było już jednak za późno. Drzwi się otworzyły i stanął w nich starszy mężczyzna w luźnych jeansach i starym T-shircie. Jego żylaste ramiona były pokryte tatuażami.

– O co chodzi? – zapytał, patrząc jej przez ramię na zaparkowany przy krawężniku samochód. Od razu zwróciła uwagę na to, że mężczyzna ma takie same oczy jak ona. Dokładnie ten sam kształt i kolor. Z wrażenia wstrzymała oddech: przez ułamek sekundy czuła, jakby znalazła zgubiony puzzel, którego brakowało do ułożenia całego obrazka.

– Kto to? – zawołał ktoś ze środka.

Za plecami mężczyzny dojrzała siedzącą na krześle zwalistą postać. Zapach papierosów był tak mocny, że Evie zrobiło się niedobrze. Do tego w powietrzu zaczął się unosić fetor niemytego ciała wymieszany z wonią spalenizny.

– Przepraszam – powiedziała Eva i zrobiła krok do tyłu. – Musiałam pomylić adres.

Mężczyzna zaczął się jej uważnie przyglądać. Eva czekała na błysk w jego oku oznaczający, że została rozpoznana. Być może dojrzy w stojącej przed domem dziewczynie ducha jej zmarłej matki, a swojej siostry. Niestety tylko wzruszył ramionami i oznajmił:

– Okay, rozumiem.

Kiedy zatrzasnął drzwi, Eva odwróciła się i zaczęła iść w stronę ulicy. Miała wrażenie, że straciła panowanie nad swoim ciałem: jej ruchy wydawały się nieskoordynowane, ale jakoś zdołała wrócić na chodnik i wsiąść do samochodu. Jak tylko włączyła silnik, zaczęła karcić się w myślach za snucie fantazji na temat swojej rodziny i wyobrażanie sobie o nich nie wiadomo czego.

Wyjechała z osiedla i wróciła na autostradę. Kiedy pędziła już na południe w kierunku Berkeley, dotarło do niej, że przez całe życie marzyła o czymś, co nie miało żadnych szans na realizację. Przez te wszystkie lata wierzyła, że gdyby tylko dziadkowie obdarzyli ją miłością i przyjęli pod swój dach, to w jakiś sposób uniknęłaby tego, co stało się potem na studiach. Była przekonana, że zrobiłaby dyplom i zaczęła normalne życie. Teraz wiedziała, że stałoby się zupełnie inaczej i najprawdopodobniej w ogóle nie trafiłaby na uniwersytet.

„Informacja to władza".

Mogła wreszcie przestać się nad sobą użalać, ponieważ była pewna, że przeszłość nie miała jej nic wartościowego do zaoferowania. Okazało się, że czasami utrata marzeń może oznaczać odzyskanie wolności.

———•———

Kiedy wróciła do Berkeley, ciężarówka już odjechała, a mieszkanie Liz ziało pustką. Przez odsłonięte okna można było zajrzeć do pokojów opróżnionych z mebli. Pomalowana na czerwono ściana wydawała się jaśnieć dziwnym blaskiem. Eva poczuła, jak ogarnia ją głęboki, przejmujący smutek.

Weszła na werandę i otworzyła drzwi do swojego mieszkania, starając się patrzeć prosto przed siebie. Udawała, że nie widzi doniczek z roślinami, o które tak bardzo troszczyła się jej sąsiadka. W pewnym momencie zerknęła na prawo, w stronę drzewka, które razem zasadziły. To była jedyna pamiątka po ich przyjaźni, samotny wartownik strzegący sekretów przeszłości.

EVA

Za piętnaście minut miała wyjść z domu, żeby spotkać się z Dexem na meczu koszykówki. Właśnie wtedy przyszedł SMS od Jeremy'ego.

> Mam kłopoty z zaliczeniem sesji. We wtorek muszę oddać pracę pisemną i potrzebuję czegoś, co pomoże mi dostać piątkę. Proszę.

Jeremy był najbardziej natarczywym spośród wszystkich jej klientów. Potrafił całymi tygodniami wiercić jej dziurę w brzuchu, żeby coś mu sprzedała. Próbowała się go pozbyć i zaproponowała mu nawet namiary na innego dealera, ale odmówił. Chciał kupować tylko u niej, ponieważ do nikogo innego nie miał zaufania. Kiedyś działało jej to na nerwy, ale teraz było jasne, że chodzi po prostu o ostrożność.

Szybko mu odpisała:

Idę na mecz koszykówki do hali Haasa. Spotkajmy się przy wejściu do sektora dziesiątego
w czasie pierwszej przerwy.

Chciała przekazać towar Dexowi w części stadionu dostępnej tylko dla klubowiczów, potem poszuka
Jeremy'ego. Wzięła cztery tabletki, które trafiły do od-
rzutów, ponieważ były pęknięte albo miały niewłaści-
wy kształt, a potem schowała je do zwykłej białej koperty. Nie wyglądały szczególnie estetycznie, ale poza
tym niczego im nie brakowało.

Dwa dni wcześniej Castro podszedł do niej w super-
markecie, w alejce z mrożonkami. Trwało to raptem
chwilę, ale zdążył przekazać jej informacje, gdzie i kiedy
mają się spotkać, oraz powiedział, że niedługo będzie
wiadomo, czy szefostwo przystaje na jej warunki. Eva
czuła, jak każda godzina, a nawet minuta zbliżają ją do
rozwiązania, choć nie znała jeszcze konkretów. Rozejrzała się po domu, zastanawiając się, czy będzie za nim
tęsknić. Omiotła wzrokiem znajome wnętrze salonu:
krzesło, na którym siedziała milion razy, oprawione
w ramki grafiki, które powiesiła, żeby rozjaśnić kolora-
mi swoje ponure i samotne życie, oraz stare podręczniki, jedyny ślad po tym, kim chciała kiedyś zostać. Te
przedmioty nie tworzyły jednak żadnej spójnej całości.
Nagle z niezwykłą jasnością zrozumiała, że w zasadzie
już jej tu nie ma. Zgromadzone w tym domu rzeczy nic
nie znaczą i nie będzie za nimi płakać, a jedyna osoba,
na której jej zależało, zdążyła stąd wyjechać.

Wzięła kurtkę i wsadziła do dwóch różnych kieszeni towar dla Dexa i tabletki dla Jeremy'ego. Potem schowała dyktafon, chociaż podejrzewała, że dziś znowu nagra jedynie czcze pogaduszki. Wymknęła się z domu, starając się nie zwracać uwagi na puste okna w mieszkaniu Liz, jednak kiedy szła przez werandę, jej kroki odbijały się od ścian głuchym echem.

Pokonała na piechotę kilka przecznic dzielących ją od kampusu, przeszła na skos przez szeroki trawnik rozciągający się przed biblioteką i zaczęła się wspinać długą wąską ścieżką prowadzącą do Sather Gate. Spore grupki studentów i kibiców kierowały się w stronę hali Haasa. Eva wmieszała się w tłum, weszła do hali i od razu zajęła swoje miejsce.

Uśmiechnęła się do siedzących obok kibiców, których znała z widzenia, ponieważ ostatnio regularnie przychodziła oglądać mecze. Nie zamieniła jednak z nikim ani słowa. Wbiła wzrok w boisko, na którym rozgrzewali się właśnie zawodnicy. Pozwoliła się porwać panującej w hali atmosferze i miała wrażenie, że odpływa jak łódka niesiona wysoką falą. Była szmat drogi od portu, z którego wypłynęła, nie wiedziała, dokąd zmierza, i nie miała pojęcia, kiedy znowu przybije do znajomego lądu.

———•———

Dex pojawił się dopiero w połowie pierwszej kwarty.

– Przepraszam za spóźnienie – powiedział, siadając na swoim krześle. – Coś straciłem?

Eva nie zareagowała na dowcip i spojrzała na trybunę zajmowaną przez studentów. Były tam tylko

miejsca stojące, a młodzi ludzie rytmicznie podskaki-
wali i robili dużo hałasu, wygwizdując drużynę gości.

– Kiedy byłam na uniwersytecie, ani razu nie wybrałam się na mecz koszykówki – oznajmiła. – Zajmowałam się wyłącznie nauką i chodzeniem na zajęcia.
Może z wyjątkiem samej końcówki, kiedy zwąchałam
się z Wade'em.

Dex skinął głową, ale nie zareagował.

– Zawsze myślałam, że zostanę na uczelni – kontynuowała. – Chciałam uczyć studentów albo pracować
w laboratorium. Berkeley to było jedyne miejsce, w którym czułam się jak w domu.

Na boisku jeden z graczy złapał odbitą rykoszetem
piłkę i ruszył z błyskawiczną kontrą w stronę kosza
przeciwników. Rozległ się wzmożony doping. Eva nie
zwróciła na to większej uwagi i dalej snuła swoją
opowieść:

– W pewnym sensie zrealizowałam marzenia z mło-
dości, ale wszystko wydaje się postawione na głowie.
Niby mieszkam w Berkeley i niczego mi nie brakuje,
mam dom i pieniądze, jednak wszystko jest nie tak.

Dex odwrócił się w jej stronę i uważnie na nią spojrzał.

– Myślisz, że inni mają lepiej? – Wskazał na starszego mężczyznę siedzącego na skraju ich rzędu. Miał
podkrążone oczy i był ubrany w zniszczoną bluzę z po-
przecieranymi rękawami. – Popatrz na tego gościa.
Wygląda jak księgowy dojeżdżający z przedmieść do
jakiegoś biura w centrum. Codziennie wstaje o świcie,
żeby zdążyć na zatłoczony pociąg, w którym ledwo się
mieści. Potem je śniadanie przy biurku, musi wchodzić
szefowi w dupę, a w lecie bierze dwa tygodnie wolnego.

Nie stać go nawet na kupienie sobie karnetu na cały sezon. Chciałabyś się z nim zamienić? Lepiej nie narzekaj. Nie wiedzie nam się źle.

Miała ochotę go udusić. „Nie wiedzie nam się źle"? Czy on naprawdę nie zdaje sobie sprawy z tego, że muszą się bez przerwy ukrywać, knuć intrygi i sprawdzać, czy nikt ich nie śledzi? Ilu ludzi siedzących na tym stadionie żyje w ciągłym strachu przed aresztowaniem i boi się, że mogą zostać zamordowani za popełnienie choćby najmniejszego błędu?

Była zirytowana. Miała dość pustki i bezsensownego kręcenia się w kółko. Im dłużej to trwało, tym mniej było prawdopodobne, że Castro ją z tego wyciągnie. Potrzebowała jakiegoś planu awaryjnego, sposobu na zniknięcie, gdyby zaszła taka konieczność.

Na trybunach wzmogła się wrzawa. Eva przysunęła się do Dexa i ściszyła głos, żeby to, co chciała powiedzieć, nie nagrało się na dyktafon.

– Mam wśród klientów studentkę, która chce kupić fałszywy dowód tożsamości – oznajmiła lekko niepewnym tonem. Miała nadzieję, że Dex tego nie wychwyci. – Ma dziewiętnaście lat i nie wpuszczają jej do klubów w San Francisco. Znasz kogoś, kto mógłby jej pomóc?

Jeśli Dex zorientował się, że kłamie, to nie dał tego po sobie poznać. Oparł łokcie na kolanach i przekręcił lekko głowę, żeby spojrzeć na Evę.

– Znałem kiedyś kolesia w Oakland, który zajmował się takimi rzeczami. To było jednak wiele lat temu, kiedy wystarczyło podmienić fotografię. – Na chwilę się zamyślił. – A teraz? Chyba najlepsze rozwiązanie to kupienie dokumentu od kogoś, kto jest do niej podobny.

Musiałaby zapłacić za prawdziwe prawo jazdy, a właściciel zgłosiłby kradzież. Standardowa procedura.

Eva popatrzyła na boisko, udając zainteresowanie meczem. Nie chciała, żeby Dex dojrzał zawód w jej oczach.

— Powiedziałam jej dokładnie to samo. Wiesz jednak, jak to jest z młodymi ludźmi. Nie lubią na nic czekać, a dwa lata to dla nich cała wieczność.

W tym momencie rozległ się dzwonek oznaczający przerwę, a z głośników popłynęła hałaśliwa muzyka.

— Co się stało z twoim kolegą, który dał ci namiary na Brittany? — zapytała, próbując przebić się przez harmider.

Dex przez dłuższą chwilę obserwował tańczące na boisku cheerleaderki, a potem oświadczył:

— Dostał to, na co zasłużył. To nie była moja decyzja, ale nie jest mi z tego powodu przykro.

— Jesteś pewien, że był zaangażowany w śledztwo?

Pokręcił głową.

— To nie ma żadnego znaczenia.

— Pozbywanie się kolesia, który był znajomym Brittany, wydaje się trochę niebezpieczne. Czy nie zainteresuje się tym policja?

Dex uśmiechnął się szeroko, ale jego oczy pozostały poważne.

— Spokojnie, nigdy go nie znajdą.

Eva poczuła, jak ściska ją w żołądku, i czekała na ciąg dalszy.

— Fish prowadzi w Oakland magazyn, no wiesz, import–eksport. W piwnicy jest piec krematoryjny.

Przełknęła głośno ślinę, starając się wytrzymać spojrzenie Dexa. Po chwili skinęła głową. Miała nadzieję, że dyktafon nagrał ich rozmowę, a nie tylko lecącą z głośników piosenkę Daft Punk. Na boisku tańczyły cheerleaderki; rytm stawał się coraz szybszy i one w coraz szybszym tempie przebierały nogami, wyrzucały w górę ręce i potrząsały włosami.

Eva poczuła, że ogarnia ją klaustrofobia. Było gorąco, a widzowie siedzieli stłoczeni na sięgających niemal sufitu stromych trybunach. Miała wrażenie, że znalazła się w pułapce. Zerknęła na tablicę wyników, na której wyświetlano aktualną godzinę.

– Zbierajmy się – powiedziała. – Później zrobi się naprawdę tłoczno. Zaczyna boleć mnie głowa i chyba pójdę wcześniej do domu.

– Nie musisz mnie do tego przekonywać. – Dex wstał z krzesła i zaczął przeciskać się między ludźmi siedzącymi w ich rzędzie. Eva ruszyła jego śladem.

———•———

Byli pierwsi w kolejce do toalety i cała operacja zajęła im nie więcej niż trzydzieści sekund.

– Widzimy się za tydzień? – zapytał Dex, zakładając kurtkę.

Eva wyjrzała przez okno klubu kibica na znajdujące się poniżej boisko i pomyślała o tym, że za kilka miesięcy przyjdzie wiosna i zaczną się treningi. Zawodnicy będą ćwiczyć zdobywanie baz i wypluwać na trawę łuski po słoneczniku. Miała nadzieję, że wtedy będzie już zupełnie gdzie indziej.

Spojrzała na tak dobrze jej znany profil Dexa. Ten facet też miał trudne życie i zrobił tyle, ile było w jego mocy, żeby nauczyć ją, jak się w tym wszystkim odnaleźć. Była pojętną uczennicą i przez wiele lat nie miała powodów do narzekania. Niestety w pewnym momencie to się zmieniło i teraz wspomnienie tamtych czasów było jak patrzenie na wyblakłe zdjęcia osoby, którą już dawno nie jest.

– Jasne – potwierdziła. – Uważaj na siebie.

– Zawsze – odparł, mrugając do niej porozumiewawczo.

Stanęła w korytarzu i rzuciła okiem na zegar. Miała jeszcze pięć minut, żeby wyjść z klubu i spotkać się w umówionym miejscu z Jeremym. Naprawdę bolała ją głowa. Już teraz łupało ją w skroniach i wiedziała, że do wieczora będzie miała pełnoobjawową migrenę. Wyciągnęła z kieszeni telefon i napisała wiadomość do Jeremy'ego.

Zmiana planu. Spotkajmy się przy wejściu do drugiego sektora.

Wyszła z klubu i z powrotem wmieszała się w tłum.

Ludzie przeciskali się w stronę trybun, żeby zająć swoje miejsca. Odsunęła się na bok, do ustronnego kąta, i spojrzała w stronę sektora dziesiątego. Chciała zobaczyć, czy Jeremy już na nią czeka, gdy nagle coś przykuło jej uwagę.

Na początku to była tylko odwrócona tyłem głowa stojącego niedaleko mężczyzny: krótkie brązowe włosy i sportowa kurtka, pod którą spokojnie zmieściłaby się kabura. Wszystko działo się jakby w zwolnionym tempie: facet spojrzał na ekran telefonu, coś na nim przeczytał, a potem odepchnął się od ściany

330

i ruszył w tym samym kierunku, w którym i ona powinna się udać.

Zerknęła na swój aparat i właśnie wtedy ją olśniło. Wreszcie zrozumiała, co jest grane, i z wrażenia aż pociemniało jej w oczach. Pomyślała o każdej wiadomości, którą w ciągu ostatnich kilku tygodni wysłała do Dexa. I do Jeremy'ego, informując go szczegółowo, gdzie i kiedy ma się z nią spotkać. Teraz doskonale wiedziała, dokąd poszedł Castro.

W tym momencie przypomniała jej się scena na stacji benzynowej: Brittany podająca przez otwarte okno kawałek papieru. To przecież ona znała numer telefonu Evy i mogła go przekazać dalej. Aplikacja Whispr była bezużyteczna, jeśli dwie osoby czytały wiadomości w tym samym czasie.

Spuściła głowę i zaczęła przepychać się przez tłum: wszyscy wracali na swoje miejsca i tylko ona próbowała wydostać się na zewnątrz. Nie chciała patrzeć nikomu w oczy. Bała się, że w każdej chwili Castro może złapać ją za rękę, odciągnąć na bok i kazać opróżnić kieszenie. Będzie musiała się tłumaczyć, dlaczego nadal sprzedaje narkotyki, i istniało spore ryzyko, że agent wycofa się z umowy.

Wyślizgnęła się z hali bocznym wejściem, zaczerpnęła zimnego powietrza i zaczęła zbiegać po schodach, ciągle ściskając w dłoni namierzony przez policję telefon. Kiedy mijała przepełniony kosz na śmieci, miała ochotę wsadzić urządzenie pod puste kubki i stare opakowania. Marzyła o tym, żeby jak najszybciej pozbyć się tego ustrojstwa, ale zdawała sobie sprawę, że nadal musi z niego korzystać. Castro nie może się przecież dowiedzieć, że coś jest nie tak.

Szybkim krokiem zbliżyła się do Sproul Plaza i wysłała Jeremy'emu ostatnią wiadomość.

Pewnie nie wiesz, ale spotkałam dzisiaj twoją
mamę. Świetnie wygląda!

Zgodnie z ustalonym szyfrem ten SMS oznaczał, że spotkanie jest odwołane, ponieważ grozi im niebezpieczeństwo. Miała nadzieję, że Jeremy wróci na trybunę dla studentów i o wszystkim zapomni.

Sama poszła w górę Bancroft Way i wrzuciła białą kopertę z tabletkami do kosza stojącego przed siedzibą samorządu, a potem ruszyła w stronę domu.

CLAIRE

Pani Cook, tu Danielle. Wiem, że nie wsiadła pani do tego samolotu. Proszę się ze mną skontaktować.

Kiedy odkładam telefon, czuję, że ogarnia mnie paraliżujący strach. Robię krok do tyłu, jakby Danielle mogła mnie wciągnąć do wnętrza aparatu i zabrać do Nowego Jorku, gdzie już czeka na mnie Rory.

Mam mętlik w głowie i z powodu narastającej paniki trudno mi zebrać myśli. W jaki sposób udało jej się tak szybko mnie odnaleźć? Od opublikowania filmu w internecie nie minęły jeszcze dwadzieścia cztery godziny. Może to wszystko było ustawione? Przecież inaczej Danielle nie byłaby w stanie mnie namierzyć. A co jeśli należący do nieznajomej telefon na kartę miał służyć do tego, by śledzić każdy mój krok? Zaczyna mi brakować tchu i z trudem powstrzymuję falę nudności.

Jeśli Rory i Eva są ze sobą w jakiś sposób powiązani... Zaczynam się zastanawiać, co mogłoby wynikać z takiego założenia. Jak mogli się poznać i dlaczego uknuli plan, żeby w ostatniej chwili zamienić bilety po to, bym nie poleciała do Portoryko, tylko trafiła gdzieś, gdzie będę sama, bez pieniędzy i znajomych?

Teraz jestem idealnym celem. Jeżeli zginę, nikt się o tym nie dowie.

Coś mi jednak nie pasuje. Przecież katastrofa samolotu nie mogła być zaplanowana, a ja wcale nie zamierzałam zostać u Evy. Na początku miałam skontaktować się z Petrą i wykorzystać tożsamość poznanej na lotnisku kobiety najwyżej przez kilka godzin. Rory nie był w stanie przewidzieć, że jego żona wyląduje właśnie w Berkeley, a już na pewno nie dało się tego wszystkiego zaaranżować.

Wsłuchuję się w panującą dookoła ciszę i staram się skupić, żeby zrozumieć, co tak naprawdę się wydarzyło. Muszę wyjść poza perspektywę ofiary przemocy domowej, która wszędzie węszy spisek i reaguje paranoicznie na każde zagrożenie. Powoli cofam się wspomnieniami do początku swojej ucieczki. Wiem, że gdzieś musi być jakieś brakujące ogniwo. Znowu biorę do ręki telefon: przesuwam palcami po krawędzi obudowy i wbijam wzrok w czarny ekran, w którym niewyraźnie odbija się moja twarz.

Bruce powiedział Rory'emu, że sprawdzi numer, na który dzwoniłam w dniu katastrofy. Przypominam sobie wieczór, kiedy odblokowałam telefon Evy i próbowałam skontaktować się z Petrą, licząc, że tym razem jakoś się uda. Jeśli Bruce dotrze do billingów, to będzie wiedział, kto jeszcze próbował dodzwonić się do mojej przyjaciółki.

Nie powinnam jednak zapominać, że to ja naprowadziłam Danielle na to miejsce. Jeśli Rory zna numer telefonu, to co z tego wynika? Czy jest w stanie mnie namierzyć? Patrzę na okienko w kuchni, a potem na drzwi do ogrodu. Mam ogromną ochotę wybiec na zewnątrz i wyrzucić ten przeklęty telefon w krzaki.

– Skup się, Claire – mówię do siebie szorstkim głosem, który odbija się echem w pustym pokoju. To nie jest przecież telewizja ani jakiś kiepski film. Rory ma mnóstwo pieniędzy, a Bruce kontakty, dzięki którym może uzyskać dostęp do wielu informacji, lecz nie wydaje mi się, żeby potrafili zhakować telefon, tak jak zrobiłyby to służby federalne.

Wciągam powietrze głęboko w płuca i powoli je wypuszczam. Robię tak kilka razy, żeby się skupić i dobrze sformułować najważniejsze pytanie.

Dlaczego zadzwoniła do mnie Danielle, a nie Rory? To nie pasuje do stylu działania mojego męża. Gdyby wiedział, gdzie jestem, nie bawiłby się w żadne telefony, tylko od razu wsiadł do samolotu i podszedł do mnie w momencie, kiedy najmniej bym się tego spodziewała. „Cześć, Claire!"

Trzęsącymi się palcami jeszcze raz wybieram odtwarzanie wiadomości. Chociaż jestem na to przygotowana, głos Danielle znowu wpędza mnie w popłoch. „Wiem, że nie wsiadła pani do tego samolotu". Tym razem zwracam uwagę na naglący ton głosu, jak gdyby Danielle chciała mnie ostrzec, a nie zastraszyć.

Jedno jest pewne: muszę stąd zniknąć. Zegar na wyświetlaczu kuchenki pokazuje, że jest dziesięć po dziesiątej. Idealna godzina: wystarczająco późno, żebym mogła wyjechać z miasta przez nikogo niezauważona, ale jednocześnie na tyle wcześnie, że nie będę jedynym kierowcą na drodze. Stawiam bagaże przy drzwiach i biorę do ręki pęk kluczy. Najwyższy czas sprawdzić, czy samochód Evy jest na chodzie.

———•———

Garaż jest zamknięty na kłódkę. Mrużę oczy i szukam właściwego klucza, modląc się w duchu, żeby silnik odpalił. Liczę też, że w baku jest benzyna, a auto nie stanie gdzieś po drodze.

Otwieram kłódkę i podnoszę bramę. Idzie gładko, ponieważ sprężyny są dobrze naoliwione. W środku jest ciemno i potrzebuję dłuższej chwili, żeby przyzwyczaić wzrok. Widzę zakurzone półki z puszkami po farbie, a przy ścianie stoi pokryta pajęczynami drabina. Nigdzie nie ma jednak samochodu. Na betonie zostały tylko ślady po oponach i prostokątna kratka pobrudzona zaschniętym olejem. Czuję ucisk w żołądku i tracę resztkę nadziei na szczęśliwe zakończenie. Niezależnie od tego, w którą stronę się obrócę, zamykają się przede mną kolejne możliwości i czuję się zapędzona w kozi róg.

Idę na sam koniec garażu i lustruję wzrokiem nagie ściany, jakbym liczyła na to, że uda mi się tu znaleźć jakąś wskazówkę. Kiedy odwracam się twarzą do ciemnej ulicy, mam już w głowie nowy plan. Spędzę jeszcze jedną noc w domu Evy, rano wsiądę do pociągu do San Francisco i za z trudem zaoszczędzone pieniądze kupię bilet na autobus jadący na północ. Muszę stąd zniknąć, zanim wzejdzie słońce.

Zamykam bramę i ruszam w stronę domu. Mijam sosnę i zaczynam podchodzić do werandy, kiedy nagle staję jak wryta i z wrażenia niemal wypuszczam klucze z ręki. Pod domem stoi jakiś mężczyzna i zagląda przez odsłonięte okna do pustej części bliźniaka. Po chwili orientuję się, że to ten sam facet, który jakiś czas temu wpadł na mnie na ulicy, a potem mnie obserwował, kiedy siedziałam w kawiarni.

Chowam się w mroku i zerkam przez ramię. Powinnam uciekać? Ale przecież zostawiłam otwarte drzwi, a w korytarzu leżą moje bagaże i komputer.

Robię głęboki wdech i wchodzę na werandę.

– Dobry wieczór. W czym mogę panu pomóc?

Mężczyzna odwraca się, szeroko się do mnie uśmiechając, jakbyśmy byli starymi znajomymi.

– Dobry wieczór!

Na jego twarz pada teraz światło z okna mojego salonu i po raz pierwszy dobrze widzę jego oczy: są stalowoszare i przypominają kolorem wzburzony ocean.

– Czy wie pani, z kim powinienem się skontaktować w sprawie wynajmu?

Robię kilka kroków do przodu i staję między intruzem a niezamkniętymi drzwiami do domu Evy.

– Wydaje mi się, że jest dość późno na załatwianie takich spraw.

Mężczyzna rozkłada ręce.

– Przechodziłem ulicą i zauważyłem pustostan.

– Chyba nie jestem w stanie panu pomóc, a moja przyjaciółka wyjechała.

– Aha... A kiedy wróci?

Zamiera w bezruchu, a z jego twarzy nie da się nic wyczytać. Mam jednak wrażenie, że moja odpowiedź ma dla niego ogromne znaczenie.

Kiedy wróci?

– Jest za granicą – mówię, instynktownie czując, że powinnam trzymać tego typa z dala od Evy.

Kiwa głową, jakby coś zrozumiał, a potem kąciki jego ust unoszą się w dziwnym uśmiechu. Po chwili podchodzi jeszcze bliżej i wyciąga rękę, żeby zdjąć coś z mojego ramienia.

– Pajęczyna – oznajmia, ale zamiast się cofnąć stoi jak słup. Czuję bijące od niego ciepło oraz zapach papierosów i męskich perfum. Robię krok do tyłu w stronę mieszkania, zastanawiając się, czy ten dziwny facet będzie chciał wepchnąć się do korytarza.

Na szczęście wskazuje tylko na drzwi i mówi:

– Wiem, że to spokojna okolica, ale powinna pani zamykać dom na klucz, szczególnie późno wieczorem. Berkeley nie jest tak bezpieczne, jak mogłoby się wydawać.

Mam wrażenie, że dostałam cios prosto w brzuch. Mój żołądek zaciska się w supeł i mam problem ze złapaniem oddechu. Nie odpowiadam, tylko łapię za klamkę, otwieram drzwi i zamykam się od środka.

– Dziękuję za pomoc – mówi jeszcze mężczyzna do moich pleców i zaczyna schodzić z werandy.

Rozglądam się dookoła, szukając jakiegokolwiek śladu, że ten facet tutaj był.

Wszystko wygląda jednak tak jak w chwili, kiedy stąd wyszłam. Przy ścianie stoją bagaże i niczego nie brakuje, a w powietrzu nie czuć zapachu męskich perfum. Nikogo tu nie było. Poszłam do garażu na nie więcej niż pięć minut i w tym czasie nic się nie stało. Naciskam palcami powieki, żeby wziąć się w garść. Muszę zapanować nad paniką i zacząć myśleć racjonalnie.

Idę do kuchni, gdzie o mało nie wdeptuję w kałużę coli, która wyciekła z przewróconej puszki i popłynęła w stronę półek. Patrzę na stojący pod ścianą regał na kółkach i schylam się, żeby zobaczyć, czy tam też jest mokro. Muszę uważać, by nie pobrudzić sobie ubrania. Zaglądam pod spód i widzę, że płyn zatrzymał się na czymś, co wygląda jak framuga.

Przesuwam mebel, żeby odsłonić znajdujące się za nim drzwi. Na stalowym zawiasie wisi kłódka.

– Co jest grane, do cholery? – mruczę pod nosem.

Sięgam po pęk kluczy i znajduję ten, który pasuje do zamka. Otwieram drzwi i macam ręką ścianę w poszukiwaniu kontaktu. Po chwili udaje mi się zapalić światło. Jednocześnie gdzieś na dole włącza się wentylator. Zaczynam powoli schodzić po schodach prowadzących do małej piwnicy, w której kiedyś najprawdopodobniej znajdowała się pralnia.

Jednak teraz to pomieszczenie pełni zupełnie inną funkcję. Wzdłuż ścian zamontowano półki i blaty, jest też niewielki zlew, a w kąt wciśnięto przenośną zmywarkę. Na półkach stoją różne odczynniki: duże słoje z chlorkiem wapnia i przynajmniej trzydzieści buteleczek z rozmaitymi środkami medycznymi na kaszel i przeziębienie. W rogu jest też kuchenka turystyczna, a obok zlewu leżą odwrócone do góry dnem formy na tabletki. Wyglądają tak, jakby ktoś czekał, aż wyschną. Wysoko na ścianie znajduje się zabite deskami okienko z zamontowanym w środku wentylatorem.

Moją uwagę przyciąga blat umieszczony na lewo od schodów. Leżą na nim różne papiery i dyktafon. Wolałabym niczego nie dotykać, ale ciekawość zwycięża. Pochylam się i zaczynam czytać pierwszy z brzegu dokument. To poświadczony notarialnie list do niejakiego agenta Castro.

Nazywam się Eva James i chciałabym złożyć pod przysięgą zeznania dotyczące wydarzeń, które rozpoczęły się dwanaście lat temu i trwają aż do teraz, czyli do piętnastego stycznia bieżącego roku kalendarzowego.

Pogrążam się w lekturze, coraz szybciej przerzucając kolejne strony. To historia młodej studentki, która za wszelką cenę szukała akceptacji. W krytycznym momencie dokonała wyboru, który z jej perspektywy wydawał się jedynym możliwym: zaczęła pracować dla niejakiego Dexa. Ten facet złożył jej mnóstwo obietnic, których nie miał zamiaru spełnić. Roztoczył przed nią wizję normalnego życia, szczęścia i wolności. Okazało się, że została zagnana w kozi róg i w końcu miała tego dość. Postanowiła więc zniknąć, zostawiając za sobą spaloną ziemię.

Eva nie była więc ani oszustką, ani złodziejką tożsamości. Była kimś takim jak ja: kobietą, której świat nigdy nie rozpieszczał, więc postanowiła wziąć sprawy w swoje ręce.

Biorę do ręki dyktafon i naciskam „Odtwórz". Niewielką piwnicę wypełniają odgłosy areny sportowej:

radosne okrzyki, skandowanie, głos komentatora i muzyka grana przez orkiestrę dętą.

– Pozbywanie się kolesia, który był znajomym Brittany, wydaje się trochę niebezpieczne – mówi Eva. – Czy nie zainteresuje się tym policja?

Bez trudu wychwytuję jej głos. Teraz odzywa się ktoś, kogo też rozpoznaję natychmiast: to facet, który dziesięć minut temu stał na werandzie i ostrzegał mnie przed zostawianiem otwartych drzwi.

– Spokojnie, nigdy go nie znajdą. Fish prowadzi w Oakland magazyn, no wiesz, import–eksport. W piwnicy jest piec krematoryjny.

Zatrzymuję nagranie, ponieważ nie mogę dłużej tego słuchać. W mojej głowie w zawrotnym tempie przewijają się kolejne sceny. Zakup domu za gotówkę. Pełne desperacji zachowanie Evy na lotnisku. Sposób, w jaki wcisnęła mi swoją torebkę, nawet nie sprawdziwszy, czy w środku są jakieś rzeczy, które chciałaby zatrzymać. Czarny telefon, który miała ze sobą. Nic dziwnego, że nie powiedziała mi prawdy. Teraz już wiem, dlaczego nie mogła wrócić do Berkeley.

I dlaczego ja powinnam jak najszybciej stąd zniknąć.

Zostawiam laboratorium w nienaruszonym stanie, ale zabieram ze sobą papiery i dyktafon. Przyciskam wszystko mocno do piersi i wbiegam po schodach na górę.

EVA

Miała się spotkać z agentem Castro w restauracji The Round House położonej przy wjeździe na most Golden Gate od strony San Francisco. Zaparkowała przy Crissy Field i resztę drogi pokonała piechotą, kilka razy oglądając się przez ramię. Szczególną ostrożność zachowała na zacienionych ścieżkach parku Presidio. Wyjeżdżając z miasta, wybrała dłuższą drogę przez San Rafael i Mill Valley, zamiast jechać bezpośrednio przez Bay Bridge. Chciała mieć pewność, że nikt jej nie śledzi.

Dzień wcześniej dostała list. Dotknęła teraz palcami zgiętej koperty spoczywającej w jej kieszeni jak talizmanu, po czym wyciągnęła ją ponownie i jeszcze raz przeczytała list:

Droga Evo,

bardzo żałuję, że nie udało nam się pożegnać. Liczyłam na to, że zanim wyjadę, znajdziemy jeszcze chwilę, żeby poważnie porozmawiać. Wydaje mi się, że jestem ci winna przeprosiny. Zbyt pochopnie przyjęłam pewne założenia i chciałabym wszystko wytłumaczyć, żeby nie było między nami niedomówień. Moja przyjaźń jest bezwarunkowa. Nie chcę, żebyś była kimś innym, niż jesteś. W pełni akceptuję twoją przeszłość i kocham cię niezależnie od tego, kim pragniesz zostać.

Uwierz mi, że kiedy dzielisz się problemami z kimś bliskim, robi się lżej. Nie wahaj się więc, jeśli będziesz miała ochotę ze mną porozmawiać. Nie jestem już twoją sąsiadką, ale to wcale nie oznacza, że nie oferuję ci swojej pomocy. Dzwoń, jak tylko będziesz mnie potrzebowała.

Na dole Liz zapisała numer telefonu. Eva schowała list do kieszeni. Nosiła go ze sobą od wczoraj, ani na chwilę się z nim nie rozstając. Żałowała, że nie poznała Liz wiele lat wcześniej, wtedy, gdy zaczepił ją Dex. Zastanawiała się, jak wyglądałoby jej życie, gdyby jedyną rzeczą z przeszłości, do której musiałaby się przyznawać, był głupi błąd w uniwersyteckim laboratorium. Podejrzewała, że Liz dość łatwo by jej to wybaczyła. W końcu Eva była wtedy młoda i naiwna. Nie ona pierwsza zrobiła coś podobnie durnego dla jakiegoś faceta.

Teraz było już jednak za późno. Liz wyjechała, a Evy niedługo również tu nie będzie. Może zresztą tak jest lepiej.

Castro siedział z tyłu restauracji, obok kuchni, z dala od wielkich okien, z których można było podziwiać most.

– Zamówiłem ci burgera i frytki – powiedział w ramach powitania.

Położyła torbę na wyłożonej czerwonym skajem kanapie i usiadła naprzeciwko agenta. W sąsiednich boksach pełno było turystów, którzy robili zdjęcia smartfonami. Na parkingu przed knajpą stanął właśnie autokar i wysypał się z niego tłum ludzi, którzy ruszyli w stronę kładki dla pieszych.

Eva czuła narastający niepokój. Miała nerwy napięte jak postronki i zaczęła sobie wyobrażać, co się stanie, gdy ze ściśniętym żołądkiem będzie musiała wyjść z restauracji, wsiąść do samochodu i zniknąć. Zaczęła stukać palcami w stolik i nerwowo podrygiwać nogą.

– Dzięki. Nie obraź się, ale nie interesuje mnie teraz jedzenie i gadki szmatki.

Agent Castro skinął głową.

– Moi przełożeni nie zgodzili się na to, żebyś wzięła udział w programie ochrony świadków.

Eva miała wrażenie, że ulatuje z niej całe powietrze, a rozbrzmiewające wokół dźwięki zrobiły się nieprzyjemnie ostre. Zaczął ją irytować brzęk sztućców i szum toczących się wokół rozmów. Wszystkie jej plany wzięły nagle w łeb i wydawało jej się, że tak naprawdę były tylko czczymi mrzonkami.

– Dlaczego? – zapytała, z trudem dobywając z siebie głos. – Przecież sam mi powiedziałeś, że od wielu lat starasz się namierzyć Fisha.

Castro spojrzał na stojącą przy krawędzi stołu miseczkę z cukrem i wyjął z niej pojedynczą saszetkę, a potem zaczął przesuwać palcami po jej krawędziach, jakby bał się spojrzeć Evie w oczy.

– Zgadzam się z tobą, ale jak już mówiłem, ochrona świadków jest bardzo droga i rzadko korzystamy z tego rozwiązania.

– A kiedy korzystacie?

Wreszcie podniósł głowę i kiedy spojrzał na Evę, zobaczyła w jego oczach autentyczny żal.

– Gdy chodzi o naprawdę grube ryby. No wiesz, szefów mafii i wysoko postawionych członków zorganizowanych grup przestępczych. Wiem, że dla ciebie Fish to groźny bandyta, dla mnie zresztą też. Nie zliczę, ile razy byłem już blisko, ale zawsze udawało mu się wymknąć. Mój informator nagle zapadał się pod ziemię i wracałem do punktu wyjścia.

– Tym bardziej powinniście się postarać – powiedziała, próbując zachować spokój i nie dać po sobie poznać, jak bardzo jest zdesperowana.

– Mogę zaproponować całodobową ochronę w tajnej lokalizacji. Obiecuję, że do końca procesu będziesz całkowicie bezpieczna. Jeśli masz adwokata, to powinnaś się z nim jak najszybciej skontaktować.

Eva przez dłuższą chwilę milczała. Potrzebowała czasu, żeby zebrać myśli. Wyobraziła sobie, że siedzi zamknięta w hotelowym pokoju z dwoma strażnikami przy drzwiach, a w drodze do sali sądowej towarzyszą jej uzbrojeni ochroniarze. Podejrzewała, że dostanie wyrok uniewinniający albo proces zostanie uznany za nieważny. Ale co potem? Czy będzie mogła wrócić do domu? Czym będzie się zajmować? Zdawała sobie sprawę, że niezależnie od tego, dokąd pojedzie, i tak ludzie Fisha ją odnajdą. Niewykluczone, że sprawą zajmie się Dex. Po tym, jak go zdradziła, nie spocznie, dopóki się nie zemści.

Kiedy była dzieckiem, dziewczynki z domu opieki zwracały się do siostry Bernadette z różnymi problemami: gdy posprzeczały się z przyjaciółką, zostały niesprawiedliwie potraktowane przez nauczyciela albo gdy rodzina zastępcza odesłała je z powrotem do sierocińca. Eva nigdy się nie zwierzała, ale zawsze chętnie przysłuchiwała się temu, co siostra Bernadette miała do powiedzenia innym dzieciom. Bardzo często powtarzała: „Jedynym wyjściem jest iść przed siebie". Chodziło o to, że niezależnie od sytuacji jeden krok prowadzi do kolejnego i tak dalej. Eva przypomniała sobie te słowa i uznała, że musi stawić czoło kłopotom i jakoś się z nich wykaraskać. Paradoksalnie, zarówno siostra Bernadette, jak i Dex dawali jej podobne wskazówki. Idź przed siebie. Zachowuj się tak, jakby nic się nie stało.

– W takim razie chyba musimy wziąć to na klatę i liczyć, że wszystko dobrze się skończy – oznajmiła. – Czego ode mnie oczekujesz?

Kelnerka przyniosła jedzenie i Castro wrzucił saszetkę z cukrem z powrotem do miseczki. Zapach burgera i frytek sprawił, że Evie zrobiło się niedobrze.

– Najlepiej byłoby, gdybyś poszła na spotkanie z Fishem z zamontowanym przez nas podsłuchem.

– Wykluczone. Nawet nie wiem, jak on wygląda. To wzbudzi podejrzenia, jeśli właśnie teraz będę chciała się z nim zobaczyć.

Castro wbił w nią zdziwione spojrzenie, jakby w ogóle jej nie wierzył.

– Jeśli masz zamiar mnie okłamywać, to od razu zrywamy współpracę. – Z jego głosu zniknął łagodny ton, którym mówił, przepraszając za to, że nie jest w stanie zrobić więcej w jej sprawie.

– Ja nie kłamię. Starałam się dowiedzieć czegoś o Fishu i o tym, jak wygląda dystrybucja narkotyków, ale to działa zupełnie inaczej. Znam tylko drobny wycinek tego biznesu.

Castro rozsiadł się wygodnie na kanapie i położył dłonie na blacie. Po dłuższej chwili milczenia oświadczył:

– Mamy dowody. Fotografie, na których jesteście razem.

Eva pokręciła głową skonsternowana.

– To niemożliwe. Przysięgam, że nigdy się z nim nie spotkałam.

Agent sięgnął do kieszeni kurtki i wyciągnął z niej telefon, a potem zaczął przeglądać folder ze zdjęciami. Kiedy znalazł to, czego szukał, obrócił ekran w stronę Evy.

Fotografia została zrobiona w hali Haasa tego samego dnia, kiedy Eva miała się spotkać z Jeremym. Rozpoznała niektórych ludzi, na przykład smutnego księgowego w powycieranej bluzie. Na pierwszym planie byli ona i Dex: siedzieli z nachylonymi do siebie głowami, pogrążeni w rozmowie. Jakość była niesamowita: do zrobienia tego zdjęcia użyto niezwykle mocnego obiektywu.

Znowu pokręciła głową, nie mogąc uwierzyć własnym oczom.

– To nie jest Fish, tylko Dex.

Castro schował telefon i zaczął jej się uważnie przyglądać, mrużąc oczy, jakby nie do końca jej wierzył.

– Nie mam pojęcia, kim jest Dex, ale ten facet to Felix Argyros, znany również jako Fish.

CLAIRE

Pędem pokonuję schody i przebiegam przez kuchnię, nie zwracając uwagi na kałużę coli. Dopiero w salonie spostrzegam, że zostawiam wszędzie mokre ślady, ale nie mam teraz czasu się tym zajmować. Chowam do torby dyktafon i poświadczone notarialnie dokumenty należące do Evy. Nie wiem, dlaczego uznałam, że powinnam je ze sobą zabrać. Jakiś wewnętrzny głos ostrzegł mnie, że zostawienie ich w tym domu będzie błędem. Myślę o facecie, który kręcił się po werandzie i podszedł do mnie tak blisko, że wciąż czuję zapach tytoniu. Nie mam wątpliwości, że interesują go właśnie te papiery i nagrania z dyktafonu. Przypominam sobie telefon z nieskasowaną wiadomością od Danielle, który ciągle leży na blacie w kuchni. Dopadam go w kilku susach i chowam do kieszeni.

Na zewnątrz przejeżdża samochód, słyszę głuchy odgłos muzyki z radia. Wyglądam zza zasłony, zastanawiając się, kto może czyhać w ciemnościach. Zmuszam się do otwarcia drzwi i wyjścia na werandę. Mam mętlik w głowie: nie wiem, czy rozsądniej byłoby zostać, czy jak najszybciej stąd uciec. Widziałam jednak ukryte w piwnicy laboratorium, czytałam list adresowany do agenta federalnego oraz spotkałam oko w oko faceta, który na pewno nie pracuje dla rządu, pachnie mocno papierosami, a jego zachowanie sugerowało, że jeszcze tu wróci.

Szybkim krokiem przechodzę przez trawnik, spuszczam głowę i ruszam w stronę kampusu. Jestem gotowa na to, że w każdej chwili ktoś będzie chciał mnie zatrzymać: usłyszę czyjś głos albo poczuję dłoń na ramieniu. Gdzieś w oddali rozlega się przeciągłe miauczenie kota, które po chwili przeradza się w niemal ludzki krzyk.

———•———

Przy ruchliwej ulicy mniej więcej półtora kilometra od kampusu natrafiam na przydrożny motel. Jest mi zimno, bolą mnie ramiona i stopy. W małym biurze pali się światło. W środku siedzi starsza kobieta, paląc papierosa i gapiąc się w zawieszony na ścianie telewizor. Kiedy wchodzę, odwraca się do mnie i mruży oczy, próbując mnie dojrzeć poprzez chmurę gęstego dymu.

— Chciałabym wynająć pokój.

— Osiemdziesiąt pięć dolarów za noc plus podatek — odpowiada.

— W porządku — mówię, chociaż kiedy słyszę cenę, uginają się pode mną kolana.

Kobieta mierzy mnie wzrokiem i oświadcza:

– Potrzebuję imię i nazwisko, prawo jazdy oraz kartę kredytową.

– Zapłacę gotówką.

– To nie ma znaczenia. Musimy wpisać te dane do naszego systemu. Zablokujemy środki na karcie dopiero przy wymeldowaniu, a jeśli uregulje pani rachunek gotówką, to w ogóle nic nie będziemy robić.

Zastanawiam się, czy jest sens się z nią kłócić, ale uznaję, że lepiej będzie, jeśli mnie nie zapamięta. Podaję jej dokumenty, czując rosnący niepokój. Recepcjonistka zaczyna stukać w klawiaturę, a ja uważnie się jej przyglądam, czekając na jakąś oznakę zawahania: błysk w oczach albo ukradkowe spojrzenie na moją twarz. Kobieta jednak ze znudzoną miną wprowadza dane do komputera.

– Ile nocy? – pyta, oddając mi kartę i prawo jazdy.

W ogóle się nad tym nie zastanawiałam. Nie mam pojęcia, co będę robić jutro, nie mówiąc o kolejnych dniach.

– Nie wiem. Jedna? Dwie? – Zdaję sobie sprawę, że przy tych cenach nie na długo starczy mi pieniędzy.

– Dobrze, w takim razie wpiszę dwa noclegi – mówi kobieta i podaje mi klucz. – Pokój numer pięć, po wyjściu z recepcji zaraz na lewo. Doba hotelowa kończy się o jedenastej. Jeśli odda pani klucz później, będę musiała policzyć za następną.

Pokój jest mały, na podłodze leży tania wykładzina, a podwójne łóżko przykryto narzutą ze sztucznego materiału. Naprzeciwko stoi komoda i telewizor. W kącie obok łazienki jest jeszcze niewielkie biurko i lampa. Siadam na łóżku i staram się pozbyć napięcia, które się we mnie nagromadziło przez ostatnie kilka godzin.

Zegar na nocnym stoliku pokazuje, że jest już wpół do dwunastej. Czuję się naprawdę zmęczona. Mam wrażenie, że od imprezy na wzgórzach Berkeley minął co najmniej miesiąc, a nie zaledwie kilka godzin. Pochylam się do przodu i chowam twarz w dłoniach, żeby powstrzymać szloch. Moje plany legły w gruzach, nie mam pieniędzy ani nawet swojego nazwiska.

Oczy szczypią mnie ze zmęczenia. Od dwóch dni porządnie się nie wyspałam. Kładę się na łóżku, nawet się nie rozebrawszy, i zamykam powieki z nadzieją, że jutro pojawi się jakieś rozwiązanie.

———•———

Budzę się wcześnie rano. Spałam tak mocno, że nie jestem sobie w stanie przypomnieć żadnego snu. Rozglądam się po jasnym pokoju i staram się przyzwyczaić do nowej rzeczywistości. W tych czterech ścianach mieści się teraz całe moje życie. Na zewnątrz jestem albo dealerką narkotyków, albo kobietą, która zginęła w katastrofie lotniczej.

Siadam na łóżku i czuję, że po dwóch dniach ciężkiej pracy fizycznej przy obsłudze bankietów bolą mnie wszystkie mięśnie. Myślę o Kelly, która musiała już zacząć swoją zmianę w kawiarni i pewnie wyobraża sobie, że pędzę teraz autostradą przez rozgrzaną pustynię. Szkoda, że nie mogę być razem z nią. Chciałabym usiąść w jednym z wygodnych kawiarnianych foteli, a Kelly krzątałaby się za kontuarem i prowadziła ze mną niezobowiązującą rozmowę. Tęsknię za zwykłym, prostym życiem i marzę o miejscu na ziemi, w którym czułabym się u siebie.

Burczy mi w żołądku, więc wkładam na głowę baseballówkę, biorę pieniądze i biegnę do sklepu na rogu. Wiem, że mam ograniczony budżet i mogę wydać co najwyżej dziesięć dolarów. Robię zakupy i wracam do motelu z wielkim kubkiem kawy i torebką lekko czerstwych bułeczek cynamonowych. Dochodzę do wniosku, że moją jedyną szansą jest przekopanie się przez pliki nagrane na pendrivie i znalezienie czegoś, co można by wykorzystać przeciwko Rory'emu. Chodzi o jakiś sekret, na którym będzie mu zależało bardziej niż na ukaraniu swojej krnąbrnej żony. Zdaję sobie sprawę, że nie będzie łatwo, ale muszę spróbować.

Włączam telewizor, żeby dotrzymywał mi towarzystwa, i uruchamiam komputer, a następnie podłączam pendrive'a i szukam na biurku informacji o haśle do bezprzewodowego internetu. Po zalogowaniu sprawdzam skrzynkę Rory'ego, ale nie ma w niej żadnych nowych wiadomości. Po chwili otwieram Dokument i czuję się, jakby poraził mnie prąd.

Rozmawiają o mnie.

Rory Cook:
Jak ona to, kurwa, zrobiła?

Bruce Corcoran:
Nie mam pojęcia. Linie lotnicze twierdzą, że przed wejściem do samolotu zeskanowała swoją kartę pokładową. Nikt tego nie kwestionuje.

Rory Cook:
Ale jej miejsce było puste. Myślisz, że wiedzą?

Bruce Corcoran:
Moim zdaniem, gdyby tylko pojawiło się jakieś podejrzenie, że nie wsiadła na pokład, błyskawicznie by się z nami skontaktowali. Mam im o wszystkim powiedzieć?

Rory stuka w klawiaturę z dużą prędkością i niemal czuję jego wściekłość.

Rory Cook:
W żadnym razie! Sam się tym zajmę i załatwię sprawę po cichu. Niech władze myślą, że zginęła w katastrofie. Dziś wieczorem wylatuję do Oakland.

Rozmowa znika z ekranu tak szybko, jak się pojawiła, i po chwili mam przed oczami pusty plik. Na samej górze widnieje napis: „Ostatnie poprawki wprowadził Bruce Corcoran". Znika jego ikonka i zostaje tylko Rory. Dobrze wiem, co miał na myśli, kiedy napisał: „Sam się tym zajmę i załatwię sprawę po cichu". Zrobi wszystko, żeby problem zniknął i nikt się o tym nie dowiedział. Dostał ode mnie idealną przykrywkę: wszyscy myślą, że już nie żyję.

Czuję, że zamykają się przede mną drogi ucieczki. Danielle, Rory i Bruce śledzą każdy mój krok i zapędzili mnie w kozi róg. Jestem w pułapce i widzę dla siebie tylko jedną szansę.

Po drugiej stronie dziedzińca rozlega się nagle walenie w drzwi. Ze strachu aż podskakuję i potrącam kubek łokciem. Od razu zrywam się na równe nogi, żeby go złapać, zanim kawa zaleje klawiaturę. Na szczęście robię to wystarczająco szybko i tylko trochę płynu ścieka na biurko. Niestety ratując kawę, niechcący naciskam kilka klawiszy.

– Cholera – mruczę pod nosem, błyskawicznie kasując to, co napisałam, a potem patrzę w prawy górny róg ekranu z nadzieją, że Rory zdążył się wylogować.

Przez dłuższą chwilę gapię się w komputer, ale mam wrażenie, że czas zwolnił i trwa to przynajmniej godzinę. Nie pojawia się żaden nowy tekst, ale w rogu widnieje teraz komunikat: „Ostatnie poprawki wprowadził Rory Cook dwie minuty temu". Modlę się w duchu, żeby nikt nie zapamiętał, kto ostatni modyfikował Dokument.

Idę do łazienki i spryskuję twarz zimną wodą. W blasku tanich świetlówek moja skóra wygląda na szarą i zmęczoną. Opieram ręce o blat i staram się zebrać myśli. Nabieram powietrza do płuc, a potem powoli je wypuszczam. Robię tak osiem, może nawet dziesięć razy. Przyglądam się cieknącemu kranowi, rdzy odkładającej się na odpływie i kolorowym żyłkom w sztucznym marmurze. Potem wracam do pokoju i zabieram się do pracy.

Znowu siadam przed komputerem, lecz przytłacza mnie poczucie beznadziei. Nie wiem, od czego należałoby zacząć. Czy powinnam szukać jakichś informacji o Charliem? A może lepiej skupić się na machlojkach i przekrętach podatkowych? Najgorsze jest to, że nie

znam się wystarczająco dobrze na finansach, żeby zauważyć coś podejrzanego. Kiedy klikam na ikonkę
pendrive'a, moją uwagę przyciąga ciągle wyświetlający
się w rogu komunikat: „Ostatnie poprawki wprowadził
Rory Cook dwie minuty temu". Rzucam okiem na zegar: minęło już znacznie więcej czasu, przynajmniej
dziesięć minut.

Odświeżam stronę, żeby zaktualizować czas, ale na
ekranie pojawia się puste okienko poczty Gmail.

– Tylko nie to – szepczę w desperacji.

Wyciągam z portfela Evy pogniecioną karteczkę
z danymi do logowania do konta Rory'ego i jeszcze raz
je wpisuję, ale na próżno. Ponawiam próbę, wolniej
i dokładniej, ale system znowu informuje mnie, że
hasło jest nieprawidłowe.

Wyobrażam sobie Rory'ego: właśnie obejrzał nagranie, na którym rozdzielam kłócącą się parę. Przefarbowane włosy i nowa fryzura nie stanowią dla niego
żadnego kamuflażu. Rozpoznaje mnie od razu. Potem
na ekranie jego komputera pojawia się niezrozumia
ły tekst napisany rzekomo przez niego. Dzwoni do
Bruce'a, domagając się wyjaśnień. Jak to możliwe, że
ktoś włamał się na jego konto? W pewnym momencie
zdaje sobie sprawę, że jedyna osoba, która mogła wykraść hasło i – co więcej – miała dobre powody, żeby
to zrobić, to ja.

Wstaję od biurka i przyciskam zaciśnięte pięści do
oczu, żeby powstrzymać łzy.

– Nie dam rady – szepczę. – To niewykonalne.

Otwieram powieki i chwytam pierwszą rzecz, która
nawija mi się pod rękę, czyli portfel, a potem ciskam

go z całej siły o ścianę. Wysypują się z niego drobne monety, które spadają kaskadą na podłogę, a sam portfel zsuwa się po ścianie i ląduje na komodzie.

W tym momencie coś we mnie pęka. Dałam upust frustracji, co zadziałało jak wentyl bezpieczeństwa. Od razu robię się spokojniejsza i wiem, że nie mogę sobie pozwolić na rozprzężenie. Skupiam się więc na tym, co jest tu i teraz. Rory wie, że czytałam jego rozmowy i zaglądałam do jego poczty. Był przekonany, że ma zagwarantowaną dyskrecję, tymczasem ja patrzyłam, jak wpada w panikę z powodu Maggie Moretti. Coś jest na rzeczy i muszę to wykorzystać.

Za moimi plecami rozlega się głos Kate Lane.

„Niecały tydzień temu nad oceanem u wybrzeży Florydy rozbił się samolot. W katastrofie zginęło dziewięćdziesiąt sześć osób. Śledczy odzyskali właśnie czarną skrzynkę i w ten sposób zbliżyli się do wyjaśnienia przyczyn wypadku".

Na ekranie telewizora pojawia się materiał filmowy z unoszącymi się na falach resztkami wraku i pływającymi wokół łodziami straży przybrzeżnej. Dokładnie to samo pokazywali już tydzień temu.

„Linie lotnicze Vista odmówiły komentarza w sprawie pogłosek, jakoby personel pokładowy nie przeprowadził przed startem standardowej procedury liczenia pasażerów. Anonimowi informatorzy twierdzą jednak, że czasami dochodzi do takich zaniedbań, szczególnie jeśli lot jest opóźniony. Zgodnie z oficjalnym stanowiskiem firmy nie popełniono żadnych błędów i rzeczywista liczba osób przebywających w samolocie była zgodna z dokumentami".

Zamieram w bezruchu, analizując to, co właśnie usłyszałam. Przypominam sobie dyskusję na forum i jednego z komentujących, który twierdził, że nie można zeskanować karty pokładowej, a potem nie wsiąść do samolotu, ponieważ stewardesy skrupulatnie liczą pasażerów.

Czyżby Evie mogło się udać? Trudno w to uwierzyć, ale najwyraźniej tak właśnie się stało. Mam ochotę wybuchnąć śmiechem. Odchylam się na krześle, wyobrażając sobie Evę w jakimś anonimowym pokoju hotelowym, jak ogląda ten sam program w telewizji, dumna, że udało jej się wystrychnąć wszystkich na dudka.

Musiała podjąć ogromne ryzyko, żeby zebrać dokumenty i nagrania związane z mężczyzną, którego spotkałam na werandzie. Na końcu coś poszło nie tak i nie przekazała ich odpowiednim służbom. Musiała uciekać ze świadomością, że już nigdy tu nie wróci.

Zastanawiam się, czy chciałaby, żebym coś dla niej zrobiła.

Gapię się w ścianę i mam wrażenie, jakbym przebijała się wzrokiem na drugą stronę. Widzę Evę, która ze śmiechem się ode mnie oddala. Jej podświetlona od tyłu postać robi się coraz mniejsza, aż w końcu prawie znika i zostaje tylko kropka.

Dotykam palcem krawędzi pendrive'a. Jestem pewna, że Rory nie chce ujawnić zapisanych na nim tajemnic. Niestety nie mam pojęcia, o co konkretnie chodzi.

Mój mąż nie musi jednak tego wiedzieć.

Wydaje mi się, że Eva szepcze mi coś do ucha, i nagle w mojej głowie rodzi się nowy pomysł, zuchwały i bezczelny. Będę musiała wyjść z ukrycia i stanąć z Rorym twarzą w twarz. Wezmę do ręki telefon, wybiorę jego numer i powiem mu, co udało mi się wykraść z jego komputera. Trochę podkoloryzuję fakty, dodając coś od siebie. Powinien myśleć, że wiem więcej niż w rzeczywistości. Opowiem mu nie tylko o Charliem, lecz także o zawartości twardego dysku, którego kopię mogę w każdej chwili udostępnić mediom i policji, chyba że mój mąż da mi to, czego od niego zażądam.

Jednak na samą myślę, że będę musiała do niego zadzwonić, przechodzi mnie nieprzyjemny dreszcz. Że usłyszę w słuchawce jego nieszczery głos i że znów będzie chciał zamącić mi w głowie. Poza tym jeśli moja strategia nie zadziała, znajdę się w jeszcze gorszym położeniu.

Biorę do ręki komórkę Evy zadowolona, że wzięłam ją ze sobą. W ten sposób mogę skontaktować się z mężem bez konieczności ujawniania tego, gdzie obecnie jestem. Przed włączeniem aparatu waham się jednak, ponieważ nadal nie mam pojęcia, jak zostałam namierzona przez Danielle i co jeszcze mogą o mnie wiedzieć. Robię głęboki wdech, a potem powoli wypuszczam powietrze i włączam telefon.

Na ekranie od razu pokazuje się informacja, że dostałam SMS-a i nową wiadomość głosową. Jestem w kropce, bo nie wiem, od czego zacząć, ale po chwili namysłu postanawiam najpierw odsłuchać pocztę.

„Dzień dobry. Tu znowu Danielle. Wiem, że pani mi nie ufa i całkowicie to rozumiem. Proszę mi jednak wierzyć, że tym razem chcę pani pomóc. Rory Cook jest właśnie w drodze do Kalifornii. Jestem prawie pewna, że wie, gdzie się pani ukryła. Wysyłam nagraną przeze mnie wczoraj rozmowę. Proszę to wykorzystać. Oferuję swoje wsparcie".

Wbijam wzrok w telefon, a moje myśli rozbiegają się w dwudziestu różnych kierunkach. Analizuję każde słowo, które przed chwilą usłyszałam, zastanawiając się, gdzie tkwi haczyk. Czego ona tak naprawdę ode mnie chce? Przecież w krytycznych momentach zawsze odwracała głowę i nigdy nic nie powiedziała, chociaż miała ku temu wiele okazji. Trudno mi uwierzyć, że właśnie teraz wyciąga do mnie pomocną dłoń.

Otwieram SMS-a i okazuje się, że to plik audio zatytułowany „Nagranie 1". Łapię za pilota, wyciszam telewizor i naciskam „Odtwórz".

Rozlegają się jakieś stłumione głosy i po chwili orientuję się, że to kłótnia między Rorym a Bruce'em. Niestety nie jestem w stanie odróżnić poszczególnych słów. W pewnym momencie rozlega się pukanie do drzwi i Rory krzyczy:

— Proszę wejść!

— Przepraszam, że przeszkadzam, ale potrzebuję pańskiego podpisu na tych formularzach — mówi Danielle. Stoi znacznie bliżej mikrofonu i od tej pory świetnie wszystko rozumiem.

— Oczywiście — odpowiada Rory. — Dziękuję, że zajmujesz się tymi wszystkimi papierami, które dostajemy od Rady Bezpieczeństwa Transportu. Wiem, jak bardzo kochałaś i szanowałaś moją żonę.

— Żałuję, że nie potrafiłam lepiej się nią zaopiekować. Wiele rzeczy powinnam zrobić inaczej.

Słyszę szelest papierów, a potem ponownie odzywa się Rory:

– Gotowe. Zamknij drzwi, jak będziesz wychodzić.

Teraz głos Danielle wydaje się jakby odleglejszy:

– Tak jest, proszę pana. Dziękuję.

Zalega cisza, a po chwili słychać odgłos zamykanych drzwi.

Sądziłam, że to koniec nagrania, ale jestem w błędzie. Po jakimś czasie ponownie rozlega się głos Rory'ego. Tym razem mój mąż jest wyraźnie zniecierpliwiony:

– Czego udało ci się dowiedzieć?

Bruce odpowiada monotonnym głosem, jakby czytał z kartki:

– W roku tysiąc dziewięćset dziewięćdziesiątym szóstym Charlie Price, albo raczej Charlotte, ponieważ tego imienia teraz używa, została aresztowana za posiadanie narkotyków z zamiarem ich sprzedaży. Nie postawiono jej jednak w stan oskarżenia i zarzuty zostały wycofane. – Bruce przekłada papiery. – Potem przeprowadziła się do Chicago, gdzie pracuje do dzisiaj jako kelnerka. Nie miała więcej zatargów z prawem.

Charlotte? Czyżby Charlie to była kobieta?

– Coś jeszcze? – pyta Rory.

– Nic więcej. Żadnego męża, chłopaka ani dziewczyny. Dzieci też nie ma. Rodzina albo nie żyje, albo Charlie nie utrzymuje z nią żadnych relacji. Brakuje nam punktu zaczepienia – ciągnie Bruce łagodniejszym głosem. – Nasze argumenty nie robią na niej wrażenia. Nie chce pieniędzy i nie działają na nią żadne groźby. Uważa, że światu należy się prawda.

Rory zaczyna tracić panowanie nad sobą i odpowiada tak lodowatym tonem, że aż przechodzą mnie ciarki.

– A co według niej jest prawdą?

– To, że miałeś z nią romans za plecami Maggie, a kiedy doszło do tragedii, byłeś razem z Maggie i tuż przed wyjazdem celowo zaprószyłeś ogień. Potem pojawiłeś się w mieszkaniu Charlie, cały rozgorączkowany i trzęsący się jak osika. – Zalega cisza. Kiedy Bruce znowu zabiera głos, ledwie go słyszę: – Ta kobieta gwiżdże na to, że podpisała umowę o zachowaniu poufności. Odrzuca też wszystkie nasze propozycje.

– To nie do przyjęcia! – wrzeszczy Rory, a ja się wzdrygam, jakbyśmy byli w tym samym pomieszczeniu, a on krzyczy na mnie. – Takie rewelacje mogą pokrzyżować moje plany. Masz dwa dni na rozwiązanie tego problemu.

Bruce zbiera swoje rzeczy; słyszę, jak chowa papiery i zamyka teczkę na zatrzask.

– Rozumiem – mówi.

Potem rozlegają się kroki i Bruce wychodzi z pokoju. Wydaje mi się, że to koniec, ale po dłuższej chwili ktoś puka.

– Wejść – mówi Rory.

To znowu Danielle.

– Przepraszam, że przeszkadzam, ale chyba zostawiłam tu swój telefon. Mogę się rozejrzeć? – Rory wydaje z siebie zniecierpliwione chrząknięcie. – O, tutaj leży. Musiał mi wypaść...

Koniec nagrania.

Kompletnie zszokowana siadam na łóżku. „Żałuję, że nie potrafiłam lepiej się nią zaopiekować. Wiele rzeczy powinnam zrobić inaczej". Słowa Danielle nabierają teraz innego znaczenia. Wydaje mi się, że były skierowane właśnie do mnie. Danielle jakby przyznawała się do winy i być może składała coś w rodzaju przeprosin.

Trudno uwierzyć, że podjęła tak ogromne ryzyko. Przez wiele lat chowała się za moimi plecami i skrupulatnie planowała każdy mój dzień. Zawsze uważałam ją za jeszcze jedno narzędzie w rękach Rory'ego. Jej zadaniem było sprawowanie nade mną kontroli. Być może gdybym uważnie się jej przyjrzała, zobaczyłabym nie tylko kogoś, kto robi wszystko, żeby mnie pogrążyć, lecz także kobietę pragnącą mi pomóc.

Jeszcze raz odsłuchuję zostawioną przez nią wiadomość. W łamiącym się głosie pobrzmiewają strach i desperacja. „Proszę to wykorzystać. Oferuję swoje wsparcie".

Spoglądam na ekran wyciszonego telewizora i widzę, jak dwóch komentatorów dyskutuje ze sobą, bezgłośnie poruszając ustami. Naprzeciwko nich siedzi Kate Lane. W pewnym momencie mówi coś do kamery, a potem szeroko się uśmiecha. Włączam dźwięk, ale słychać tylko charakterystyczny motyw przewodni programu *Polityka dzisiaj* i zaczynają się reklamy.

Trudno uwierzyć, że zaledwie tydzień temu przygotowywałam się do wyjazdu do Detroit. Wyobrażałam sobie, że schronię się w Kanadzie i zacznę tam nowe życie jako Amanda Burns. Moje plany bardzo szybko wzięły w łeb, wylądowałam w tym obskurnym motelu i próbuję rozwikłać sekrety, które zostawiła po sobie Eva, lawirując między niewidocznymi minami.

Nie zadzwonię do Rory'ego. Wiem, że groźby nie zrobią na nim żadnego wrażenia. Gdyby było inaczej, już dawno temu bym to wykorzystała. Dużo lepsze jest to, co dostałam od Danielle. Skandalizujące nagranie z wściekłym głosem mojego męża idealnie nadaje się do telewizji.

Szukam w internecie danych kontaktowych do Kate Lane, a potem zakładam na Gmailu nową skrzynkę pocztową i zabieram się za pisanie listu. Idzie mi łatwo, ale kiedy kończę, przez dłuższą chwilę się waham. Zdaję sobie sprawę, że jeśli wyślę tę wiadomość, rozpęta się piekło i nie będę miała możliwości odwrotu. To jednak ostatni as w moim rękawie.

Jeszcze raz czytam to, co napisałam:

Szanowna Pani,
nazywam się Claire Cook i jestem żoną Rory'ego Cooka. Nie zginęłam w katastrofie lotu 477, tak jak zostało to podane w mediach. Przebywam obecnie w Kalifornii i otrzymałam właśnie dowody świadczące o tym, że mój mąż był zamieszany w śmierć Maggie Moretti, a potem starał się zatuszować fakty. Chciałabym jak najszybciej o tym z Panią porozmawiać.

Naciskam „Wyślij".

EVA

Berkeley, Kalifornia
Luty, dwa dni przed katastrofą

Zatem Dex to Fish.

A Fish to Dex.

Szumiało jej w uszach i czuła narastający niepokój. Miała wrażenie, jakby świat stanął na głowie i dobrze znane elementy układanki trafiły nagle w zupełnie inne miejsca, tworząc całkowicie nowy obrazek. Czego nie zauważyła? Co jej umknęło?

– Nie zastanawiało cię, dlaczego nigdy nie spotkałaś się z Fishem, a twoim jedynym kontaktem był Dex? – zapytał Castro.

– Tak miało już być i nie odważyłam się tego kwestionować. – Pokręciła z niedowierzaniem głową. – Po co Dex mnie okłamywał? – wyszeptała.

– Celowo wmawia podwładnym, że wykonuje tylko odgórne rozkazy. W ten sposób może się wszystkiego wyprzeć. Ponadto dzięki temu obdarzyłaś go zaufaniem, na które nie mógłby liczyć, gdybyś wiedziała, że to on jest prawdziwym bossem.

– Czy to częsty przypadek? – zapytała. – Wydawało mi się, że ludzie, który pracują ciężko, żeby wspiąć się na szczyt jakiejś hierarchii, lubią potem chwalić się swoją władzą.

Castro wzruszył ramionami.

– Czasami rzeczywiście tak jest, ale szczerze mówiąc, tego rodzaju przestępców łatwo złapać. Wchodzą w narkobiznes, żeby połechtać swoje ego. Chcą, żeby wszyscy widzieli, jak bardzo są ważni. Lubią też wzbudzać strach. – Agent pochylił głowę w stronę Evy. – Ale Fish, albo raczej Dex, to tak zwany długofalowy kombinator. Liczy się dla niego przede wszystkim trwałe bezpieczeństwo, a nie wpływy i władza. Tacy jak on są inteligentniejsi i trudniej ich namierzyć. – Castro wypił łyk kawy i kontynuował: – Tylko raz w życiu widziałem podobny przypadek. Chodzi o pewną kobietę z El Cerrito, która udawała, że za wszystkim stoi jej mąż. Z dużym powodzeniem zajmowała się wieloma nielegalnymi biznesami, głównie dlatego, że ludzie obdarzali ją zaufaniem. Wszyscy byli święcie przekonani, że jest w stanie ochronić ich przed swoim mężem, który w ogóle nie istniał.

Eva pomyślała o tym, jak Dex dawał jej dobre rady i twierdził, że chroni ją przed Fishem. Wmówił jej, że pracują ręka w rękę i stoją po tej samej stronie. Przypomniała sobie, w jakim był stanie, kiedy zeszłej jesieni spotkali się na stadionie. Trząsł się ze strachu, ponieważ bał się, że rozzłości Fisha. Okazało się, że tylko dobrze odegrał przed nią przedstawienie.

Potem wróciła pamięcią do dnia, kiedy o poranku pokazał jej trupa. Z dzisiejszej perspektywy było to jeszcze bardziej przerażające: najpierw dokonał egzekucji, a potem spokojnie poszedł do Evy, zapukał do jej drzwi i zaprowadził na miejsce zbrodni, żeby pochwalić się swoim dziełem.

Na samą myśl o tym, jaka była naiwna, zrobiło jej się niedobrze.

– Co teraz? – zapytała.

– Musisz znaleźć sobie adwokata i zgodzić się na współpracę z policją. Dostaniesz od nas sprzęt do podsłuchu i zobaczymy, co z tego wyjdzie.

Nie wspominała na razie o tym, co już udało jej się zgromadzić. Chciała mieć w zanadrzu dobrą kartę przetargową, ponieważ nie zamierzała wykonywać poleceń Castro.

– Co dostanę w zamian? Rozumiem, że udział w programie ochrony świadków nie wchodzi w grę.

– Kiedy wszystko się skończy, nie trafisz za kratki.

W tym momencie zawibrował leżący na stoliku smartfon. Eva dostała nową wiadomość. Zerknęła na drugi aparat, ten, który przyniósł ze sobą Castro, zastanawiając się, czy ekran również za chwilę zacznie świecić, ale nic się nie stało.

– Lepiej odbierz – powiedział agent.

To był SMS od Dexa.

Widzimy się o szóstej? Gdzie chcesz się spotkać?

Pokazała wiadomość tajniakowi.

– Najlepiej umów się z nim tam, gdzie są ludzie. Chodzi o to, żeby moja ekipa mogła wtopić się w tłum – oznajmił. – Od teraz nie powinnaś zostawać z nim sam na sam ani widywać się z nim w miejscach, do których nie będziemy w stanie szybko dotrzeć. Żadnych stadionów, hal sportowych i opustoszałych parków. Będziesz pod obserwacją aż do czasu założenia podsłuchu. Wtedy się do ciebie odezwiemy. To potrwa jeden, maksymalnie dwa dni.

Eva wzięła do ręki telefon i trzęsącymi się palcami zaczęła odpisywać na SMS-a. „O'Brien's? Umieram z głodu".

Wyobraziła sobie, że jedzie na drugą stronę zatoki i siada przy stoliku naprzeciwko Dexa, a potem stara się zachowywać normalnie.

Castro chyba wyczuł, że coś jest nie tak, i powiedział:

– Będzie dobrze. Po prostu rób wszystko tak jak zawsze, zgodnie z ustalonym porządkiem. Pracuj w laboratorium, produkuj tabletki i spotykaj się z Dexem. Nie dawaj mu żadnego powodu do niepokoju.

Eva wyjrzała przez okno i zobaczyła, że na zewnątrz znad wody podnosi się mgła. Pomalowany na pomarańczowo most zaczął dość szybko znikać i pomyślała, że ją czeka taki sam los. Zrobi się niewyraźna, jak blaknący rysunek na kartce papieru, i nikt nie będzie pamiętał, że kiedykolwiek istniała.

Restauracja wciąż rozbrzmiewała gwarem rozmów i słychać było brzęk sztućców i talerzy. Miała wrażenie, że sama pozostaje nieruchoma, a świat kręci się wokół niej.

– Nie mam wielkiego wyboru, prawda?

Castro spojrzał na nią ze współczuciem.

– Nie.

———•———

W połowie drogi przez Bay Bridge zrobiło jej się niedobrze i nie mogła złapać tchu. Ze wszystkich stron otaczały ją jadące powoli samochody. Nie miała możliwości ucieczki i z każdym metrem zbliżała się do tego, co nieuniknione. Jak ona, do cholery, sobie z tym wszystkim poradzi?

Wyobraziła sobie, że nie zjeżdża z autostrady w Berkeley, tylko kieruje się na północ. Mija Sacramento, Portland i Seattle. W pewnym momencie spojrzała w lusterko wsteczne i zaczęła uważnie obserwować sunące za nią auta. W którym z nich siedzieli ludzie Castro? Nie miało to większego znaczenia, przecież i tak nie pozwoliliby jej nigdzie uciec.

———•———

Po powrocie do domu szybko spakowała najpotrzebniejsze rzeczy, a resztę zostawiła, nie troszcząc się o porządek. Zrobiła to celowo: gdyby ktoś przyszedł jej szukać, powinien odnieść wrażenie, że właścicielka wyszła tylko na chwilę. Pomyślała o ukrytym w piwnicy laboratorium, z odczynnikami i narzędziami, oraz zgromadzonym materiale dowodowym, który zamierzała przekazać Castro. Uznała, że wcześniej czy później agent i tak się tutaj pojawi i znajdzie to, co dla niego zostawiła. Nie chciała dłużej tańczyć tak, jak jej zagrają.

Miała zamiar zaparkować w okolicy restauracji O'Brien's i udawać, że idzie na spotkanie z Dexem, a potem zejść na stację metra, złapać pierwszy pociąg do San Francisco, wysiąść na dworcu i zapłacić gotówką za bilet na autobus do Sacramento. Dalej będzie improwizować, ale jej celem było dotarcie jak najdalej na północ, aż do granicy kanadyjskiej.

W pewnym momencie zauważyła stojącego na komodzie niebieskiego ptaka, którego dostała w prezencie od Liz. Zatrzymała się w pół kroku i dotknęła palcem szklanej figurki, podziwiając delikatny dziób i fantazyjny wzór na skrzydłach. To był dar prawdziwej przyjaźni otrzymany od jedynej osoby, której naprawdę zależało na Evie.

Pomyślała o mężczyznach, którzy składali jej różne obietnice, ale nigdy nie mieli zamiaru ich dotrzymać. Wade powiedział, że weźmie na siebie całą winę. Dex udawał kogoś, kim nie był, tylko po to, żeby móc nią manipulować. Castro oczekiwał od niej czegoś niemożliwego do zrealizowania, nie oferując wiele w zamian. Ludzie tacy jak Eva byli dla nich jedynie nic nieznaczącymi pionkami.

Potem pojawiła się Liz, która zobaczyła w Evie prawdziwą osobę i potrafiła zajrzeć głęboko w jej duszę. Eva ciągle nosiła w kieszeni list od niej. *Uwierz mi, że kiedy dzielisz się problemami z kimś bliskim, robi się lżej.* Czuła się jak szczur uwięziony w labiryncie. Jedyna droga ucieczki prowadziła przez kogoś, komu mogła zaufać.

Wzięła pieniądze odłożone na czarną godzinę – pięć tysięcy dolarów w gotówce – i spakowała komputer.

Namierzony przez służby telefon zostawiła na blacie w kuchni, a potem wyszła z domu, przyciskając do piersi szklanego błękitnika.

———•———

Pierwszy pociąg był dość zatłoczony. Wskoczyła do środka w ostatniej chwili, kiedy drzwi już zaczęły się zamykać. Potem zlustrowała wzrokiem peron, by mieć pewność, że nikt jej nie śledzi. Wcześniej zaparkowała samochód w płatnej strefie przy Shattuck Avenue. Wyobraziła sobie, że ludzie Castro zostali na powierzchni i metodycznie przeczesują teraz teren wokół miejsca, w którym zostawiła auto. Na pewno zachodzą w głowę, gdzie zniknęła i co się z nią stało.

Spojrzała na twarze współpasażerów. W kącie wagonu spał jakiś mężczyzna, a obok siedziała para, która oglądała coś na iPadzie i dość głośno rozmawiała. Ci ludzie nie wzbudzili w Evie podejrzeń. Jednak naprzeciwko stała kobieta, która omiotła Evę wzrokiem w momencie, kiedy pociąg ruszył na południe w stronę Oakland. Trzymała w rękach otwarte czasopismo. Eva przyglądała się umieszczonym nad jej głową reklamom, czekając, aż pasażerka przerzuci stronę, ale ta nie wykonała żadnego ruchu.

Na następnej stacji Eva wyskoczyła z pociągu w ostatniej chwili, a potem patrzyła, jak ciągle pogrążona w lekturze kobieta znika w ciemnym tunelu. Schowała się w kącie, z torbą przewieszoną przez ramię, i patrzyła, jak podróżni wsiadają do wagonów i z nich wysiadają. W końcu sama również wyruszyła w drogę, tym razem w kierunku San Francisco. Przez godzinę zmieniała pociągi, starając się mylić tropy tak długo, aż była pewna, że nikt nie depcze jej po piętach.

Na lotnisku zapłaciła gotówką za bilet na nocny lot do Newark.

– Powrotny czy w jedną stronę? – zapytał pracownik biura podróży.

Przez chwilę się wahała. Czy Castro wpisał ją na jakąś czarną listę? Przypomniała sobie, jak mówił, że Fish nie jest żadną grubą rybą.

– W jedną stronę – odpowiedziała, zdając sobie sprawę, że właśnie podjęła ważną decyzję, i przeszedł ją dreszcz. Jeśli popełniła błąd, przyjdzie jej za to zapłacić wysoką cenę.

———◆———

Rozluźniła się dopiero jakiś czas po starcie. Kiedy siedzący obok pasażerowie zaczęli czytać albo poszli spać, wyjrzała przez okno i wróciła pamięcią do tego, co stało się nazajutrz po Halloween. Wieczorem natknęła się na Liz, która przycupnęła na schodach na tyłach domu i patrzyła, jak w ogrodzie zapada zmierzch.

– Co ty tutaj robisz? – zapytała sąsiadkę.

Liz podniosła głowę i oznajmiła:

– Uwielbiam wieczory, kiedy słońce znika za horyzontem i nagle spada temperatura. W życiu wszystko się zmienia, ale ten moment zawsze pozostaje taki sam. – Zamknęła oczy. – Zaraz po ślubie często siadałam razem z mężem przed domem i obserwowaliśmy, jak dzień ustępuje nocy.

Eva usiadła na swojej części schodów i spojrzała na sąsiadkę przez żelazne pręty ogrodzenia.

– Gdzie on teraz jest?

Liz wzruszyła ramionami i musnęła dłonią krawędź betonowego stopnia.

– Słyszałam, że wyprowadził się do Nashville, ale to było dwadzieścia lat temu. Nie mam pojęcia, co się z nim dzieje.

Eva zastanawiała się, jak Liz może z takim opanowaniem mówić o mężczyźnie, który zostawił ją z małym dzieckiem i nigdy nie miał żadnych wyrzutów sumienia.

– Czy on utrzymuje jakieś relacje z Ellie?

– Nie wiem, bo w zasadzie w ogóle o nim nie rozmawiamy, ale nie wydaje mi się. Przez kilka lat przysyłał jej na urodziny kartkę z życzeniami, ale przestał, kiedy była jeszcze nastolatką. – Liz spojrzała na drzewa rosnące za płotem wyznaczającym koniec posesji, a potem kontynuowała cichym głosem: – Przez jakiś czas Ellie obarczała mnie za to winą, jak gdybym mogła sprawić, żeby się nią zainteresował. Teraz kiedy jest już dorosłą kobietą, dobrze rozumie, kim był jej ojciec, i uważa, że miała bez niego lepsze dzieciństwo.

Eva znowu była zaskoczona bijącym od sąsiadki spokojem.

– Dlaczego nie żywisz do niego nienawiści?

Liz zaniosła się chichotem.

– Nienawiść zżera cię od środka. Mogłabym każdego dnia napawać się pogardą dla tego człowieka, ale nie ma to przecież większego znaczenia. Wyjechał daleko, żeby zacząć nowe życie, i pewnie rzadko o nas myśli. Już dawno temu postanowiłam mu wybaczyć. To o wiele łatwiejsze niż chowanie urazy.

Eva pomyślała, jak wielkiej siły wymagało samotne wychowywanie córki i jednoczesne realizowanie własnych marzeń. Nie jest łatwo pogodzić się ze zdradą i wybrać własne szczęście.

– Zawsze potrafiłaś przymknąć oko na ludzką podłość?

Liz wybuchła śmiechem.

– Dużo czasu zajęło mi zrozumienie, że świat nie jest miejscem, gdzie ludzie celowo robią coś przeciwko tobie. Mój mąż wcale nie chciał złamać mi serca ani skrzywdzić naszej córki. Działał we własnym interesie i dążył do spełnienia własnych marzeń. Chyba udało mi się zostać kimś, kto nie wpada w złość tylko dlatego, że inni próbują jakoś sobie radzić. Chciałabym zawsze znaleźć w sobie wystarczająco dużo siły, żeby najpierw myśleć o przebaczeniu.

Eva spojrzała na krzewy rosnące przy furtce, których kształt szybko znikał w gęstniejącym mroku.

– Nie jestem zbyt dobra w darowywaniu win.

Liz skinęła głową.

– Większość ludzi ma z tym problem. Życie nauczyło mnie jednak, że abyśmy mogli naprawdę wybaczyć, najpierw powinna dokonać się w nas radykalna przemiana. Najczęściej chodzi o zmianę naszych oczekiwań lub sytuacji życiowej, a czasami coś musi umrzeć w naszym sercu. To może być bolesne, ale jednocześnie daje poczucie ogromnej swobody.

– Czy w ten okrężny sposób próbujesz mi powiedzieć, że muszę wybaczyć swojej biologicznej rodzinie?

Liz spojrzała na nią zaskoczonym wzrokiem.

— Uważam, że najpierw powinnaś znaleźć sposób na wybaczenie samej sobie i uporanie się z tym, co cię prześladuje.

Samolot leciał na wschód i za oknami szybko zrobiło się ciemno. Zastanawiała się, o jakiej radykalnej przemianie mówiła wtedy sąsiadka.

Właśnie zostawiła w Berkeley całe swoje życie, które przypominało skorupę niepasującą już do tego, kim się powoli stawała. Nie miała pojęcia, skąd wzięła się nagła potrzeba spotkania z Liz. Podskórnie czuła jednak, że tylko w ten sposób będzie umiała wreszcie sobie wybaczyć.

CLAIRE

W oczekiwaniu na odpowiedź od Kate Lane przeglądam dokumenty, które zabrałam z laboratorium. Ponownie zagłębiam się w historię utalentowanej młodej chemiczki, która zostaje wyrzucona z uniwersytetu i zaczyna handlować narkotykami. Kiedy kończę lekturę, gapię się w zasłonięte okno, za którym słychać przejeżdżające nieopodal samochody, i wyobrażam sobie Evę przemykającą w tłumie studentów ze zgarbionymi plecami, z pochyloną głową i rękami w kieszeniach zielonej kurtki. Stara się być niewidzialna i ze względu na swoje zajęcie trzyma innych ludzi na dystans. Nigdzie nie może czuć się bezpieczna i musi ukrywać swoją tożsamość.

Teraz rozumiem, dlaczego zdecydowała się zrobić to, co zrobiła.

Wypijam resztkę zimnej kawy i zjadam ostatnią cynamonową bułeczkę, żałując, że nie mogę sprawdzić Dokumentu. Wyobrażam sobie, jak Rory pakuje wa-

376

lizkę, po czym spotyka się ze swoim małym zespołem kierowanym przez Bruce'a, żeby zapowiedzieć swoją krótką podróż służbową do Kalifornii. Danielle robi notatki, czujna i milcząca. Czeka na najbliższą okazję, żeby się ze mną skontaktować i przekazać mi najświeższe informacje.

W pewnym momencie słyszę piknięcie oznaczające, że dostałam nowego e-maila. Napisała do mnie asystentka kierownika produkcji pracująca razem z Kate Lane:

> Jesteśmy bardzo zainteresowani Pani historią. Jednak zanim się nią zajmiemy, musimy dokonać weryfikacji. Proszę podać numer, pod który możemy zadzwonić, żeby potwierdzić Pani tożsamość.

Zaczynam grzebać w ustawieniach aparatu, żeby znaleźć numer, a potem szybko odpisuję. Dziesięć minut później rozlega się dzwonek telefonu.

– Halo?

– Dzień dobry, pani Cook. Mówi Kate Lane.

Kiedy słyszę własne nazwisko, lekko się wzdrygam i mam wrażenie, jakbym została zdemaskowana.

– Dziękuję, że zechciała się pani ze mną skontaktować.

– No cóż, wydaje mi się, że ma pani do opowiedzenia coś bardzo interesującego. Najpierw proszę mi jednak wyjaśnić, jak przeżyła pani katastrofę. Rada Bezpieczeństwa Transportu twierdzi, że była pani na pokładzie samolotu.

Przez wiele lat trzymałam wszystko w tajemnicy i byłam przekonana, że nikogo to nie zainteresuje. Teraz długo skrywane sekrety wypływają na powierzchnię. Zaczynam powoli od tego, jak byłam maltretowana przez męża, co doprowadziło mnie na skraj desperacji. Chciałam uciec, ale moje plany zniknięcia w Detroit trafił szlag i Rory o wszystkim się dowiedział.

– Na lotnisku JFK spotkałam nieznajomą kobietę. Nazywała się Eva James i zgodziła się na zamianę biletów – mówię. – Po wylądowaniu dowiedziałam się, że samolot do Portoryko się rozbił. Utknęłam w Kalifornii, bez pieniędzy i żadnego wsparcia, więc zaczęłam pracować w firmie cateringowej.

Potem opowiadam o filmiku, który pojawił się na TMZ, i o tym, że Rory jest właśnie w drodze na Zachodnie Wybrzeże, żeby się ze mną rozprawić.

– A więc to Eva James zginęła w wypadku?

Zamykam oczy. Wiem, że muszę być ostrożna. Najlepszy sposób na ochronienie Evy to przekonanie ludzi, którzy ją ścigają, że nie żyje.

– Tak – potwierdzam.

– Jezu – wzdycha Kate, a potem szybko zmienia temat: – W takim razie zajmijmy się sprawą Maggie Moretti.

– Mam nagranie, na którym mój mąż i jego asystent Bruce Corcoran rozmawiają o niejakiej Charlotte Price. Ta kobieta jest w posiadaniu dowodów świadczących o bezpośrednim zaangażowaniu Rory'ego w śmierć Maggie Moretti.

Na chwilę zalega cisza. Kate Lane myśli o tym, co właśnie ode mnie usłyszała.

– Kiedy zarejestrowano to nagranie?

– Nie jestem pewna – mówię. – Myślę, że w ciągu ostatnich kilku dni. Dostałam je od swojej asystentki, która jest w stanie zaświadczyć o jego autentyczności.

Kate znowu milknie, jakby zastanawiając się nad dalszymi krokami.

– Najpierw chciałabym sama odsłuchać tę rozmowę. Może ją pani wysłać mojemu producentowi? – Podaje mi numer, a ja szybko spełniam prośbę.

Po kilku sekundach słyszę w tle pukanie, głos Danielle, a potem kłótnię Rory'ego i Bruce'a. Kiedy nagranie się kończy, Kate głośno wzdycha i zwraca się do mnie łagodnym głosem:

– Przykro mi, ale nie możemy tego wyemitować na antenie.

– Dlaczego? – To była moja ostatnia deska ratunku. Wyłożyłam kawę na ławę: powiedziałam, co się stało, i wyjawiłam, gdzie obecnie przebywam. Wszystko na marne? – Przecież Rory przyznaje się do odpowiedzialności.

– Nie do końca – mówi Kate. – Jego asystent opowiada o oskarżeniach i pani mąż niczemu nie zaprzecza, ale z drugiej strony nie przyznaje się jednoznacznie do winy.

– Właśnie leci do Kalifornii – tłumaczę rozgorączkowana. – Wie, co zrobiłam, i tylko emisja tego nagrania może go powstrzymać przed zemstą.

– Chcę pani pomóc – oznajmia Kate. – Historia, którą usłyszałam, niewątpliwie zasługuje na uwagę. To naprawdę ważny temat. Mężczyzna, który pragnie ubiegać się o mandat senatora, a jednocześnie znęca

się nad żoną. Dwie osoby, które przypadkowo spotykają się na lotnisku i wymieniają biletami. Powinna pani
o tym opowiedzieć na wizji w moim programie.

Przecieram dłonią oczy i mówię:

— W ten sposób zostanę jeszcze jedną kobietą, która postawiła się potężnemu facetowi. Wiem, jak to się
skończy: zostanę poddana ostracyzmowi, a on dostanie się do Kongresu.

— Pani obawy nie są bezpodstawne, ale dzięki mojej propozycji uda się zyskać na czasie. Opinia publiczna usłyszy pani wersję wydarzeń, a my zajmiemy się
zbadaniem związku pani męża ze śmiercią Maggie Moretti. Niech pani asystentka prześle plik prokuratorowi
okręgowemu w Nowym Jorku, a my postaramy się
skontaktować z Charlotte Price i dowiedzieć się, czy
jest skłonna złożyć oficjalne zeznania. Zrobimy wszystko, żeby ustalić prawdę. — Słyszę przekładanie papierów i stłumione głosy. — Najlepiej będzie, jeśli prze-
wieziemy panią do naszego studia w San Francisco,
a w tym samym czasie mój zespół weźmie się do pracy.
Proszę powiedzieć, gdzie pani teraz jest, to wyślemy
samochód.

Podaję nazwę motelu, ale jednocześnie czuję naras-
tające napięcie. Nie planowałam opowiadać w telewizji
o tym, co zrobił Rory.

— Jak tylko coś znajdziemy, niezwłocznie panią po-
informuję — mówi Kate. — Kierowca będzie za mniej
więcej godzinę. Proszę się przygotować.

— Tak jest. Dziękuję.

Zaczynam się pakować, wrzucając rzeczy do torby
na chybił trafił. Jutro o tej samej porze znowu będę

Claire Cook. Ponownie poczuję na plecach związany z tym ciężar i będę musiała stawić czoło medialnemu cyrkowi, który zacznie się zaraz po tym, jak publicznie wystąpię z oskarżeniami pod adresem swojego męża. Myślę o Evie, która gdzieś się teraz ukrywa. Mam nadzieję, że przynajmniej ona odzyskała wolność.

Nagle rozlega się pukanie do drzwi. Jestem zaskoczona i przez moment myślę, że to Rory. Bez wiedzy Danielle wsiadł do samolotu szybciej, niż było to zaplanowane, i błyskawicznie mnie namierzył.

Wyglądam przez zaciągniętą zasłonę i widzę mężczyznę, który stoi przed wejściem do pokoju z założonymi rękami. Pod jego rozchyloną kurtką wyraźnie widać kaburę.

– W czym mogę panu pomóc? – krzyczę przez zamknięte drzwi.

Mężczyzna uśmiecha się i pokazuje odznakę.

– Nazywam się agent Castro – mówi. – Chciałbym z panią porozmawiać o Evie James.

EVA

Luty, dzień przed katastrofą

O drugiej po południu, po długim międzylądowaniu w Chicago, samolot uderzył kołami w pas startowy lotniska w Newark. Kiedy maszyna zatrzymała się przy rękawie, Eva szybko pobiegła do najbliższego kiosku, żeby kupić telefon na kartę. Wyrzuciła opakowanie do kosza i wybrała numer, który Liz zapisała na samym końcu swojego listu.

– Cześć, tu Eva – powiedziała do słuchawki, ciesząc się, że zastała Liz w domu. – Właśnie przyleciałam do New Jersey. Mogę się u ciebie zatrzymać?

– Naprawdę tutaj jesteś? Co się stało? – Liz była wyraźnie zaskoczona.

– To długa historia – odparła Eva. Szybkim krokiem przeszła przez strefę odbioru bagażu, a potem stanęła przed terminalem i odetchnęła zimnym powietrzem. – Wyjaśnię ci wszystko, jak się spotkamy.

Ulica, przy której mieszkała Liz, leżała zaledwie trzydzieści kilka kilometrów od Manhattanu, ale wyglądała tak, jakby przeniesiono ją żywcem ze Środkowego Zachodu. Wszędzie stały małe, zadbane domki z fasadami z cegieł i malowanego tynku. Liz otworzyła drzwi i od razu rzuciła się Evie w ramiona.

– Co za niespodzianka – powiedziała. – Zapraszam do środka.

Weszły do połączonego z kuchnią przestronnego salonu, z którego rozciągał się widok na zaśnieżone podwórko. W telewizorze leciał właśnie popołudniowy talk-show. Liz wyłączyła odbiornik i wskazała na kanapę. Kiedy usiadły obok siebie, oznajmiła:

– Bardzo za tobą tęskniłam. A teraz zamieniam się w słuch. Opowiadaj.

Eva zamarła w bezruchu. Przez cały lot siedziała w ciemnościach obok śpiących pasażerów i przygotowywała sobie w myślach to, co chciała powiedzieć. Najtrudniejsze było znalezienie odpowiedniego początku. Jednak teraz, kiedy spojrzała na Liz i zobaczyła w jej oczach pełne wyczekiwania napięcie, nie była w stanie wykrztusić z siebie ani słowa.

Rozejrzała się po pokoju; stały tu regały szczelnie wypełnione książkami i zawalone papierami biurko, w kącie leżało kilka w połowie opróżnionych pudeł przeprowadzkowych.

Zrobiła głęboki wdech i lekko się uśmiechnęła.

– Nie wiem, od czego zacząć.

Liz wzięła ją za rękę. Miała ciepłą, suchą skórę i Eva poczuła, że ogarnia ją spokój. Wydawało jej się, że przepływa przez nią dobra energia, jej puls wyraźnie zwolnił.

– Wybierz jakiś moment i po prostu daj się ponieść słowom.

– Znalazłam się w tarapatach – oświadczyła Eva niepewnym głosem, a potem poszło już z górki. Opowiedziała o tym, jak poznała Wade'a, który sprawił, że poczuła się wyjątkowa. Wbiła wzrok w swoje kolana i wzruszyła ramionami. – Po raz pierwszy miałam wrażenie, że jestem interesująca i atrakcyjna. Chciałam być normalną dziewczyną, która ma normalne życie.

Potem szczegółowo opisała rozmowę w gabinecie dziekana. Nikt się wtedy za nią nie wstawił i czuła, że musi zaakceptować wydany na nią wyrok.

– Mieli w rękach władzę i z łatwością mogli wywierać naciski. Ja byłam tylko naiwnym dzieciakiem. Łatwo było mnie wywalić ze studiów i udawać, że nic się nie stało.

– Uniwersytet nie przydzielił ci adwokata?

Eva nigdy nie zastanawiała się nad taką możliwością. Pokręciła głową, a Liz zrobiła zdegustowaną minę.

– Powinnaś się odwoływać. Istnieją przecież procedury, które należy zastosować w takich sytuacjach. – W pewnym momencie się zreflektowała i dodała łagodniejszym tonem: – Skąd mogłaś jednak wiedzieć? Teraz nie ma sensu tego roztrząsać. Opowiadaj dalej.

Eva nie wiedziała, jak opisać okoliczności podjęcia najważniejszej bodaj decyzji w swoim życiu, której konsekwencje zaważyły na wszystkim, co stało się później. Wypuściła powoli powietrze, starając się przeciągnąć ten moment. Zdawała sobie sprawę, że musi zdobyć się na szczerość, ale nie miała na to ochoty. Bała się, że Liz jej nie zrozumie. Co prawda, w swoim liście napisała, że w pełni akceptuje jej przeszłość, lecz jak zareaguje na tak szokujące wyznanie?

A może lepiej dać sobie spokój i powiedzieć, że jest właśnie w drodze do Europy, ma przesiadkę na Wschodnim Wybrzeżu i wpadła tylko po to, żeby się przywitać? Wiedziała jednak, że Liz nie da się na to nabrać. W końcu pojawi się u niej Castro i wyjawi jej całą prawdę. Eva wolała sama jej wszystko wytłumaczyć. Chciała mieć pewność, że Liz zrozumie jej motywy, i być może jej wybaczy, na co w głębi serca bardzo liczyła.

– Facet, z którym się wtedy pokłóciłam, to Dex. Przynajmniej tak go nazywałam, bo jak się niedawno okazało, używał również innych imion. – Opowiedziała o ofercie, którą jej złożył po tym, jak wyleciała z uczelni i nie miała grosza przy duszy ani dachu nad głową. Ucieszyła się, że ktoś wyciąga do niej pomocną dłoń.

Kiedy mówiła, Liz otworzyła szeroko oczy, a na jej twarzy malowało się coraz większe zdumienie. Eva domyślała się, jakiego wyznania oczekiwała jej przyjaciółka. Myślała, że chodzi o typowe problemy związane z utratą pracy, niechcianą ciążą albo jakąś drobną kradzieżą. Widziała, że Liz jest w szoku. Nie była w stanie znieść jej świdrującego spojrzenia, więc pochyliła się do przodu, oparła łokcie na kolanach i zakryła twarz dłońmi.

W pewnym momencie usłyszała, że przyjaciółka wstaje z kanapy. Wstrzymała oddech, czekając, aż Liz otworzy drzwi i cichym, ale stanowczym głosem każe jej się wynosić. Albo weźmie telefon i zadzwoni na policję. Okazało się jednak, że Liz poszła do kuchni, otworzyła lodówkę, wyjęła lód i wróciła do salonu z butelką wódki i dwoma szklankami. Nalała do pełna, wypiła spory łyk i powiedziała:

– Mów dalej.

Eva sięgnęła po swoją szklankę i opowiedziała całą resztę: o Brittany, agencie Castro, zgromadzonych dowodach i o tym, że nie została zakwalifikowana do programu ochrony świadków. Na koniec poinformowała Liz, że Dex i Fish to ta sama osoba.

– Jestem pewna, że Dex musi coś podejrzewać. Byłam z nim wczoraj umówiona, ale rzecz jasna, nie przyszłam na spotkanie.

– Powinnaś współpracować ze służbami – oświadczyła Liz po wysłuchaniu całej historii. – Nie masz wyboru. – Dopiła wódkę, a potem nalała sobie i Evie następny kieliszek. – O Boże...

– Nie mogę...

– Musisz – przerwała jej stanowczym głosem Liz. – Tylko w ten sposób będziesz mogła wrócić do normalnego życia.

Eva starała się zapanować nad rosnącym zdenerwowaniem.

– To nie wygląda tak jak w telewizji. Nawet jeśli Dex trafi do więzienia, to wciąż nie będę bezpieczna. Niezależnie od tego, dokąd pojadę, jego ludzie mnie znajdą. Próbowałam to wytłumaczyć agentowi Castro, ale powiedział, że ma związane ręce.

Zaniosła się spazmatycznym szlochem i Liz mocno ją do siebie przytuliła.

– Musisz przestać uciekać – przekonywała, głasz-cząc ją po głowie. – Nie możesz dłużej ukrywać praw-dy, wymyślając kolejne kłamstwa.

– To nie takie proste – jęknęła Eva, odsuwając się od Liz i wycierając zapłakane oczy. – Castro uważa, że mogę zeznawać, a potem wszystko jakoś się ułoży. Jed-nak Dex nigdy mi na to nie pozwoli. Jedyną szansą jest ucieczka. Powinnam zniknąć i pozwolić, żeby Castro sam zajął się śledztwem.

Czekała na to, co powie Liz. Bała się, że przyjaciółka zacznie się z nią sprzeczać, a nawet zagrozi telefonem na policję. Liz oświadczyła jednak spokojnym głosem:

– Okay. Załóżmy, że masz rację. Dokąd chcesz jechać?

Eva wzruszyła ramionami.

– Przez pewien czas zostanę w Nowym Jorku i po-staram się załatwić fałszywy paszport. Pieniędzy po-winno mi wystarczyć.

Liz skinęła głową.

– Fałszywy paszport. A potem wyjedziesz z kraju?

Eva wiedziała, co robi jej przyjaciółka. W czasie stu-diów miała wykładowcę, który używał tej sokratejskiej metody, żeby pomóc studentom formułować argumen-ty. Postanowiła nie zwracać na to uwagi.

– Tak.

Liz obróciła szklankę w dłoniach, a resztka lodu opadła na dno.

– Zostaniesz zupełnie nową osobą, kimś bez prze-szłości. W jaki sposób zagospodarujesz czas? Pójdziesz do pracy? Kupisz dom? Wynajmiesz mieszkanie? Jak opowiesz innym ludziom o tym, co się stało?

– Jakoś dam sobie radę. Coś wymyślę.

– Będziesz żyła w ciągłym strachu, co chwila nerwowo zerkając przez ramię i czekając, aż ktoś odkryje prawdę – ciągnęła Liz cichym, ale kategorycznym głosem. – Musisz zgodzić się na współpracę, i to jak najszybciej. – Odstawiła szklankę i dotknęła palcami podbródka Evy, zmuszając ją do spojrzenia jej prosto w oczy. – To, przez co przeszłaś, było straszne i z pewnością niezasłużone. Musisz jednak wrócić i doprowadzić sprawę do końca. Albo Dex pójdzie na wiele lat do więzienia, albo to ty trafisz za kratki. Jaki jest twój wybór?

– A co jeśli najpierw dopadną mnie jego ludzie? Na pewno już wie, co się święci. – Poczuła, jak ogarnia ją panika, i znowu zaniosła się płaczem.

Liz podała jej chusteczkę i powiedziała:

– Musisz wrócić do Kalifornii, zanim Castro zorientuje się, że zniknęłaś. Zadzwoń do niego zaraz po wylądowaniu i czekaj na lotnisku. Pod żadnym pozorem nie rób nic na własną rękę. Rozumiesz?

– Dlaczego nie mogę po prostu zapaść się pod ziemię i udawać, że nigdy mnie tu nie było? – wyszeptała Eva.

Liz spojrzała na nią łagodniejszym wzrokiem.

– Doskonale wiesz, że wcześniej czy później ktoś się tutaj pojawi i zacznie zadawać pytania. Niestety, nie będę wtedy kłamać.

Może właśnie dlatego Eva wyruszyła w tę podróż? Chciała, żeby ktoś zmusił ją do podjęcia właściwej decyzji, ktoś, komu naprawdę zależało na tym, żeby nie popełniała kolejnych błędów. Liz była dla niej jak matka, której nigdy nie miała.

Poczuła ogromną ulgę. Zrozumiała, że może wreszcie odpuścić i pozwolić, żeby ktoś inny powiedział jej, co powinna robić.

– Okay – szepnęła.

Siedziały na kanapie i słychać było tylko dochodzące z innego pokoju tykanie zegara. Panująca cisza stała się ciężka od tego, co Eva miała jeszcze do powiedzenia.

Przez całe życie szukała bliskich relacji. Chciała mieć rodzinę i przyjaciół. Wreszcie pojawiła się Liz i zaoferowała jej swoją przyjaźń, nie oczekując niczego w zamian. Eva chciała zapytać: Dlaczego akurat ja? Wiedziała jednak, że nie znajdzie odpowiedniej liczby słów, żeby wypełnić dziurę ziejącą w najgłębszych zakamarkach jej serca, tam gdzie zwykle znajduje się prawdziwa miłość i przyjaźń.

Zdawała sobie też sprawę, że jutro będzie musiała zostawić Liz. Nie była jednak pewna, czy znajdzie w sobie wystarczająco dużo odwagi, żeby odwrócić się plecami do starego życia pełnego nieprzyjemnych zgrubień i ostrych krawędzi z nadzieją, że po drugiej stronie spotka ją coś dobrego.

– Pamiętasz dzień, w którym się poznałyśmy? – zapytała Liz swoim charakterystycznym niskim głosem, który działał na Evę kojąco jak balsam. – Potknęłam się na schodach, a ty podeszłaś i pomogłaś mi wstać.

Eva otworzyła usta, żeby coś powiedzieć, ale Liz uciszyła ją gestem dłoni.

– Nie zapominaj, kim jesteś i jak wiele dla mnie znaczysz. W świecie pełnym hałasu i egoizmu jesteś niczym jasny rozbłysk dobroci. – Odwróciła Evę ku sobie i ujęła ją za ramiona. – Niezależnie od tego, dokąd pojedziesz i co się stanie, pamiętaj, że jestem przy tobie myślami i bardzo cię kocham.

Słowa Liz sprawiły, że runął ostatni mur i Eva zupełnie się rozkleiła. Wszystkie żale, rozczarowania i bolesne doświadczenia powoli z niej uleciały, aż poczuła, że jest całkowicie pusta.

————•————

Po zarezerwowaniu biletu na samolot do Oakland usiadły razem na kanapie. Eva starała się nacieszyć ostatnimi chwilami w towarzystwie przyjaciółki, zdając sobie sprawę, że nigdy nie będzie miała dość jej bliskości. Nagle usłyszały zgrzyt klucza w zamku, a potem trzask otwieranych i zamykanych drzwi.

– Mamo? – zawołał jakiś nieznajomy głos. – Jesteś w domu?

– Tak, kochanie.

Przez kuchnię weszła do salonu młoda kobieta. Rzuciła klucze na blat i położyła na podłodze ciężką torbę. Na widok siedzącej na kanapie Evy stanęła jak wryta.

– Przepraszam, nie wiedziałam, że masz towarzystwo.

– To moja córka Ellie.

Ellie zrobiła niezadowoloną minę, podeszła kilka kroków i wymieniła z Evą uścisk dłoni.

– Teraz nazywam się Danielle. Miło cię poznać. Dużo o tobie słyszałam.

CLAIRE

Patrzę na agenta Castro, przeczuwając, że za chwilę moje sekrety wyjdą na jaw.

— Nie wiem, o kim pan mówi.

Mężczyzna przesuwa ciemne okulary na czubek głowy i stwierdza:

— Myślę, że doskonale pani wie, o kogo mi chodzi. Właśnie skończyła pani rozmawiać przez jej telefon. — Zerkam w stronę leżącego na komodzie aparatu, zastanawiając się, skąd on może to wiedzieć.

— Spróbujmy inaczej — kontynuuje mężczyzna. — Dzień dobry, pani Cook! Cieszę się, że widzę panią w tak dobrym stanie. Nazywam się Castro i jestem oficerem DEA. Chciałbym zadać pani kilka pytań. — Widzę, że na parkingu stoi sedan z tablicami rejestracyjnymi służb mundurowych. — Może wejdziemy do środka? — pyta przyjaźnie, lecz stanowczo, a ja kiwam głową i wpuszczam go do pokoju.

Siadamy naprzeciwko siebie przy stojącym obok okna małym stoliku. Castro rozsuwa zasłony i do niewielkiego pomieszczenia wpada więcej światła.

– Proszę mi powiedzieć, skąd zna pani Evę James.

– W zasadzie to jej wcale nie znam.

– Jednak do wczoraj mieszkała pani u niej w domu. – Mężczyzna wskazuje na wiszącą na krześle zieloną kurtkę. – I nosiła jej ubrania. Od kilku miesięcy Eva James znajduje się pod ścisłą obserwacją. Na przykład sklonowaliśmy jej telefon.

– Sklonowaliście? – powtarzam. – Co to znaczy?

Odchyla się na krześle, przyglądając mi się z taką uwagą, że zaczynam czuć się niekomfortowo. Po dłuższej chwili milczenia stwierdza:

– Wiemy o wszystkim, co dzieje się z tym urządzeniem. Mamy dostęp do każdego SMS-a i każdego e-maila. Gdy ktoś dzwoni, od razu jesteśmy o tym informowani i słyszymy każde słowo.

Przypominam sobie rozmowę z Kate Lane oraz wiadomości, które zostawiła dla mnie Danielle. Teraz już wiem, dlaczego Eva nie wzięła aparatu ze sobą.

– Ona o tym wiedziała?

Agent Castro kręci głową.

– Aktywnie z nami współpracowała przy prowadzeniu ważnego śledztwa. Istotne było to, żeby nie zmieniła swoich zachowań i trzymała się rutyny. Ludzie, którymi się interesowaliśmy, nie mogli się niczego domyślić. To byłoby zbyt ryzykowne. W zeszłym tygodniu Eva nie dotarła jednak na wcześniej umówione spotkanie i zaczęliśmy się niepokoić. Wtedy pojawiła się pani.

Opuszczam wzrok i patrzę na swoje złożone na kolanach dłonie. Myślę o samochodzie, który wysłała po mnie Kate Lane, i zastanawiam się, czy agent Castro wsiądzie do niego razem ze mną, czy też będę musiała tu zostać i odpowiadać na jego pytania tak długo, aż do motelu przyjedzie Rory.

– Może zaczniemy od tego, jak poznała pani Evę.

– Jeśli podsłuchiwaliście moje rozmowy telefoniczne, to przecież wszystko wiecie.

– To prawda. W takim razie skupmy się na tym, co wydarzyło się na lotnisku. Kto wpadł na pomysł zamiany miejsc?

Nie jestem pewna, jak powinnam opisać swoją rolę w tym wszystkim. Byłam ofiarą? A może współuczestniczką spisku? Chyba ani tym, ani tym. Po prostu szukałam rozpaczliwie rozwiązania. Jakiegokolwiek rozwiązania.

– To Eva mnie zaczepiła – mówię wreszcie.

Castro kiwa głową.

– Jakie wrażenie zrobiła na pani?

– Trudno mi odpowiedzieć na to pytanie, bo Eva nie powiedziała wtedy ani słowa prawdy. – Przypominam sobie, jak siedziała przy kontuarze ze wzrokiem wbitym w drinka. Wyglądała jak ktoś, kto dźwiga na barkach ciężar całego świata. Wiem jednak, że chociaż kłamała, to jej strach był prawdziwy. – Na pewno była przestraszona.

– Miała ku temu dobre powody. Czy ktoś zjawił się u niej w domu i chciał się z nią widzieć?

Opowiadam o mężczyźnie, który kręcił się po werandzie. Streszczam naszą rozmowę, podkreślając swoje spostrzeżenie o jego dziwnym zachowaniu.

– Mogłaby go pani opisać?

– Mniej więcej w moim wieku, może odrobinę starszy. Ciemne włosy, oliwkowa cera, długi płaszcz i niezwykłe oczy, stalowoszare, wpadające trochę w błękit.

– Czy podczas pobytu u Evy widziała pani jakieś narkotyki?

– Nie. – Myślę o ukrytym w piwnicy laboratorium i o wielu godzinach, które Eva musiała spędzić pod ziemią, za co na powierzchni zapłaciła wysoką cenę. Przypominam sobie o poświadczonym notarialnie liście oraz zebranych przez nią dowodach. Czy teraz jest dobry moment, żeby przekazać wszystko służbom? Castro dostałby to, na czym mu zależy, i być może uznałby, że Eva wypełniła swoją część zobowiązania.

Wyciągam z torby kopertę i dyktafon, po czym kładę je na stole i przesuwam w stronę agenta.

– Znalazłam to wczoraj, kiedy odkryłam ukryte wejście do piwnicy.

Castro odkłada na bok urządzenie i zaczyna przeglądać zeznania Evy. W pewnym momencie wyjmuje notes i zapisuje szczegóły dotyczące poświadczenia notarialnego.

– Nie miałam pojęcia, przed czym ona ucieka. Powiedziała, że jej mąż niedawno umarł na raka. Bardzo cierpiał i, jak wyznała, pomogła mu odejść z tego świata. Bała się, że z tego powodu będzie mieć poważne kłopoty. – Kiedy opowiadam tę historię, wszystko brzmi jeszcze bardziej niewiarygodnie. – Musi pan zrozumieć, że znajdowałam się wtedy w naprawdę wielkiej desperacji i byłam w stanie uwierzyć w dosłownie wszystko. Myślę, że Eva zdawała sobie z tego sprawę.

– Od wielu lat oszukiwała ludzi i jest w tym całkiem niezła. W przeciwnym razie nie utrzymałaby się tak długo w tej branży. – Castro pochyla się do przodu i opiera łokcie na stoliku. – Moja praca polega na ściganiu przestępstw związanych z handlem narkotykami. Nie zajmuję się przekrętami finansowymi ani kradzieżą tożsamości. Nie jest więc pani przedmiotem moich zainteresowań – wyjaśnia spokojniejszym głosem, ponieważ uzyskał już odpowiedzi na swoje pytania. Teraz widzę, z kim mam do czynienia: ten facet naprawdę chce mi pomóc. – Rozumiem, że ukrywa się pani przed mężem?

– Tak.

– Nie mam zamiaru przysparzać pani dodatkowych kłopotów, ale muszę wiedzieć, co stało się z Evą i o czym rozmawiałyście.

– Mam wrażenie, że wszystko było jednym wielkim kłamstwem.

Castro wygląda przez okno. Obok sedana zatrzymuje się czarna limuzyna.

– Chyba pani podwózka przyjechała.

Wstajemy, otwieram drzwi do pokoju.

– Pani Claire Cook? – pyta kierowca. To potężny mężczyzna pod trzydziestkę ubrany w trochę za ciasny ciemny garnitur. Spod prawego rękawa wystaje mu kawałek tatuażu zdobiącego jego ramię i kończącego się dopiero na nadgarstku. Ma rozciągnięte płatki uszu, w których znajdują się ogromne tunele.

„Berkeley. Łatwo wtopić się w tłum, ponieważ każdy tu jest dziwniejszy od ciebie".

Ładując moją torbę do samochodu, mężczyzna zerka w stronę agenta i przez chwilę skupia uwagę na rysującej się pod jego kurtką kaburze. Potem odwraca wzrok i zamyka klapę bagażnika, udając, że nie jest zainteresowany naszą rozmową.

Agent Castro staje obok drzwi kierowcy swojego auta.

– Powodzenia – mówi, podając mi rękę. – Jeśli się uda, to zanim wyjedzie pani z miasta, chciałbym jeszcze raz z panią porozmawiać. Zakładam, że wraca pani do Nowego Jorku.

– Jasne – odpowiadam, patrząc na ruchliwą ulicę, po której mkną rozmaite pojazdy. – Wszystko wyjaśni się w ciągu najbliższych kilku godzin. Na razie nie wiem, jakie problemy mogą mnie jeszcze spotkać i czy ktokolwiek uwierzy w moją historię.

– Jeżeli pani mąż był w jakiś sposób uwikłany w śmierć Maggie Moretti, wsparcie opinii publicznej nie ma większego znaczenia. Dowody będą po pani stronie.

Odrywam wzrok od ulicy i patrzę na Castro.

– Nie zna pan zbyt dobrze rodziny Cooków, jeśli uważa pan, że łatwo dadzą za wygraną. Takich ludzi obowiązują inne reguły.

Czekam, aż zaprzeczy, ale zalega cisza. Nawet on dobrze wie, że pieniądze potrafią rozwiązać prawie każdy problem.

Wreszcie się odzywa:

– Coś pani poradzę. Proszę jak najszybciej opowiedzieć o wszystkim w telewizji. Kiedy o sprawie dowie się cały świat, mąż nie będzie w stanie zrobić pani krzywdy.

———•———

Okazuje się, że na drodze do San Francisco są ogromne korki. Jedziemy bardzo powoli: najpierw mijamy punkt poboru opłat, po czym wjeżdżamy na Bay Bridge. Ze wszystkich stron otaczają nas inne samochody. Siedzę sama na tylnej kanapie i wyglądam przez okno. Mój wzrok ślizga się po powierzchni szarej wody, aż wreszcie zatrzymuje się na Alcatraz, samotnej wysepce na środku zatoki.

Kierowca poprawia lusterko wsteczne, żeby mnie lepiej widzieć. Jego rękaw przesuwa się jeszcze bardziej w górę i znowu widzę wytatuowane ramię.

– Mogę włączyć radio? – pyta w pewnym momencie.

– Jasne – odpowiadam.

Skacze po stacjach, aż wreszcie zatrzymuje się na jakimś spokojnym jazzie. Sięgam po torebkę i wyjmuję z niej telefon, żeby sprawdzić godzinę. Okazuje się, że dostałam nową wiadomość od Danielle.

Właśnie się dowiedziałam, że Rory już skontaktował się z jakimś facetem w Berkeley i kazał mu panią odszukać. To ktoś miejscowy, kto lepiej wtopi się w tłum. Udało mi się ustalić, że jest dobrze zbudowany i ma na ramieniu ogromny tatuaż. Proszę na siebie uważać.

EVA

Luty, dzień przed katastrofą

Ellie – czy raczej Danielle – w każdym razie córka Liz wyglądała inaczej, niż Eva sobie wyobrażała. Zamiast młodej, przebojowej pracowniczki korporacji spodziewała się zobaczyć dziewczynę w długiej kwiecistej spódnicy pracującą w jakiejś małej organizacji charytatywnej. Danielle miała włosy spięte w zachowawczy kok, nosiła perły i była ubrana w szyty na miarę kostium oraz buty na wysokich obcasach. Eva nie miała jednak żadnych wątpliwości, że ma przed sobą matkę i córkę. Obie były drobne i miały niemal identyczne rysy twarzy. Matka była jednak spokojna i wyważona, a córka sprawiała wrażenie podenerwowanej.

Liz wstała z kanapy, żeby pocałować Danielle na powitanie.

– Dopiero wracasz z pracy? Późno już.

Danielle zignorowała pytanie i zwróciła się bezpośrednio do Evy:

– Nie wiedziałam, że się do nas wybierasz.

W jej niskim głosie pobrzmiewał oskarżycielski ton i Eva uznała, że powinna mieć się na baczności.

– To była spontaniczna decyzja – wyjaśniła. – Nie planowałam wcześniej tego wyjazdu.

– Coś się stało? – Danielle nie odrywała od niej przeszywającego spojrzenia.

– Po prostu miała taką zachciankę – wtrąciła Liz, spoglądając karcącym wzrokiem na córkę.

– Wpadłam, żeby odwiedzić przyjaciół – powiedziała Eva przyjaznym tonem, chcąc rozładować napięcie. – Jutro wracam do domu.

Danielle zamilkła, jakby czekając na więcej szczegółów. Po dłuższej chwili zwróciła się do Liz:

– Mamo, możemy pogadać na osobności?

Liz zrobiła przepraszającą minę.

– Rozgość się, a ja niedługo wracam, dobrze?

Kobiety wyszły z salonu i z sąsiedniego pokoju słychać było strzępy prowadzonej po cichu rozmowy. Eva wstała z kanapy i poszła do kuchni pod pretekstem obejrzenia zdjęć wiszących na drzwiach lodówki.

– Co się z tobą dzieje? – syknęła Liz.

– Przepraszam, ale jestem zmęczona i miałam stresujący dzień w pracy. Co gorsza, muszę się jeszcze spakować przed jutrzejszym wyjazdem do Detroit – powiedziała Danielle. – Nie spodziewałam się gości.

– Po co jedziesz do Detroit?

– Fundacja organizuje tam jutro jakąś imprezę. Miałam towarzyszyć pani Cook, ale właśnie dowiedziałam się, że ona leci do Portoryko, a ja jadę z Rorym. – Danielle głośno westchnęła. – Przykro mi, że byłam taka nieprzyjemna. Nie lubię zmian w ostatniej chwili. Czuję, że coś tu nie gra.

– W jakim sensie?

– Pani Cook od kilku miesięcy wyjątkowo intensywnie przygotowywała się do wyjazdu, co było dość dziwne.

– Wydaje mi się, że za ciężko pracujesz i wyolbrzymiasz niektóre sprawy – stwierdziła Liz uspokajającym tonem. Eva wyobraziła sobie, że bierze córkę za rękę i delikatnie ją ściska.

– Nie tym razem, mamo. Dostrzegłam też inne niepokojące sygnały. Jej kierowca powiedział mi, że w zeszłym miesiącu pojechała sama na Long Island. Jej trasę można było śledzić przez GPS. Okazało się, że dotarła aż do wschodniego krańca wyspy, chociaż nie ma tam żadnych znajomych. Kilka razy musiałam też ukrywać przed Rorym różne drobne machlojki, na przykład wypłaty gotówki i niezgadzające się rachunki. – W głosie Danielle słychać było wyraźną obawę związaną z rosnącym napięciem, że coś się wydarzy. – Podejrzewam, że chce w końcu odejść od męża.

– I dobrze. Najwyższy czas.

– No tak, tylko przypuszczam, że wyjazd do Portoryko pokrzyżuje jej plany. Zależało jej na tym, żeby lecieć do Detroit.

– Czy Rory o tym wie?

– Nie, ale wystarczy mały błąd, żeby się zorientował... – Danielle zawiesiła głos. – Nie lubię, kiedy pani Cook jeździ gdzieś sama albo tylko w towarzystwie osób okazujących Rory'emu całkowitą lojalność. Jutro będę musiała mu towarzyszyć i udawać, jak bardzo go podziwiam, chociaż tak naprawdę ledwie jestem w stanie na niego patrzeć. To okropne, jak on traktuje swoją żonę.

– Jeśli jest wystarczająco inteligentna, zostanie w Portoryko i nigdy tu nie wróci.

Eva przestała udawać, że ogląda zdjęcia, i całkowicie skupiła się na historii opowiadanej przez Danielle. W pewnym momencie zaczął jej świtać w głowie pewien pomysł.

W dwóch skokach pokonała odległość od kuchni do kanapy. Wyciągnęła z torby swojego laptopa i postawiła go na kuchennym blacie, żeby nadal móc słuchać, co dzieje się w sąsiednim pokoju. Matka i córka ciągle rozmawiały, a Eva wpisała w wyszukiwarkę: *Rory Cook, żona*. Na ekranie pojawiła się fotografia: piękna kobieta z okalającymi twarz ciemnymi włosami ubrana w modne ubrania z najwyższej półki przechadza się po nowojorskim chodniku. Na dole znajdował się podpis: *Claire Cook, żona Rory'ego Cooka, odwiedza nową restaurację Entourage na Upper West Side.*

W pomieszczeniu obok nadal trwała rozmowa.

– Nie wydaje mi się, żeby pobyt w Portoryko był dla niej dobrym rozwiązaniem – mówiła Danielle. – To straszne, że musi tam jechać. Rano obudzi ją Bruce i powie, że doszło do nagłej zmiany planów, a potem zawiezie ją na lotnisko JFK. – Głośno westchnęła i dodała: – Przepraszam, że byłam niemiła dla Evy. Na pewno jest uroczą osobą, ale czuję, że nie pojawiła się tutaj bez przyczyny. O co tak naprawdę chodzi?

Eva wstrzymała oddech, wbijając wzrok w ekran komputera. Nie przyglądała się jednak rysom twarzy

Claire Cook, tylko skupiła uwagę na tym, co powie za chwilę Liz. Czy nie będzie w stanie się powstrzymać i bez mrugnięcia okiem wyjawi córce wszystkie tajemnice?

– Moja przyjaciółka przechodzi teraz trudny okres – wyjaśniła. – Jestem jednak pewna, że wyjdzie na prostą. Jest w końcu prawdziwą twardzielką.

Eva odetchnęła z ulgą.

– Dobrze – powiedziała Danielle. – Muszę się spakować, bo wylatujemy bladym świtem. Wiesz może, gdzie jest mój czarny wełniany płaszcz?

– Powinien wisieć w szafie w sypialni dla gości. Zaraz sprawdzę.

– Dzięki, mamo.

To proste zdanie, powtórzone najprawdopodobniej setki tysięcy razy, zrobiło na Evie tak ogromne wrażenie, że w jej oczach niemal pojawiły się łzy. Zaczęła się zastanawiać, jak to jest, gdy u twojego boku zawsze stoi ktoś bliski. Wydawało jej się, że łączy ją z Liz szczególna więź, ale nie było to nic więcej niż przyjaźń. Poczuła się głupio, ponieważ przez jakiś czas wyobrażała sobie nie wiadomo co. Dostrzegła rozmiary swojej pomyłki, kiedy zobaczyła bezgraniczne zaufanie, jakim darzą się matka i córka. Co Liz poradziłaby Danielle, gdyby ta znalazła się w podobnych tarapatach? Czy również nakłaniałaby ją do oddania się w ręce służb? A może raczej pomogłaby córce w ucieczce?

Eva spojrzała na ekran i spróbowała sobie wyobrazić, co poczuje jutro Claire Cook, kiedy dowie się, że jej mąż zmienił plany i zamiast do mroźnego Detroit wysyła ją na gorącą karaibską wyspę. Być może nie zrobi to na niej większego wrażenia. Niewykluczone, że Danielle się myli i ta podróż nie jest wcale taka ważna. Jednak jeśli Claire rzeczywiście planowała tak zdecydowany krok, to będzie w desperacji szukać awaryjnego rozwiązania, jakiejś alternatywnej drogi ucieczki.

Być może Eva będzie jej miała coś interesującego do zaoferowania.

– Co robisz?

Błyskawicznie się obróciła. W progu stała Danielle, trzymając w rękach torbę, którą wcześniej rzuciła na podłogę. Eva zamknęła laptopa z nadzieją, że dziewczyna nie widziała zbyt wiele.

– Nic – odparła, blado się uśmiechając.

Przez chwilę mierzyły się wzrokiem, aż wreszcie Danielle poszła na górę i zaczęła się pakować.

Eva znowu otworzyła komputer i weszła na stronę linii lotniczych. Wybrała zakładkę „Modyfikuj rezerwację", a potem w rozwijanym menu zmieniła lotnisko z Newark na JFK. W uszach ciągle rozbrzmiewały jej słowa Liz: „Jest w końcu prawdziwą twardzielką".

Udowodni, że to prawda.

CLAIRE

Wciskam się w siedzenie i przenoszę wzrok z ekranu, na którym wyświetla się wiadomość od Danielle, na opartą na kierownicy prawą rękę szofera. „Jest dobrze zbudowany i ma na ramieniu ogromny tatuaż".

Wracam myślami do tego, co wydarzyło się na parkingu przed motelem, i zdaję sobie sprawę, że ten mięśniak ani słowem nie zająknął się o CNN. Powiedział tylko moje imię i nazwisko, a ja zachowałam się jak idiotka i wsiadłam do samochodu.

Wyglądam przez okno i widzę, że most jest szczelnie wypełniony pojazdami, które powoli suną do przodu. Nad wąskim chodnikiem unoszą się stalowe liny, a dalej jest już tylko stupięćdziesięciometrowa przepaść nad zimną tonią Zatoki San Francisco.

Agent Castro radził mi, żebym jak najszybciej znalazła się w studiu telewizyjnym. Co mam teraz robić? Facet zabierze mnie na jakąś opustoszałą plażę albo na północ, w jakieś jeszcze gorsze miejsce, i szybko zakończy sprawę.

Zbliża się do nas zielony volkswagen jetta. Za kierownicą siedzi kobieta i bezgłośnie porusza ustami, rozmawiając z kimś, kogo nie widzę. Jestem od niej oddalona o nie więcej niż metr: ma pomalowane na różowo paznokcie, a w uszach cienkie srebrne kółka. Staram się zapanować nad płaczem i zmusić się do myślenia. Czy ta kobieta usłyszałaby mnie, gdybym zaczęła krzyczeć?

Nasz samochód przesuwa się o kilka metrów do przodu i zatrzymuje obok białej furgonetki bez okien. Przyglądam się wąskim szczelinom oddzielającym poszczególne pojazdy i widzę, że układają się w labirynt, który co chwilę zmienia swój kształt. Czy mam wyskoczyć z limuzyny i uciekać ile sił w nogach?

Na sąsiednim pasie auta ruszają do przodu i znowu mam przed sobą kobietę w zielonym volkswagenie. Odrzuca głowę do tyłu i wybucha śmiechem, nieświadoma, że ktoś obserwuje ją przez przyciemnioną szybę.

Jakieś trzydzieści metrów przed nami zaczyna się ciemny tunel, a znaki drogowe informują o zjeździe na Treasure Island. Kierowca napotyka mój wzrok w lusterku i mówi:

– Korek powinien się skończyć, jak tylko wyjedziemy z tunelu.

Jeśli mam uciec, ciemny tunel to właściwe miejsce na taki krok.

Opieram ramię o drzwi i spoconą dłonią odblokowuję zamek, cały czas uważnie obserwując kierowcę. Muszę mieć pewność, że jest skupiony na drodze.

Wiem, że będę mieć tylko jedną szansę.

Z głośników płynie teraz szybki jazz o gorączkowym, zmiennym rytmie, do którego dopasowuje się bicie mojego serca. Przyciskam torebkę, żeby w kluczowym momencie nie zsunęła mi się z ramienia. Jedną rękę kładę na zapięciu pasa bezpieczeństwa, a drugą powoli naciskam klamkę, gotowa pchnąć drzwi i wyskoczyć z auta. Mam nadzieję, że jeśli zacznę krzyczeć, to ktoś mi pomoże.

Staram się wyrównać oddech i odliczam kolejne metry, czekając, aż wjedziemy do tunelu i zrobi się ciemno.

Sześć metrów.

Trzy metry.

Metr.

Kierowca znowu patrzy na mnie w lusterku.

– Wszystko w porządku? – pyta. – Strasznie pani zbladła. Może chce pani coś do picia? Mam wodę. Studio CNN leży zaledwie kilka przecznic za zjazdem z mostu. To już naprawdę niedaleko.

Wypuszczam powietrze z płuc, splatam drżące dłonie na kolanach i osuwam się na siedzenie. Ten koleś jest z CNN i nie ma nic wspólnego z Rorym. Kręci mi się w głowie, czuję wyraźną ulgę. Zaciskam mocno powieki, starając się zupełnie nie rozkleić.

To jest właśnie cena, którą płacę za lata bycia maltretowaną żoną. Mam tak skrzywioną psychikę, że nie jestem w stanie odróżnić wytworów własnej wyobraźni od tego, co dzieje się naprawdę. Logicznie rzecz biorąc, Rory nie byłby w stanie tak szybko mnie odnaleźć, jednak jego manipulacje sprawiły, że zaczęłam mu przypisywać niemal nadludzkie zdolności. Stało się dla mnie oczywiste, że wie, gdzie się ukryłam. Co więcej, wyczuwa mój strach i jest w stanie czytać w moich myślach, a potem wykorzystuje wszystko do swoich celów.

Limuzyna wreszcie przyspiesza i wyjeżdżamy z tunelu. Ciemność zapadła na zaledwie kilka chwil, a teraz znowu robi się widno. Jak za dotknięciem czarodziejskiej różdżki wyrasta przed nami całe miasto i naszym oczom ukazują się białe budynki rozświetlone wczesnopopołudniowym słońcem.

– Proszę pani? – odzywa się znowu kierowca, podając mi małą butelkę wody.

– Już wszystko w porządku – mówię, uspokajając nas oboje.

———•———

„Wiadomość z ostatniej chwili. Przerywamy nasz program, żeby połączyć się na żywo z Waszyngtonem. Czeka tam na nas Kate Lane, która opowie nam o najnowszych doniesieniach z Kalifornii. Halo, Kate?"

Siedzę na stołku ustawionym przed zielonym ekranem, w ucho mam wetkniętą słuchawkę. Za skierowaną prosto na mnie kamerą roi się tłumek pracowników CNN. Czerwona lampka oznaczająca, że jestem na wizji, jeszcze się nie zapaliła. Obok kamery stoi telewizor, w którym widzę Kate Lane w waszyngtońskim studiu. Jej głos jest transmitowany bezpośrednio do słuchawki. W moich żyłach ciągle buzuje adrenalina i mam mętlik w głowie. Na szczęście w studiu jest chłodno i przy odrobinie wysiłku jestem w stanie zebrać myśli. Na ścianie naprzeciwko wisi ogromny zegar elektroniczny. Jest dwadzieścia dwie po pierwszej. Patrzę na zmieniające się cyfry sekundnika i staram się dopasować do tego rytmu bicie własnego serca.

Zaraz po tym, jak dojechałam na miejsce, producent wręczył mi iPada, żebym mogła porozmawiać z Kate. Dowiedziałam się, że skontaktowali się z Danielle, która zgodziła się przekazać nagranie prokuratorowi generalnemu stanu Nowy Jork. Z wiarygodnych źródeł wiadomo było, że wkrótce pojawią się nowe wiadomości w tej sprawie. Udało się również zlokalizować Charlotte Price, która powiedziała, że z chęcią wystąpi przed kamerami, ale najpierw jej adwokat musi unieważnić podpisaną dawno temu umowę o zachowaniu poufności.

– Teraz chcemy usłyszeć twoją historię – mówi Kate. – Zacznij od małżeństwa. Opowiedz nam o mężu i o tym, dlaczego postanowiłaś od niego uciec. – Jej twarz łagodnieje. – Muszę cię przygotować na to, co się najprawdopodobniej wydarzy po twoim wystąpieniu. Ludzie zaczną grzebać w twojej przeszłości i uważnie przyglądać się wszystkiemu, co robiłaś. Usłyszysz wiele nienawistnych komentarzy wypowiadanych bez skrępowania, często prosto w twarz. Niezależnie od tego, czy większa część opinii publicznej wesprze ciebie, czy stanie murem za Rorym, każdy twój krok będzie bacznie obserwowany. Ludzie prześwietlą twoją rodzinę i wszystkich znajomych, z którymi kiedykolwiek miałaś kontakt. Wezmą pod lupę każdą twoją decyzję. Mam obowiązek cię o tym poinformować, zanim przejdziemy dalej.

Kiedy usłyszałam od Kate o wszystkim, czego od wielu lat tak bardzo się obawiałam, ogarnęły mnie wątpliwości i chciałam się wycofać. Pomyślałam, że nagranie Danielle i zeznania Charlotte Price powinny wystarczyć, żeby oskarżyć Rory'ego o przyczynienie się do śmierci Maggie Moretti. Moje wynurzenia niewiele by zmieniły.

Jednocześnie zdawałam sobie sprawę, że jeśli zrezygnuję, to przez resztę życia będę musiała przeżywać takie chwile jak te na moście. Nie mogę ciągle uciekać i chować się w coraz to nowej mysiej dziurze, ponieważ w ten sposób nigdy nie odzyskam prawdziwej wolności. Jeżeli nie powiem prawdy o Rorym, będę się czuła współwinna. Być może świat nie jest zainteresowany moją historią, ale zrozumiałam, że muszę ją opowiedzieć.

– Okay, wszystko jasne – oświadczyłam.

Nagle z zamyślenia wyrywa mnie czyjś głos:

– Za pięć sekund wchodzimy na wizję.

– Dobry wieczór – mówi w słuchawce Kate Lane, tak wyraźnie, jakby siedziała obok mnie. – W ciągu ostatniej godziny adwokaci Rory'ego Cooka, szefa Fundacji Rodziny Cooków i syna zmarłej senator Marjorie Cook, otrzymali wezwanie na dodatkowe przesłuchania w sprawie śmierci Maggie Moretti, która zginęła dwadzieścia siedem lat temu na terenie rodzinnej posesji. Co ciekawe, władze otrzymały nowe informacje w tej sprawie od obecnej żony Rory'ego Cooka, która miała być jedną z ofiar katastrofy lotu czterysta siedemdziesiąt siedem. CNN ustaliło jednak, że pani Cook żyje i przebywa obecnie w Kalifornii. Już za chwilę połączymy się z nią dzięki łączom satelitarnym, żeby porozmawiać o oskarżeniach wysuwanych wobec jej męża oraz o powodach, dla których postanowiła się ukrywać. Dobrze znowu panią widzieć.

Na kamerze zapala się czerwona lampka, a reżyser wskazuje na mnie palcem. Z trudem powstrzymuję chęć poprawienia ręką włosów. Ciągle nie mogę się przyzwyczaić do tego, że mam nową fryzurę.

– Dziękuję, Kate. Ja również cieszę się, że mogę tutaj być. – W pustym studiu mój głos brzmi samotnie, staram się więc skupić na monitorze, na którym widać wyświetlaną za moimi plecami panoramę San Francisco.

– Proszę nam powiedzieć, co się wydarzyło i jak to się stało, że jest pani dzisiaj z nami.

W tym momencie zdaję sobie sprawę, że wszystkie ścieżki prowadziły mnie właśnie do tego studia. Przez długi czas uważałam, że moje świadectwo nie wystarczy. Bałam się, że nikt nie będzie chciał wysłuchać prawdy i wyciągnąć do mnie pomocnej dłoni. Jednak okazało się, że kiedy najbardziej potrzebowałam wsparcia, pojawiły się trzy kobiety: najpierw Eva, potem Danielle, a na końcu Charlie. Zrozumiałam, że jeśli same nie opowiemy swoich historii, to nigdy nie uzyskamy kontroli nad narracją.

Prostuję plecy i patrzę prosto w oko kamery. Czuję, jak znikają strach wywołany tym, co stało się przez ostatnią godzinę, stres spowodowany wydarzeniami minionego tygodnia i ciągły lęk, który mi towarzyszył przez dziesięć lat życia u boku Rory'ego. Mam wrażenie, że to wszystko znika w cieniu niczym stłumiony szept.

– Zapewne wiedzą państwo, że mój mąż pochodzi z bardzo wpływowej rodziny, która dysponuje nieograniczonymi zasobami. Nikt nie zdaje sobie jednak sprawy, że nasze małżeństwo było skomplikowane. Przed kamerami Rory to przemiły i czarujący mężczyzna, ale za zamkniętymi drzwiami staje się agresywny, a jego wybuchy są całkowicie nieprzewidywalne. Dla świata byliśmy szczęśliwą i wspierającą się parą, lecz tak naprawdę żyłam na skraju załamania nerwowego. Musiałam strzec swoich sekretów i starać się być jeszcze lepszą osobą, żeby nie wzbudzić gniewu męża. Rozpaczliwie usiłowałam zbliżyć się do jego nieosiągalnych standardów i byłam przerażona, kiedy mi się nie udawało. Jak wiele kobiet w podobnej sytuacji na wiele lat utknęłam w błędnym kole przemocy. Bałam się wprawić Rory'ego w zły nastrój, nigdy nie podnosiłam głosu i nie wyrażałam własnego zdania. Byłam przekonana, że jeśli powiem prawdę, to nikt mi nie uwierzy. Takie życie niszczy człowieka kawałek po kawałku. Po jakimś czasie wszędzie widzisz kłamstwo i nikomu nie ufasz. Mój mąż izolował mnie od ludzi, którzy mogliby przyjść mi z pomocą. Już wcześniej próbowałam go zostawić i opowiedzieć światu o naszym małżeństwie, jednak tak wpływowe osoby jak Rory są też potężnymi wrogami. Nikt nie chciał z nim zadrzeć. Uznałam więc, że nie ma sensu wywoływać publicznego skandalu ani angażować się w długą batalię sądową i że jedynym wyjściem jest zniknięcie.

– Śmierć w katastrofie lotniczej?

– To był tylko tragiczny zbieg okoliczności. W ogóle nie planowałam znaleźć się na pokładzie tego samolotu. Miałam schronić się w Kanadzie i tam zapaść się pod ziemię, ale w ostatniej chwili doszło do zmiany planów wyjazdowych. Na lotnisku poznałam jednak nieznajomą kobietę, która zaproponowała zamianę biletów. – Przypominam sobie o ludziach, którzy ciągle szukają Evy, i oświadczam zdecydowanym tonem: – Niestety, to ona zginęła w wypadku, a nie ja. Do końca życia będę jej wdzięczna za to, że dała mi szansę na ucieczkę.

– Proszę nam powiedzieć, od czego pani ucieka.

Wyobrażam sobie Rory'ego, który siedzi gdzieś przed telewizorem i ogląda zmartwychwstanie własnej żony. Na pewno kipi ze złości, ponieważ właśnie niszczę jego starannie budowaną reputację.

– Niemal od samego początku naszego związku strofował mnie za zbyt głośny śmiech albo wtedy, gdy według niego zjadłam za dużo lub za mało. Nie podobało mu się, jak nie odebrałam telefonu albo gdy zbyt długo rozmawiałam z jedną osobą podczas jakiejś imprezy i nie poświęcałam wystarczająco dużo uwagi komuś innemu. Jeśli miałam szczęście, kończyło się na słownych połajankach. Często na mnie krzyczał i obrzucał wyzwiskami. Potem przez wiele dni się nie odzywał i gromił mnie tylko lodowatym spojrzeniem. Dwa lata po ślubie zaczął mnie popychać, a po niedługim czasie zaczęło dochodzić do regularnych rękoczynów.

Na ekranie za moimi plecami pojawia się wielkie zdjęcie, na którym spacerujemy z Rorym po plaży w Hamptons. Po raz pierwszy pojawiło się ono na okładce magazynu „People" i szybko stało się popularnym wizerunkiem, z którego korzystały stacje telewizyjne, kiedy mowa była o życiu prywatnym mojego męża.

– Ta fotografia została zrobiona w zeszłym roku w lecie. Widać tylko to, co zostało ujęte w kadrze:

trzymająca się za ręce para podczas spaceru brzegiem oceanu. Ważne jest jednak również to, co kryje się pod powierzchnią. Rory był wtedy wściekły i tak mocno ściskał moją rękę, że obrączka boleśnie wrzynała mi się w palce. Pod długimi rękawami skrywałam siniaki, efekt sprzeczki, do której doszło między nami poprzedniego wieczoru. Rory zrobił mi awanturę, bo zapomniałam, jak ma na imię jego stary znajomy. Nie widać też guza z tyłu czaszki, którego sobie nabiłam, kiedy mąż popchnął mnie na ścianę. Bolała mnie głowa i byłam zagubiona, chociaż z pozoru wszystko wygląda w porządku.

Opuszczam wzrok i patrzę na swoje dłonie. Na widok tego starego zdjęcia wracają strach i desperacja, które czułam, spacerując wtedy po plaży. Nie mam ochoty tego robić. Nie czuję się na siłach, żeby opisywać szczegóły swoich upokorzeń tylko po to, żeby się usprawiedliwić.

W słuchawce rozlega się cichy głos Kate.

– Dlaczego zdecydowała się pani opowiedzieć o tym właśnie teraz? Przecież odzyskała pani wolność i zaczęła nowe życie w Kalifornii.

– Nigdy nie byłam wolna. Po pierwsze, straciłam swoją tożsamość i nie miałam szansy na uzyskanie nowej. Nie miałam też pieniędzy ani żadnej stałej pracy. Dorabiałam w firmie cateringowej i przez przypadek mój wizerunek został upubliczniony na stronie TMZ. Nie miałam więc wyjścia i musiałam się ujawnić.

Wpatruję się w kamerę i wyobrażam sobie, że mówię bezpośrednio do Evy. Przez jakiś czas byłam w jej skórze, prowadziłam jej życie. Znam jej sekrety i wiem o niej więcej niż inni ludzie, co sprawia, że łączy nas szczególna więź przypominająca niteczkę babiego lata podróżującą w czasie i przestrzeni. Niezależnie od tego, gdzie się znajdę, Eva będzie tam razem ze mną. Działa to również w drugą stronę... Mam nadzieję, że moja przyjaciółka jest teraz daleko stąd.

– Powinnam również uhonorować kobietę, która zginęła zamiast mnie – oświadczam. – Na pewno są ludzie, którzy ją kochają i chcieliby wiedzieć, co się z nią stało. Oni również zasługują na coś w rodzaju domknięcia. – Robię znaczącą pauzę i myślę o kartce papieru, którą znalazłam u Evy w domu i którą ciągle mam w kieszeni. – Jestem gotowa przejść na drugą stronę strachu, żeby odzyskać swoje życie. To jedyna rzecz, która należy tylko do mnie. Mój mąż mi je ukradł: zabrał mi pewność siebie i pozbawił poczucia własnej wartości. Czas z tym skończyć. Tacy mężczyźni jak on nie powinni już nigdy nikogo okradać.

Elektroniczny zegar pokazuje, że jest równo druga. Czas minął. Zostało zero godzin.

Jestem wolna.

CLAIRE

Nigdy nie byłam zupełnie sama w domu przy Piątej Alei. Zawsze ktoś się tutaj kręcił: gotował, sprzątał, organizował jakieś spotkania albo czekał pod gabinetem Rory'ego. Jednak po wywiadzie udzielonym CNN i wszczęciu dochodzenia w sprawie zamieszania mojego męża w śmierć Maggie Moretti wszyscy gdzieś zniknęli. W pokojach panuje cisza, a ja czuję się jak duch pokonujący tę samą trasę, którą chodziłam wcześniej podczas swoich nocnych eskapad. Być może rzeczywiście jestem zjawą nawiedzającą swoje stare życie, by odkryć, że wszystko się zmieniło.

Na początku szło jednak bardzo opornie. Prawnicy Rory'ego zażarcie walczyli o to, żeby nie można było unieważnić umowy o zachowaniu poufności. Kiedy przegrali sprawę, media zostały zalane informacjami na temat tego, co stało się dwadzieścia siedem lat temu. Prawie codziennie wychodziły na jaw nowe fakty. Opinia publiczna dowiedziała się o awanturze między Maggie i Rorym, do której doszło zaraz przed tragedią. Podczas kłótni Maggie niby przypadkiem spadła ze schodów i straciła przytomność, a Rory starał się zatuszować swój udział i ratować własną skórę. Pojechał od razu do mieszkania Charlie, zaledwie kilka przecznic od swojej rezydencji na West Side. Wtedy chciała mu pomóc. Naopowiadał jej, że wracając do miasta, potrącił przebiegającego przez drogę jelenia i auto prawie wpadło do rowu. Ledwie uniknął nieszczęścia i z trudem panował nad nerwami. Charlie była wtedy młoda i po uszy zakochana. Miała nadzieję na poważny związek, ale kiedy w mediach pojawiły się informacje o śmierci Maggie, włączyła jej się w głowie czerwona lampka. Zaczęła zadawać niewygodne pytania, więc ojciec Rory'ego zapłacił jej za milczenie, a potem zmusił do podpisania umowy o zachowaniu poufności, żeby w przyszłości żadne niewygodne fakty nie ujrzały światła dziennego.

Przez lata Charlie starała się o wszystkim zapomnieć, aż do momentu, kiedy pojawiły się plotki o tym, że Rory będzie się ubiegał o mandat senatora. Nie była już przestraszoną dwudziestolatką i jak wiele innych kobiet miała dość patrzenia na to, jak wpływowi mężczyźni unikają odpowiedzialności za swoje błędy. W dzieciństwie zawsze mogą liczyć na pobłażliwość, a później rodzina zakłada im grubą zbroję chroniącą ich przed jakimikolwiek konsekwencjami.

Media szczegółowo prześwietliły wszystko to, co wydarzyło się latem, kiedy zginęła Maggie Moretti.

Ponownie opublikowano stare artykuły, aktualizując zawarte w nich informacje, i przeprowadzono wywiady z przyjaciółmi ofiary. Tym razem w centrum zainteresowania była jednak Charlie i jej romans z Rorym, który ciągnął się przez kilka miesięcy w czasie jego ówczesnego małżeństwa. Wszyscy chcieli wiedzieć więcej o tym miłosnym trójkącie. Dziennikarze prześcigali się w dostarczaniu nowych szczegółów i chętnie dzielili się smakowitymi kąskami na Twitterze.

Starałam się trzymać na uboczu, ale Kate Lane miała rację. Już w pierwszym tygodniu po wywiadzie dla CNN mój portret pojawił się na okładce magazynu „People". Zdjęcie zrobiono w ujęciu trzy czwarte i miałam na nim naturalny kolor włosów. Pod spodem znajdował się wielki nagłówek: *Wskrzeszona do życia*.

Większość ludzi okazywała mi współczucie, ponieważ od dawna nurtowały ich wątpliwości w sprawie tego, jaką rolę w tragedii Maggie Moretti odegrał mój mąż. Znaleźli się również tacy, którzy bezpardonowo mnie zaatakowali, kwestionując moje motywacje i nazywając naciągaczką. Uważali mnie za mściwą żonę, która postanowiła odegrać się na rodzinie Cooków i zniszczyć wszystko, co udało im się zbudować. Obarczyli mnie też winą za to, że prokurator generalny stanu Nowy Jork wszczął śledztwo w sprawie nielegalnych autotransakcji dokonywanych przez Fundację i sprzeniewierzenia środków przekazywanych na cele dobroczynne.

Moi adwokaci zgromadzili dokumenty dowodzące, że nie miałam nic wspólnego z przekrętami finansowymi mojego męża, i teraz mogę już swobodnie podróżować. Nowy Jork nie jest już moim domem. Nie mogę się doczekać, aż wyjadę do Kalifornii i znajdę się z dala od tego cyrku.

Wchodzę do swojego gabinetu i patrzę na pudła ustawione wzdłuż ścian jedne na drugich. W kieszeni trzymam bardzo szczegółową listę przedmiotów, które mogę ze sobą zabrać. Mam niewiele czasu, ale wiem, że moi prawnicy musieli się nieźle napocić, żeby cokolwiek wynegocjować. Przyszłam tu, żeby zabrać to, co należy do mnie: ubrania, biżuterię i rzeczy osobiste. Spoglądam na wiszące na ścianie zdjęcie mamy i Violet. Tym razem zdejmuję je z haczyka i kładę na innych przedmiotach, które mam zamiar wziąć ze sobą. Przez dłuższą chwilę przyglądam się uśmiechowi siostry: na jej policzkach widać małe dołeczki, a wiatr rozwiewa jej złote, rozświetlone słońcem włosy. Przyjemne wspomnienia wprawiają mnie w dobry nastrój, tak różny od ciągłego strachu, od którego uciekałam przez wiele lat swojego życia.

Podnoszę małą statuetkę, która mierzy niewiele ponad piętnaście centymetrów. To oryginalny Rodin, którego Rory kupił w zeszłym roku. Zaczynam się zastanawiać, ile pieniędzy mogłabym zarobić, gdybym ją sprzedała. Niestety, nie ma jej na liście. Znajdują się na niej tylko przedmioty uznane za moją własność, a wszystkie tak zwane wspólne aktywa zostały zablokowane. Wiem jednak, że potrzebuję naprawdę niewiele, żeby zacząć nowe życie w Berkeley.

Kelly pomogła mi znaleźć mieszkanie. Skontaktowałam się z nią kilka dni po wywiadzie dla CNN, kiedy rozmawiałam już z prawnikami i wiedziałam, że moje sprawy uda się wyprostować.

Wtedy temat mojego niespodziewanego zmartwychwstania był w wiadomościach na każdym kanale.

– Eva, co ty, do cholery, zrobiłaś? – zapytała, a po chwili się poprawiła: – Przepraszam, teraz powinnam mówić do ciebie Claire.

Uśmiechnęłam się i usiadłam na łóżku w pokoju hotelowym, za który płacili moi adwokaci. Byłam zmęczona po wielogodzinnym przesłuchaniu. Wiedziałam, że za kilka dni będę musiała wrócić do Nowego Jorku, by pozamykać swoje sprawy. Wyobraziłam sobie, że Kelly jest gdzieś na terenie kampusu i niesie ze sobą ciężki plecak wypełniony książkami. Kiedy zadzwonił telefon, zatrzymała się na którejś z zacienionych alejek i zaczęła ze mną rozmawiać.

– Przepraszam, że wprowadziłam cię w błąd.

– Nie, to moja wina. Cały ten bałagan zaczął się przez pracę, którą ci naraiłam.

– Wcześniej czy później prawda i tak wyszłaby na jaw. Nie mogłabym na dłuższą metę tak żyć. – Kaszlę i zmieniam temat: – Słuchaj, kiedyś wspominałaś, że byłabyś w stanie pomóc mi znaleźć mieszkanie. Po tym wszystkim, co się stało, chciałabym przeprowadzić się do Berkeley.

– Jasne, nie ma sprawy. Muszę tylko podzwonić do paru osób. Dam znać, jak będę coś wiedzieć.

Mieszkanie znajdowało się przy krętej uliczce na wzgórzu za stadionem piłkarskim, na ostatnim piętrze wąskiego drewnianego domu wciśniętego między wysokie drzewa rosnące na zboczach Strawberry Canyon.

Gospodynią była pani Crespi. Dobrze znała mamę Kelly i chętnie wynajęła mi swoje lokum. Ostrzegła nas, że w dniach, w których rozgrywane są mecze, trudno znaleźć w okolicy wolne miejsce parkingowe. Powiedziała też, że na początku niełatwo przyzwyczaić się do huku armaty, z której strzela się po każdym przyłożeniu. Na ostatnie piętro wchodzi się po około czterdziestu drewnianych stopniach. Kiedy dotarłyśmy na górę, pani Crespi otworzyła drzwi i stanęła z boku, żebym mogła pierwsza wejść do środka. Mieszkanie miało około siedemdziesięciu pięciu metrów kwadratowych powierzchni i przypominało domek na drzewie. Kelly stanęła obok mnie i szepnęła:

– Chyba będziesz musiała zamawiać zakupy spożywcze z dostawą. Nie wyobrażam sobie dźwigania tutaj czegoś cięższego niż kobieca torebka.

– Obecnie mam trzy lokatorki, bez wyjątku pracujące kobiety – wyjaśniła gospodyni. – Czynsz wynosi tysiąc pięćset dolarów miesięcznie, razem z mediami. Jeśli się pani zdecyduje, trzeba jeszcze wpłacić jednorazową kaucję. Meble mogą zostać, ponieważ ciężko tu coś wnieść czy wynieść. Zanim się pani wprowadzi, mogę też wynająć firmę sprzątającą.

Adwokaci wynegocjowali dla mnie skromne alimenty, które nie wystarczały jednak na życie. Wiedziałam, że będę musiała sprzedać biżuterię i znaleźć pracę. Nie mogłam się jednak doczekać, aż będę na swoim i sama na siebie zarobię.

– W porządku, zgadzam się na te warunki – oświadczyłam, przechodząc z kuchni do salonu.

Mieszkanie nie należało do przestronnych, ale prawie cała zachodnia ściana była przeszklona, co optycznie znacznie je powiększało. Pod oknem stała szarozielona kanapa, a naprzeciwko stolik z małym telewizorem. Była też w pełni wyposażona kuchnia z niewielkim blatem, na którym mogłam przygotowywać posiłki. Dalej znajdował się krótki korytarz prowadzący do łazienki i sypialni.

Podeszłam do okna, z którego rozciągał się widok na opadające w dół zbocze. Między rozłożystymi koronami drzew widać było budynki uniwersyteckie, których dachy lśniły w późnopopołudniowym słońcu jak ukryte w listowiu skarby. W oddali mieniły się wody Zatoki San Francisco, a na horyzoncie rysowała się sylwetka mostu Golden Gate i dostrzec można było stojące w centrum miasta drapacze chmur.

– Bardzo mi się tutaj podoba – stwierdziłam, patrząc na Kelly i panią Crespi.

Na pomarszczonej twarzy gospodyni pojawił się szeroki uśmiech.

– Strasznie się cieszę. – Otworzyła teczkę, którą cały czas trzymała w ręku, i podała mi umowę najmu. – Proszę się wprowadzić, jak tylko będzie pani gotowa.

Wzięłam od niej dokument z radosną miną.

– Już jestem gotowa – powiedziałam i znowu wyjrzałam przez okno, żeby podziwiać widok.

———•———

– Chcesz, żebym spakowała wszystko, co jest w łazience, czy wolisz sama przejrzeć poszczególne szuflady? – pyta Petra, stojąc w progu mojego gabinetu. Podnoszę wzrok znad pudła, którego zawartość właśnie sprawdzałam, i patrzę na przyjaciółkę. To właśnie ona odebrała mnie z lotniska, kiedy wróciłam do Nowego Jorku. Rozpłakała się dopiero, gdy wsiadłyśmy do wynajętej przez nią limuzyny.

– O Boże, to wszystko było jak zły sen – powiedziała przez łzy. – Kiedy dowiedziałam się, że samolot runął do oceanu, poczułam, że... – zawiesiła głos i nabrała głęboko powietrza. – A potem wystąpiłaś w CNN i powiedziałaś całą prawdę o tym sukinsynie.

Okazało się, że nie pomyliłam się przy zapisywaniu numeru.

– Musiałam zmienić telefon – wyjaśniła, kiedy zapytałam ją, dlaczego nie udało mi się z nią skontaktować. – Po tym, jak zadzwoniłaś do mnie z lotniska, bałam się, że Rory w jakiś sposób uzyska dostęp do billingów i mnie namierzy. Kupiłam więc nowy aparat i wtedy dotarła do mnie wiadomość o katastrofie... – Słowa ugrzęzły jej w gardle. Wzruszyła ramionami, a po jej policzkach popłynęły łzy.

Zamykam pudło i przysuwam do siebie następne.

– Spakuj wszystko – odpowiadam na wcześniejsze pytanie. – Kosmetyki do pielęgnacji i makijażu są drogie i byłabym głupia, gdybym je wyrzuciła.

– Nadal uważam, że powinnaś tu zostać – mówi Petra. – To jest twój dom i masz pełne prawo w nim mieszkać, nawet jeśli nie wszystko w środku jest twoją własnością. – Zerka na rzeźbę Rodina. – Musisz walczyć o to, co ci się należy.

– Nie lubię tego domu – oświadczam, skupiając uwagę na kolejnym pudle. – Nie potrzebuję tak wielkiej przestrzeni.

– Wcale nie chodzi o przestrzeń, tylko o to, co ci przysługuje – przekonuje mnie Petra.

– W takim razie sprzedamy tę rezydencję i dostanę połowę pieniędzy.

– Chciałabym, żebyś została w Nowym Jorku.

Podchodzę do niej i mocno ją obejmuję.

– Wiem – szepczę i robię krok do tyłu. – Dobrze jednak wiesz, dlaczego to niemożliwe. Chcę zacząć wszystko od początku w zupełnie nowym miejscu. Zresztą i tobie wyjazd do Kalifornii dobrze by zrobił. Tam jest inne światło i wspaniałe powietrze. Jestem pewna, że by ci się spodobało.

Petra robi sceptyczną minę.

– Lepiej skończę pakować rzeczy z łazienki. Zostało nam bardzo mało czasu.

Wychodzi z pokoju, a ja otwieram ostatnie pudło. Szybko przeglądam zawartość i widzę, że większość tych rzeczy nie będzie mi do niczego potrzebna. Pieniądze, które dostanę za sprzedaną biżuterię, zapewnią mi odrobinę oddechu i pozwolą rozeznać się w sytuacji. Być może nadal będę musiała dorabiać przy obsłudze imprez albo zacznę jakieś nowe studia. Byłoby wspaniale, gdybym znalazła pracę w którymś z muzeów. Wyobrażam sobie, jak jadę metrem do centrum San Francisco, żeby spotkać się ze znajomymi. Bardzo chciałabym wreszcie z kimś się zaprzyjaźnić.

Po wywiadzie udzielonym CNN skontaktował się ze mną agent Castro. Zabrał mnie do domu Evy na kolejną rozmowę. Nie wiedziałam, czego ode mnie chce. Wydawało mi się, że już wszystko mu powiedziałam. Poinformował mnie, że DNA Evy zostało wysłane do Narodowej Rady Bezpieczeństwa Transportu, by specjaliści mogli sprawdzić, czy materiał genetyczny pasuje do któregoś z ciał do tej pory wydobytych z oceanu.

– Niewykluczone, że nigdy nie dowiemy się prawdy – wyjaśnił. – Jest wiele możliwych powodów, dla których Eva nie siedziała na swoim miejscu. Mogła się z kimś zamienić albo siła uderzenia była tak wielka, że Eva została wyrzucona z fotela i porwał ją prąd oceaniczny. Jeśli tak się stało, to najprawdopodobniej nigdy nie uda się odnaleźć ciała. – Wzruszył ramionami i wyjrzał przez okno, jakby wyjaśnienie tego, co stało się z Evą, znajdowało się gdzieś na zewnątrz i tylko on był w stanie je dostrzec.

– A co z handlarzem narkotyków?

– Pytasz o Dexa, znanego także jako Felix Argyros albo Fish? Wyjechał do Sacramento, ale ciągle mamy go na oku.

Castro przeszedł przez salon, niosąc turystyczną kuchenkę zapakowaną w plastikową torebkę do zabezpieczania dowodów.

– Eva musiała być naprawdę zdesperowana, żeby wybrać takie życie.

– Z jej punktu widzenia to nie była kwestia wyboru. Ona po prostu nie miała innego wyjścia. – Castro głośno westchnął. – Ciężko było ją rozgryźć. Nie jestem pewien, czy kiedykolwiek dobrze ją rozumiałem. Muszę jednak przyznać, że chociaż uciekła, to przynajmniej próbowała zachować się, jak należy. Dokumenty, które zostawiła, na pewno bardzo ułatwią nam postawienie Fisha przed sądem.

– Wydaje mi się, że miała skomplikowaną osobowość – powiedziałam.

– Owszem. Bardzo ją jednak lubiłem i żałuję, że nie mogłem dla niej zrobić czegoś więcej.

Eva świetnie sama sobie radziła i chciałam powiedzieć, że nie potrzebowała niczyjej pomocy, ale ugryzłam się w język.

———•———

Biorę do ręki stertę ubrań, zanoszę ją do salonu i kładę obok innych rzeczy, które mam zamiar ze sobą zabrać. Sprawdzam, która godzina. Zostało nam około trzydziestu minut. Szeroko się uśmiecham, kiedy słyszę, jak Petra zamyka szuflady w sypialni piętro wyżej, mrucząc coś pod nosem.

Jestem już prawie gotowa. Wychodzę na korytarz, który prowadzi do gabinetu Rory'ego, i zaglądam do środka. Pokój został całkowicie opróżniony: zniknęły oba biurka, a nawet książki z półek. Wszystko zostało skonfiskowane przez prokuratora generalnego. Podchodzę do pustego regału i szukam palcami małego guziczka. Po chwili z cichym trzaskiem wysuwa się tajna skrytka. Tak jak podejrzewałam, nic w niej nie ma.

Słyszę, jak ktoś otwiera kluczem drzwi wejściowe. Od razu się prostuję, ponieważ wiem, że nie powinnam tu zaglądać. Na szczęście to tylko Danielle. Na mój widok zatrzymuje się w progu.

– Szukasz duchów? – pyta.

– Coś w tym rodzaju – odpowiadam z uśmiechem na ustach.

Danielle czekała na mnie w tym domu, kiedy po raz pierwszy po ucieczce wróciłam do Nowego Jorku. Zaprowadziła mnie do kuchni i zrobiła mi herbatę. Kiedy usiadłyśmy naprzeciwko siebie, mogłam wreszcie zadać pytanie, które nurtowało mnie od czasu, kiedy dostałam od niej pierwszą wiadomość.

– Skąd wiedziałaś, gdzie mnie znaleźć?

Na jej twarzy pojawił się niewyraźny uśmiech.

– Eva była przyjaciółką mojej matki. – Ostrożnie wypiła łyk herbaty i opowiedziała mi historię niewiarygodnej przyjaźni między dwoma kobietami: jedna z nich uważała, że nie zasługuje na żadne głębsze uczucia, a druga postanowiła przebić się przez tę skorupę. – Widziałam się z Evą bardzo krótko, ale zauważyłam, że nosi w sobie jakąś tajemnicę i roztacza wokół siebie aurę grozy. – Danielle odstawiła kubek i przesunęła palcem po wzorze na marmurowym blacie. – Moja mama była jednak do niej bardzo przywiązana i uważała Evę za dobrą osobę, która szuka akceptacji i potrzebuje kogoś, kto w nią uwierzy.

Danielle wzruszyła ramionami.

– Ale to nadal nie wyjaśnia, w jaki sposób doszłaś do tego, żeby skontaktować się ze mną, korzystając z jej telefonu.

– Dzień przed moim wyjazdem do Detroit Eva odwiedziła moją matkę w domu w New Jersey. Musiała podsłuchać naszą rozmowę, ponieważ później przyłapałam ją na oglądaniu twoich zdjęć w internecie. Bałam się, że będzie próbowała w jakiś sposób cię namierzyć. – Pokręciła głową, jakby była zawstydzona tym pomysłem.

– Jak się teraz czuje Liz?

Danielle spojrzała w stronę salonu, do którego przez wysokie okna wpadało słońce, rzucając na drewnianą podłogę jasne plamy.

– Niezbyt dobrze. Trudno jej się pogodzić ze śmiercią Evy. Przecież gdyby zrealizowała wcześniej ustalony plan i wróciła do Berkeley, nadal by żyła.

Wypiłam łyk gorącej herbaty rumiankowej, starając się zatrzymać w ustach przyjemny smak. Wiedziałam, że nigdy nie będę mogła powiedzieć ani Danielle, ani jej matce, co moim zdaniem stało się z Evą. To ona powinna się z nimi skontaktować, jeśli uzna, że nadszedł właściwy moment.

– Okay, Eva znalazła moje zdjęcia w internecie, ale to przecież nie wystarczyło, żeby się zorientować, gdzie mnie szukać.

– Tak, ale był jeszcze filmik nagrany w Berkeley, mieście, z którego przyjechała. Miałaś na nim taką samą fryzurę jak ona i... – zawiesiła głos. – Postanowiłam zaryzykować. Znalazłam numer Evy w telefonie mamy i zadzwoniłam w nadziei, że odbierzesz. – Schyliła głowę i powoli obróciła kubek w dłoniach. Kiedy znowu podniosła wzrok, miała łzy w oczach. – Po wielu latach milczenia czułam, że muszę coś zrobić. Bardzo cię przepraszam za to, że nie wyciągnęłam do ciebie wcześniej pomocnej dłoni. – Z jej ust wydobył się szloch. – Myślałam, że mogę cię ochronić, jeśli będziesz zawsze przygotowana i dobrze wywiążesz się ze swoich obowiązków. Naiwnie wierzyłam, że dzięki twojej ciężkiej pracy Rory nie będzie miał pretekstu, żeby wpaść we wściekłość.

Czułym gestem złapałam ją za rękę.

427

– Pomogłaś mi, kiedy miało to największe znaczenie. To było znacznie więcej, niż się spodziewałam.

Ścisnęła moją dłoń, jakby chciała mnie przeprosić.
Trochę późno, ale nie za późno.

———•———

Przez grube szyby zamontowane w gabinecie mojego męża ledwo słychać syrenę przejeżdżającej ulicą
karetki. Rozglądam się po pokoju i staram się sobie
wyobrazić popołudnie, kiedy Danielle nagrała rozmowę Rory'ego i Bruce'a. Gdzie schowała wtedy telefon?

– Mam jeszcze jedno pytanie – mówię. – Skąd wiedziałaś, kiedy wejść do gabinetu i włączyć dyktafon?
Podejrzewałaś, o czym będą rozmawiali?

Danielle wchodzi do pokoju i gładzi palcami poręcz
jednego z krzeseł.

– Widziałam nagranie z bankietu drużyny Oakland
A's i chociaż Rory nie wspomniał o nim ani słowa, to
jego nagła decyzja o wyjeździe do Kalifornii dała mi do
myślenia. Zaczęłam podejrzewać, że również widział
ten filmik. Chciałam przekazać ci jakieś informacje dotyczące tego, co knują razem z Bruce'em, ale nie miałam pojęcia, że uda mi się zarejestrować coś znacznie
lepszego.

– To była jednocześnie bardzo odważna i bardzo
głupia decyzja.

Danielle szeroko się uśmiecha.

– Dokładnie to samo powiedziała moja mama.
– Patrzy na zegarek. – Lepiej się zbierajmy. Prawie
skończył nam się czas.

Zamykam szufladę z cichym trzaskiem i idę razem z Danielle do salonu, żeby spakować ostatnie rzeczy.

Kiedy zasuwam torbę, dołącza do nas Petra.

– Wszystko gotowe? – pyta.

Po raz ostatni rozglądam się po pokoju. Widzę grube dywany i drogie meble, teraz jednak nie ma to już żadnego znaczenia.

– Tak – mówię, uśmiechając się do swoich przyjaciółek.

EPILOG

Lotnisko Johna F. Kennedy'ego w Nowym Jorku
Wtorek, 22 lutego
Dzień katastrofy

Kucam na podłodze i zaczynam zbierać rzeczy, które wysypały się z torebki Claire. Mam przed oczami buty innych pasażerów, którzy czekają razem ze mną, by wejść na pokład samolotu. Chowam wszystko z powrotem, oprócz telefonu. Przyciskam go do ucha i udaję, że rozmawiam.

Plan jest prosty. Najpierw odsunę się na bok, szukając ściany, o którą będę mogła się oprzeć, żeby utrzymać równowagę, a następnie odwrócę się od kolejki posłusznych pasażerów patrzących prosto przed siebie. Potem pójdzie już łatwo: wystarczy, że zacznę iść pewnym krokiem.

Mam zamiar powiedzieć coś do słuchawki. Powinnam prowadzić jeszcze jedną wyimaginowaną rozmowę, najlepiej na jakiś pilny temat wymagający odejścia parę kroków na bok, żeby mieć odrobinę prywatności. W tym momencie słyszę czyjś głos:

– Wszystko w porządku, proszę pani?

To jedna z pracownic obsługi, która stoi gdzieś między ludźmi, poza moim polem widzenia. Po chwili pojawia się jej kolega. Niezdarnie wstaję z kolan i wyjaśniam swoje zachowanie:

– Upuściłam torebkę. – Zakładam pasek na ramię i słyszę trzask zamykanych drzwi. Wiem, że właśnie straciłam swoją szansę.

– Odprawiła się pani na ten lot, więc proszę nie wychodzić z kolejki.

Wracam na swoje miejsce i staję przed kobietą, która narzekała wcześniej na długie oczekiwanie. Po chwili ruszamy pochyłym rękawem w stronę wejścia do samolotu. Samolot Claire pewnie wzbił się już w powietrze i leci do Kalifornii. Mam poczucie winy. Nie chodzi o kłamstwa, lecz raczej o to, że powinnam ją w jakiś sposób ostrzec.

Kolejka do samolotu powoli przesuwa się do przodu, a ja zastanawiam się, czy jeśli poznałabym Claire w innych okolicznościach, to zostałybyśmy przyjaciółkami. To dziwne uczucie być ostatnią osobą, która rozmawiała z nią przed zniknięciem. Tylko ja na całym świecie wiem, co się z nią stało, ale mimo to nie udało mi się wyciągnąć z niej prawie żadnych prywatnych informacji. Nie mam pojęcia, kogo kocha, co jest dla niej ważne i w co wierzy. Wiem jedynie, że okoliczności zmusiły ją do podjęcia desperackiej decyzji. Po prostu nie miała innego wyjścia.

Łączy nas jedno: miałyśmy w sobie wystarczająco dużo determinacji, żeby podjąć ogromne ryzyko. Odrzuciłyśmy oczekiwania, które żywił wobec nas świat. Nie chodzi tylko o krzywdę wyrządzoną nam przez facetów, czyli Dexa i męża Claire. Przeciwstawiłyśmy się całemu systemowi, który wmawia wszystkim, że na kobietach nie można polegać, a kiedy nie są już potrzebne, to należy je spisać na straty. Nasza prawda nie ma żadnego znaczenia, szczególnie jeśli zestawi się ją z prawdą jakiegoś mężczyzny.

Próbuję zebrać myśli i skupić się na tym, co się stanie. Liz na pewno będzie się martwiła, jeśli do niej nie zadzwonię, jak obiecałam. Nie mam jednak wielkiego wyboru. Kiedy w mieszkaniu pojawi się Castro, Liz musi móc powiedzieć mu z pełnym przekonaniem, że nie wie, co się ze mną stało.

Być może za kilka miesięcy listonosz dostarczy jej małą przesyłkę: ozdobę choinkową, bez żadnej kartki i adresu nadawcy, wysłaną z jakiejś włoskiej winnicy albo zatłoczonych ulic Bombaju. Liz będzie wiedziała, że w ten sposób ją przepraszam. Zrozumie, że jestem szczęśliwa i wreszcie sobie przebaczyłam.

Kiedy wejdę na pokład samolotu, poproszę o zmianę miejsca. Nie chcę siedzieć przy przejściu: wolę wyglądać przez okno i podziwiać wspaniałe widoki ciągnące się aż po sam horyzont. Wreszcie odzyskałam swoje prawdziwe ja. To Liz pokazała mi, jak to zrobić.

Mam nadzieję, że po starcie samolot wzbije się w stronę słońca, a ostry blask wypali resztki tego, o czym chciałabym jak najszybciej zapomnieć. Wzniosę się wysoko, wyżej niż kiedykolwiek, i wzlecę ponad strach i kłamstwa. Zapiszę na kartce wszystkie błędy, które do tej pory popełniłam, a potem podrę ją na drobne kawałki i rzucę za siebie jak konfetti.

Zacznę nowe życie, lepiąc je ze strzępków wspomnień, zarówno tych prawdziwych, jak i tych wymyślonych przez małą dziewczynkę, która nigdy nie znalazła na świecie swojego miejsca. Spoiwem będą uśmiechy losu i ogromne pokłady wdzięczności.

Może któregoś dnia przyśni mi się moje życie w Berkeley, jednak nie to prawdziwe, pełne ciemnych zaułków i złowrogich cieni, lecz to, które wymyśliłam sobie wiele lat temu, leżąc na wąskim łóżku w zakurzonym klasztornym sierocińcu. Jeszcze raz przespaceruję się stromymi ścieżkami Strawberry Canyon, wysoko nad starym stadionem, podziwiając piękny widok na centrum San Francisco, które zdaje się wyrastać prosto z wód zatoki. W wyobraźni znowu przeniosę się na teren kampusu, żeby przemierzyć wąskie uliczki wijące się wśród sekwoi. Wsłucham się w szum strumienia szemrzącego między kamieniami i poczuję zapach wilgotnej kory i mchu.

Kolejka znowu rusza do przodu. Między pasażerami robi się więcej miejsca i łatwiej jest mi oddychać. Najwyraźniej usunięto usterkę i wszystko idzie sprawniej. Otaczający mnie ludzie wyraźnie się uspokajają. W końcu z niecierpliwością czekają na wymarzone wakacje, od których dzieli ich raptem czterogodzinna podróż samolotem.

Przesuwając się wzdłuż rękawa, czuję, jakbym zrzucała z siebie starą skórę, i robi mi się lekko na sercu. Jak tak dalej pójdzie, to już wkrótce zacznę *unosić się kilka centymetrów nad ziemią. Znikają gdzieś gorycz i żal. Chciałabym wybuchnąć radosnym, oczyszczającym śmiechem. W tym momencie mam wszystko, o czym marzyłam. Po raz pierwszy jest naprawdę dobrze. Przyciskam mocno do boku torebkę i przechodzę przez próg samolotu, muskając palcami kadłub. Mam nadzieję, że ten gest przyniesie mi szczęście. Nie odwracam się za siebie.*

ROZMOWA Z AUTORKĄ

Co zainspirowało panią do napisania *Ostatniego lotu*?

Zawsze intrygowało mnie to, w jaki sposób ktoś może na długi czas zniknąć ze swojego życia. Snułam w głowie różne możliwe scenariusze. Zastanawiałam się, czego w takiej sytuacji potrzeba i jak można to zdobyć. Dokąd uciec? Czym się tam zająć? Jak pogodzić się ze stratą wszystkiego, co zostawia się za sobą? Już od samego początku wiedziałam, że główną bohaterką powinna być kobieta obdarzona wewnętrzną siłą, której nie potrafi w pełni wykorzystać, ponieważ ograniczają ją okoliczności. W jaki sposób ta postać przeciwstawi się losowi? Jak zawalczy o swoje miejsce?

Czy więcej przyjemności sprawiło pani konstruowanie postaci Evy, czy Claire? Która z nich stanowiła poważniejsze wyzwanie?

Uwielbiam obie, ale z zupełnie innych powodów. Podoba mi się zadziorność Claire. Ta dziewczyna potrafi wykorzystać każdą sytuację do osiągnięcia swoich celów. Eva ma wiele wad, ale jest przeuroczą osobą. Pisanie o obu było dla mnie ogromną przyjemnością, ale więcej kłopotów miałam z Claire. Jej historia jest rozłożona w dłuższym czasie. Claire musiała reagować na fakty, o których istnieniu nie miała jeszcze pojęcia. Z Evą poszło mi łatwiej: jej postać jest zanurzona w przeszłości i trzeba było tylko umiejętnie uzupełniać luki. Pisząc o Claire, musiałam pamiętać o wytwarzaniu napięcia. Ważne było odpowiednie tempo. Eva pozwalała skupić się na emocjach, zaprezentować więcej szczegółów z jej życia i wyjaśnić, jak to się stało, że znalazła się w tak wielkich kłopotach.

Żyjemy w czasach, w których kobiety czują się wystarczająco bezpiecznie, żeby opowiedzieć o tym, co je spotkało. W jaki sposób pani książka wiąże się z ruchem #MeToo?

Chciałam pokazać, jak trudno jest kobietom podzielić się ze światem swoimi historiami. Nawet w czasach #MeToo trzeba za to zapłacić wysoką cenę, zarówno w życiu osobistym, jak i zawodowym. To, że udało się nazwać jakiś problem, nie oznacza, że on zniknął.

Czy mogłaby pani powiedzieć więcej o systemowej opresji, z którą zmagają się bohaterki *Ostatniego lotu*? Dlaczego zdecydowała się pani poruszyć ten temat?

Jako nauczycielka czułam się w obowiązku rzucić więcej światła na problemy nękające nasze społeczeństwo. Chciałam pokazać, że nader często świadectwa kobiet podlegają znacznie bardziej krytycznej ocenie niż świadectwa mężczyzn. Zasada, że wątpliwości przesądzają na korzyść oskarżonego, nie jest równo stosowana. Znałam osobiście takie kobiety jak Claire i Eva, dla których życie nie było jak bułka z masłem. W Stanach Zjednoczonych lubimy mówić o postępie, jednak zmiany w traktowaniu nie tylko kobiet, lecz także wszystkich marginalizowanych grup przebiegają bardzo wolno. Zbyt wolno.

Jak wygląda pani warsztat twórczy?

Budzę się wcześnie rano i siadam do pisania. W zwykły dzień tygodnia wstaję kwadrans przed czwartą i piszę do szóstej. Potem pracuję w szkole jako nauczycielka. Po południu odbieram dzieci, zawożę je na różne dodatkowe zajęcia, gotuję obiad i pomagam im w odrabianiu pracy domowej. Wczesne ranki w towarzystwie wielkiego kubka kawy to dla mnie najbardziej twórczy czas. Pierwszą wersję zapisuję często długopisem na papierze, szczególnie jeśli mi idzie ciężko. Wtedy mój mózg pracuje na zwolnionych obrotach i pozwalam sobie na słowa, które się „nie liczą". To dobry sposób na rozgrzewkę. Dopiero potem siadam przed komputerem. Szkic powieści powstaje bardzo szybko. W przypadku *Ostatniego lotu* zajęło mi to zaledwie trzy, może cztery miesiące. Potem przez przynajmniej rok wprowadzam korekty i wszystko szlifuję.

Powieści z suspensem są teraz niezwykle popularne. W jaki sposób pani książka różni się od innych propozycji dostępnych na rynku?

Wydaje mi się, że *Ostatni lot* ma spory potencjał komercyjny w kategorii powieści z suspensem, ale jednocześnie jest to dobra literatura dla kobiet. To, co wyróżnia tę książkę spośród innych, to główne bohaterki, które są silnymi i niezwykle inteligentnymi kobietami. Claire i Eva nie mają problemów psychicznych i są stabilne emocjonalnie. Uważam, że protagonistki powinny być silne, ponieważ z takimi kobietami mamy do czynienia we współczesnym świecie.

W jaki sposób starała się pani zapanować nad licznymi zwrotami akcji?

Używałam mnóstwa karteczek! Pisanie w dwóch planach czasowych było dla mnie nie lada wyzwaniem, a potem trzeba było to jeszcze zgrabnie połączyć. Dobrze, że miałam jasną wizję, jak powinno wyglądać zakończenie, i dość wcześnie szczegółowo zaplanowałam finał. Ważne było też staranne rozrysowanie wątków fabularnych obu bohaterek. Dobrze wiedziałam, jakie przeszkody będą miały do pokonania i czego muszą się nauczyć.

Jaką rolę w *Ostatnim locie* odgrywa przyjaźń? Czy w pani życiu relacje z kobietami są tak samo ważne jak w przypadku Evy i Claire?

Kobieca przyjaźń jest niezwykle istotna. Każdy może podać przykład osoby, która pojawiła się dokładnie w momencie, kiedy jej potrzebowaliśmy, i dała nam to, co było wtedy niezbędne. Miałam dużo szczęścia i spotkałam na swojej drodze wspaniałe kobiety. To szczególnie ważne dla kogoś takiego jak ja, czyli matki samotnie wychowującej dzieci. Moje przyjaciółki utrzymują mnie przy zdrowych zmysłach, wprawiają w dobry nastrój, słuchają opowieści o moich problemach i pomagają na wiele sposobów. Ludzie to z natury zwierzęta społeczne. Chociaż uważam się za introwertyczkę, to bardzo cenię sobie przyjaźń.

Dlaczego zdecydowała się pani umieścić akcję w Berkeley?

Zaraz po college'u dostałam pracę na Wydziale Sportu Uniwersytetu Kalifornijskiego. Zajmowałam się zbiórką funduszy i spędzałam dużo czasu na Memorial Stadium oraz w Harmon Gym, hali sportowej przemianowanej później na Haas Pavilion. To było świetne zajęcie dla kogoś, kto właśnie skończył studia, i nie jest pewien, czy chce zaczynać „prawdziwą" karierę zawodową. Mam cudowne wspomnienia z czasów spędzonych w tym mieście. Poznałam wspaniałych ludzi i czasami myślę o tym, żeby pewnego dnia się tam przeprowadzić. Postanowiłam umieścić akcję w Berkeley, żeby wrócić tam przynajmniej w wyobraźni. Do boju, Niedźwiedzie!

Co czytelnicy powinni wynieść z lektury *Ostatniego lotu?*

Chciałabym, żeby moje bohaterki zainspirowały ich swoją odwagą. Obie zrobiły coś, co wcześniej wydawało się niemożliwe. Niezależnie od okoliczności zawsze jest jakieś wyjście. Najlepiej ujęła to matka Claire: „Jeśli będziesz wystarczająco uważna, zawsze dostrzeżesz jakieś rozwiązanie. Musisz jednak znaleźć w sobie odwagę, żeby je zobaczyć".

PODZIĘKOWANIA

Chciałabym z całego serca podziękować pracownikom wydawnictwa Sourcebooks, którzy stali mi się bliscy jak rodzina: szefowej i wielkiemu autorytetowi Dominique Raccah; mojej wspaniałej i niezwykle pomocnej redaktorce Shanie Drehs; działom marketingu i promocji (w szczególności Tiffany Schultz i Heather Moore); zdolnym dziewczynom z działu artystycznego i działu produkcji (Heather Hall, Holli Roach, Ashley Holstrom, Kelly Lawler i Sarah Cardillo) oraz znakomitemu zespołowi zajmującemu się sprzedażą. Cieszę się, że mogłam poznać tak wspaniałych ludzi jak Cristina Arreola, Liz Kelsch, Kay Birkner, Todd Stocke, Margaret Coffee, Valerie Pierce i Michael Leali. Jestem wdzięczna, że *Ostatni lot* trafił w Wasze utalentowane ręce. To również dzięki Wam o mojej powieści zrobiło się głośno. Nie mam wątpliwości, że zmieniliście moje życie.

Szczere podziękowania należą się mojej ukochanej agentce Mollie Glick, która podczas trudnej pracy nad książką zawsze była przy mnie i nigdy nie straciła wiary w końcowy sukces. Jestem również wdzięczna jej asystentom (Samowi, Emily, Julie, Loli...), którzy zawsze byli gotowi mi pomóc i udzielili wielu cennych wskazówek.

Dziękuję także specjalistom do spraw sprzedaży praw na rynki zagraniczne, którzy z wielkim entuzjazmem prezentowali moją książkę szerokiemu światu, oraz agentom filmowym, Jiah Shin i Berni Barcie, za promowanie *Ostatniego lotu* w Hollywood. Wyrazy najgłębszej wdzięczności należą się Gretchen Koss z agencji promocyjnej Tandem Literary, nie tylko za skuteczną reklamę i marketing, lecz także nieustające wsparcie. Nic nie poprawiało mi nastroju tak bardzo jak e-mail od Gretchen, w którym pisała: „Niczym się nie martw. Wszystkim się zajmę".

Ostatni lot nie byłby książką, którą trzymacie w rękach, gdyby nie pomoc moich współpracowniczek Aimee i Liz. Obie przeczytały wiele wersji tej powieści i od samego początku wiedziały, co chcę osiągnąć. Uwielbiam Was! Specjalne podziękowania należą się cudownej redaktorce Nancy Rawlinson, która pracuje jako wolny strzelec, i nie ustawała w wysiłkach, żeby wspierać mnie, szczególnie na ostatnim etapie pracy.

Dziękuję również pierwszym czytelniczkom i przyjaciółkom: Amy Mason Doan, Helen Hoang, Julie Carrick Dalton, Larze Lillibridge, Robinne Lee oraz Jennifer Caloyeras. Wszystkie powtarzałyście: „Masz świetny pomysł. Nie poddawaj się".

Jestem wdzięczna staremu znajomemu Toddowi Kusserowi, który opowiedział mi o tym, jak na poziomie federalnym prowadzi się śledztwa przeciw handlarzom narkotyków, oraz wyjaśnił, w jaki sposób zdobyć fałszywe dokumenty i jak posługiwać się telefonem komórkowym, żeby nie zostać namierzonym. Nasze rozmowy i wymiany SMS-ów sprawiały mi ogromną przyjemność. Jesteś wspaniałym facetem! Dziękuję również Johnowi Zieglerowi, który pomógł mi przemyśleć różne kwestie dotyczące lotnisk i transportu powietrznego. Fabuła *Ostatniego lotu* opiera się na tym, że dwie kobiety zamieniają się biletami tuż przed bramką prowadzącą na pokład samolotu. John bardzo mi pomógł wszystko odpowiednio uwiarygodnić. Pozdrawiam też Glorię Nevarez, moją koleżankę ze studiów i jednocześnie prezeskę Ligi Akademickiej Zachodniego Wybrzeża. To właśnie Gloria w ostatniej chwili przypomniała mi o bardzo ważnych szczegółach dotyczących rozgrywek koszykarskich na poziomie uniwersyteckim. Zdałam sobie wtedy sprawę, jak dawno temu studiowałyśmy razem w Berkeley i jak wiele zapomniałam.

Dziękuję także Kate Lane, utalentowanej i niezwykle zaangażowanej recenzentce z Instagrama, która wspierała mnie podczas pracy nad książką i zgodziła się, by jedna z bohaterek nosiła jej imię i nazwisko. Mam nadzieję, że fikcyjna Kate Lane jest tak samo inteligentna i sympatyczna jak ta prawdziwa. Polecam obserwowanie jej na Instagramie (@katelynreadsbooks_): znajdziecie tam najlepsze rekomendacje książkowe. Chciałabym również wyrazić szczególną wdzięczność bookstagramerom i internetowym wielbicielom literatury działającym w różnych grupach na Facebooku. Jesteście prawdziwymi pasjonatami, którzy całym sercem wspierają pisarzy. Dzięki Wam promowanie książek jest łatwiejsze i o wiele przyjemniejsze.

Składam podziękowania moim rodzicom, których pomoc i umiejętność zarządzania swoimi grafikami dały mi czas na napisanie i opublikowanie drugiej książki. Dziękuję też moi synom, Alexowi i Benowi, którzy stanowią dla mnie nieustającą inspirację i nie przestają mnie zadziwiać. Bardzo Was kocham!

Na końcu pragnę podziękować Uniwersytetowi Kalifornijskiemu w Berkeley, miejscu bardzo bliskiemu mojemu sercu. Poznałam tu wspaniałych ludzi i zawarłam trwałe przyjaźnie (mówię o Was, Joan Herriges i Benie Turman). Powrót do czasów studiów i opisanie najlepszych aspektów tego doświadczenia sprawiły mi ogromną radość. Do boju, Niedźwiedzie!

PATRONI

Facebook.com
grupa Czytamy Kryminały

Facebook.com
grupa Fani kryminałów i thrillerów

PATRONI

Zupa czyta

panda z książką

bookholiczka poleca

kingu reads

Książkę wydrukowano na papierze
Ecco Book Cream 2.0 70 g/m²
z oferty Antalis Poland

www.antalis.pl

Warszawskie Wydawnictwo Literackie
MUZA SA
ul. Sienna 73, 00-833 Warszawa
tel. +4822 6211775
e-mail: info@muza.com.pl

Dział zamówień: +4822 6286360
Księgarnia internetowa: www.muza.com.pl

Skład i łamanie: MAGRAF s.c., Bydgoszcz
Druk i oprawa: Abedik S.A., Poznań

ogromnego wyzwania. Julie Clark po mistrzowsku splata w niej dwa niepowiązane ze sobą wątki, tworząc wciągający, trzymający w napięciu thriller. Przeczytajcie, a nie pożałujecie!"

Katarzyna Tajak, instagram.com/z.literatura.za.pan.brat

„*Ostatni lot* to znakomicie napisany thriller psychologiczny z arcyciekawą fabułą. Mistrzowsko, aczkolwiek subtelnie budowane napięcie sprawia, że historia wciąga niczym rwąca rzeka — nie jesteś w stanie i nie chcesz odłożyć książki nawet na moment. To porywająca opowieść o dwóch kobietach desperacko uciekających przed obecnym życiem. Decyzja, którą podejmą, zmieni ich losy w sposób, którego nie przewidzi nawet najbardziej zaprawiony w rozwiązywaniu łamigłówek miłośnik thrillerów. Niesamowicie dobra powieść!"

Małgorzata Tinc, ladymargot.pl

„*Ostatni lot* idealnie obrazuje, jak trudne mogą okazać się starania, by zmienić swój los i definitywnie odciąć się od przeszłości. Thriller Julie Clark to opowieść o próbie oszukania przeznaczenia, ale i o poszukiwaniu upragnionego spokoju. Pytanie tylko, na ile sprawdza się w tym przypadku powiedzenie: wpaść z deszczu pod rynnę... Polecam!"

Katarzyna Nowak, instagram.com/kasia_i_ksiazki

„Kobiety w obliczu zagrożenia potrafią wydobyć z siebie ogromną determinację, by znaleźć wyjście nawet z najgorszej sytuacji. *Ostatni lot* w wielkim stylu potwierdza naszą siłę. Spodziewajcie się wielu skrajnych emocji!"

Pamela Olejniczak, instagram.com/polish.bookstore

„Ta książka to mocny powiew świeżości na polskim rynku wydawniczym — z uwagi na wątek, który porusza, nieoczekiwane zwroty akcji oraz lekki i ciekawy styl".

Magdalena Szpytko, administratorka facebookowej grupy *Fani kryminałów i thrillerów*

„*Ostatni lot* to niesamowicie wciągający thriller o kobiecej odwadze, przyjaźni i solidarności. Historie Claire i Evy dowodzą, że z każdej, choćby najtrudniejszej, sytuacji jest jakieś wyjście. Nawet jeśli za niektóre decyzje przyjdzie nam słono zapłacić. Polecam!"

Katarzyna Jarosińska, instagram.com/kejti.reads

„*Ostatni lot* to historia dwóch zdesperowanych kobiet, które mają jeden cel – uciec przed obecnym życiem. Jeśli poszukujecie emocjonującej lektury, która porwie Was od pierwszych stron, to trafiliście idealnie. Obok tej książki nie można przejść obojętnie!"
Kinga Bara, instagram.com/_kingu_reads

„Niesamowicie wciągająca historia! Połączenie intrygującego thrillera i powieści o sile przyjaźni kobiet. Spodoba się każdemu".
Kamila Błesznowska, instagram.com/mamakamaczyta

„*Ostatni lot* ma wszystko, czego oczekuję od dobrego thrillera. Czytałam tę książkę ze wstrzymanym oddechem, napięcie rosło z każdą przewracaną stroną. Emocje nie opuszczały mnie do samego końca!"
Magdalena Dryka, instagram.com/czytamtamitu

„Mistrzowsko zarysowana intryga dwóch kobiet, które są zmuszone porzucić dotychczasowe życie. Prawda jednak okazuje się inna, niż myślały, a ostatni lot nie dla każdej będzie szansą na lepszy start. Przekonajcie się sami, jak jedna decyzja zmieni życie każdej z nich".
Joanna Ćwiertka, instagram.com/panda_zksiazka_

„Julie Clark kobiecym postaciom dała wyraziste charaktery. Dodatkowo wciągająca fabuła sprawia, że jej książkę czyta się z dużym przejęciem, co wiąże się z tym, że wywołuje w nas niesamowite emocje".
Aleksandra Boguska, instagram.com/booklover_

„Clark udowadnia, że najlepszy thriller jest kobietą".
Leszek Koźmiński, blog.kryminalnapila.pl

„*Ostatni lot* przypadnie do gustu każdemu, kto docenia nie tylko dynamiczne tempo i fascynujące zwroty akcji. Znajdziecie tu dużo więcej – siłę strachu i wolę walki o swoje szczęście. Zrozumiecie, że kobieca intuicja rzadko się myli, a prawdziwa przyjaźń to nierozerwalna nić. Polecam!"
Marta Dobrzyńska, instagram.com/misera_ble

„Świetnie napisana, prowokująca do myślenia. *Ostatni lot* to poruszająca powieść o silnych kobietach, które stają w obliczu